L'INTUITIONNISTE

COLSON WHITEHEAD

L'INTUITIONNISTE

roman

Traduction révisée de l'américain
de Catherine Gibert

TERRES D'AMÉRIQUE

ALBIN MICHEL

« Terres d'Amérique »

Collection dirigée par Francis Geffard

Retrouvez toute l'actualité de Terres d'Amérique et de ses auteurs
sur Facebook (Terres.Amerique) et Instagram (terres_amerique).

Cet ouvrage a été précédemment publié aux Éditions Gallimard en 2003
dans une version différente.

Édition américaine originale parue sous le titre :
THE INTUITIONIST

À mes parents

DESCENTE

Première partie

L'ascenseur est neuf, il vient d'être installé, il ne devrait pas dégringoler à cette vitesse.

—

Lila Mae ne sait où poser les yeux. Devant elle, la porte de l'immeuble est trop meurtrie, trop mutilée ; et, derrière, la rue est tellement déserte qu'elle a l'impression que toute la ville a été évacuée sans qu'on ait pris la peine de l'avertir. Dans ces moments-là, Lila Mae a un truc pour se détendre, elle ouvre le registre en cuir des inspections qu'elle cale contre sa poitrine. Mais attention, plus elle remonte dans le temps et plus le jeu est difficile. En revanche, sur la période couvrant les dix dernières années, Lila Mae gagne souvent, car la plupart des inspecteurs qui étaient alors en poste à la Guilde y sont toujours. Aussi, quand elle lit LMT, MG, BP ou JW sur le registre, elle ne met pas bien longtemps à trouver le nom qui va avec les initiales. En reconnaissant les hommes qui l'ont précédée au 125 Walker, Lila Mae fait la moue. Elle ne les aime pas beaucoup. Martin Gruber (MG) mâche toujours la bouche ouverte et adore jongler avec son œil de verre. Quant à Big Billy Porter (BP), c'est un vieux cabot et fier de l'être. Combien de fois est-il arrivé à Lila Mae de rentrer au Puits après une course et de l'entendre régaler les gars en leur racontant des histoires de la Guilde à la grande époque. Ses réflexions ne sont jamais explicites mais les allusions qu'il fait, de sa voix grasseyante et rocailleuse, n'échappent à personne. Rompant avec l'ordre du Puits, le bureau en chêne de Big Billy dépasse dans l'allée de telle façon que son corpulent propriétaire se trouve pile à la verticale d'un ventilateur. Il a tendance à surchauffer et l'été, pendant la canicule, le peu de cheveux qui lui reste se décolle de son crâne, s'élevant vers le plafond en volutes aquatiques. C'est un lent processus, un peu comme attendre qu'une nouvelle heure s'écoule, mais au bout du compte, on est récompensé.

Tous les inspecteurs qui sont passés par le 125 Walker sont des empiristes. À ce qu'elle sait. Au-delà de quinze ans en arrière, Lila Mae ne peut plus mettre de visage sur les initiales. Elle reconnaît celles-ci pour les avoir vues des centaines de fois sur d'autres rapports d'inspection, dans d'autres ascenseurs, d'autres immeubles, mais elle n'a jamais rencontré les inspecteurs en personne. JM, par exemple : les initiales apparaissaient dans l'historique des inspections de l'ascenseur que Lila Mae a quitté il y a une demi-heure à peine ; et quant à EH : c'était un inspecteur qui, comme elle l'a compris avec le temps, détestait les coulisseaux usés, le genre de choses auquel personne ne fait jamais attention à moins d'être vraiment tatillon. Relever l'état de tous les coulisseaux sur tous les guides de tous les ascenseurs de la ville est un combat perdu d'avance.

Certains des inspecteurs dont les initiales figurent sur le registre ont sûrement leur portrait accroché aux murs du Puits. Sur les photos en question, les hommes arborent la coupe de cheveux réglementaire que la Guilde exigeait alors, une coiffure respectable, comme il sied à des hommes de devoir et de responsabilité. Rite de passage aussi nécessaire que malheureux, elle suggérait l'honneur, la fidélité et la fraternité éternels. Le salon à deux pas de la Guilde, qui déverse toujours de la musique de big band, s'en était fait une spécialité. Enfin, à ce qu'on dit. Parmi les plus jeunes inspecteurs, certains se sont remis à porter la fameuse coupe. On appelle ça une Sécur'. La raie au milieu, les cheveux de Lila Mae lui tombent de part et d'autre du visage, enveloppant celui-ci comme des milliers de doigts affamés.

À cette heure précise de la journée, la rue baigne dans une lumière d'un gris usé – un crépuscule de ghetto, comme du mercure éteint. La sonnette sur laquelle Lila Mae appuie à nouveau pour appeler le gardien fait entendre un petit son grêle. Dans les archives, elle a trouvé une perle qui rend son jeu bien réel : il y a vingt ans, James Fulton et Frank Chancre ont inspecté le 125 Walker à six mois d'intervalle. Du point de vue de Lila Mae, il est facile de lire dans cette coïncidence la passation de pouvoir entre les deux hommes. En revanche, la raison qui a poussé Fulton à quitter son bureau pour retourner sur le terrain lui échappe. Il était alors doyen de l'Institut et il y avait belle lurette qu'il ne faisait plus la tournée des immeubles à attendre sur des perrons défoncés que des gardiens veuillent bien lui ouvrir la porte. Puis elle se souvient que Fulton aimait retourner sur le terrain de temps à autre pour garder la main, frappant impatiemment de sa canne en acajou l'une des trois vitres de la porte d'entrée du 125 Walker. Peut-être n'étaient-elles pas fêlées à l'époque. Peut-être est-ce lui qui les a esquintées. À côté des initiales de Fulton, le rapport d'inspection du 125 Walker fait état d'un problème d'interrupteur fin de course, un 387. Lila Mae reconnaît son écriture pour l'avoir déjà vue quand elle était à l'Institut. Il y a là-bas une pièce entière qui lui est consacrée, et où sont exposés ses travaux les plus célèbres dans de hautes vitrines en bois à l'atmosphère contrôlée.

Quant au Chancre de l'époque, c'était sans doute un jeune inspecteur plein de promesses. Peut-être un peu plus mince. Un peu moins de vaisseaux éclatés sur le nez. Son salaire de débutant ne lui permettait pas encore de s'offrir ses costumes croisés bleu marine, mais sa situation a changé depuis. Lila Mae l'imagine alors qu'il broie les mains du gardien du 125 Walker entre ses grosses pattes maladroites, avec une bonhomie hésitante. Devenir politicien demande du temps mais il est né avec le sourire. Ce genre de sourire qu'on ne peut simuler. « Bien bel immeuble que vous avez là, l'ami. Ça fait plaisir de rencontrer des gens qui aiment leur boulot. Des fois, je rentre dans de ces endroits, croyez-moi, je sais pas sur quoi je vais tomber, et souvent je me demande comment font les gens pour vivre comme ça. Cela dit, on commence pas la partie à armes égales et on doit se débrouiller avec ce qu'on a. Quand je rentre chez moi, je… » Chancre avait gratifié le 125 Walker d'un sans-faute. Il en avait derrière la tête, oh ça, il en avait.

Le vent, coincé dans un des replis de Walker Street, se débat en sifflant. L'ascenseur du 125 Walker est un Smooth-Glide Arbo, le modèle dont raffolaient à l'époque les constructeurs d'immeubles d'habitation. Lila Mae se souvient d'avoir appris en cours de marketing à l'Institut qu'Arbo avait dépensé des millions de dollars pour la promotion du Smooth-Glide dans les salons professionnels. Ç'avait été la première entreprise à prendre la mesure des pouvoirs magnétiques du bikini. Perchées sur une plate-forme pivotante ornée de rubans rouges, blancs et bleus, les hôtesses agitaient leurs doigts graciles pour attirer les promoteurs. Ces top models avaient de parfaits nombrils américains, et la tension était palpable dans les vieilles halles d'exposition. À côté de la plate-forme pivotante, une affiche en caractères argentés, que les visiteurs dédaignaient pour des distractions plus charnelles, vantait les mérites du système de contrepoids Quart de Point breveté par Arbo : « Ça vous rappelle quelque chose ? Vous venez d'achever votre chantier et vous êtes fier de pouvoir le faire admirer à votre client. En pleine ascension vers le dernier étage, l'ascenseur de marque X s'arrête et refuse de bouger. Vous ne travaillerez plus jamais avec *eux* ! Avec le nouveau Smooth-Glide Arbo pour immeuble d'habitation, finis les contrepoids récalcitrants. Plus de deux millions de modèles à travers le monde. Alors, vous montez ? »

Derrière la vitre du 125 Walker apparaît une tête chauve couronnée de rares boucles rousses. L'homme jette un coup d'œil à Lila Mae, puis il ouvre la porte, le corps dissimulé derrière la partie métallique. Il attend qu'elle parle la première.

« Lila Mae Watson. Je viens inspecter votre ascenseur », dit-elle.

Voyant l'homme retrousser les lèvres en arc de cercle

jusqu'au nez, elle en conclut qu'il n'a jamais vu d'inspecteur d'ascenseurs comme elle. Lila Mae a localisé avec précision l'épicentre de la désaffection urbaine. Un point zéro en quelque sorte, situé à un coin de rue en plein cœur de la ville. La journée, l'endroit grouille d'une foule laborieuse, mais la nuit venue tout le monde quitte les lieux, hormis des prostituées et quelques vendeurs d'encyclopédies égarés. Il se trouve à deux minutes à pied du bureau de Lila Mae et lui sert de repère pour deviner le degré de suspicion, de curiosité ou de colère qu'elle éveillera lors d'une inspection. Le 125 Walker se trouve aux confins de la ville, tout près de la rivière polluée qui tient les banlieues à distance des gratte-ciel et très loin du coin de rue en question. Le gardien n'est pas agréable. « Montrez-moi votre insigne », lui dit-il alors que Lila Mae a déjà la main dans la poche de sa veste. Elle ouvre l'étui et le brandit sous son nez. Il ne prend même pas la peine de le regarder. C'était juste pour l'impressionner.

Dans le hall se dégage une odeur de graisse animale et d'obscures sauces carbonisées. Au plafond, la moitié des ampoules manquent ou sont brisées. « Par ici », indique le gardien en ouvrant la voie à Lila Mae dans le hall crasseux au carrelage hexagonal noir et blanc. On dirait que l'homme est en train de fondre. Sa tête énorme se dissout dans ses épaules, qui se confondent elles-mêmes avec le reste du corps en une grande flaque.

« Comment ça se fait que Jimmy soit pas venu cette fois-ci ? C'est un chic type, Jimmy », demande le gardien.

Lila Mae ne répond pas. Il a les avant-bras zébrés d'une substance huileuse et noirâtre qui macule également son tee-shirt vert. Une porte s'ouvre à la volée dans les étages et une voix de femme hurle quelque chose de ce ton irrité qu'on adopte pour faire la leçon aux enfants et aux animaux.

L'aspect grumeleux et piqueté de la porte de la cabine indique à Lila Mae que le propriétaire l'a fait repeindre des dizaines de fois, mais malgré cela elle reconnaît immédiatement Smooth-Glide avec ses proportions inhabituellement imposantes. Pour répondre aux premières critiques d'utilisateurs dont Arbo avait sollicité l'avis, l'entreprise avait équipé ses nouveaux modèles d'une porte surdimensionnée censée donner l'impression d'un espace plus grand et distraire les passagers de ce que leur inspirent immanquablement les ascenseurs. À savoir qu'ils voyagent dans une boîte suspendue à une corde dans un puits et qu'ils sont plongés dans le vide. Si le gardien ne gratte pas les couches antérieures avant de repeindre, le mouvement de la porte finira par être gêné. (Beaucoup de graffitis dans le quartier, ça va sans dire.) À peine la porte de l'ascenseur s'ouvre-t-elle qu'elle se bloque dans sa glissière. Une infraction est sur le point d'être commise, une 787, mais Lila Mae décide de ne rien dire au gardien. Ce n'est pas son boulot. «Je suppose que vous voulez commencer par le local machinerie», dit-il, les yeux rivés sur le triangle parfait que forme le nœud de cravate de Lila Mae. Celle-ci, avec ses croisillons de carrés mauves et bleus, disparaît au niveau de ses seins, glissant avec élégance sous les boutons de son costume bleu nuit.

Lila Mae ne répond pas. Elle s'adosse à la paroi du fond de l'ascenseur et écoute. Le 125 Walker n'a que douze étages, raison pour laquelle la vibration du moteur au ralenti qui se faufile dans la boucle de la poulie de déflexion, passant d'abord par les câbles puis par le treuil de traction, avant d'atteindre la cabine, ne diminue pas tant que ça. Lila Mae sent le ralenti vibrer dans son dos. Elle entend l'opérateur de porte faire un clic au-dessus de sa tête dans la gaine sombre et la porte se ferme, imperceptiblement freinée par le frottement de la peinture. Tous les amortisseurs des modèles Arbo sont constitués de trois ressorts hélicoïdaux Gemco, qui attendent cinq mètres plus bas telles des stalagmites. « Appuyez sur le douze », ordonne Lila Mae au gardien. Elle aurait pu le faire elle-même, et les yeux fermés, mais elle est trop occupée par les vibrations qui lui massent le dos, presque visibles à présent. Dans sa tête, les vibrations de l'ascenseur se résolvent en un cône bleu clair. Elle relâche les mains, le stylo qu'elle tient risque de tomber. Lila Mae ne prête pas attention à la respiration du gardien, un grondement sourd et cadencé qui vire au sifflement quand le dernier souffle d'air a fini de creuser sa poitrine. Du bruit. L'ascenseur s'élève. Il poursuit sa montée dans la gaine, vers le grondement du local machinerie, et cette progression, Lila Mae la transforme elle aussi en image. C'est une pointe rouge en rotation autour du cône bleu qui, dès que l'ascenseur commence à s'élever, double de volume et se met à osciller. Les formes ne se choisissent pas, non plus que leur comportement. À chacun ses génies personnels. Tout dépend de la façon dont fonctionne le cerveau. Lila Mae, elle, a toujours eu un certain penchant pour les formes géométriques. Au moment où l'ascenseur atteint le palier du cinquième étage, un octogone orange entre dans sa tête en faisant la roue. Il saute de haut en bas, un comportement plutôt incongru comparé à l'offensive circulaire de la pointe rouge. Au niveau du huitième étage, des cubes et des parallélogrammes font leur apparition mais, se contentant de petites danses timides, ils ne perturbent pas les opérations à la façon de l'espiègle octogone orange qui ricoche au premier plan, comme cherchant à attirer l'attention. Lila Mae sait de quoi il s'agit. Dans le fond noir et poussiéreux de la gaine, le trio d'amortisseurs hélicoïdaux s'éloigne d'elle, dix étages plus bas. Inutile de poursuivre. Juste avant d'ouvrir les yeux, elle essaie d'imaginer l'expression du gardien. Elle en est loin, sauf pour l'arc de la bouche, mais ça ne compte pas puisqu'elle l'a vu auparavant, quand il lui a ouvert la porte de l'immeuble. Ses yeux, deux fentes noires indistinctes, se fondent dans un regard hiéroglyphique. Il retrousse les lèvres si haut qu'on a l'impression qu'elles vont être aspirées par ses narines.

« Je vais être obligée de vous sanctionner pour défaut de limiteur de vitesse », dit Lila Mae.

La porte s'ouvre doucement sur son rail. À cette hauteur, comme le local machinerie est proche, la vibration du moteur est particulièrement intense.

« Mais vous y avez même pas jeté un coup d'œil. Vous l'avez même pas regardé », s'insurge le gardien.

Il n'en revient pas, et la stupéfaction pique ses joues de minuscules taches de sang.

« Je vais être obligée de vous sanctionner pour défaut de limiteur de vitesse », répète Lila Mae en retirant les petites vis de la plaque de verre qui protège le tableau d'inspection sur la paroi antérieure gauche de l'ascenseur. Sur le manche de son tournevis, on peut lire : PROPRIÉTÉ DU SERVICE DES INSPECTEURS D'ASCENSEURS. « Il accroche à peu près tous les six mètres. »

Elle retire la fiche d'inspection qui se trouve sous la vitre.

« Je peux aller chercher mon manuel dans la voiture si vous voulez. Vous pourrez vérifier la réglementation par vous-même, conclut-elle.

– J'en ai rien à faire, de ce foutu manuel », s'énerve le gardien.

Il se frotte les doigts avec le pouce tandis que Lila Mae signe la fiche et la replace sous la plaque de verre.

« Je sais ce qui est marqué. Je veux juste que vous alliez voir ce foutu machin vous-même. Il marche au poil. Vous êtes pas allée là-haut.

– Ça ne changerait rien », dit Lila Mae, qui ouvre le registre des inspections et inscrit ses initiales au bas de la colonne « Identité ».

Bien qu'au douzième étage, elle entend la femme du bas hurler sur ses enfants, enfin ce qu'elle croit être des enfants. On ne sait plus de nos jours.

« Me dites pas que vous êtes un de ces inspecteurs vaudous ? À ce qui paraît, vous auriez pas besoin de voir les ascenseurs pour savoir ce qu'ils ont ? Jimmy en a toujours de bien bonnes à raconter sur vous autres sorciers.

– Intuitionnistes », le reprend Lila Mae tout en frottant la pointe de son stylo pour faire venir l'encre.

Le *W* de ses initiales n'est que le pâle reflet de lui-même.

Le gardien sourit.

« Si c'est à ce petit jeu-là que vous voulez jouer, on dirait que vous me laissez pas le choix. »

Il brandit trois billets de vingt dollars dans sa paume graisseuse, se penche vers Lila Mae et les glisse dans sa poche de poitrine, avec une petite tape pour les faire descendre.

« C'est la première fois que je vois une inspectrice des ascenseurs, qui plus est une femme de couleur, mais j'imagine qu'on vous apprend les mêmes trucs, non ? »

Derrière Lila Mae, la porte de l'appartement 12-A s'entrouvre dans un craquement.

« C'est quoi tout ce boucan dans le couloir ? demande une voix haut perchée. Qui est là ? Qu'est-ce que vous voulez ? »

Le gardien referme énergiquement la porte du 12-A.

« Mêlez-vous de vos affaires, m'dame LaFleur. C'est rien que moi. »

Il se retourne vers Lila Mae en souriant de nouveau, la langue coincée dans le trou laissé par ses deux incisives manquantes. Arbo n'avait pas menti à propos de son système de contrepoids Quart de Point. Il tombe rarement en panne. Cependant, il y a des années, à Atlanta, un incident regrettable avait fait un foin du diable dans la profession, mais finalement la compagnie avait été blanchie de tout soupçon de malfaçon. À ce qu'on dit. En revanche, les limiteurs de vitesse, c'est une tout autre histoire. Tout le monde sait qu'on ne peut pas compter dessus. Si on s'en tient à la probabilité, ce fameux défaut de fabrication aurait dû faire son apparition il y a bien longtemps. Soixante dollars, c'est une somme, se dit Lila Mae.

« D'ici quelques jours, vous recevrez par courrier un exemplaire officiel de la contravention mentionnant le montant de l'amende. »

Elle écrit « 333 » en face du rapport d'inspection du 125 Walker.

Le gardien claque sa grosse paluche sur la porte du 12-A.

« Mais je viens juste de vous filer soixante dollars ! C'est le maximum qu'on m'ait jamais tapé. »

Il peine à contrôler le tremblement de ses bras, qu'il garde croisés contre sa poitrine. Ah, si seulement il pouvait lui flanquer une beigne.

« C'est vous qui avez mis soixante dollars dans ma poche, lui dit Lila Mae. Je ne pense pas avoir fait quoi que ce soit qui puisse suggérer que je souhaitais être achetée. Je n'ai rien dit ni rien fait qui aurait pu vous laisser penser que je modifierais mon rapport si vous me donniez de l'argent. Je n'ai pas tendu la main, que je sache. Si vous tenez à distribuer ce que vous avez durement gagné… » – Lila Mae fait un geste en direction d'un ensemble de graffitis – « je trouve ça curieux comme manie, mais dans le cas qui nous occupe, je ne vois pas en quoi ça me concerne. Ni moi ni mon travail. »

Lila Mae commence à descendre l'escalier. Après avoir passé la journée dans des ascenseurs, c'est un vrai plaisir.

« Si vous voulez reprendre vos soixante dollars dans ma poche, libre à vous, et si vous souhaitez faire vérifier mes conclusions sur le limiteur de vitesse par quelqu'un d'autre, vous en avez parfaitement le droit. Mais je sais ce que je dis. »

Elle quitte le gardien, qui lâche des jurons dans son coin. Elle a raison à propos du limiteur de vitesse. Elle ne se trompe jamais.

Elle ne sait pas encore.

Toutes les voitures ont la couleur et le brillant des algues, ce qu'elles doivent aux soins diligents du pool automobile. Le soir de son investiture, Chancre empoigna de ses doigts boudinés le lutrin qui se trouvait devant lui puis énonça son plan en dix points. Pour l'occasion, il portait autour du cou un long ruban patriotique, au bout duquel pendait un insigne doré. «Les véhicules du Service, tonitrua-t-il, doivent être entretenus dans un état digne de ce même Service.» Tonnerre d'applaudissements dans la sombre salle de banquet de l'hôtel Albatross. Assis aux longues tables ovales autour des bouquets étranges composés par Mrs Chancre, les inspecteurs traduisirent sans peine le point sept de son plan par : «Ces négrillons ont intérêt à astiquer les bagnoles.» Jimmy, un des mécaniciens du pool automobile, en pince secrètement pour Lila Mae. Pas si secrètement que ça, quand on sait que la voiture de la jeune femme est la seule à avoir droit à un coup d'aspirateur quotidien et que Jimmy lui remet toujours son rétroviseur comme elle l'aime après les manipulations de l'équipe de nuit. Jimmy est non seulement le plus jeune de ses collègues mais aussi le plus maigrichon. Au creux de ses mains, les cals ne sont encore que de tout petits galets.

À la sortie des bureaux, la circulation est un enfer. La station de radio WCAM poste des journalistes munis de jumelles à des carrefours stratégiques pour informer les auditeurs des ralentissements et des bouchons. Lila Mae a tendance à les confondre avec les marginaux qui traînent aux entrées d'autoroutes. Les mêmes gestes mystérieux et furtifs, la même posture voûtée, celle de gens qui n'ont aucune raison valable d'être ainsi sur le bas-côté. À cette distance, elle est incapable de faire la différence entre un talkie-walkie et une bouteille de mauvais vin.

Ils n'ont aucun alibi, songe-t-elle en jetant un coup d'œil aux hommes au bord de la route.

La voiture de Lila Mae progresse par à-coups dans la mélasse. D'après la sentinelle de WCAM, un accident a eu lieu un peu plus loin. Un bus scolaire s'est renversé, et comme les banlieusards qui rentrent chez eux se tordent le cou pour mieux voir tout en se signant, un bouchon s'est formé.

Par ici, klaxonne une femme dans une petite voiture rouge. Le trille léger de l'avertisseur trahit l'origine étrangère du véhicule, comme un gazouillis de bébé dans une langue inconnue. Lila Mae est persuadée que les klaxons fonctionnent à l'envers : au lieu de pousser les gens qui traînent en tête à se dépêcher, ils exhortent ceux qui sont en queue. « Venez ! Suivez-moi ! » disent-ils. Lila Mae écoute leurs cris sporadiques, les informations diffusées par WCAM. Sur la route, devant elle, les feux arrière semblent se consumer. La voix du speaker de la radio a l'élégance habituelle, la pureté neutre que Lila Mae associe à la géométrie. Le speaker annonce qu'une dépression se dirige vers l'est et qu'un accident a eu lieu au Fanny Briggs Memorial Building. Un ascenseur est tombé.

Voilà que ça se corse.

Quand Lila Mae se branche sur la radio du Service, elle entend le routeur appeler son code. « Appel à Z34. Zoulou-Trois-Quatre au rapport.

– Z34 à base.

– Pourquoi n'êtes-vous pas rentrée au quartier, Z34 ? »

Contrairement aux idées reçues, la salle de routage du Service des inspecteurs d'ascenseurs n'est pas pleine à craquer de consoles et de routeurs s'affairant fiévreusement à brancher et débrancher des fiches. C'est un petit cagibi sans fenêtre situé au dernier étage de l'immeuble, et une seule personne y travaille à la fois. En ce moment même, c'est Craig. Lila Mae se l'imagine comme un type aux cheveux bruns ; maigre, vêtu d'un tricot de corps et d'un pantalon à bretelles, il est avachi sur sa chaise pivotante. Elle n'a jamais rencontré les routeurs et n'a vu leur salle qu'une seule fois, le jour où elle est entrée dans la boîte. Le préposé de service devait être aux toilettes ou parti se faire un café.

« J'étais en inspection. Au 125 Walker. Je viens juste de monter dans la voiture », répond Lila Mae. Personne ne s'apercevra de ce mensonge.

Une fois qu'elle a fini sa journée, elle a l'habitude d'éteindre sa radio. Car parfois, un membre de l'équipe de nuit se fait porter pâle, et Craig lui demande alors de rempiler pour quelques heures. Mais pas question pour Lila Mae de se taper le sale boulot tant que la ville et le Service n'auront pas défini de politique commune concernant les heures supplémentaires. S'ils cuvent toujours à six heures du soir, ils n'ont qu'à faire avec. Voilà ce qu'elle pense.

« Vous êtes priée de rentrer immédiatement au quartier, Zoulou-Trente-Quatre, annonce le routeur.

– Qu'est-ce que c'est que ces conneries à propos du Fanny Briggs ?

– Vous êtes priée de rentrer immédiatement, Z34. Chancre veut vous parler. Et inutile, j'imagine, de vous rappeler ce que le règlement dit des grossièretés proférées sur les ondes municipales. Terminé. »

Lila Mae se branche à nouveau sur WCAM dans l'espoir d'obtenir plus de détails. Pour une raison qu'elle ignore, Craig s'est montré particulièrement dur, et ce n'est pas bon signe. Elle envisage de rouler sur l'accotement pour dépasser le flot des voitures, son insigne à la main au cas où un flic l'arrêterait. Or, historiquement, policiers et inspecteurs des ascenseurs ne s'entendent pas très bien, ce qui rend improbable l'aide éventuelle d'un flic, même pour motif municipal. Rien d'étonnant à ça, la ville n'a jamais donné suite aux multiples requêtes de Chancre réclamant des sirènes pour les véhicules de son service. Curieusement, à l'extérieur de la Guilde, personne ne semble comprendre leur nécessité. À la radio, une des sentinelles de WCAM postée plus loin explique que les services de secours ont du mal à extraire les enfants du bus scolaire.

À l'école élémentaire, Lila Mae avait fait un exposé sur Fanny Briggs. Son nom ne figurait que dans les encyclopédies les plus récentes. Certaines éditions affichaient même sa photo dans la marge : elle avait l'air fatiguée ; c'était une femme aux paupières tombantes, avec des bajoues qui lui dégringolaient jusqu'au menton. Lorsqu'elle commença son exposé debout face à la classe de CE2 de Miss Parker, Lila Mae avait le cœur qui battait. D'habitude, elle se planquait au dernier rang à côté des cages à lapins, contre le mur où étaient exposés les dessins maladroits de l'année précédente. Et voilà qu'elle se retrouvait à côté du bureau de Miss Parker, ses notes bien serrées entre ses mains tremblantes.

Lila Mae s'était lancée : « Fanny Briggs était une esclave qui avait appris à lire toute seule. »

Un jour, bien avant l'exposé, Lila Mae avait entendu Dorothy Beechum, l'actrice de couleur la plus célèbre du pays, lire à la radio des extraits du livre dans lequel Fanny Briggs racontait sa fuite vers le Nord. Elle était avec sa mère au salon. Lila Mae s'était assise sur les genoux de sa mère, les jambes pendant dans le vide, la tête penchée vers le haut-parleur. L'actrice avait une voix inflexible que les plus progressistes de ses auditeurs applaudirent, félicitant à voix basse une noble cause. De minuscules particules d'obscurité semblaient filtrer du treillis rêche et déchiré du haut-parleur, une obscurité troublante qu'elle associerait plus tard à la gaine des ascenseurs. Bien sûr, elle avait choisi de faire son exposé sur Fanny Briggs. Sur qui d'autre ?

Côté circulation, ça ne bouge pas beaucoup.

Les temps changent. Dans une ville où la population de couleur s'exprime de plus en plus (et n'hésite pas à manifester – quand bien même la presse de caniveau disqualifierait ses revendications –, ainsi qu'à jeter des tomates et autres légumes pourris lors de meetings officiels, déjouant sa si parfaite organisation), il était logique de baptiser le nouveau bâtiment municipal du nom d'une des héroïnes de la communauté noire. Le maire n'est pas un imbécile. D'ailleurs, on ne peut devenir le patron d'une ville aussi grande et aussi démente quand on est un imbécile. Le maire sait qu'ici on n'est pas dans une ville du Sud, ni dans une ville de nouveaux riches, ni dans une ville d'anciens riches, mais dans la ville la plus célèbre du monde, et que les règles y sont différentes. Le nouvel édifice municipal fut baptisé Fanny Briggs Memorial Building, choix qui suscita peu de protestations et encore moins de jets de tomates pourries.

Quand Lila Mae apprit qu'on lui avait donné cet immeuble en inspection, elle demeura indifférente. Il était logique que ça tombe sur elle ou sur Pompey, les deux seuls inspecteurs de couleur. Chancre n'est pas bête. Après tout, à la Guilde comme ailleurs, il y a des années à élections, ce qui explique un certain nombre de mesures adoptées récemment. Par exemple, tout le Service a été augmenté de 1,25 $, ce qui, au dire de Chancre, finira à terme par faire une jolie somme. Or les inspecteurs des ascenseurs, fonctionnaires jusqu'à la moelle malgré leur réputation de rebelles et leur humour cabotin, n'avaient pas besoin qu'on leur explique l'intérêt d'une augmentation de 1,25 $, tant s'en faut. Quand on travaille pour l'État, on travaille pour l'État, que ce soit en inspectant des ascenseurs ou des wagons de chemin de fer chargés de quartiers de viande, et le moindre coup de pouce récompensant sa contribution au bien du pays est accepté avec joie, geste électoral ou pas. Même chose avec les tournevis. Quand, peu après l'augmentation, une circulaire annonça l'arrivée des nouveaux modèles, rares furent ceux qui s'offusquèrent de ces manœuvres électoralistes aussi flagrantes. Car les tournevis étaient tout simplement magnifiques. Depuis le jour où la ville avait donné mandat au Service, les inspecteurs avaient les poches de veste déformées par des outils terriblement encombrants, qui anéantissaient toute velléité d'élégance et de style. Difficile de prétendre en imposer quand on donne de la bande. Les nouveaux tournevis ont un manche en nacre et une tête pareille à celle des vis de tableau d'inspection. Ils se déplient comme des canifs et alimentent des fantasmes baroques d'espions en mission secrète. Qu'y trouver à redire ?

Alors, quand les inspecteurs apprirent que la batterie de dix-huit ascenseurs du Fanny Briggs (dix-huit ascenseurs ! Une inspection qui compte dans la carrière d'un inspecteur) avait été attribuée à Lila Mae, peu s'en étonnèrent ; et si Chancre perdit des soutiens parmi les vieux cabots de la Guilde, cette perte fut largement compensée par l'augmentation et les nouveaux tournevis en nacre. De son côté, Lila Mae savait qu'en agissant ainsi, Chancre cherchait à attirer l'attention de son concurrent à la présidence de la Guilde, le progressiste Orville Lever, qui semblait persuadé que seuls les intuitionnistes étaient capables de former des coalitions, de serrer la main à des gens issus de la diversité, etc. Lila Mae (qui, soit dit en passant, est toujours bloquée dans les embouteillages) est certes intuitionniste mais elle est surtout une femme de couleur. La secrétaire de Chancre lui avait laissé un mot sur son bureau : *Vos bons offices ne seront pas oubliés après les élections*. Comme si elle avait besoin d'être achetée par une vague promesse de promotion (sûrement fausse en plus). C'est son boulot. Elle a prêté serment, chose qu'elle prend très au sérieux. Lila Mae devinait alors, sans même lever les yeux, les regards que ses collègues, les vieux cabots, fixaient sur elle comme les bleus avec leur Sécur' rétrograde. À la façon dont les rumeurs se propagent dans le Puits (Lila Mae se situerait plutôt en aval de l'onde), tous durent apprendre la nouvelle avant elle. Peut-être bien que ce gringalet de Ned à la silhoutte nébuleuse, qui a été condamné au bureau à perpétuité après le célèbre fiasco des Johnson Towers, avait parlé à un type qui lui-même avait parlé à un type proche de Chancre et que c'était comme ça que le bruit avait filtré : la fille de couleur avait le boulot. Pas eux, pas Pompey. Les années d'élections n'apportent pas de surprises, juste un peu plus d'interférences.

Tiens, mais qu'est-ce qu'elle voit là ? Un Chancre de six mètres de haut sur un panneau publicitaire pour United Elevator Company. Ce double géant a les pans de son célèbre costume croisé retenus par des étais. Avançant au ralenti au niveau de l'entrée du tunnel, Lila Mae ne risque pas de le manquer. Dans la morne procession des voitures, les klaxons se sont tus. Le tunnel est en vue, et le moment d'y entrer s'accompagne immanquablement d'une période de vague appréhension. Au pied du panneau, on peut lire : ENTIÈREMENT SÛR, un clin d'œil à la célèbre déclaration d'Otis à l'exposition de 1853 au Crystal Palace. Pour les autres automobilistes, cette référence n'évoque pas grand-chose (dans la tête des civils, la publicité pour les ascenseurs ne signifie rien d'autre que la modernité, cet heureux progrès qu'ils considèrent comme acquis et chérissent inconsciemment), mais pour Lila Mae et ses collègues inspecteurs la phrase d'Otis est ce qui les sort du lit tous les matins. C'est leur devise sacrée.

Comprendre la soudaine omniprésence de publicités pour des ascenseurs est un vrai casse-tête, même pour ceux qui se penchent depuis longtemps sur les voies impénétrables du monde des affaires. Outre les panneaux d'affichage comme celui qui domine Lila Mae en ce moment, les publicités brillent de toute part, sur les bancs des parcs publics, les flancs des bus et des métros du réseau municipal, les murs intérieurs des stades de base-ball et sur d'autres endroits encore. Mais pas seulement. Un jour, dans sa salle de cinéma préférée (le Marquee, sur la 23e Rue, célèbre parmi les amateurs de pop-corn pour sa deuxième tournée gratuite), avant le début de la séance, Lila Mae avait assisté stupéfaite à la projection d'un film de trente secondes sur le nouveau treuil à entraînement direct d'American Elevator. D'ailleurs, elle se surprend parfois à fredonner le doo-wop entraînant de la réclame, même si le treuil en question n'était pas si nouveau que ça puisqu'il s'agissait en fait du vieux modèle 240-60, dont seul le boîtier avait été changé. Ces vastes campagnes de promotion, d'autant plus inexplicables que le transport vertical représente un marché restreint, est un phénomène relativement récent. Et le fric que Chancre se fait chaque année avec ses publicités reste un mystère pour tout le monde, mais il est clair qu'il joue un rôle considérable dans sa réélection à la présidence de la Guilde. Non mais regardez-le un peu, perché là-haut ! Jusqu'ici, Lila Mae pensait que son rôle dans la campagne électorale se limitait à celui de vitrine, de preuve vivante de l'évolution progressiste de la Guilde, et par voie de conséquence de la ville.

Elle ne sait pas encore.

Lila Mae arrive dans le tunnel dont l'intérieur, avec ses carreaux jaunes et luisants, lui évoque un gosier étranglé par des glaires. C'est alors que WCAM se décide enfin à donner des nouvelles récentes du Fanny Briggs Memorial Building. Le speaker annonce, de sa voix géométrique tout en polygones, que Chancre et le maire ont l'intention de donner une conférence de presse pour expliquer ce qui s'est passé en début d'après-midi dans le nouveau bâtiment municipal. Mais avant qu'il puisse ajouter quoi que ce soit de concret qui permette à Lila Mae de se préparer, le tunnel mange la transmission. Plus rien. Dans la voiture, il ne subsiste que les craquements brouillons des parasites et le chuintement fervent des pneus qui frottent l'asphalte. Un silence presque total, comme pour permettre aux automobilistes de mieux apprécier la merveille d'ingénierie qu'ils traversent et le caractère miraculeux de leur époque. Dehors, l'air est toxique.

Il s'est passé quelque chose. Or c'était son dossier. Lila Mae tambourine sur son volant en se repassant sa visite de la veille. Ceux qui chercheraient dans la forme du Fanny Briggs le corps massif et bossu de la femme à laquelle il est dédié devraient garder à l'esprit que dans tout architecte municipal gît un désir d'accroupissement. Les bâtiments officiels, en général plus larges que hauts, sont ainsi mieux adaptés à l'espace que nécessitent les bureaux aux tiroirs profonds où sont rangés des documents éphémères en trois exemplaires. Ça fait des générations que ça dure. Mais aujourd'hui, qui peut résister au pouvoir de séduction des ascenseurs, ces premiers degrés vers le paradis, qui rendent l'inexorable verticalité si attirante ? Bien que les architectes aient compris que l'avenir se joue dans la hauteur et dans le fait d'aller le plus haut possible, les vieilles habitudes ont la vie dure. Elles s'accrochent et résistent, en dépit du bon sens. Conclusion : comme en politique, la solution trouvée fut un ignoble compromis. À la lisière nord de Federal Plaza, dans le périmètre restauré du sud de la ville, le Fanny Briggs se tient accroupi sur cinq étages ventrus avant de s'élancer dans les airs avec ses quarante niveaux d'acier immaculé. L'effet qui en résulte est celui d'une chrysalide, la photo d'un insecte en verre émergeant d'un cocon de pierre. En gravissant pour la première fois les larges marches, Lila Mae avait levé les yeux vers le monolithe dressé au-dessus de sa tête avec un bref frisson de vertige. C'était une grosse responsabilité. Au-dessus de l'entrée était gravée l'inévitable devise en latin.

Lila Mae est sortie du tunnel. Elle ne voit pas où elle a pu se tromper. Il lui faut un plan.

Du calme, ma grande.

Avant d'entrer dans le tunnel, le dessin de la ville sur l'horizon ne constitue, fait étrange, qu'un élément du décor parmi d'autres : une rangée de dents cassées mordant méchamment dans l'atmosphère ; mais ce n'est pas tout, il y a beaucoup d'autres choses à voir : de l'eau sale et, au-delà de cette eau sale, l'humble avant-poste de la métropole qu'on vient de quitter, un bouquet anarchique de cheminées. Bref, des tonnes de détails. Libre à chacun de puiser dans les 360 degrés alentour ceux à sa convenance, selon la généreuse illusion du choix. Après, c'est le tunnel. Il n'y a plus de ciel, rien que des dents. Les automobilistes se détendent une fois qu'ils atteignent la ville, redécouvrant son vrai visage, puis la fatigue les gagne un à un tandis qu'ils émergent de l'obscurité, se demandant pourquoi ils étaient si pressés d'arriver là. Le réseau de sens uniques et de demi-tours interdits rend périlleuse toute velléité de retraite. C'est fait exprès.

En débouchant au coin du Q.G., Lila Mae s'aperçoit

que la conférence de presse a commencé, quoique avec un léger temps de latence. Admirables, les rayures sur les costumes des journalistes et des reporters radio. Ah, si seulement les dirigeants parvenaient à réglementer les normes de construction, avaient un projet architectural plus global, alors peut-être que la ville pourrait être à l'image de ces rayures : uniforme, régulière et organisée. La foule d'hommes en chapeau est si dense qu'au début Lila Mae n'arrive pas à repérer Chancre et le maire, mais bientôt elle voit apparaître cet étrange halo rouge qui se forme autour du visage de l'Irlandais quand tout le sang y afflue, comme c'est le cas chaque fois que le président de la Guilde laisse éclater sa colère. Lila Mae se sent exposée, tel un voyeur surpris lors d'une nuit au clair de lune. Car ils parlent d'elle, car elle est mêlée à toute cette agitation, ça elle le sait, même si elle ignore encore les détails. La conférence de presse se tient devant l'entrée du Q.G. Par bonheur, la rampe d'accès au garage est dégagée. Les flashs crépitent comme du petit bois sous les pas de chasseurs.

Si, dans les immeubles municipaux, on manque parfois d'agrafes, de chaises confortables ou de papier-toilette digne de ce nom, on ne manque jamais, en revanche, de néons. La voiture de Lila Mae glisse dans l'obscurité fétide du garage et passe le guichet du bureau des mécaniciens, où une équipe de six hommes en uniforme vert foncé se penche au-dessus d'un vieux poste de radio, semble-t-il inusable. Lila Mae espère très fort qu'ils ne la remarqueront pas et que lui seront épargnés les grimaces et hochements de tête entendus auxquels elle a toujours droit. Elle, la snobinarde qui a fait des études supérieures. Cet endroit est tout ce que le Service a daigné accorder aux hommes de couleur : un espace souterrain et sans ouverture sur le ciel, éclairé par une lumière si pauvre qu'elle ne fait que souligner son absence; mais les mécaniciens ont fait de leur mieux pour se l'approprier. Par exemple, si on regarde attentivement les affiches scotchées sur la plupart des piliers en ciment, en dépit du règlement qui interdit toute propagande électorale dans un rayon de cent mètres autour du Q.G., on peut remarquer quantité de microscopiques manifestations de révolte. À commencer par les spirales au milieu des pupilles de Chancre qui tournent dans le sens contraire des aiguilles d'une montre – référence à sa proverbiale dipsomanie nocturne. Pour voir les spirales, il faut avoir le nez collé dessus, et encore, on peut facilement les rater. En ce qui concerne Lila Mae, c'est Jimmy qui les lui a montrées. Il y a aussi des cornes, des pustules et quelques insultes griffonnées sur ses dents carrées, tout cela s'accumulant avec le temps jusqu'à former un décor plus personnel et significatif que les éternels dessins humoristiques et autres pin-up qu'on peut voir affichés dans les bureaux. Personne ne remarque ces petites choses, et pourtant elles sont là, presque invisibles. Et elles comptent.

Lila Mae ferme sa portière et se faufile entre les autres voitures. Il est plus de sept heures et aucun véhicule de l'équipe de nuit n'a encore quitté le garage, du jamais vu en trois ans de service. Elle n'a pas encore de plan mais, tant que la conférence de presse n'est pas terminée, elle n'aura pas à parler à Chancre, ce qui lui laisse un bon moment pour peaufiner son histoire. À son grand dam, Lila Mae a rendu le rapport du Fanny Briggs hier après-midi. Du coup, même si elle trouvait le moyen de se faufiler au bureau du Traitement sans se faire voir de Miss Bally et de ses filles, il y a peu de chances que son rapport y soit encore. Pièce à conviction. Encore combien de temps avant qu'ils ne fassent intervenir l'Inspection générale ? se demande-t-elle. Si ce n'est déjà fait. Depuis qu'elle travaille là, Lila Mae ne doit rien à personne et personne ne lui doit rien non plus, et jusqu'à présent ça lui convenait parfaitement. Elle est en train de changer d'avis. Chuck, peut-être ?

« Ça roule aujourd'hui ? » demande Jimmy. C'est avec cette question que le jeune mécanicien accueille Lila Mae chaque fois qu'elle rentre d'une intervention. Il s'imagine sans doute qu'elle se laissera un jour séduire par ses constantes prévenances et que, plus tard, ils se remémoreront avec tendresse la période du garage comme l'innocente préhistoire de leur idylle. Ce n'est pas tant qu'il l'a prise par surprise, mais plutôt qu'elle était trop absorbée pour voir sa silhouette filiforme se ruer hors du bureau et courir à sa rencontre. Pas trop absorbée toutefois pour remarquer qu'aujourd'hui la question de Jimmy se fait hésitante et que l'ambiguïté qui règne depuis toujours sur son objet (elle ou la voiture ?) est plus trouble que jamais. En le voyant sourire, Lila Mae se dit qu'après tout, la situation n'est peut-être pas si dramatique que ça.

« Comment se fait-il que les voitures soient toujours là ? demande-t-elle.

– Tout le monde est en train d'écouter Chancre et le maire parler de l'immeuble. »

Jimmy se tait, craignant d'en dire trop. Il tortille un chiffon qu'il a sorti de la poche arrière de sa salopette.

Lui tirer les vers du nez promet d'être aussi dur que

d'arracher une dent. Après tout ce temps, Lila Mae ne sait toujours pas si ce garçon est timide ou idiot. Il suffit qu'elle penche pour l'une ou l'autre option pour qu'il fasse quelque chose qui l'oblige à réviser son jugement et qu'elle se perde à nouveau en conjectures pendant des mois.

« Ils parlent du Fanny Briggs, c'est ça ? reprend Lila Mae.

– Oui.

– Et qu'est-ce qui est arrivé ? »

Elle procède étape par étape. Elle sait que son temps est compté.

« Il est arrivé un truc qui a fait tomber l'ascenseur. Ça a fait un de ces ramdams pas possible, et… tout le monde… au garage… pense que c'est à cause de vous. »

Il prend une grande inspiration.

« Et à la radio, ils disent pareil.

– Ne t'en fais pas, Jimmy. Dis-moi une chose encore. Est-ce que l'équipe de jour est dans les bureaux ou est-ce que les gars sont allés chez O'Connor ?

– Il y en a qui ont dit qu'ils allaient chez O'Connor pour écouter Chancre à la radio. »

Le pauvre garçon tremble. Ça fait longtemps qu'il ne sourit plus.

« Merci, Jimmy. »

Elle monte la rampe, sort dans la rue et, trois boutiques plus loin, la voilà chez O'Connor. Elle peut sans doute y arriver sans se faire remarquer des gens massés devant l'entrée. Pourvu que Chuck soit là-bas. Au moment où elle s'en va, Lila Mae pose la main sur l'épaule de Jimmy et lui dit que ça roule. Des bobards, bien sûr.

Lila Mae n'a qu'un seul ami dans le Service, il s'appelle Chuck. Chuck est roux et porte une Sécur' impeccable, un atout quand on veut s'intégrer au groupe des jeunes inspecteurs. Selon ses dires, cette coupe est obligatoire à l'Institut pour le transport vertical du Middle West, où il a achevé ses études au printemps dernier. C'est la première recommandation (ou presque) du *Manuel des étudiants*. Là-bas, même les filles sont obligées de porter la Sécur', ce qui fait que tout le monde confond tout le monde, et qu'à force de se retourner à tout bout de champ les étudiants ont fini par se froisser les muscles du cou. Une véritable épidémie que les médecins du coin ont baptisée : «Sécurite». La théorie de Chuck, c'est que le renouveau de la coupe participe de ce conservatisme ambiant qui transpire aujourd'hui de tous les secteurs de l'industrie des ascenseurs, aussi bien dans le design minimaliste des cabines que dans le retour au rail en T après une période désastreuse marquée par le triomphe des guides de sécurité tubulaires européens. Ce même conservatisme qui s'en prend aux changements survenus à la Guilde ces dernières années : «Regardez un peu tout ce bordel avec la montée de l'intuitionnisme et l'entrée des femmes dans le Service, sans parler des gens de couleur. Tenez, prenez Lila Mae Watson, incarnation de ces bouleversements, c'est une triple malédiction à elle toute seule.» Un jour, le cycle retournera forcément au mot d'ordre des vieux cabots : «Innovation et régression». C'est ce que Chuck aime raconter à Lila Mae lorsqu'ils déjeunent ensemble, ce qui se résume en général à un pique-nique improvisé dans l'atrium crasseux du Metzger Building à côté du bureau, sacs en papier kraft posés en équilibre sur les genoux. « En avant et en arrière, en avant et en arrière », répète Chuck. Ou plutôt « en haut et en bas », corrige Lila Mae pour elle-même.

Quand il aura fait son temps sur le terrain, lui dit-il, il compte se dégoter un boulot de gratte-papier au Service, puis tout plaquer pour aller enseigner les escalators à l'Institut. Chuck est un drôle de type. Quand on pense au prestige macho associé à l'inspection des ascenseurs et à son traitement de faveur au sein de la Guilde, on se dit qu'il faut vraiment avoir une personnalité à part pour songer à se spécialiser dans les escalators, le moyen de locomotion le moins valorisé. Leur sécurité n'a jamais inspiré le respect qu'elle mérite, sans doute parce que l'inspection de ces créatures cycliques est si monotone que peu ont le courage, pour ainsi dire les tripes, d'endurer le vertige provoqué par l'observation prolongée de leurs cascades de dents. Mais Chuck est capable de vivre sans gloire et sans considération, voire avec la migraine. Pour lui, se spécialiser, c'est la garantie de la sécurité de l'emploi. Comme le pays manque cruellement de professeurs en escalators, Chuck pense qu'il obtiendra un poste d'enseignant les doigts dans le nez. Et une fois qu'il aura fait son nid là-bas, alors il pourra s'ouvrir à d'autres champs d'expertise et enseigner ce qui lui chante. Sans doute même a-t-il déjà au fond d'une poche son cursus idéal, griffonné sur un bout de nappe en papier : un cours général sur les ascenseurs hydrauliques (Chuck en est dingue), un cours qui balayerait toute leur histoire, des monstres à traction directe inventés par Edoux en 1867 aux tout derniers hybrides que les laboratoires Arbo sont censés sortir l'année prochaine à l'automne. Ou un cours sur l'ascenseur hypothétique. Les études sur l'ascenseur hypothétique vont sûrement revenir à la mode, maintenant que la polémique est retombée. Chuck a promis à Lila Mae que, bien qu'il soit un empiriste convaincu, il aborderait les théories intuitionnistes avec ses étudiants par souci d'exhaustivité. Il a le sentiment que son avenir au sein de la Guilde est assuré. Et maintenant, les blagues le taxant d'«enfourcheur de marches» lui rentrent par une oreille et lui sortent par l'autre.

Quoi qu'il en soit, l'heure n'est pas aux plaisanteries légères, ni aux moins légères d'ailleurs. Chuck a été plus ou moins accepté par le Service à l'issue d'une brève période de bizutage assez incompréhensible (incompréhensible pour des bleus comme Chuck ou les éternels outsiders comme Lila Mae, étant donné qu'il consistait en mots codés et gestes furtifs de la main connus des seuls initiés, et donc impossibles pour eux à déchiffrer), et ce soir ils sont tous réunis pour écouter à la radio la conférence de presse de Chancre. Écouter la grande nouvelle. Lila Mae, qui s'est faufilée hors du garage pour aller chez O'Connor d'un pas si hésitant que quiconque l'aurait vue aurait cru qu'elle venait de découvrir l'usage de ses jambes, n'est pas surprise de trouver ses collègues en train d'écouter la retransmission d'un événement qui se déroule à moins de cent mètres de là. Ils auraient très bien pu se joindre à la foule des journalistes sur le parvis du Q.G., mais non. Pour les inspecteurs d'ascenseurs, tout est dans le «voyage» (synonyme de chocs et de frémissements, et non de départs ou destinations, termes qui renvoient à une réalité plus prosaïque) ; aussi, le fait que les ondes radio doivent d'abord « voyager » des micros des reporters au récepteur de WCAM fixé sur le toit de l'immeuble de la chaîne et y traîner un moment avant de retourner à leur point de départ (à quelques mètres près), tout ça n'est pas pour leur déplaire. La tortuosité propre à leur métier les détourne de leurs troubles psychiques, confinés dans les zones poussiéreuses de leur cerveau ; c'est là que résident les défauts majeurs de leur personnalité. Personne n'a très envie d'aller fouiller là-dedans, et encore moins de reconnaître leur existence. Si les inspecteurs prenaient à bras-le-corps le problème, ils découvriraient des vérités certes instructives sur leur travail et eux-mêmes, mais sans aucun doute dévastatrices. C'est dire leur importance. Celui qui a proposé d'aller écouter le maire et Chancre chez O'Connor, qui leur a permis à tous de céder à leurs innombrables manquements et tergiversations, celui-là boit sûrement à l'œil ce soir.

Les gars de l'équipe de jour et ceux de l'équipe de nuit sont assis, avachis, autour de la radio encastrée dans le mur derrière le bar, juste au-dessous d'un néon vert en forme de trèfle. Lila Mae repère la tignasse rousse de Chuck au milieu de la bande. Les loups sont tout ouïe. À la radio, le maire annonce que tout sera mis en œuvre pour élucider l'affaire, que les coupables seront châtiés et qu'il lance une vaste enquête pour tenter de comprendre l'effroyable accident qui vient de se produire au Fanny Briggs Building, un édifice dédié à l'une des figures les plus importantes du pays.

« Pensez-vous qu'un individu ou même un groupe

opposé aux gens de couleur soit impliqué dans cet accident ? » Chez O'Connor, la question du journaliste provoque des chuchotements furieux. Tout le monde songe, et c'est normal, aux émeutes de l'été dernier, se disant combien il est étrange de vivre dans une telle métropole (avec ses splendides métros aériens, ses cinq quotidiens, ses deux stades de base-ball) et d'avoir quand même peur de sortir de chez soi. C'est fou comme les choses peuvent replonger d'un coup dans un chaos d'un autre âge.

« À l'heure actuelle, poursuit le maire, on ne peut pas se prononcer sur les éventuels responsables. Nous ne voulons en aucun cas échauffer les esprits ni réveiller de bas instincts. J'étais présent lors du drame, et tout ce que je peux vous dire, c'est que j'ai entendu un fracas épouvantable, un gros badaboum, et qu'il y a eu beaucoup d'affolement. C'est comme ça que j'ai compris que quelque chose d'effroyable s'était passé au Fanny Briggs. Nous nous concentrons pour le moment sur les éléments dont nous disposons, comme les rapports d'inspection par exemple. Mais M. Chancre, le chef du Service des inspecteurs d'ascenseurs, sera plus à même de répondre à ces questions. Monsieur Chancre ? »

Inutile de dire que Lila Mae fréquente assez peu O'Connor. Seulement lors des soirées bowling organisées par le Service, où elle se retrouve seule avec Chuck, à part les piliers de bar habituels, lesquels ne représentent une menace que pour les sols propres. Son père lui avait dit de se méfier des Blancs, qui pouvaient se retourner contre elle à tout moment. Quand elle est chez O'Connor, Lila Mae craint pour sa vie. Chaque bruit de chaise inattendu, chaque client qui hausse le ton, annoncent une potentielle bagarre. Les rares fois où elle s'est trouvée là pendant la retransmission d'un match de base-ball ou de boxe, le moindre cri la poussait à chercher de quoi se défendre. Le fait que le barman sonne une grosse cloche en cuivre quand un client oublie de laisser un pourboire n'arrange pas les choses : Lila Mae sursaute inévitablement. Idem quand ledit barman tire avec son pistolet de starter pour faire cesser les disputes entre inspecteurs, disons une controverse sur les différents avantages et inconvénients de la diffusion de chaleur dans le système de freins United Elevator, par exemple. Chez O'Connor, les inspecteurs peuvent se transformer en bêtes sauvages d'un moment à l'autre. Telle est la conséquence de l'effet de groupe : la violence pure a été remplacée par une violence tout aussi pure mais qui se déchaîne après coup. Lila Mae sait que sa situation au bureau et chez O'Connor est précaire. Elle n'est jamais qu'une touriste égarée parmi des descendants de clans en voie d'extinction, dont l'accent un peu guttural dessine grossièrement la carte de leurs terres ancestrales. Partout dans la ville, la situation de Lila Mae est précaire, mais elle a su dompter sa terreur et la rendre invisible en dépit de son ubiquité, comme les bouches d'incendie ou les chewing-gums que l'on foule sur les trottoirs. En guise d'armes improvisées, on peut se munir de chaussures, de clefs, de bouteilles cassées, ou encore de queues de billard, s'il y en a à portée de main.

«Je te parie dix dollars que Chancre fait un discours électoral, lance un inspecteur.

– Pari de con», répond son voisin.

Danger ce soir, encore plus que d'habitude. Pour Lila Mae, tout ce qui était familier est devenu différent.

« Elle est vraiment dans la merde ce coup-ci, assène le premier.

– Elle et toute sa clique, si tu veux mon avis.

– C'est du tout cuit pour Chancre », conclut l'inspecteur.

Et tant pis si Lila Mae ne s'est pas battue depuis l'école primaire, depuis le jour où une blondinette à dents de cheval lui avait demandé : « Pourquoi les nègres ont les cheveux crépus ? »

« Voilà ce qui arrive quand on laisse entrer à la Guilde des dégénérés qui n'ont rien à y faire, reprend le voisin.

– Ta gueule. Laisse-moi écouter ce qu'il dit. »

La première chose que fait une personne de couleur quand elle entre dans un bar de Blancs, c'est de vérifier s'il y a une autre personne de couleur dans l'établissement. À part Lila Mae, il n'y a qu'une seule autre personne de couleur qui ose passer le pas de la porte de chez O'Connor, où se dandine un lutin ricanant, et cette personne, c'est Pompey. Il est bien là ce soir, les coudes posés sur le bar, à siroter délicatement son whisky comme le ferait un calife avec son thé, les poignets de sa chemise bouffant hors des manches ridiculement courtes de sa veste. Le barman fait disparaître les verres vides d'un geste impatient, sans prendre garde aux questions de sécurité. Du moins pour Lila Mae, pas pour Pompey. Ces types-là ne lui feraient pas de mal, au petit Pompey, qui aurait probablement fini jockey d'une pouliche lymphatique sur un champ de courses s'il n'avait trouvé sa fameuse vocation. (À moins que ce soit elle qui l'ait trouvé, à en juger par le fatalisme résigné dont les inspecteurs font preuve en matière de carrière.) Il y a une histoire qui circule à son sujet, et qu'elle soit véridique ou non n'a aucune importance. Un soir, George Holt, le prédécesseur de Chancre, a fait venir Pompey dans son bureau, qui se trouve tout en haut du Puits. Comme les blâmes et lettres de licenciement parviennent à leur destinataire par courrier interne dans une enveloppe officielle du Service, les invitations au dernier étage sont considérées par tout le monde comme de bon augure : une promotion, une inspection de choix, un meilleur véhicule. Donc, après quatre ans passés à arpenter les rues de la ville, Pompey, le premier inspecteur de couleur de l'histoire de la ville, est invité pour la première fois à venir rendre visite à Holt. Les difficultés qu'éprouvent tous les « premiers » de couleur dans une entreprise sont bien documentées, à tout le moins aisément concevables, et il n'est pas nécessaire de s'appesantir sur le sujet si ce n'est pour signaler que, dans le cas de Pompey, il en avait sacrément bavé. Quand Holt l'avait fait appeler, Pompey s'était imaginé que l'attitude effroyablement obséquieuse qu'il avait cultivée à l'extrême depuis son entrée dans le Service avait fini par porter ses fruits. Holt ne lui avait jamais adressé la parole auparavant, mais Pompey le trouva étonnamment aimable. Holt lui offrit un cigare, dont Pompey connaissait l'odeur pour l'avoir sentie au hasard des recoins, couloirs et bureaux, partout où Holt était venu inspecter ; telle est l'âcre odeur de l'autorité : désincarnée, invisible, omniprésente. Pompey se racla l'intérieur des joues avec la langue à la recherche de résidus de cette fumée aux vagues senteurs de cannelle – le doux parfum de la reconnaissance. Il s'attendait à des confidences, Holt lui annonça qu'il allait lui donner un coup de pied au cul. Pompey rit (l'humour du patron nécessitait sans doute un peu de temps pour qu'on s'y habitue), croyant se prêter à une plaisanterie même lorsque Holt lui demanda de se baisser. Pompey s'exécuta, gloussant encore et toujours, jusqu'à ce que Holt frappe sa fesse gauche du bout pointu d'une de ses belles chaussures bordeaux (l'angle de vision de Pompey ne lui avait pas permis de déterminer avec exactitude de quel pied il s'agissait). Après quoi Holt lui demanda de quitter son bureau et, le lendemain, Pompey trouva sur son bureau un petit mémo lui annonçant qu'il était promu inspecteur deuxième échelon. Certes, il n'avait pas demandé au préalable à Pompey de lui cirer la chaussure. Mais il lui fit cadeau du cigare.

Lila Mae n'avait jamais entendu parler de cette histoire avant que Chuck ne la lui raconte. Loin d'expliquer l'animosité de Pompey à son égard, elle ne fait que rendre son attitude plus obscure encore. Pompey en veut-il à Lila Mae de les montrer tous les deux sous un jour plus exotique et ainsi de diluer la haine que leurs collègues éprouvent envers lui – une haine qui, avec le temps, s'est cristallisée en quelque chose qu'il en est venu à chérir et à savourer au même titre que de l'amitié ? À moins que les regards hautains que Pompey lance à Lila Mae, ainsi que ses dénigrements systématiques, ne soient une manière de l'exhorter à ne pas finir comme lui, et donc une sorte d'amour racial ? À cet instant précis, Pompey dit : « Elle a fini par récolter ce qui lui pendait au nez depuis longtemps. » Harry Pue-du-Bec lui file une claque dans le dos pour marquer son accord. Personne n'a remarqué la présence de Lila Mae, à l'exception du barman qui, très professionnel, ne dit rien. Elle ne se cache pas à proprement parler, mais elle est presque dissimulée par un pilier judicieusement placé entre la porte et le groupe qui entoure la radio. Le même lutin que celui de l'entrée se tortille sur le pilier en trois exemplaires. Ou peut-être bien qu'elle se cache après tout. Elle ne sait comment attirer l'attention de Chuck, qui n'a pas dit un mot depuis qu'elle est là. Un inspecteur laisse éclater un cri de révolte en entendant une déclaration de Chancre.

« Est-ce exact que l'inspectrice est une intuitionniste ? demande un journaliste.

– Oui, répond Chancre, l'inspectrice qui a visité le Fanny Briggs Building, une certaine Lila Mae Watson, est une intuitionniste. Croyez-moi, je répugne à faire de ce terrible accident une affaire politique, mais je suis sûr que la plupart d'entre vous savent parfaitement que mon rival à la présidence de la Guilde est également intuitionniste. »

Lila Mae se rend compte qu'au lieu de réfléchir au meilleur moyen de circuler dans le bar, elle aurait mieux fait d'écouter la radio ou d'aller chercher Chuck au milieu du groupe. Ses collègues auraient été surpris de la voir, certes, mais maintenant elle n'est pas plus avancée qu'avant.

« Pensez-vous que les méthodes des intuitionnistes que vous avez qualifiées par le passé d'"hérétiques" et de "pur vaudou" aient joué un rôle dans l'accident d'aujourd'hui ? demande un autre journaliste.

– L'Inspection générale est en train d'examiner cette possibilité en ce moment même. Et je vous prie de croire que le rapport d'inspection de l'immeuble que nous avons en notre possession est passé au crible. Messieurs, ce qui s'est produit aujourd'hui, c'est justement le genre d'événements que je me suis efforcé d'empêcher durant les quatre années de mon mandat de président, et je ne crois pas me vanter en vous disant que je m'y suis bien employé. Les véhicules du Service n'ont jamais été aussi bien entretenus, le moral aussi haut. C'est à vous faire froid dans le dos. Parfois, les gens me demandent comment je m'y suis pris pour faire du Service le fleuron de l'administration municipale. Et vous savez ce que je leur réponds ? Je leur réponds que les vieilles méthodes sont souvent les meilleures. Pourquoi embrasser une modernité prétentieuse quand l'empirisme a toujours été la voix de la raison ? Dès qu'on cède aux dernières tendances en provenance de l'étranger, il ne manque jamais de se produire un accident comme celui d'aujourd'hui. Tout sera mis en œuvre pour résoudre cette affaire, je peux vous l'assurer ! »

Lila Mae vient de s'apercevoir qu'elle n'a pas d'alibi, pas plus que les spectres anonymes qui traînent au bord des routes. Personne ne les connaît.

Comme l'indiquent les affaires personnelles de Lila Mae aux deux hommes qui fouillent son appartement, il semblerait que la vie de la jeune inspectrice manque cruellement de distractions. Agenouillé dans la penderie, Jim fourre ses doigts boudinés dans les chaussures de Lila Mae, vérifiant que les talons ne recèlent pas une cache secrète. Il y a une vieille paire de tennis dont la jeune femme se servait à l'époque où elle s'était installée ici et faisait de longues marches pour se rendre d'un immeuble à l'autre. À l'époque, chaque fois qu'elle allait jusqu'aux confins de la ville et apercevait les eaux sales et agitées de la rivière, elle virait à quatre-vingt-dix degrés et retournait s'enfoncer parmi les immeubles, toujours plus loin. Elle n'avait jamais fait l'expérience d'un tel anonymat, c'était comme si la ville stimulait en elle ces enzymes grâce auxquelles on se forme une carapace. Lila Mae ne marche plus depuis un an environ. Maintenant elle reste assise. Ses autres chaussures, à bouts pointus, sont celles du Service, cirées à fond conformément aux exigences de Chancre en matière d'image. Lila Mae en a cinq paires, rangées par jour de la semaine. Il manque celle du vendredi.

Jim a déjà fouillé toutes les poches, suivi toutes les coutures de tous les vêtements. Trouver, telle est sa devise. Jim est le plus primaire des deux, le plus dévoué aux ordres qu'on lui donne. Aujourd'hui c'est : «Rapportez des preuves.» John est le plus philosophe, le plus enclin à laisser son regard errer par la fenêtre du grenier quand il est chez lui, dans la maison où il vit avec ses parents. Et ce, même après que sa voisine, Louisa, a fini de se déshabiller depuis longtemps et qu'elle a éteint la lumière. John a besoin d'une vision d'ensemble, et il ne jure que par celle-ci, même quand les circonstances jouent en sa défaveur. Pour la bonne raison, pense-t-il, qu'il y en a forcément une : toute expérience étant répétitive, cette vision, même si elle ne s'est pas encore dévoilée, finira bien par apparaître avec une éloquente clarté. Il continue à chercher la corrélation entre la perte de sa virginité (monnayée) et l'entorse à la cheville (accidentelle) dont il a été victime pile trois ans après son dépucelage, à une heure près. John est persuadé qu'il trouvera la réponse à sa question et attend qu'un troisième élément prolonge la série ou que quelque nouvelle idée lumineuse éclaire les deux premiers. Il n'a pas de préférence. Pour le moment, il se contente d'inspecter la garde-robe de Lila Mae, laissant les vêtements lui caresser le dos. Quelques-uns, les plus décontractés, privilégient les nuances automnales : brun sourd, rouille, gris mat. Les quatre tailleurs bleu marine de Lila Mae sont identiques (il en manque un, bien sûr), signe d'un attrait pathologique pour la régularité absolument constant. Et d'un désir de s'intégrer qui attire immanquablement l'attention sur elle. Le fait que Lila Mae soit une femme de couleur convient à la représentation que John se fait de la société.

Jim et John sont blancs et, de par les caprices de la distribution statistique, des citoyens ordinaires de ce pays. Contrairement aux canons universels en matière de tandem, Jim et John ne sont respectivement ni grand ni petit, ni gros ni maigre, échappant au comique de la dissemblance. Ils sont pareils, et leurs semblables sont légion. Leur confrérie fournit généreusement la police en dossiers d'agresseurs reconnus. Ils sont du genre à s'emparer de la dernière boîte de céréales au supermarché pour que le client suivant n'en profite pas alors qu'ils n'aiment pas particulièrement ça. Les banques, les cinémas, les transports en commun sont pleins de gens comme eux. Ils sont les invisibles Monsieur Tout-le-monde, les véritables citoyens. Dans ce monde-là, Lila Mae a très peu d'amis. Il n'y a que des Jim et des John aux cheveux châtains et sales, aux mâchoires carrées et au teint qui vire très vite au sanguin. Des mangeurs de steaks, des suceurs de graisse, des roteurs. (Le Service des inspecteurs d'ascenseurs en regorge, mais ne vous laissez pas abuser par le zèle excessif et les recherches méthodiques de ces deux-là : ces types ne sont pas du Service.) Le plat préféré de Jim est le hot-dog à la moutarde, dont cette dernière ne doit pas être considérée comme un simple condiment mais comme un ingrédient à part entière. John, lui, préfère les hamburgers arrosés de ketchup. Aucune distinction, aussi subtile soit-elle, ne lui échappe, c'est le genre à se targuer de « connaître son affaire ». En ce qui concerne leur mission d'aujourd'hui, ça se résumerait à : ils n'ont pas trouvé ce qu'ils sont venus chercher.

L'appartement de Lila Mae compte deux pièces. Une principale, avec juste assez d'espace pour qu'elle ne se marche pas sur les pieds, et un cube plus petit dans lequel entrent tout juste un lit et une commode. Une plante, une tirelire en cochon et une poire en plastique. Ses quelques possessions, disposées sur les tables et rebords, se tiennent à distance respectable, sûres que dans la compétition qui les oppose pour obtenir son attention (ou en l'occurrence son manque d'attention) leur rang ne changera pas. Ce qui frappe le plus John, c'est que l'appartement ait l'air si étudié. Comme si Lila Mae essayait de faire croire aux autres qu'elle vivait là tout en donnant l'impression d'un lent déménagement, petit bout par petit bout. La tirelire ne fait pas de bruit quand on la secoue.

« Ça doit être lumineux comme appartement », dit John.

Dehors, au sommet d'une tour de radio, une lumière rouge clignote doucement à la manière d'un œil de lézard.

« Très lumineux, renchérit Jim.

– Combien tu crois qu'elle paie pour ce truc ?

– Je vivrais pas dans ce quartier pour tout l'or du monde. »

Le quartier de Lila Mae bouge, il se rétracte ou se dilate

au gré des exigences de la ville. Il y a des années de cela, un milliardaire se fit construire un monument à sa gloire : un métro aérien qui traversait tous les quartiers de la ville, y compris ceux (comme celui-ci) qu'on ne pouvait considérer comme des quartiers à l'époque, puisqu'il ne s'agissait encore que de terrains agricoles épars et de maisons en bois que les habitants entêtés se refusaient absolument à vendre. Il y avait aussi des enclos à cochons et des chèvres. Pour justifier l'installation du métro et le délire du milliardaire, les spéculateurs firent construire au nord de la ville des barres de logements sinistres, où furent envoyés les immigrants. Au bout du compte, le métro avait fini par trouver sa raison d'être et les spéculateurs par réaliser une excellente affaire : il menait quelque part à présent ; c'est là que les centaines de nouveaux arrivants déversés chaque jour sur le port cherchaient un toit. Le quartier se trouva un nom, se créa une personnalité, optimiste et laborieuse car redevable à ce nouveau pays dont il n'était qu'une petite parcelle insignifiante. Puis les gens de couleur firent leur apparition et eux aussi se mirent à rêver du Nord. On leur avait raconté une histoire et ils y avaient cru. Dans les appartements des Polonais et des Russes, les lampes s'éteignirent une à une, et quand revint la lumière du jour, elle était de couleur brune. Le quartier garda son nom mais se transforma en profondeur. Si quelques Polonais et Russes continuaient à travailler comme épiciers ou bouchers, voire parfois comme usuriers, les choses avaient bien changé puisque ces mêmes Polonais et Russes, dès leur journée terminée, se précipitaient pour prendre le métro aérien et rentrer chez eux. À présent, le quartier est à nouveau en train de changer. Son identité se brouille à la périphérie car les Blancs, poussés par la densité débordante de la ville et ses loyers abusifs, y reviennent. Seuls les agents immobiliers, bien au fait de son élasticité, connaissent ses frontières avec précision et savent trouver les mots quand il s'agit de convaincre leurs clients qu'ils s'installent à l'extrême limite du quartier blanc voisin, et pas dans le quartier des gens de couleur. Rien de tout cela n'a d'influence sur Jim, qui ne s'installerait pas ici pour tout l'or du monde.

L'immeuble de Lila Mae n'a pas d'ascenseur. Dans son appartement de triste apparence, deux tableaux égayent néanmoins les murs, deux paysages peints à l'aquarelle par un amateur. Comme dans les chambres de motel, ceux-ci se fondent dans le décor. Sur la table basse située devant le canapé – aussi sinistre qu'un épouvantail – se trouve l'unique photo exposée dans l'appartement ; Jim la prend dans sa main. À l'heure qu'il est, Lila Mae ne se trouve qu'à quelques rues de chez elle, mais à l'époque où son père avait pris la photo, il y a dix ans, elle se tenait debout, maigre et silencieuse, sur le perron de sa maison d'enfance, aux côtés de sa mère. À la lumière crue, et à la morne léthargie qui émane de la photo, on devine qu'elle a été prise à la fin de l'été. Elle annonce la froide saison à venir. Mais ça ne semble pas affecter Lila Mae. Ce qu'on voit d'elle, c'est un visage triste et renfermé, un visage qui vous attire sans qu'on y prenne garde dans sa mélancolie. Quelque chose de génétique, d'hérité, pense John après un coup d'œil jeté à la mère. Les enfants sont condamnés à reproduire les tares physiques de leurs parents, comme s'ils étaient pris au piège d'une malédiction transgénérationnelle qui ne prendrait fin que par d'inconnaissables actes expiatoires. De toute évidence, Jim ressemble beaucoup à ses parents. Demandez-lui, il ne niera pas.

Il fut un temps où Lila Mae avait un oiseau, mais il est mort.

John remarque que Jim est en train de se masser la joue. « Tu as toujours mal ? »

Jim hoche la tête d'un air grave.

« Tu ferais mieux d'aller chez le dentiste demain. Pas la peine de te faire souffrir pour rien. »

Sous la table basse, John découvre les livres de Lila Mae, empilés en pyramide. Rien que des livres d'étude, avec tous les incontournables : *Introduction aux contrepoids* de Zither, *Elisha Otis. Sa vie, son œuvre*, etc. Elle a la collection complète des livres de Fulton, à commencer par le révolutionnaire *Vers un système de transport vertical*, jusqu'aux titres les plus hétérodoxes de son œuvre, *Ascenseurs théoriques*, tomes un et deux. Jusqu'ici leurs informations se révèlent exactes, comme toujours.

« On dirait qu'elle en veut, celle-là, lance John en feuilletant le *Guide de la sécurité des ascenseurs* à la recherche de papiers compromettants.

– Tu as mis le doigt dessus, répond Jim.

– Elle a tous les bouquins qu'il faut.

– Tu as mis le doigt dessus », répète Jim.

Jim et John font leur travail de mise à sac proprement. Quand leurs cibles rentrent chez elles, tout ce qu'elles ressentent c'est une vague sensation de perte, sans qu'elles puissent néanmoins en déterminer la cause, raison pour laquelle peu d'entre elles soupçonnent les deux hommes d'avoir mis leurs sales pattes dans leurs affaires personnelles. John se considère comme un rouage essentiel du bon fonctionnement de la ville. Sa mission : semer la terreur. Les employeurs de Jim et John sont fiers d'eux, et ce soir, lorsqu'ils feront le bilan, personne ne leur reprochera d'avoir échoué. L'organisation si particulière pour laquelle ils travaillent peut se permettre de pardonner tant que cette clémence est identifiable et répertoriée, au même titre que l'absentéisme, le vol de stylo, les dégâts incendie (accident ou fraude à l'assurance) et tant qu'en fin de trimestre les livres de comptes tombent juste.

S'il y a une chose que Jim et John sont en train de rater, c'est le coffre caché derrière le tableau lugubre qui représente des meules de foin, où Lila Mae protège ses objets de valeur. Peut-être que John aurait fini par le trouver si elle ne les avait pas interrompus. Il lui faut plusieurs tentatives avant de se rendre compte que si elle n'arrive pas à ouvrir sa porte, c'est qu'elle est déjà ouverte. Les deux hommes ne profitent pas des tâtonnements bruyants de Lila Mae pour filer par l'escalier de secours, se planquer dans la penderie ou se vautrer sur son canapé, l'arme au poing, en mode on-vous-couvre, non, ils poursuivent leurs recherches, et c'est ainsi que Lila Mae les trouve : John, le nez dans une pile de tickets de caisse trouvés dans le tiroir de gauche de la malheureuse kitchenette installée après coup (on ne sait jamais quels messages secrets pourraient renfermer des phrases d'apparence aussi inoffensive que «Chez Bob : l'épicerie où faire ses courses» ou des listes d'articles et de prix), et Jim, le doigt dans un pot de confiture de pêches que la sœur de la mère de Lila Mae lui a envoyé pour Noël, en quête de trésors minuscules tels que des clefs de consigne de gare routière ou des microfilms, microfilms sur lesquels Jim n'a encore jamais pu mettre la main au cours des innombrables fouilles d'appartement qu'il a effectuées mais qu'il trouvera un jour, il en est persuadé. C'est ainsi donc que Lila Mae les découvre : John scrutant à travers une loupe et Jim se léchant les doigts. Vu la rapidité à laquelle la grossièreté fait irruption dans les conversations, il est à craindre que Lila Mae ne s'adresse aux deux hommes qui rôdent dans son appartement en termes peu choisis. Mais c'est John qui parle le premier. « Ah, vous êtes la petite dame ! »

Le contrepoids de l'ascenseur, mis à contribution par l'accident, monte comme une flèche dans les hauteurs de la gaine, ivre de colère contre cette vitesse inhabituelle.

Seul Chuck sait avec certitude si c'est sa vessie congénitalement défaillante (dans la famille, trois de ses tantes et un cousin souffriraient de la même affection) ou son dégoût pour la politique politicienne de Chancre qui le fait se lever de son tabouret en similicuir pour se diriger discrètement vers les effroyables toilettes de chez O'Connor. Chancre continue d'instrumentaliser l'accident d'aujourd'hui à des fins électoralistes, récapitulant tout ce qu'il a contribué à faire durant ses quatre années à la tête de la Guilde, et donc du Service. Après tout, les élections sont pour bientôt, et Chuck (un type malin, bien qu'un peu long à la détente) comprend le petit jeu de Chancre. Cette conférence de presse lui donne l'opportunité de s'adresser aux membres de la Guilde qui ne travaillent plus pour la ville, les «inactifs» qui ont abandonné cette vie solitaire passée à arpenter les rues pour se retirer derrière les grilles prestigieuses de l'Institut pour le transport vertical ou entrer dans le privé comme consultants auprès des abrutis de chez United, American ou Arbo, qu'ils initient à la véritable nature des ascenseurs, aux secrets que racontent les gaines à ceux qui savent les écouter. Chancre a veillé à ce que le Service soit noyauté par ses hommes, en majorité empiristes, mais les inactifs sont imprévisibles et ont une fâcheuse tendance à ne pas prendre parti. Et ils votent. Tous les quatre ans, les membres de la Guilde votent pour élire leur nouveau président qui prend automatiquement la tête du Service des inspecteurs d'ascenseurs (et d'escalators, ajoute Chuck). Chuck ne sait toujours pas comment la Guilde et la ville sont arrivées à pareil accord, et quand il interroge un vieux cabot à ce propos, celui-ci, gêné, change de sujet. Chuck n'en a jamais trouvé de trace écrite, pas même dans les silencieuses archives papier de l'Institut, rien du tout, mais toujours est-il que les membres de la Guilde élisent un président qui obtient du même coup un boulot de fonctionnaire en or. Si un président en exercice n'était pas réélu, suppose Chuck, il pourrait en théorie s'accrocher comme un fou à son fauteuil en cuir de chef du Service municipal des inspecteurs d'ascenseurs et refuser de quitter sa planque, mais ce n'est jamais arrivé. Chuck voit bien Chancre agir ainsi, pourtant. En obliquant vers un urinoir, il se demande quelle tournure prendraient alors les événements.

Avant que Chuck n'ait le temps de réagir, Lila Mae l'entraîne dans les toilettes pour femmes. Chez O'Connor, celles-ci ont été conçues pour accueillir une personne à la fois. À deux c'est convivial, à trois c'est infernal, et pourtant ils sont bien trois : Chuck, Lila Mae et Annie la Poivrote, la Dame à la descente facile. Comme chaque jour à cette heure, la pocharde a tourné de l'œil sur la cuvette des W.C. Ayant une grosse journée derrière elle, la seule alcoolique femelle de chez O'Connor a besoin d'un peu de repos avant d'entamer la longue et dernière étape de son programme de beuverie quotidien. Étrangement, elle semble moins évanouie que béate, comme si… Lila Mae a déjà pris son pouls, au cas où. Elle a parcouru le trajet qui sépare sa petite cachette des toilettes en un rien de temps : partie au moment où Chuck se levait, elle est arrivée bien avant qu'il ait réussi à s'extirper de la foule. Par souci de décence, Lila Mae referme les cuisses grandes ouvertes d'Annie la Poivrote.

Trois choses dérangent Chuck à proportion égale. D'abord, son kidnapping, qu'il considère comme une injure à sa vigilance ; ensuite, le fait de se retrouver dans les toilettes pour femmes, ce qui est pour le moins incongru et lui rappelle la vision dérangeante de sa mère assise sur le cabinet ; enfin, la certitude que Lila Mae va l'entraîner dans son pétrin, avec ce qui s'est passé au Fanny Briggs Building. « Lila Mae, je ne pense pas que ce soit une bonne idée. » Chuck sent les bords humides du lavabo détremper ses jambes de pantalon.

« Ne m'en veux pas, Chuck, mais il faut que je sache ce qui s'est passé aujourd'hui.

– Ne me dis pas que tu n'es toujours pas allée voir les gars de là-haut ?

– Je voulais me préparer d'abord. »

En fait, c'est la ressemblance d'Annie la Poivrote avec sa mère qui trouble le plus Chuck. Coincé dans ce box humide avec elle, il se fait l'effet d'un petit garçon pervers. Comparé à ça, parler à une fugitive recherchée par la justice, c'est pure bagatelle. Fixant les taches jaunes que l'eau dessine au plafond, Chuck annonce la mauvaise nouvelle à Lila Mae : « Un des ascenseurs du Fanny Briggs est tombé en chute libre cet après-midi. Le maire était en train de faire visiter le bâtiment à des gens de l'ambassade de France pour leur montrer combien sa ville tourne au poil, il appuie sur le bouton d'appel, et boum, la cabine s'écrase. Heureusement, il n'y avait personne dedans. »

Lila Mae songe pour la première fois que quelqu'un aurait pu être blessé. « C'est impossible. Une chute libre est techniquement impossible, dit-elle en secouant la tête.

– C'est pourtant ce qui est arrivé. » Chuck a toujours les yeux fixés au plafond. De l'autre côté de la porte, leurs collègues poussent des hurlements. « Quarante étages, ajoute-t-il.

– C'était lequel ?

– Le Onze, je crois. »

Elle se rappelle parfaitement le Onze. Un peu timide, mais comme toutes les cabines neuves. « En plus des parachutes standards obligatoires, toute la batterie est équipée des nouveaux dispositifs antiblocage Arbo. Je les ai inspectés moi-même, précise-t-elle.

– Tu les as inspectés, demande Chuck timidement, ou tu les as intuitionnés ? »

Lila Mae ne relève pas la pique. « J'ai fait mon boulot.

– Peut-être qu'il y a un truc qui t'a échappé.

– J'ai fait mon boulot. » Lila Mae s'entend hausser le ton. Du calme. « Qu'est-ce qu'il a dit, Chancre ?

– Le maire n'a pas quitté son bureau depuis l'accident. Je ne pourrais pas te dire quelle est la version officielle, minimise-t-il, mais à mon avis, l'essentiel est dit dans son discours. Il est en train d'en faire un truc politique, tout ça parce que tu es intuitionniste. Et de couleur. Mais il la joue fine.

– J'ai eu vent de tout ça.

– Tu as l'Inspection générale aux fesses, ajoute Chuck.

– Et les autres, ils disent quoi ?

– À ton avis ? »

Annie La Poivrote pousse un grognement qui fait trembler Chuck.

« Une chute libre ? Tu es sûr ? » demande Lila Mae.

C'est absolument impossible. Primo, il y a les câbles.

« Oui, j'en suis sûr. Lila Mae, je crois que tu ferais mieux de monter voir les gars de l'Inspection générale. Imagine qu'il y ait un truc qui t'ait échappé, même si tu as du mal à l'admettre. Plus vite tu leur parleras, mieux ce sera. Ils sont pas méchants. Tu sais bien.

– Ça, ce serait la procédure ordinaire, dit Lila Mae, l'air songeur. Mais il ne s'agit pas d'un accident ordinaire.

– Tu devrais vraiment aller les voir, je te dis. Pas le choix dans un cas pareil.

– Chuck, regarde-moi, dit-elle d'un ton décidé. Tu ne m'as jamais vue, OK ?

– C'est ridicule.

– Dis-moi que tu ne m'as jamais vue.

– Je ne t'ai jamais vue. »

Ceux qui veulent vous rayer de leur existence ignorent

les effets secondaires possiblement désastreux d'une telle décision. Si les collègues de Lila Mae l'avaient surprise au moment où elle quittait les toilettes pour femmes, ils l'auraient traînée dans la boue, pour leur plus grand plaisir, à grand renfort d'injures et de cris de bête. Personne ne la voit sortir de chez O'Connor, et c'est tant pis pour eux. Sur le parvis du Q.G., les journalistes se dispersent comme des feuilles mortes emportées par le vent. Le sud de la ville se vide. Personne n'habite là.

Lila Mae rentre chez elle. Elle a besoin d'une nuit complète pour se repasser en détail le drame du Fanny Briggs. Elle n'a qu'à faire comme si elle ne savait rien jusqu'à demain matin. Plausible. Elle sait être très convaincante quand elle ment. C'est seulement sur le quai du métro que le problème du routeur lui revient à l'esprit : Craig lui avait dit de rentrer au Q.G. Le métro arrive. Elle n'aura qu'à dire que ce n'était qu'une broutille administrative et que ça pouvait attendre jusqu'à lundi matin. Ce mensonge pourrait bien lui attirer des ennuis du côté de l'Inspection générale mais il se tient. Et même si ça ne passe pas, il n'y a aucun risque qu'elle soit sanctionnée, à moins qu'elle n'ait commis une erreur. Mais Lila Mae n'envisage pas cette éventualité. C'est impossible.

Lorsque Annie La Poivrote sortira de son coma, elle se souviendra d'un drôle de rêve à propos d'ascenseurs qui tombent. Elle mettra ça sur le compte de la chute qu'elle s'apprête à faire sur le sol des toilettes, dans moins d'une heure.

—

Extrait du premier tome d'*Ascenseurs théoriques*, de James Fulton :

Nous ne savons pas de quoi demain sera fait. À supposer que nous capturions un sauvage (pagne et toute la panoplie qui va avec) et que nous le confrontions à une de nos splendides métropoles, quelle serait sa réaction ? Eh bien, ce sauvage éprouverait une double peur : une peur issue d'un sentiment d'impuissance face à nos exubérances architecturales, mais aussi la nôtre, celle qui nous pousse à ces mêmes exubérances architecturales. La hantise de l'imperfection. Nous n'avons aucun besoin de villes ou d'immeubles, c'est la peur du noir qui nous les fait ériger, instinctivement, comme des insectes. La perspective est la pierre de touche du relativisme. De même que le sauvage contemplerait nos villes et édifices avec peur et incompréhension, ainsi contemplerions-nous nos villes et édifices futurs. L'immeuble de demain sera-t-il ovoïde ou pyramidal ? L'ascenseur du futur aura-t-il la forme d'une bulle ou d'une coquille, sera-t-il capable de voyager à la fois à l'extérieur et à l'intérieur de lui-même… ?

Considérons la capacité. Les ascenseurs standards des immeubles d'habitation sont conçus pour accueillir douze passagers, tous supposés de taille et de corpulence moyennes. Là est l'erreur. Le nombre 12 ne prend pas en compte les personnes atteintes d'obésité morbide, ni les congrès d'hommes sveltes, pour lesquels lesdits hommes sveltes ont besoin d'un moyen de locomotion rapide. Nous nous conformons aux objets, nous abdiquons devant eux. Il faut renverser cette tendance. Ce sont les échecs qui sous-tendent l'évolution ; la perfection ne suscite aucun désir d'amélioration, et rien n'est parfait. Rien de ce que nous créons ne fonctionne comme il le devrait. Les moteurs des voitures surchauffent sur les autoroutes, et les ouvre-boîtes électriques refusent d'ouvrir les boîtes. Nous devons prendre soin de nos objets, les traiter comme des nouveau-nés. Nos ascenseurs sont faibles. Ils se grippent facilement et sont distraits. Ils devraient pouvoir varier en taille et en hauteur, être entièrement rétractables, inaltérables, autonettoyants, avoir une bouche. Des congrès d'hommes sveltes peuvent avoir lieu n'importe quand et, de fait, il y en a tout le temps…

Qu'est-ce qu'elle peut dire d'autre ? La question est amicale, le langage familier, l'intonation joviale et le visage de l'homme si ordinaire, si simple, si semblable à ce pays que Lila Mae a presque l'impression de le connaître. Quand le type lui dit : « Vous êtes la petite dame », tout ce qu'elle trouve à répondre c'est : « Je suppose que oui. »

Silence. Jim hoche la tête d'un air entendu.

« Qu'est-ce que vous fichez dans mon appartement ?

– À votre avis ? lui demande John. On cherche des pièces à conviction. »

Silence. Jim hoche de nouveau la tête d'un air entendu. En fait, c'est plutôt une réaction involontaire, par laquelle il se défend d'être pris en flagrant délit ; John affiche quant à lui une totale décontraction.

« Ceci n'est pas du ressort de l'Inspection générale, le coupe sèchement Lila Mae. Que je sois passée au Q.G. ou non. Foutez le camp d'ici. »

Il n'y a jamais eu autant de monde chez elle.

Jim et John se rapprochent de Lila Mae. Encore un pas et ils sont sur elle.

« Du coup, on est de l'Inspection générale ? » demande Jim.

Des gouttes de la confiture rouge de Tante Sally brillent sur l'index de sa main droite.

« C'est ça. On est les chiens de garde de la Brigade des inspecteurs d'ascenseurs, renchérit John.

– Du Service, corrige Jim en léchant le reste de confiture sur son doigt.

– Les chiens de garde du Service de l'inspection des ascenseurs.

– Du Service des inspecteurs d'ascenseurs », corrige à nouveau Jim.

Dans le même temps, John fait tournoyer sa loupe en l'air, puis la rattrape. Il veut lui faire peur. Il fait mine d'avancer, sourire aux lèvres. Lila Mae réprime son envie de fuir. Plutôt mourir que montrer sa faiblesse. Leurs jeux de mots débiles lui tapent sur les nerfs, peut-être encore plus que la violation de son domicile, le seul endroit au monde où elle se sent en sécurité. Trouver pour chacun de ses objets la disposition idoine lui a pris beaucoup de temps. Elle n'invite jamais personne, certes, mais elle pourrait, un jour. « Montrez-moi votre insigne, exige Lila Mae. Immédiatement.

– Mais oui, bien sûr qu'on va lui montrer notre insigne », entonne Jim.

– Ça sera tout, messieurs », ordonne une voix derrière Lila Mae. La voix, qui a la douceur d'un galet, est celle d'un petit homme en blazer bleu avec un pince-nez. Non mais, un pince-nez à notre époque ! C'est pourtant bien ce que l'individu est en train de nettoyer vigoureusement avec son mouchoir quand il entre dans l'appartement de Lila Mae, astiquant les verres avec un tel zèle qu'il ne doit plus y avoir le moindre grain de poussière dessus. Il se déplace avec la vivacité d'un pigeon, et d'ailleurs, à le voir avec son bras gauche replié contre le torse, on dirait qu'il a une aile, sous laquelle est coincée une serviette en cuir. Il pose la main sur l'épaule de Lila Mae et, cette fois-ci, elle a vraiment peur. Elle ne sent pas le contact de sa peau, mais elle devine qu'elle est froide. « Vous n'avez aucune raison de tourmenter cette jeune personne », dit le petit homme.

Jim et John échangent un regard. Depuis qu'ils font équipe, Jim, le suiveur, ne reçoit des instructions que de son coéquipier – de petits signes aussi subtils que la palpitation d'une narine ou le léger tremblement du genou gauche. Mais là, aucun signal de la part de John, et c'est une première. Ils n'ont jamais été interrompus. La situation est très embarrassante.

Tout en pressant l'épaule de Lila Mae, l'inconnu, enfin le dernier en date, demande aux deux autres : « Vous me connaissez ? »

John répond en soupirant.

« Je vous connais de nom, monsieur Reed, ainsi que les grandes lignes de votre biographie, mais cela me permet-il de dire que je vous connais vraiment ? »

Comme à son habitude, Jim va pour renchérir sur son camarade et caser une pirouette rhétorique du genre : « Se connaît-on vraiment ? » ou « Au sens biblique du terme ? », mais Mr Reed l'arrête de la main. Assez d'inepties. Il se tourne vers Lila Mae pour la première fois.

« Miss Watson, avez-vous invité ces hommes à entrer chez vous ? »

Pour Lila Mae, tout semble différent dans l'appartement. Rien n'a été déplacé, et pourtant, plus rien n'est pareil. Tel est son sentiment. Elle a l'impression de ne plus vivre ici. Lila Mae baisse les yeux vers Mr Reed, qui est très petit, plus petit qu'elle.

« Non, je ne les y ai pas invités. »

Elle n'est plus chez elle.

« Si vous me permettez… », commence Mr Reed. Il a les yeux très écartés. Comme un pigeon. Lila Mae approuve d'un hochement de tête et Mr Reed revient à Jim et John :

« Messieurs, je vous prie de quitter les lieux immédiatement. »

John actionne sa rotule gauche, tandis que Jim repose le pot de confiture sur le comptoir de la cuisine et referme le couvercle comme si de rien n'était. Même à présent qu'il est démasqué, l'habitude lui souffle de ne pas laisser de traces.

« Immédiatement », singe John. Il tente de garder la face avec cet aplomb caustique qui lui est propre mais qui, en l'occurrence, ne fait que sauver les apparences.

« Immédiatement », répète Jim.

Jim et John vont pour sortir, dans l'obscurité du palier. À bonne distance de Lila Mae et du minuscule Mr Reed. John a la main sur la poignée.

« Je la laisse ouverte ou fermée ? »

Mr Reed interroge Lila Mae du regard.

« Ouverte », répond-elle.

Jim et John ne se parlent qu'une fois arrivés à l'étage du dessous ; Lila Mae peine à comprendre ce qu'ils disent, bien qu'elle les entende. Leurs mots bourdonnent dans ses oreilles beaucoup plus fort qu'ils ne devraient. Elle a la tête qui tourne mais ne le montre pas. Elle ne connaît pas ce Mr Reed. Pour elle, il n'est jamais qu'un autre Blanc vaniteux, même si, visiblement, il sait arriver à point nommé.

« Vous avez dit Reed, c'est ça ? demande-t-elle.

– En effet, monsieur Reed. Je suis le secrétaire d'Orville Lever. Il m'a envoyé vous chercher.

– Je n'ai pas besoin qu'on vienne me chercher. Cependant, j'imagine que je dois vous remercier de m'avoir débarrassée des deux fouineurs. »

Lila Mae va dans sa triste kitchenette remettre le pot de confiture au frigo. Puis elle change d'avis et le jette à la poubelle.

« Ce fut un plaisir, miss Watson. Je peux ?

– Je vous en prie, asseyez-vous. »

Elle n'a pas vraiment le choix.

«Je ne suis pas certain que vous ayez conscience de la gravité de la situation, miss Watson. L'accident d'aujourd'hui va avoir des répercussions très fâcheuses.

– Et c'est la raison pour laquelle le candidat intuitionniste à la présidence de la Guilde a trouvé bon d'envoyer quelqu'un s'occuper de moi. Je n'ai pas besoin d'aide.

– Vous permettez que je vous pose une question ? Pourquoi ne vous êtes-vous pas présentée au Service à la fin de votre journée ?

– J'étais fatiguée.

– Pourtant le protocole habituel exige qu'en cas d'accident on se présente à ses supérieurs, n'est-ce pas ?

– Je ne savais pas qu'il y avait eu un accident. J'ai appris la nouvelle ce soir dans le métro.

– Je crois que nous ferions mieux de partir, miss Watson. Il serait imprudent de passer la nuit ici.

– C'est chez moi.

– Et si je n'étais pas intervenu ?

– Je me serais débrouillée.

– Ma voiture vous attend en bas. C'est vous qui avez inspecté le Fanny Briggs, n'est-ce pas ?

– Vous le savez très bien.

– Alors dites-moi ce qui n'allait pas. »

Rien.

« J'espère que vous avez compris que ces hommes n'étaient pas de l'Inspection générale, miss Watson ?

– Oui.

– Alors qui sont-ils à votre avis ? »

Rien.

« Vous est-il venu à l'esprit que vous pouviez être tombée dans un piège ? »

L'hypothèse d'un accident n'est pas envisageable. Ce n'est pas un accident.

À supposer que Jim et John aient trouvé le coffre derrière le tableau, le contenu ne leur aurait été d'aucune utilité si ce n'est pour finaliser le profil psychologique de leur suspecte : une coupe de football datant du lycée (toutes les filles en avaient eu une, même Lila Mae, bien qu'elle ait passé toute la saison sur le banc de touche et ne soit entrée dans l'équipe que pour faire plaisir à sa mère, qui voulait qu'elle se fasse « des amies ») ; la bague qu'elle avait reçue à la fin du lycée (de la pacotille) ; une lettre d'amour d'un garçon ennuyeux ; son diplôme de l'Institut pour le transport vertical ; et un essai sur les ascenseurs théoriques qui lui avait valu un prix. Vraiment pas grand-chose.

Son père la déposa devant l'endroit où elle allait vivre plusieurs années, laissant le moteur du pick-up tourner. Lila Mae alla prendre ses deux valises à l'arrière, des valises toutes neuves d'un magnifique plastique vert. Inaltérable, soi-disant. Mais si Marvin avait pu les offrir à sa fille, c'était justement parce que, en dépit de ce que prétendait le fabricant, elles étaient couvertes d'éraflures – d'entailles, plutôt, comme si un animal les avait mordues pour punir leur excès d'orgueil.

Marvin Watson était fier de sa fille. Elle allait faire ce que lui n'avait pas pu faire : étudier pour devenir inspectrice d'ascenseurs. Mais sa fierté était mâtinée de honte, vu les circonstances. Il avait tant rêvé de ce jour où il conduirait sa fille unique, son bébé, sa chair, à cette école. Le jour tant attendu était arrivé mais il resta dans son pick-up et ne leva pas les yeux vers le bâtiment où résiderait Lila Mae. Au moment de partir, il avait descendu sa vitre pour lui dire au revoir. Son vieux tacot, resté trop longtemps au ralenti, s'agitait d'un tremblement tel que Lila Mae ne parvint même pas à effleurer la joue de son père quand elle voulut l'embrasser. Marvin Watson partit sans avoir vu la pièce dans laquelle sa fille allait passer les trois années à venir, un ancien placard à balais reconverti en chambre, au dernier étage d'un gymnase qu'on venait de rénover. Celui-ci avait été rebaptisé du nom d'un fringant gentleman du Sud, héritier d'une famille qui avait fait fortune dans la poulie d'entraînement, et qui avait fait don à l'Institut d'une grosse somme d'argent à dépenser à sa convenance. Si Lila Mae était installée dans un placard à balais, c'était parce que l'Institut pour le transport vertical ne disposait pas d'internat pour les étudiants de couleur.

Autrefois, l'Institut était un établissement de cure très prisé par les femmes riches et neurasthéniques des grandes villes du nord-est du pays, raison pour laquelle les étudiants côtoyaient tant de statues de nymphes grecques sur le campus, de déesses au nez mutin dont la longue chevelure se fondait dans les plis de la tunique. L'établissement de cure fit faillite après que de nouveaux centres eurent ouvert leurs portes dans le Sud-Ouest, une région où il fait toujours beau. Synonyme d'intemporalité et d'immortalité, le beau temps joue un rôle important pour ceux qui cherchent un remède aux maux de leur corps. Aussi les femmes riches et neurasthéniques des grandes villes du Nord-Est ne tardèrent-elles pas à s'amasser dans des avions pour fuir le mauvais temps, ainsi que leurs familles braillardes, source de leur déchéance. Les magnats des ascenseurs, qui avaient racheté le terrain et fait réaménager les installations existantes pour les rendre plus propices à l'étude, furent anéantis le jour où ses environs immédiats se transformèrent en banlieue cossue. Durant les longues soirées d'hiver, une fois leur femme et leurs enfants couchés, avec pour seule compagnie une bouteille de whisky irlandais hors d'âge, ils méditaient sur le cours qu'aurait pris leur vie s'ils avaient fait affaire dans l'immobilier, et non dans le transport mécanique. La verticalité est une entreprise à haut risque.

Lila Mae se mêlait très peu aux autres étudiants, qui lui étaient reconnaissants de leur épargner le fardeau d'un semblant de rapprochement. Elle utilisa la même technique qu'à l'école primaire : s'asseoir au dernier rang et ne prendre la parole qu'en cas d'extrême nécessité. Elle se couchait tôt, les yeux hermétiquement clos, sourde aux récriminations de la chaudière du gymnase dont les hululements de fantôme résonnaient toute la nuit dans le bâtiment vide. Le matin, elle se levait tôt, au moment où le soleil glissait derrière les statues de nymphes grecques et juste avant qu'il atteigne la métropole, à quelques kilomètres plus à l'ouest. L'admission des étudiants de couleur à l'Institut se faisait au compte-gouttes de façon à éviter tout afflux brutal, ainsi que les débordements ou révoltes que la situation n'aurait pas manqué de provoquer. L'occupant qui avait précédé Lila Mae dans le placard à balais était sûrement un bec sucré, car chaque fois qu'elle faisait le ménage, elle trouvait un papier de chewing-gum Bogart froissé dans un coin. Parfois, ses professeurs la désignaient par son nom à lui, bien qu'il eût été difficile de leur trouver le moindre point commun. Lila Mae ne relevait jamais, faisant mine d'ignorer tous ces grincheux – pour la plupart d'anciens hommes de terrain qui avaient préféré enseigner dans l'école d'inspection des ascenseurs la plus prestigieuse du pays plutôt que de prendre leur retraite. Rien de tel qu'une toge noire pour conférer du prestige, même à l'homme le plus primaire.

Le premier semestre de Lila Mae fut très instructif. Elle apprit par exemple que dans les amphithéâtres romains les animaux, avant de mourir sous les vivats de la foule, étaient hissés dans l'arène grâce à un appareil de levage à corde actionné par des esclaves, et que « la chaise volante » de Villayer (qui se résume à une poulie, une gaine et un contrepoids en plomb) avait été décrite par Napoléon Ier à son épouse, l'archiduchesse Marie-Louise, dans une lettre d'amour qu'il lui avait adressée. Lila Mae apprit aussi tout ce qu'il y avait à savoir sur les premiers ascenseurs à vapeur. Elle lut quantité de choses sur Elisha Graves Otis et sur les villes qui virent le jour grâce à sa fameuse invention, sur la guerre sainte que s'étaient livrée les inspecteurs d'ascenseurs fraîchement nommés et les compagnies de maintenance désignées par les ascensoristes. Sur l'apparition de réglementations en matière de sécurité, notamment à l'échelle nationale, sur les innovations dans le domaine des dispositifs de sécurité, etc. Bref, Lila Mae était en train d'apprendre l'empirisme, mais elle n'en savait encore rien.

Elle se rappelle la nuit où elle vit la lumière pour la première fois. D'habitude, elle était tellement fatiguée qu'elle ne remarquait rien, à part que dans sa chambre il faisait ou trop chaud ou trop froid, que le chemin pour aller aux toilettes des filles à l'étage en dessous grouillait d'ombres inquiétantes, et que visiblement le personnel de ménage qui utilisait ce placard autrefois se contentait d'une pauvre ampoule à nu pour faire ce qu'il avait à y faire. Le manque de lumière lui collait la migraine chaque fois qu'elle lisait. Une nuit, donc, Lila Mae ne pouvait dormir. Ou plutôt : elle devait réviser. Durant tout le premier semestre, elle avait négligé son cours sur l'évolution du droit relativement à l'inspection des ascenseurs (à vrai dire, elle avait préféré l'évolution des appareils), et maintenant elle était obligée de bachoter en vue de son examen du lendemain.

Comme elle ne supportait ni le café ni le thé et qu'elle veillait rarement, Lila Mae se pinçait le poignet chaque fois qu'elle piquait du nez. En se relevant d'une de ces siestes impromptues, elle remarqua qu'une lumière brillait au dernier étage de Fulton Hall, dans la petite bibliothèque. Normalement, il aurait dû n'y avoir personne, car elle fermait à la tombée de la nuit – les inspecteurs d'ascenseurs, même apprentis, étaient généralement des lève-tôt. Peut-être l'administration avait-elle autorisé l'ouverture de la bibliothèque la nuit pendant la période des examens, se dit-elle, sachant qu'en général elle ne connaissait pas le quart des informations dont disposaient ses camarades. Seulement, les étages inférieurs de Fulton Hall étaient plongés dans l'obscurité. Quelqu'un avait dû oublier d'éteindre la lumière, et elle se replongea dans les fastidieuses transcriptions du procès opposant le gouvernement à la Arbo Elevator Company.

Vint le printemps, et un nouveau semestre. Lila Mae avait toujours plus de travail. Elle venait de découvrir le premier tome d'*Ascenseurs théoriques* et elle avait du mal à trouver le sommeil. Un soir de février, elle vit à nouveau de la lumière dans Fulton Hall. Celle-ci ne s'allumait pas toutes les nuits, et pas de manière régulière, mais trop souvent pour que ce soit accidentel. En tout cas, elle ne pouvait pas ne pas la remarquer. Au temps des curistes, ce bâtiment massif, au centre du campus, était consacré à la remise en forme. Des allées carrelées de rose partaient en étoile vers les autres pavillons, où étaient traitées les maladies psychosomatiques : Bains de boue, Hydrothérapie du côlon, Saignées, pavillons qui, avec l'installation de l'Institut, avaient changé de noms pour devenir Ingénierie,

Notions avancées, Sécurité, etc. Un chemin rose menait également au gymnase, qui, du temps de l'établissement de cure (c'était déjà un gymnase), était rempli de matériel de sport. Ce même chemin reliait directement, à peu de chose près, la lumière allumée dans Fulton Hall et le placard à balais dans lequel vivait Lila Mae.

Parfois, celle-ci apercevait, par-delà ses piles de livres, une silhouette dans la bibliothèque. Elle avait décrété que c'était un vieil homme qui marchait avec une canne. Parfois, au lieu d'allumer la lumière, celui-ci se servait d'une lanterne et se déplaçait alors encore plus lentement, comme s'il redoutait par-dessus tout de la laisser tomber. Elle avait dû le voir en tout une douzaine de fois, et chaque fois elle avait la même impression, à savoir qu'il ne restait plus qu'eux deux sur terre. C'est exactement ce même sentiment qui la saisit quand elle se tient debout sur le toit d'une cabine d'ascenseur. Il y a un vieux proverbe chez les inspecteurs qui dit : « L'ascenseur est une tombe. » Tant de douleur et de dévastation. C'est d'ailleurs la raison pour laquelle les parois intérieures des cabines ne sont jamais d'un seul tenant, mais morcelées en plusieurs panneaux et renforcées par un rail dorsal, sinon ce serait une boîte, un cercueil. Pour Lila Mae, les nuits où l'homme hantait Fulton Hall, il était son ascenseur. Ce à quoi elle se raccrochait dans l'obscurité. Rien que lui, elle, et l'obscurité. Et loin d'être rassurantes, les stries de lumière qui filtrent à intervalles réguliers par la jointure des portes à chaque palier ne font que suggérer la présence d'une source de lumière plus importante, mais hors de portée. Il n'y aura pas de rédemption.

Si la dernière fois que Lila Mae avait vu le vieil homme

elle avait su son nom, aurait-elle agi différemment ? Cette fameuse nuit, celui-ci lui avait fait un signe de la main, lentement, pour lui confier ce qu'il savait de l'obscurité et ce qu'elle en avait déjà deviné. Lui aurait-elle répondu autrement (elle n'avait rien fait, pas même hocher la tête, le minimum quand on est poli) si elle avait su que l'homme en question était James Fulton, et que le lendemain matin un membre du personnel de ménage, encore soûl de la veille, le découvrirait inanimé sur le sol de la bibliothèque, victime d'une attaque, sa lanterne brillant toujours faiblement ? Probablement pas. Telle était Lila Mae.

Elle a fini par s'endormir. Dans le plus grand lit où elle ait jamais dormi. On y nage presque ; mais, malgré une masse de graisse ridicule (elle est très mince), Lila Mae est restée à flot. Un courant sous-marin y favorise les rêves, qu'elle oublie au réveil. Encore à moitié somnolente, elle repense à son inspection du Fanny Briggs. Rien à signaler. Voilà la conclusion à laquelle elle arrive dans sa chambre du 117 Second Avenue.

Quand Lila Mae avait pénétré dans le hall du Fanny Briggs, on achevait les dernières finitions. Comme pour compenser l'exiguïté, l'esprit étriqué transpirant des étages supérieurs, la ville offrait aux visiteurs une profusion d'espace dans le hall d'entrée. Le faux marbre, aussi ferme que lisse, résonnait sans le moindre effort. Un cercle de colonnes doriques supportait sans rechigner la charge qui lui était échue. La fresque murale, en revanche, n'était pas encore terminée. Elle s'élançait avec allant à gauche de Lila Mae. Des Indiens à la triste mine brandissant une peau de daim devant un feu de bois. Certainement les premiers occupants de l'île. Un galion évitant les écueils des chenaux autour de celle-ci. Puis deux Indiens radieux en pleine transaction avec une bande de Blancs qui leur vendent de la verroterie – la tristement célèbre cession de l'île. Un grand moment ! Aucun doute qu'ils l'ont fait figurer là, ce premier d'une longue série de marchés douteux qui allaient jalonner l'histoire de la ville. (À l'époque, il n'y avait pas encore d'ascenseurs. Voilà pourquoi Lila Mae avait trouvé les scènes si plates : la ville manquait de volume.) La fresque passait ensuite directement à la révolution, faisant l'impasse sur tout un tas de choses, remarqua Lila Mae. On aurait dit que le peintre réinventait l'histoire au fur et à mesure, exactement comme l'avaient fait les bâtisseurs de la ville. La scène de la révolution était un morceau de choix. Elle représentait des colons en train de renverser la statue du Roi George III, alors que, si la mémoire de Lila Mae était bonne, ils l'avaient fait fondre pour fabriquer des munitions. Une foule de braves gens, c'est toujours beau à voir. La fresque s'arrêtait là. (Quelqu'un frappe à la porte de la chambre, mais elle n'ouvre pas les yeux.) Vu le peu d'espace restant sur le mur à droite, l'artiste aurait été contraint de faire plus bref s'il avait voulu achever sa chronique des moments marquants de l'histoire de la ville. Soit il avait mal calculé, soit il n'avait pas trouvé les années suivantes dignes d'intérêt. Restons-en aux grandes lignes, s'il vous plaît.

Le sous-secrétaire adjoint à la Construction municipale apparut de l'autre côté du hall et s'avança vers elle en se dandinant. « Vous êtes venue voir les ascenseurs ? » Il avait cette morgue adipeuse qu'ont toutes les personnes ayant bénéficié du népotisme. C'était sans doute le neveu de quelqu'un, le fils de la sœur de quelqu'un.

Lila Mae avait opiné.

« Ça va prendre longtemps ? J'allais faire ma pause. »

Une pause dans quoi ? Seuls les agents de sécurité et les gardiens savent ce que c'est qu'un immeuble en construction. Un vaisseau en détresse pris dans les glaces, attendant qu'un lointain courant chaud les libère. Les rats n'avaient pas encore débarqué, les blattes continuaient de délibérer. Dans un mois à la même heure, le hall serait noir de monde. Visiter un immeuble à ce stade est un honneur, se dit Lila Mae. À le voir farfouiller dans ses poches, on devinait que le sous-secrétaire adjoint s'ennuyait ferme. Au-dessus de la tête de la jeune femme, l'échafaudage du peintre vacillait comme une potence bancale.

« Vous n'avez qu'à me montrer le chemin, c'est tout », avait-elle dit au sous-secrétaire adjoint. Une visite de routine.

Avant que Lila Mae ait le temps de se repasser la suite de son inspection, quelqu'un ouvre violemment la porte de sa chambre. Un domestique ganté de blanc entre en tenant un plateau en argent. Il sourit. Lila Mae tire les épaisses couvertures rouges jusqu'à son menu menton.

« Excusez-moi de vous déranger mais ce serait dommage de gâcher ce bon petit-déjeuner, dit le domestique.

– Merci », répond Lila Mae en se redressant contre la tête de lit en chêne.

Le plan détaillé du premier moteur d'ascenseur United, gravé dessus en relief, lui gêne l'épaule gauche. L'homme pose le plateau sur ses genoux. Il y a des œufs, du jambon et un jus de fruit. D'habitude, si on propose une telle abondance de nourriture à Lila Mae le matin (les occasions sont rares, inutile de le préciser), elle chipote un peu, avant de repousser les aliments sur le bord de l'assiette pour faire croire qu'elle a mangé. Ce matin, elle apprécie.

Le domestique a le sourire facile. C'est un homme grand et bien bâti, à la beauté presque menaçante s'il n'y avait son sourire. Lila Mae remarque la force qui se dégage de lui, quoique mal employée et gaspillée dans des tâches ingrates. L'uniforme blanc lui va bien, même s'il donne l'impression d'être pris au piège dans son carcan amidonné. Question boulot, on prend ce qui vous tombe sous la main, pense Lila Mae. Le fait qu'un homme de couleur attende ses ordres lui déplaît profondément. Ça ne va pas.

Le domestique est à côté de la fenêtre. «J'ouvre les rideaux ?»

Lila Mae fait oui de la tête. Il est plus tard qu'elle ne pensait. La lumière se fige en petits tas sur les feuilles des vieux arbres de la cour. Contrastant avec les façades sur rue, les murs des bâtiments adjacents sont décrépits, mais ils remplissent leur rôle, à savoir défendre les trésors de la cour contre ceux qui tenteraient de s'en emparer. Défendre le jardin des vieilles fortunes.

Lila Mae est sur le point d'attaquer son petit-déjeuner quand elle aperçoit sa valise verte entrouverte au beau milieu de la pièce, au pied d'un bureau imposant. Elle est vide.

« Vous inquiétez pas, la rassure le domestique en voyant son regard alarmé. C'est pas moi. C'est Mrs Gravely qui a défait votre valise hier soir. Mr Reed se disait que vous vous sentiriez plus à l'aise comme ça. » Il hausse les sourcils. « Qu'est-ce qu'il y a ?

– Rien. Je suis fatiguée. C'est tout, répond Lila Mae.

– Vous avez pas du tout l'air fatiguée. Vous êtes resplendissante. Prête à partir à l'aventure. »

Hmm. Lila Mae hoche la tête.

« Merci.

– Je suis sincère. » Il sourit encore. « C'est pas mon boulot d'habitude. Mon oncle est malade, c'est pour ça que je suis là. Je le remplace. Si j'avais su qu'il y avait autant d'avantages, je serais venu plus tôt. » Il lui tend la main. « Je m'appelle Natchez.

– Lila Mae. »

Hmm.

« Vous êtes avec nous, miss Watson ?

– Oui, monsieur. Je me disais juste que…

– Est-ce que vous savez qu'il s'agit d'un examen minuté ?

– Oui, monsieur.

– Bien, alors commençons. 1846.

– Sir William Armstrong fait fabriquer une grue hydraulique dont il a dessiné les plans. La grue est montée à Newcastle et fonctionne au moyen de la pression hydraulique fournie par les conduites d'eau de la ville de Londres. Armstrong utilisera le même procédé plus tard pour son accélérateur pondéré.

– Fonction principale du protecteur de pôle ?

– Empêcher tout réchauffement en dehors des paramètres prescrits.

– Quelle est la probabilité d'être victime d'un accident d'ascenseur ?

– Mortel ou non mortel ?

– Les deux.

– Dans le premier cas, une chance sur six cent cinquante millions, et dans le deuxième une chance sur trois cents millions.

– À quelle condition un matériau non métallique peut-il être utilisé dans la fabrication du guide en T ?

– Il faut pour cela que la vitesse nominale de la cabine n'excède pas 0,70 mètre par seconde.

– Les trois types de parachutes ?

– Le parachute à prise instantanée, le parachute à effet retardé et le parachute à prise progressive. Le parachute à prise instantanée exerce sur les rails de guidage une pression croissante. Temps d'arrêt rapide. Ce dispositif s'utilise sur des cabines dont la vitesse nominale n'excède pas 0,76 mètre par seconde. Le parachute à effet retardé dispose d'un système élastique qui utilise soit l'accumulation d'énergie, soit la dispersion d'énergie. Il est généralement constitué d'un système d'amortisseurs hydrauliques fixé sur la structure inférieure de la cabine et de tasseaux de sécurité sur les rails de protection. Système efficace pour des vitesses nominales allant jusqu'à 2,50 mètres par seconde. Le parachute à prise progressive exerce sur les guides une pression limitée mais croissante, il est principalement utilisé en Europe sur des cabines dont la vitesse nominale est d'au moins un mètre par seconde.

– Voilà une réponse très exhaustive.

– Merci, monsieur.

– Quelle est la forme de la courbe type des accidents ?

– Le taux de défaillance des ascenseurs se modélise par la fonction suivante : $R(t) = 1 - F(t)$, sachant que R désigne la fiabilité, *t* le temps, et F la défaillance. Cette équation se caractérise par une courbe en forme de "baignoire", composée de trois phases distinctes. La première, dite "phase de défaillance précoce", commence par une incidence d'accidents relativement élevée (accidents dus en général à des défauts d'installation), puis elle chute brutalement. Il s'agit de la première paroi verticale de la "baignoire". Avec la phase suivante, appelée "défaillance hasardeuse", on atteint un plateau qui se prolonge durant la majeure partie de la durée de vie de l'ascenseur. Cette partie plane constitue le fond de la "baignoire". Durant cette phase, les accidents sont imprévisibles et résultent en général d'une mauvaise manipulation ou bien d'un entretien défectueux. C'est également au cours de cette phase que les rares "catastrophes" se produisent. La courbe remonte rapidement avec la dernière phase, dite d'"usure", au moment où l'ascenseur dépasse sa date de péremption. Il s'agit là de l'autre paroi de la baignoire. Encore une fois, la plupart de ces accidents peuvent être évités grâce à une inspection rigoureuse et un entretien minutieux durant cette période cruciale. Puis-je boire un verre d'eau ?

– Faites donc. Les Quatre questions ?

– Les voici, telles que définies par Mettleheim : Comment cela est-il arrivé ? Comment cela a-t-il *pu* arriver ? Est-ce exceptionnel ? Comment l'éviter à l'avenir ?

– Verdict du procès qui opposa l'État à Mario's ?

– Que les monte-plats de restaurant sont des ascenseurs

manuels et qu'ils relèvent donc de la compétence des inspecteurs d'ascenseurs municipaux, et ce en dépit du fait qu'ils ne transportent pas de charge humaine.

– Quelles ont été les retombées ?

– Les critiques ont accusé la “cabale” des inspecteurs de vouloir étendre de manière excessive le champ de sa juridiction.

– Les Seize catégories ?

– L'ascenseur de charge : utilisé pour le transport de marchandises dans lequel ne sont autorisés à monter que le liftier et les personnes nécessaires au chargement et au déchargement. L'ascenseur gravitationnel : qui utilise la gravité pour le déplacement de la cabine. L'ascenseur manuel : qui fonctionne à la main. L'ascenseur incliné : un ascenseur qui se déplace selon un angle d'inclinaison sur l'horizontale d'au moins soixante-dix degrés. L'ascenseur multipont : muni de deux compartiments minimum, disposés l'un au-dessus de l'autre. L'ascenseur panoramique : conçu de façon à ce que les passagers puissent voir à l'extérieur. L'ascenseur de passagers : un ascenseur utilisé essentiellement pour le transport de personnes autres que le liftier. L'ascenseur à propulsion : qui utilise une force autre que gravitationnelle ou manuelle. L'ascenseur électrique : modèle à propulsion avec moteur de traction. L'ascenseur hydraulique : modèle à propulsion qui tire son énergie d'un liquide mis sous pression à l'intérieur d'un cylindre. L'ascenseur hydraulique à piston direct : modèle dont le piston ou cylindre est fixé directement sur l'ossature de la cabine ou son plancher. L'ascenseur hydroélectrique : modèle à piston direct où le liquide est pompé par un moteur électrique. L'ascenseur à pression hydraulique constante : modèle à piston direct où le liquide sous pression peut être transféré à tout moment dans le cylindre. L'ascenseur hydraulique câblé : modèle dont le piston est relié à la cabine par des câbles métalliques. L'ascenseur privé : modèle passagers à propulsion installé dans une résidence privée ou bien dans un immeuble afin de faciliter l'accès aux différents appartements. L'ascenseur de trottoir : utilisé pour le transport de matériel, à l'exception des voitures, et qui relie un palier situé sur un trottoir ou toute autre zone extérieure à un bâtiment, à des étages situés sous le trottoir ou le niveau du sol. Voilà les Seize catégories.

– Bravo, miss Watson.

– Merci, monsieur.

– Nous en avons presque terminé. Pouvez-vous répondre à cette question : combien y a-t-il d'inspecteurs de couleur dans ce pays ?

– Douze.

– Et savez-vous combien d'entre eux font réellement ce travail ? Et non cireur de chaussures ou domestique ?

– Je ne sais pas. Moins de douze.

– Ainsi, vos connaissances ont des limites. Ce sera tout, miss Watson. Vous recevrez votre note la semaine prochaine. »

—

Le sillage de l'ascenseur qui tombe n'est qu'étincelles, des milliers d'étincelles qui ratissent l'obscurité jusqu'en bas.

Le bâtiment se situe au 117 Second Avenue, mais tout le monde l'appelle la Maison des intuitionnistes. Edward Dipth-Watney, deux fois vainqueur du Prix Werner von Siemens pour « contribution exceptionnelle à l'innovation dans le secteur de l'ascenseur » (la première grâce à son interrupteur fin de course Flyboy, la deuxième grâce à son limiteur de vitesse « intelligent »), avait acheté l'hôtel particulier vingt ans plus tôt, à une époque où le mouvement intuitionniste n'était encore que l'enfant mal-aimé de la famille des ascenseurs. Edward Dipth-Watney était considéré dans le milieu comme un doux rêveur. S'il n'était pas entièrement gagné à la cause intuitionniste, il avait pourtant jugé qu'un courant de pensée qui suscitait autant de controverses méritait un lieu pour se développer pleinement, et avec un peu de chance susciter encore plus de controverses. Il était également connu pour être passionné de trains électriques.

Les prouesses d'Edward Dipth-Watney étaient, et sont encore, appréciées à leur juste valeur. Son nom n'a pas fini de hanter l'index des manuels de formation des inspecteurs. Exemple : l'Arbo Elevator Company, titulaire de la licence du fameux interrupteur fin de course Flyboy, fit faire un moulage en or du prototype et l'offrit en cadeau de Noël à son inventeur. Cela dit, Edward Dipth-Watney n'était pas sensible aux privilèges dorés de la célébrité. L'avenir de la science de Fulton était incertain. Néanmoins, si Dieu avait voulu lui accorder un don, se dit Dipth-Watney, le moins qu'il puisse faire était d'aider les autres à trouver le leur. C'est cette même foi dans la volonté divine qui empêcha Edward Dipth-Watney de voir ses efforts en faveur de la communauté internationale des intuitionnistes se concrétiser. En effet, il pensait que le kyste qu'il avait au cou était un autre don du Seigneur, un remède contre la vanité. Il se trompait.

Après la mort de son bienfaiteur, la Maison se transforma en quartier général de l'intuitionnisme international. Elle ne cessa de se développer ; et ce, même après la volte-face des directeurs de l'Institut, lorsqu'ils décidèrent de faire enseigner la nouvelle science dans leurs établissements, allant jusqu'à allouer des locaux spacieux (quoique mal situés) aux professeurs qui avaient le courage de se lancer dans l'entreprise. La Maison même fait peu de véritable recherche, le travail acharné n'ayant jamais été son fort. Inspecteurs et théoriciens des ascenseurs restent des êtres sociaux, en dépit du tribut que leur profession prélève sur leur âme. Tous les mardis, James Fulton (et plus tard, Orville Lever) tenait conférence sur les mystères de sa science dans le salon du bas. Il expliquait les conséquences des dérives européennes en matière de maintenance sur l'intuitionnisme, dissertait sur les ténèbres des gaines d'ascenseurs, soulignant combien celles-ci ne se contentent pas de faire résonner les ténèbres qui gisent en toute créature vivante mais les reproduisent à la perfection. Après la conférence, tout le monde avait droit à un Mint Julep, et plus tard, quand Fulton avait retrouvé sa maison de style Tudor au nord du campus de l'Institut pour le transport vertical, le public assistait dans le garage à la projection d'un film suédois interprété par des joueuses de volley-ball à la poitrine généreuse. Fulton ignorait tout de ces sessions au goût douteux. En fait, le chauffeur de la Maison remplissait les conférences du mardi soir avec des commerciaux de passage dans la région qui, en mal de divertissement, étaient prêts à payer pour s'amuser. En admettant que Fulton se soit posé la question, il avait dû voir en cette assistance profane la preuve évidente de l'applicabilité universelle de ses théories.

Depuis que Lever a remplacé Fulton à la tête de la Maison, l'importance du 117 Second Avenue a triplé, à la fois dans le cœur et dans l'esprit de l'ensemble de la tribu intuitionniste. La Maison abrite à présent son Q.G. de campagne, devenu le siège d'un optimisme d'autant plus surprenant que les philosophes-détectives du transport vertical sont plutôt connus pour leur morosité. Les nouvelles rumeurs ont regonflé le moral des troupes : on dit en coulisses que Lever a ses chances pour obtenir le siège de président de la Guilde. Leur heure est venue, comme prévu. Les conférences du mardi soir, animées par Lever, ne se contentent plus de pointer du doigt avec mépris les erreurs de l'empirisme, elles les condamnent. Les murs de la Maison résonnent des sifflantes de la rhétorique de campagne. Si Lever gagne, la Maison ne sera plus jamais la même.

Pour l'instant, la vie de la Maison poursuit son cours, afin d'éviter que le mauvais sort ne vienne contrarier la magie grandissante du moment. Des universitaires viennent de l'étranger, qui, après avoir donné leur conférence à l'Institut, peuvent se reposer dans une des chambres du premier étage. (Lila Mae serait stupéfaite si elle entendait les noms des sommités qui ont dormi dans le lit où elle est allongée en ce moment même, les doigts croisés sous la nuque et les yeux au plafond.) On y donne de grandes réceptions pour célébrer la publication du dernier opuscule intuitionniste en date, et l'usage veut alors que les invités s'extasient devant le crumble aux pommes de Mrs Gravely. Les membres historiques de la Maison (ceux qui ont prêté serment à l'intuitionnisme, des empiristes qui jouent sur les deux tableaux par précaution et des inspecteurs apolitiques qui cherchent à échapper à leur épouse) s'y réunissent eux aussi, pour jouer au poker et, lors de grandes occasions, pour savourer un whisky haut de gamme. Proportionnellement à l'influence grandissante de l'institution, le public des films suédois a considérablement augmenté depuis que le chauffeur, enhardi par le surcroît d'estime dont il jouit auprès de sa belle-famille grâce à ses revenus supplémentaires, a commencé à inviter des membres de la Maison – membres qu'il repère d'un simple regard avec une acuité sans faille – à se joindre à ses projections post-conférence dans le garage parmi les représentants et leurs bibles, grille-pains et épingles à cravates.

Si on le lui demandait, Lila Mae refuserait de reconnaître que son cœur s'était emballé quand Mr. Reed lui recommanda de passer une nuit ou deux à la Maison, et pourtant c'est la vérité. Une part secrète d'elle-même voulait rester chez elle en espérant que d'autres indésirables feraient irruption et lui donneraient l'occasion de déverser sa colère. Il était rare qu'elle ressente un tel désir de violence. Lila Mae est maîtresse d'elle-même, et toujours prompte à rappeler à ses penchants ataviques que le monde est comme il est et qu'un coup de poing ou un doigt dans l'œil n'y pourra rien changer. Très déstabilisante, tout de même, cette dernière affaire. C'est une chose de comprendre l'abjection de la réalité, de l'accepter, de vivre avec, et une tout autre de la voir se transformer de manière aussi brutale, de s'apercevoir qu'elle peut encore régresser d'un cran. C'est comme ça que Lila Mae voit les choses. Tout va trop vite pour qu'elle puisse se convaincre qu'elle n'a pas besoin de temps pour réfléchir, pour comprendre. Même si ça implique de faire appel à ce Reed. Ce n'est pas tant le fait de demander de l'aide qui heurte Lila Mae dans sa fierté que le fait de l'avoir acceptée. Elle lui est redevable désormais. À ce drôle de type.

Sa chambre à la Maison des intuitionistes est deux fois plus grande que celle qu'elle a au Bertram Arms et semble l'être encore plus quand les rideaux sont ouverts, comme c'est le cas actuellement, avec toute cette lumière illicite qui s'empare de la pièce. Au Bertram Arms, il y a du ciel dans sa chambre, mais pas de lumière. Ce n'est pas la même chose. Lila Mae ne sait pas quoi faire du plateau du petit-déjeuner. Doit-elle le laisser devant la porte, comme elle l'a vu faire dans des scènes d'hôtel au cinéma, ou bien faut-il le poser à côté du lit, se montrer naturelle ? En tout cas, il est temps de se lever. Il n'y a pas le moindre grain de poussière sur l'immense miroir en face du lit. Lila Mae se frotte le ventre avec satisfaction, elle devrait manger comme ça plus souvent. Son costume lui manque. Ce n'est pas le genre de fille à dépenser ses modestes revenus en choses inutiles, mais l'uniforme est une priorité. Sans lui, elle ne se sent pas elle-même. Elle aime les angles hardis de la coupe, les revers pointus, les boutons qui la serrent comme des vis. Le tailleur chez lequel elle était allée – un vieil homme – avait bien compris ce qu'il lui fallait.

Mrs Gravely (allez savoir qui c'est, la cuisinière, une vieille bique aigrie ; en tout cas, Lila Mae l'imagine avec des cheveux poivre et sel et, aucun doute là-dessus, acariâtre) a suspendu ses costumes dans la penderie, ainsi que ses deux chemisiers blancs en coton auxquels Lila Mae n'avait jamais fait l'honneur d'un cintre. Dans la Maison des intuitionnistes, même ses vêtements ont droit au traitement royal. En partant de chez elle, Lila Mae avait glissé un costume de rechange dans sa valise, bien qu'elle n'eût pas l'intention de rester une nuit de plus. Elle ne sait pas pourquoi. Le costume qu'elle décroche ne garde pas trace de l'odeur de naphtaline qui flotte à l'intérieur de l'armoire comme une vapeur médicinale.

Lila Mae est face au miroir, habillée. Armée. Il ne lui reste plus qu'à appliquer son masque. Dans son cas, il ne s'agit pas de produit de beauté mais de volonté. Comment rendre implacable un visage aussi triste ? Pour y parvenir, Lila Mae s'est beaucoup entraînée. Pas devant une glace ni devant des étrangers dont l'expression (d'horreur, de dégoût, ou d'autre chose) lui aurait permis de mesurer son succès. Non, elle était arrivée au résultat souhaité en restant couchée dans son lit, palpant tous les muscles de son visage, les testant un par un pour trouver ceux qui étaient sensibles à une tension délibérée. Avec le seuil de douleur le plus intense, elle avait obtenu un masque d'effroi, une caricature de la dureté à laquelle elle aspirait. Finalement, une nuit qu'elle testait un petit muscle relié à sa lèvre supérieure, Lila Mae avait atteint un niveau de douleur juste au-dessous de la déferlante de souffrance véritable. Elle l'avait érigé en norme pour tous les muscles de son visage, que ce soit au-dessus des sourcils, sous la mâchoire ou dans les narines. Lila Mae ne vérifia pas le résultat dans le petit miroir du placard à balais de l'Institut, c'était inutile. Elle savait qu'elle y était parvenue.

Son masque est en place. Lila Mae est prête à aller retrouver Mr Reed, qu'elle espionne par la fenêtre de sa chambre. Assis sur un banc en pierre dans le jardin, il nettoie son pince-nez, quoique celui-ci n'en ait nullement besoin.

—

Quand on voit les empiristes courber l'échine pour déceler des indices sur un treuil de levage ou relever des marques d'oxydation sur une poulie de câble de compensation… Que d'efforts doivent-ils fournir ! Alors que les intuitionnistes, eux, s'en sortent sans rien faire. Quelle bande de fainéants.

Voici quelques-uns des surnoms dont les empiristes affublent leurs collègues hérétiques : gourous, vaudous, sorciers, Houdini, autant de termes empruntés à la terminologie de l'exotisme noir, de ce qui est à la fois étranger et inquiétant. À l'exception de Houdini, qui avait cependant un petit quelque chose de basané.

Contre-offensive des intuitionnistes en matière de surnom : rase-mottes, Monsieur Bricolage, tensiomètre (« contrôler la tension » étant la phrase le plus communément prononcée par les empiristes quand ils sont en inspection), Babbitt*, check-up (celui-là doit être lâché avec un sifflement pour avoir l'effet escompté).

Personne ne peut l'expliquer, mais les intuitionnistes ont un taux de réussite de dix pour cent supérieur à celui de leurs rivaux.

Dans le jardin tout se meurt, c'est la saison qui veut ça. Les feuilles deviennent rouges, puis elles se dessèchent et finissent par tomber au sol comme de la poussière. Lila Mae les sent craquer sous ses pas alors qu'elle traverse un des jardins secrets de la ville pour rejoindre Mr Reed. Les maisons victoriennes, qui protègent les alentours de leurs grosses masses de brique, tournent le dos à Lila Mae. L'intruse a une dérogation tout ce qu'il y a de plus officiel, tandis que de l'autre côté, dans la rue, des milliers d'affamés ne demandent qu'à venir voir. Qu'on les tienne à distance. Qu'on maintienne à l'abri le jardin moribond.

« Madame Gravely ne veut pas qu'on fume à l'intérieur, dit Mr Reed d'un ton neutre. Je viens fumer ici. »

Il balaie quelques feuilles tombées sur le banc et invite Lila Mae à s'asseoir à côté de lui. Il n'est plus le même homme que la veille, du moins l'espace de quelques secondes, car les plis de consternation qui barraient son front ne tardent pas à se détendre : Mr Reed enfile son masque de dupe, en riposte à celui adopté par Lila Mae.

* Personnage éponyme d'un roman de Sinclair Lewis ; le terme désigne une personne excessivement préoccupée de soucis matériels.

«J'ose espérer que la chambre était à la hauteur de vos exigences ?»

Est-ce une allusion moqueuse à sa chambre minuscule ? Restons calme.

«J'ai très bien dormi.

– Et le petit-déjeuner ? Comment était-il ?

– Très bon.

– Le jeune homme qui vous l'a apporté… a été poli ?»

Mr Reed fixe le sol avec intensité. Il pense tout haut, se dit Lila Mae.

«Très.

– L'homme qui travaille pour nous habituellement a appelé ce matin pour dire qu'il était indisposé, souffle-t-il, comme en transe. Il a envoyé son neveu pour le remplacer. C'est la première fois que nous faisons appel à lui.»

Lila Mae ne fait pas de commentaire. Elle pressent une nouvelle averse, à l'odeur de l'air. À quelques mètres de là, les innombrables feuilles mortes bouchent la fontaine en pierre, où stagne une flaque d'eau héritée des pluies des jours passés. Le chérubin qui trône au-dessus danse sur un pied (en quel honneur ? pour le printemps de l'année prochaine ? pour son maître ?), sa bouche minuscule aspirant l'air humide de l'automne. Voilà ce que Lila Mae sait de Reed : qu'il est sorti premier de l'Institut pour le transport vertical du Midwest, qu'il a gravi rapidement les échelons d'un des plus importants services municipaux sur l'autre côte, qu'il était indéniablement destiné à devenir un grand ponte de l'industrie. Et c'est alors que parut le premier tome d'*Ascenseurs théoriques* de Fulton, au grand dam de Reed. Lila Mae peut comprendre : elle aussi avait été convertie à l'intuitionnisme par le premier tome d'*Ascenseurs théoriques*. Elle tomba par hasard sur quelques lignes pas très aimables dans un manuel scolaire (qui débutaient par «En dépit des récentes hérésies proférées par Fulton…»), paragraphe qui l'avait poussée à explorer les sombres recoins de la bibliothèque. Pas étonnant que l'Institut ait casé les cours d'intuitionnisme dans la partie la moins reluisante du programme, pas étonnant que les microscopiques salles de classe aient toujours été bondées, les enseignants brisés et affligés par le poids de leurs connaissances. Les écrits de Fulton découverts par Lila Mae au tout début de ses études l'avaient métamorphosée. Elle n'imagine que trop bien la catastrophe spirituelle que ce livre avait dû provoquer chez un homme comme Reed, serviteur dévoué de l'empirisme depuis de longues années. Il avait dû se sentir trahi.

Du portrait que *Lift* a fait de lui l'été précédent, Lila Mae se souvient aussi que, comme la plupart des convertis de la première heure, Reed avait délaissé l'inspection des ascenseurs proprement dite pour aller prêcher le nouvel évangile. À quoi tout cela rimait-il, à la fin, se disaient les pionniers de la discipline, maintenant que Fulton a pissé sur tous les principes de notre ancienne foi ? C'est là que Reed s'illustra, non comme penseur mais comme passeur. Il se dépensa sans compter pour intégrer l'intuitionnisme – cette gangrène, au dire de certains – au monde des ascenseurs. Il était allé convaincre des doyens d'instituts bornés de dispenser cette hérésie (rien que d'y penser !) et avait négocié l'admission d'inspecteurs intuitionnistes – tristes mais fiers – dans les services des plus grandes villes. On raconte qu'après trente-six heures de tractations, il parvint à obtenir de l'Institut pour le transport vertical du Midwest qu'il finance la construction d'une aile entièrement consacrée à l'intuitionnisme, une réussite qu'il devait, après d'interminables débats, à un tir à pile ou face. Et truqué avec ça. C'était une pièce avec deux mêmes faces qu'il avait récupérée dans la machine à bonbons du hall de l'Institut. Un sacré farceur, ce Mr Reed. Depuis qu'il s'est remis de l'intrusion inopinée de Lila Mae dans le jardin et qu'il a son masque sur la figure, il lui fait penser à un vautour. Non plus au drôle de pigeon qu'il était dans son appartement, mais à un charognard calculateur. À un soldat.

Et bien sûr, Orville Lever avait engagé ce soldat pour superviser sa campagne car c'est l'homme idéal, ni trop intellectuel pour les hommes de terrain, ni trop imbibé de ce romantisme échevelé dans lequel les esprits rationnels ne se reconnaissent pas. Lever est un type sympathique, mais tout le monde sait que c'est Reed qui dirige les opérations, ça se voit. Il est le seul à pouvoir faire gagner les élections au camp intuitionniste. Lila Mae ne comprend pas pourquoi il a intercédé en sa faveur dans l'affaire du Fanny Briggs, mais elle sait qu'elle aura bientôt la réponse. De lui se dégage un sinistre brouillard de machination, qui pèse sur le jardin.

Il finit par se tourner vers Lila Mae.

« Dommage qu'Orry ne soit pas là. Il est allé rendre visite aux braves gens de chez Arbo. Il faudrait que vous fassiez connaissance, tous les deux.

– Je lui ai déjà serré la main une fois. À un meeting », précise Lila Mae.

Orry. Orville.

« Vous devriez venir à nos soirées portes ouvertes, miss Watson. Vous n'avez jamais songé à devenir membre ?

– Non.

– Vous avez sûrement une idée d'où nous en sommes maintenant, dit Reed avec un rien d'épuisement. Par "nous", je veux dire les intuitionnistes. Vous êtes l'une des nôtres. » Il retire la main qui recouvre le journal posé à côté de lui. « Vous devriez jeter un coup d'œil à ceci », ajoute-t-il en le lui tendant.

Il ne faut pas longtemps à Lila Mae pour avaler tout l'article, du titre pour le moins explosif, « ACCIDENT D'ASCENSEUR », à l'ultime citation crasse de Chancre. Rien d'inattendu dans tout ça. « Tendancieux, dit-elle.

– Vous avez lu la dernière déclaration de Chancre ? Je vais tâcher de la retrouver de tête… "Depuis le début de cette campagne, mon adversaire et ses acolytes ont mis en place toutes sortes de tactiques mais je pense que cet incident en dit bien plus long sur leur bêtise que n'importe quel autre de leurs tours de cochon."

– Il ne sait pas ce qu'il dit, commente Lila Mae. Des "tours de cochon" !

– Détrompez-vous, ce ne sont pas des bêtises, lâche Reed, les lèvres pincées. Chancre parle de la boîte noire. »

L'odeur de pluie est plus forte à présent, songe Lila Mae, tout en repensant à l'exercice de design qui hantait ses années d'étude : « Dessinez ce que vous pensez être l'ascenseur parfait. » L'ascenseur qui délivrera les hommes des tas de bicoques rabougries que sont leurs villes d'aujourd'hui. Personne ne sait à quoi ressemble l'ascenseur parfait, parce qu'il est impossible de voir à l'intérieur. On ne peut l'imaginer, pas plus qu'on ne peut imaginer la forme des dents des anges. C'est ça une boîte noire.

«Il y a deux semaines de ça, commence Reed en frottant ses mains roses sur ses cuisses, Lever a reçu un paquet par la poste. Dedans, il y avait des pages arrachées à des journaux intimes vieux de quelques années, et sur celles-ci des notes sur une boîte noire.

– Tout le monde travaille sur les boîtes noires, réplique Lila Mae. Chez American et Arbo, tout l'argent de la recherche et du développement passe là-dedans. Rien de nouveau.»

Si la première ascension d'Otis a libéré les hommes des constructions moyenâgeuses de cinq à six étages, on peut supposer que le prochain ascenseur leur assurera le ciel et ses tours innombrables. Ce sera la seconde ascension. Évidemment qu'ils travaillent sur la boîte noire. C'est l'avenir.

«C'était l'écriture de Fulton. De toute évidence, les pages avaient été arrachées à ses tout derniers journaux, ceux sur lesquels nous n'avons jamais pu mettre la main. Je ne vous cache pas que ça nous a beaucoup intéressés. Nous avons donc procédé à une petite enquête qui nous a permis de découvrir qu'un journaliste de *Lift* en avait récupéré quelques extraits. Ainsi que Chancre.»

Lila Mae a l'air dubitative. «Les rumeurs affirmant que Fulton travaillait sur une boîte noire ne datent pas d'hier. D'après ce que je sais, il consacrait toute son énergie à la théorie intuitionniste, et non à l'ingénierie. Dès qu'il a été doyen, il s'est désintéressé de l'aspect mécanique de la chose.

– D'après vos informations, l'interrompt Reed. Selon

les nôtres, je peux vous affirmer qu'il touchait un peu aux deux. Il faut savoir que l'année qui a précédé sa mort, il ne parlait pratiquement plus à personne sauf à sa bonne, et s'il s'aventurait hors de chez lui, il se comportait de façon pour le moins fantasque. Ses journaux prouvent qu'il travaillait à la construction d'un ascenseur selon des principes intuitionnistes. À la lecture des pages que nous avons reçues, nous avons déduit qu'il en avait achevé la conception. Il existe un plan quelque part. »

Cette dernière phrase laisse Lila Mae stupéfaite. Au moins, ce Reed s'efforce de la ménager, il y va pas à pas. Mais bon. « Je ne vois pas comment c'est possible, murmure-t-elle en tripotant un des boutons de son costume. D'un point de vue ingénierie, je veux dire. Le principe même de l'intuitionnisme est de communiquer avec l'ascenseur sur un plan immatériel. De "séparer l'ascenseur de l'ascensorialité", je me trompe ? Il paraît difficile de construire une telle chose avec de l'acier. »

Reed prend une cigarette dans son étui en argent. « Tous deux ne sont pas aussi incompatibles qu'on pourrait le penser, dit-il. C'est ce à quoi le tome I fait allusion et que le tome II suggère en filigrane : il s'agit de renégocier notre rapport aux objets. Pour repartir de zéro.

– Je ne vous suis pas », reconnaît Lila Mae. À regret.

« Si on part du principe que la recherche (telle que définie par ces bricoleurs d'empiristes) a conçu les ascenseurs depuis le point de vue de l'homme, par essence étranger à la nature, n'est-il pas logique, dans l'optique intuitionniste, de remédier à cela ? Grâce à ce que nous avons appris ?

– De construire un ascenseur selon le point de vue de l'ascenseur, conclut Lila Mae.

– Ne serait-ce pas là l'ascenseur parfait ? Ne serait-ce pas là la boîte noire ? » La paupière gauche de Mr Reed tremble.

« Incroyable », laisse échapper Lila Mae. Elle repense à sa chambre au Bertram Arms. Incroyable qu'elle arrive à vivre là-dedans, qu'elle se soit habituée à cet espace minuscule. Comme ses attentes sont modestes. Quelle partie de l'œuvre de Fulton l'a le plus influencée ? Une phrase lui traverse l'esprit telle une fusée éclairante : *Il existe un autre monde au-delà de celui-ci*. « Mais quel est le rapport avec l'accident d'hier ? » demande Lila Mae.

Reed prend une profonde inspiration. « Réfléchissez. Le théoricien de l'ascenseur le plus célèbre de ce siècle aurait conçu une boîte noire, qui plus est selon des principes intuitionnistes. Vous imaginez les conséquences de cette invention pour l'empirisme ? »

Lila Mae hoche la tête. Reed poursuit : « Chancre est sur le point de se faire réélire, et pile au même moment les rumeurs sur la boîte noire de Fulton, que les empiristes n'ont jamais prises au sérieux, semblent se concrétiser. La donne a changé. La boîte noire existe vraiment, et elle est intuitionniste. Résultat, non seulement les empiristes risquent de perdre les élections mais tout le reste avec, y compris leur foi, et ils devront alors pactiser avec l'ennemi de toujours.

– Il faut qu'ils trouvent la boîte noire.

– Il faut qu'ils sachent si les rumeurs sont fondées ou non, et vite.

– D'où le piège qu'ils m'ont tendu : c'était un avertissement », réalise-t-elle.

Pompey !

« Cela aurait pu tomber sur quelqu'un d'autre. N'importe qui. Étant donné qu'il n'a pas encore la boîte noire, Chancre peut au moins essayer de gagner du temps jusqu'aux élections, et faire taire les rumeurs en mettant sur le dos des intuitionnistes et de leur politique progressiste un incident orchestré de bout en bout. »

Par *progressiste*, c'est *elle* qui est ciblée, pense Lila Mae. « Mais je n'ai eu vent d'aucune rumeur.

– Elles circulent dans un cercle assez restreint, miss Watson. Du moins, jusqu'à lundi, puisque ce jour-là *Lift* sortira un nouveau numéro avec la boîte noire en une. Et je vous garantis que c'est ça qui a poussé Chancre à passer à l'action. » Reed tapote son étui à cigarettes sur sa cuisse en fixant le chérubin de la fontaine. Il n'a pas bougé, immobile comme à son habitude. « Un ascenseur ne tombe jamais en chute libre, pas de lui-même. Chancre a peur, et vous en avez eu la preuve hier. Et quant à nous, dit-il en se tournant vers Lila Mae, disons que nous craignons les répercussions que pourraient avoir la découverte de la boîte noire.

– Qui étaient les hommes dans mon appartement ? demande Lila Mae.

– Ne me dites pas que vous êtes surprise par les pratiques de Chancre ? Vous savez que c'est un voyou, non ? Il joue au golf avec Johnny Chut tous les mardis. Les hommes qui fouillaient votre appartement étaient sans doute à la solde de ce dernier. La mafia ne se contente pas de contrôler les contrats de maintenance des ascenseurs de la ville, vous savez, elle emploie beaucoup de gros bras. » Il regarde en l'air un long moment. « On dirait qu'il va pleuvoir, mais ce ne sera pas le cas. Pas aujourd'hui. »

Dans ses yeux brille à nouveau une lueur aérienne. « Où se trouve la boîte noire, alors ? insiste Lila Mae.

– Nous le saurons bientôt. Nous pensons connaître l'identité de l'expéditeur des pages arrachées. Nous en saurons plus d'ici peu. »

Cette digression sur la pluie, elle ne porte pas sur la pluie, songe Lila Mae, mais sur la fragilité de notre savoir. Tout n'est que suppositions. Elle pense à la seconde ascension, à l'avènement des nouvelles villes. « Merci pour hier, dit-elle. Et pour la chambre.

– Vous êtes en sécurité ici. » Mr Reed esquisse un sourire. « Vous seriez surprise de connaître le nombre de gens qui se sont intéressés à votre carrière, miss Watson. La première femme de couleur inspectrice. On peut parler de réussite. Nous sommes heureux de vous compter dans notre camp. » Il lui tapote la cuisse. « Lundi, tout sera rentré dans l'ordre. Mr Jameson, notre conseiller, ira voir les gens de l'Inspection générale et ils arrêteront la procédure. Nous prenons soin des nôtres. »

Le regard de Lila Mae s'arrête sur le titre du journal. « Et l'accident ?

– Vous serez innocentée. Avez-vous fait votre travail ?

– Oui.

– Donc c'est la faute de Chancre et des empiristes, qui ont trahi la confiance du public. Et ça, c'est du ressort de Mr Jameson. Si Chancre gagne les élections, il aura autre chose à faire que de poursuivre cette croisade, et s'il perd, ce ne sera plus possible, parce que Lever étouffera l'affaire. Si lundi nous faisons front tous ensemble devant Chancre, ses hommes de main cesseront de vous importuner. Il comprendra que nous avons vu clair dans son jeu. »

Reed esquisse de nouveau un sourire, plus réussi cette fois. « Vous serez de retour dans votre appartement lundi soir.

– Je ne veux pas, dit Lila Mae.

– Pourquoi ?

– Je veux trouver la boîte noire. »

L'anéantissement du Numéro 11 est tel qu'il ne subsiste plus rien que le fracas de l'accident qui monte dans la gaine. Une chute en sens inverse, une âme qui monte au ciel.

Deuxième partie

Ben Urich, un samedi soir : il descend rapidement la rue de sa démarche chaloupée avec son costume préféré en crêpe de coton bleu clair, vague silhouette au loin. Il lance une pièce de monnaie en l'air. Face. Il parie toujours sur face et ça tombe juste à peu près une fois sur deux. Il siffle un air de doo-wop qui passe sans arrêt au café où il prend son petit-déjeuner en lisant son journal soigneusement replié à la page des actualités sportives.

Il est tard mais pas trop. Les spectacles tendance s'achèvent, remarque Ben Urich. Des halls brillamment éclairés se déversent des flots de citadins apprêtés et de touristes intrépides. Il n'est pas trop tard. Ben Urich regarde sa montre, tandis que les réjouissances à venir confluent dans sa tête, les délicieuses festivités, mais avant cela encore doit-il passer prendre un exemplaire du magazine à paraître. Et s'il allait chez O'Connor ? S'il se décide pour ce bar, il devra expliquer l'objet de son article aux inspecteurs éméchés pendant minimum une demi-heure avant d'espérer se voir offrir un verre, sans compter que l'équipe du samedi est plutôt antipathique. Rien qu'une bande de ratés aux ambitions minables qui passent leurs journées l'œil sur le calendrier à attendre le jour de la retraite. Une bande de brutes. Et puis l'endroit n'est pas si gai que ça. Totalement déprimant, même. Et puis il ne sait pas du tout comment ils réagiraient en apprenant l'existence d'une boîte noire intuitionniste. Surtout s'ils ont un coup dans le nez. À cette heure-ci, l'ambiance monte au Flamingo, et l'orchestre de couleur qui se produit le samedi joue exactement le genre de musique dont Ben Urich a envie. Une musique sexy. Du rythme, du whisky et des bières, et peut-être qu'au bar Dame Fortune lui aura mis de côté un cadeau : une fausse blonde impressionnable et pas trop curieuse, une secrétaire juridique avec un soutien-gorge rétro ou même, pourquoi pas, cette drôle d'esthéticienne. Qui sait ? Face. La ville est à moi, la nuit aussi, songe Ben Urich, joyeux.

Après un certain nombre de Violet Mary, la fille finit par se montrer plus bavarde. Elle qui, au début, quand Ben Urich l'avait d'emblée questionnée sur son boulot chez United Elevator Company, se méfiait. Rien d'étonnant à ça, elle savait comme tout le monde qu'il travaillait pour le magazine *Lift*, la revue professionnelle la plus importante du secteur, et que c'était un vrai fouille-merde. Ben Urich l'éblouissait de son sourire électroluminescent et, dès qu'elle vidait son verre, s'empressait de faire signe au barman pour qu'il vienne la resservir. Il l'avait baratinée avec des «Je ne voudrais surtout pas vous mettre mal à l'aise», «J'ai seulement envie d'en savoir plus sur votre travail, ça a l'air tellement passionnant ce que vous faites». Elle rougit, puis replongea le nez dans son Violet Mary, qu'elle vida d'un trait. Le sacro-saint credo du journaliste, son infatigable lutte contre la corruption, plus quelques anecdotes piquantes sur sa suffragette de mère, tels sont les sujets que Ben Urich aborda, pour le plus grand ravissement de son interlocutrice, Miss Betty Williams. Ce soir-là, il ne faisait que préparer le terrain. Son article sur la boîte noire à la une du prochain numéro enfoncerait le clou. Assurée de l'intégrité de Ben Urich, rien n'empêcherait plus Miss Betty Williams de soustraire un dossier ou deux aux archives de United. À titre d'information, bien sûr. Et promis, il ne citerait pas ses sources – discrétion garantie. Tout ce qu'il voulait, c'était servir le public du mieux qu'il pouvait, lui chantait-il, rester fidèle aux valeurs que sa mère lui avait inculquées dès son plus jeune âge, elle qui peignait des slogans sur des affiches en faveur du droit de vote des femmes. Ben Urich remarqua que plus il émaillait sa berceuse de termes empruntés au jargon des salles de rédaction, comme *numéro* ou *quatrième de couverture*, plus le regard de Betty Williams s'illuminait. Voilà ce qu'il ferait, se dit-il : il passerait à son bureau lui déposer un exemplaire du prochain *Lift* et, le lendemain ou le surlendemain, il presserait sa nouvelle conquête de lui fournir un ou deux dossiers juteux. Ben Urich l'embrassa sur la joue en la fourrant, titubante, dans un taxi. Elle était complètement sous le charme.

Face. N'empêche que ce n'était pas que du vent. Ben Urich prend très au sérieux son boulot de chien de garde autoproclamé de l'industrie nationale du transport vertical et pense qu'il mérite d'être davantage reconnu pour ça. C'est lui, par exemple, qui a révélé le scandale Fairweather qui a conduit au licenciement de sept inspecteurs des ascenseurs et de cinq employés du Service des bâtiments, ainsi qu'à la formation de la première commission mixte – composée d'élus de la ville et de la Guilde –, consacrée aux irrégularités dans l'inspection des ascenseurs municipaux. Et puis sa série d'articles sur le contrôle présumé (« présumé », mot que les journalistes agitent comme une carotte) de la mafia sur la maintenance des ascenseurs de la ville n'avait certes pas abouti à des mises en examen mais faisait encore référence. C'était la première enquête à rendre public un des secrets les mieux gardés de la profession. En tout cas jusqu'à aujourd'hui. Maintenant que la boîte noire de Fulton se balade quelque part dans la nature, l'avenir du transport vertical tout entier appartient à celui qui s'en saisira. L'avenir de Ben Urich aussi. Il a fait sa part du job. Et le retentissement de son article sur la boîte noire lui apportera à n'en point douter une proposition intéressante de la part d'un quotidien de la ville, ou peut-être même d'un magazine de luxe. Face.

Pour le gardien de nuit de l'immeuble de *Lift*, il n'y a rien de mieux à faire à cette heure-ci que de se plonger dans ses cours par correspondance. Et ce soir, quand Ben Urich frappe à sa porte, le dénommé Billy est en train de bûcher sa littérature anglaise.

« Ah, *Jane Eyre*, lance Ben Urich d'un ton radieux. Sacré bouquin !

– Pas mal », marmonne Billy. Un monsieur corpulent. Le trousseau de clefs cliquette dans sa main moite. « J'aurais pensé que tu serais de sortie ce soir.

– Je ne travaille pas », dit Ben Urich, qui ne veut pas froisser l'héroïque sentinelle des bureaux désertés. « Est-ce que l'imprimeur est passé livrer des exemplaires du prochain numéro ? Je suis venu en chercher un.

– Je les ai là », lui répond le jeune vigile en sortant un ballot de derrière son comptoir.

Il coupe la corde avec une paire de ciseaux et prend le premier exemplaire de la pile.

Durant le bref laps de temps qu'il faut à Billy pour lui tendre le magazine, Ben Urich voit déjà que quelque chose ne va pas. C'est le rouge. La maquette de couverture qu'il a approuvée l'autre jour mettait en valeur une étude d'un ingénieur : le plan de la boîte noire de Fulton. Pas le vrai, bien sûr, mais *Lift* suppose ses lecteurs doués d'imagination. C'est le rouge qui cloche.

Et les choses vont de mal en pis. Son nom n'apparaît nulle part sur la couverture ; en revanche, on peut y voir un Père Noël dans toute sa rondeur hivernale descendre le long d'un câble d'ascenseur avec une ceinture à outils standard à la taille. En gros titre on peut lire : SOYEZ PRÊTS POUR LES VACANCES : NOS 10 CONSEILS POUR GARDER LA FORME. La plus minime des objections que Ben Urich pourrait faire, c'est que Noël n'est pas pour tout de suite. Et puis il trouve révoltant qu'un journal de cette envergure évoque le sujet si en avance, participant ainsi à l'allongement de la période des festivités tel qu'orchestré par les services commerciaux et marketing.

Ils l'ont sucré. Ils ont sucré son papier.

« Quelque chose ne va pas, Ben ? »

Avant de se mettre en colère, faire preuve de pragmatisme. C'est toujours comme ça avec Urich. S'il fait quelques coupes dans son texte, il pourra peut-être le fourguer à un journal professionnel plus modeste, avec un tirage et des rémunérations plus faibles. Un journal moins prestigieux. Est-ce qu'un papier comme celui-ci pourrait intéresser des magazines généralistes ? se demande-t-il. Il faudrait alors qu'il développe davantage son propos pour le rendre accessible au lecteur profane, qu'il s'étende sur le débat opposant intuitionnistes et empiristes, qu'il explique l'intuitionnisme, un sujet qu'il maîtrise assez bien pour ne pas passer pour un imbécile mais qu'il aurait du mal à rendre explicite pour un lecteur lambda. Non, il l'a dans le cul. C'est *Lift* ou rien.

« Au fait, Ben. Tu veux un godet ? J'ai une bouteille, propose Billy.

– Est-ce que Carson est là-haut ? demande Urich en roulant son *Lift*.

– Y a personne là-haut. Pas ce soir. »

Ben Urich est déjà dehors. Il commençait à faire chaud dans le hall. Il essaie de se rappeler comment était son rédacteur en chef ces derniers jours. Carson avait l'air vraiment à fond pour, il disait que c'était le papier le plus fort qu'il ait jamais lu depuis les débuts désastreux des ressorts de compression Arbo, le flop référence en matière d'amortisseurs hélicoïdaux. Juste au cas où, Ben Urich vérifie le sommaire : un test sur les nouvelles cabines européennes, le compte rendu de la quinzième Conférence internationale des ascensoristes et ces conneries sur Noël, mais rien sur la boîte noire. Son nom ne figure nulle part. Il sort sa pièce de sa poche mais ne la fait pas sauter en l'air. Il la glisse dans un téléphone public puis insère un doigt dans le disque rotatif. C'est quoi le numéro personnel de Carson, déjà ?

« Excusez-moi, monsieur, vous pourriez me donner l'heure s'il vous plaît ? »

Ben Urich agite la main par-dessus son épaule.

« Vous pouvez me dire quelle heure il est ?
– Non, je peux pas », répond Ben Urich.
À peine a-t-il le temps de composer un numéro et de regarder le disque de plastique amorcer son retour en arrière qu'il sent deux mains le saisir par les épaules et le faire pivoter sur lui-même. Devant lui, il y a deux malabars. Le premier, qui tient fermement ses épaules en étau, a les joues rouges et gonflées comme un ballon. Quant au deuxième, il a un visage doux et gentil. « Est-ce que vous savez ce que Johnny Chut fait aux gens qui le mettent en colère ? demande-t-il à Ben Urich.
Décidément, le cours de la soirée poursuit sa tendance négative. Et ça ne s'arrange pas. C'est à cause de ces deux types-là et de leur patron que son papier n'est pas sorti. « Oui, je sais. » Autant jouer le jeu et en sortir indemne. Ben Urich connaît la marche à suivre.
« Jim ? » dit le type qui parle.
L'homme qui empêche Urich de bouger lui donne une gifle magistrale, le plie en deux, le balance sur son épaule comme un bébé et le jette sur le siège arrière d'une Cadillac bordeaux. Le type qui parle se glisse derrière le volant, l'autre à côté de Ben, qu'il tient fermement par le poignet.
Le conducteur démarre. Ben Urich retrouve ses esprits. Il est surpris que ça ne lui soit pas arrivé plus tôt. Quand on pense à tous ses reportages coups de poing et à sa quête insatiable de vérité ! Une fois, un inconnu (ou plusieurs) lui avait envoyé par la poste un rat mort enveloppé dans du taffetas, mais n'importe qui aurait pu le faire, et pour tout un tas de raisons. Oui, il est surpris que ça ne lui soit pas arrivé plus tôt.
« On vous emmène faire une petite balade. Juste un

petit tour», lui dit le type au volant, tandis qu'il extrait la voiture de la place exiguë où elle était garée, entre une vieille fourgonnette rouge et une Ford menaçante. Puis la voiture longe deux pâtés de maisons sans que personne n'échange un mot. En ce qui le concerne, Ben Urich supplierait qu'on lui laisse la vie sauve s'il pouvait retirer la pierre qui lui bouche le gosier.

«Est-ce que ça vous dérangerait, genre vraiment, si nous vous demandions de laisser tomber l'enquête sur laquelle vous travaillez actuellement ?» lâche soudain le conducteur.

Ben Urich arrive tant bien que mal à articuler : «C'est déjà fait. Affaire classée», quand l'homme assis à côté de lui, lui brise le doigt.

Son index tient pourtant un rôle essentiel. C'est un doigt polyvalent, aussi fiable pour les tâches ordinaires que pour les étreintes amoureuses, domaine dans lequel il se surpasse. Toujours partant pour aller dénicher des trésors dans le fond d'une narine, il sait aussi faire preuve de délicatesse quand il s'agit de manier des clefs dans des serrures récalcitrantes. Ben Urich se sert aussi de son index pour faire signe aux garçons de venir encaisser ses consommations, ou encore pour pianoter sur une surface quelconque (le dessus d'une table, un siège, sa cuisse droite, etc.) quand il est nerveux ou cherche à tuer le temps. Bien pire que la déflagration qui le transperce quand l'homme silencieux lui plie le doigt selon un angle insensé qui le déplace de quatre-vingt-dix degrés par rapport à son emplacement normal, il y a le bruit de la cassure. Celui du bois mort, et il est pire, bien pire que la douleur. Au départ. Ce bruit lui révèle à quel point son corps est fragile. Enfin, il y a une autre tâche pour laquelle l'index de Ben Urich est, de tous ses doigts, celui qui est le plus naturellement sollicité : appuyer sur les boutons des ascenseurs.

Ses hurlements se muent en un gémissement discontinu. L'homme silencieux qui tient le poignet de Ben Urich desserre la main, comme pour rappeler à son prisonnier la liberté, la mobilité tactile dont on vient de le priver. « Je m'appelle John, se présente son comparse derrière le volant. À côté de vous, c'est Jim. Il sort de chez le dentiste et ne participera donc pas beaucoup à notre conversation. Les mots, de toute façon… De temps à autre, Jim appuiera mes propos en faisant le geste qu'il faut… Ah ! Je me demande bien où ces gens ont appris à conduire ! Il y a de ces chauffards ce soir, c'est pas croyable ! »

Ben Urich ne peut plus bouger son index. Dès qu'il essaie, ses autres doigts s'affalent, comme pour lui manifester maladroitement leur sympathie. Quart de cercle essentiel sur le clavier de sa machine à écrire, voilà à quoi sert aussi son index. Urich remarque que la voiture se dirige vers le sud de la ville, se faufilant à travers les bouchons qui se sont formés à la sortie des théâtres. À cette heure de la nuit, les feux rouges sont implacables, mystérieux, capricieux, comme consternés par la dernière offense que leur infligent les citadins. Les feux de signalisation : des fonctionnaires par excellence. Au feu rouge suivant, la main de Ben grimpe le long de la vitre en se lamentant. Dans la voiture qui patiente à côté de la Cadillac, un couple antipathique en tenue de soirée. Ces deux-là rentrent dans leur banlieue, loin du tumulte de la grande ville. La femme jette un coup d'œil à Ben, plus précisément à sa main, semblable à un crabe. Elle fronce les sourcils, puis se tourne vers son mari. Le feu passe au vert et John démarre.

« Vous voyez, dit-il d'une voix traînante, personne ne se soucie de son voisin. On pourrait aussi bien vous balancer dans une décharge qu'ils poursuivraient quand même leur route. Tout ce qui les intéresse, c'est leurs piètres talents de conducteurs, pas leur prochain. » Ben Urich lève un regard groggy vers le rétroviseur. L'homme a les yeux plantés dans les siens. « Dites-moi, monsieur Urich, combien de fois nous avez-vous menti ce soir ?

– Je ne vous ai pas menti. Par pitié, laissez-moi descendre », répond-il, la voix brisée.

Ça n'a pas l'air d'émouvoir John. Ses yeux sombres font des va-et-vient entre la chaussée qui s'étire devant lui et le visage dans le miroir. « Puisque à l'évidence vous êtes du genre implorant, je vais vous le dire. Quatre fois. Et pour chacun de ces mensonges, Jim, mon partenaire, vous cassera un doigt en exerçant une pression sur… Bref, je ne me rappelle plus exactement le nom de cet os, ça fait si longtemps que je ne me suis pas plongé dans un dictionnaire médical… Mais disons que Jim exercera une pression là où elle ne devrait pas être exercée. »

Jim plie le majeur de Ben jusqu'à ce qu'il vienne toucher le dessus de sa main, faisant à nouveau résonner le bruit de bois mort qui se casse.

John reprend. « Vous avez menti quand vous avez affirmé que vous ne verriez aucun inconvénient à ce que je vous demande de mettre un terme à votre enquête. Je vois bien aux coudes et aux genoux lustrés de votre costume que vous êtes un homme qui se fiche bien des diktats sociaux.

D'habitude, quand les gens sortent, ils aiment bien se montrer sous leur meilleur jour. Comme ces deux-là dans la voiture tout à l'heure. Eux, pour aller dîner et voir un spectacle, ils se sont mis sur leur trente et un. Mais tout ça ne dit rien à un homme comme vous, un individu avec un tel sens moral. Ça vous choque que deux brutes, car c'est ce que nous sommes dans le fond, malgré tous les efforts que je fais pour me convaincre du contraire, que deux brutes, donc, vous demandent de renoncer à ce que vous considérez comme un impératif moral. Donc vous avez menti. Ça, c'était pour le premier doigt. » John hoche la tête de bas en haut. « Deux secondes. » La voiture bleue qui se trouve devant lui envoie des messages contradictoires, empreints d'une nette agressivité. « Mais vous avez vu ça ? Ce type m'a fait une queue de poisson. S'il avait envie de tourner, il avait qu'à mettre son clignotant. Vous êtes pas d'accord ?

– S'il vous plaît, je vous jure que je laisse tomber l'enquête, supplie Ben. Je vous le jure.

– Ouais, c'est ça. Vous avez menti encore une fois en prétendant savoir ce que Johnny Chut réserve à ceux qui le contrarient. Si vous l'aviez su, au lieu de vous monter la tête avec ce que vous avez grappillé dans les journaux ou, pire, vu au cinéma, vous n'auriez jamais, jamais au grand jamais, fait quoi que ce soit qui puisse mettre Johnny en colère. Vous y auriez réfléchi à deux fois. Nous ne serions pas là en ce moment même, en train de rouler en ville à une heure pareille. Mais passons. Bref, ça fait un deuxième mensonge et ça vous a coûté un deuxième doigt. Il en reste encore deux. Vous m'avez menti quand vous avez prétendu que vous n'aviez pas menti, donc encore un autre doigt, mais je vais demander à Jim de calmer le jeu, parce que ce bruit de craquement me distrait vraiment trop et j'ai déjà assez de mal à conduire avec tous ces barjos au volant. Ça te convient, Jim ? Tu n'as qu'à me faire oui de la tête, comme ça te fait mal de parler, je veux dire avec ta dent et tout. »

Jim hoche la tête, plein de reconnaissance envers son ami et partenaire qui le comprend si bien.

« Reste un dernier mensonge, et c'est le premier que vous nous avez dit. Quand je vous ai demandé l'heure, vous m'avez répondu que vous ne l'aviez pas. Mais moi je sais que c'est pas vrai parce que je la vois d'ici, votre montre, elle est à votre poignet, juste en dessous de la main de Jim. Et ce mensonge est le pire de tous car quand un étranger vous demande l'heure, il ne faut pas lui mentir. Ce n'est pas poli. »

Étendue sur le lit, Lila Mae dresse des plans de bataille. Au terme de leur conversation, Mr Reed, appelé à des affaires urgentes – en rapport ou non avec le sujet qui la concerne, ça elle n'en sait rien –, avait pris congé et l'avait laissée là dans le jardin. Une heure s'était écoulée, lentement, ponctuée par quelques gouttes tombant du ciel par intermittence, comme si celui-ci menait une étude de faisabilité sur les conséquences de la pluie. Et d'une éventuelle action de sa part. Lila Mae quitta le jardin pour reprendre ses élucubrations dans sa chambre. À huit heures, Mrs Gravely lui servit un dîner qui n'était pas dénué de qualités culinaires. Mrs Gravely ne ressemble pas à l'idée que Lila Mae s'en était faite. C'est une petite femme énergique avec des cheveux gris qu'elle enroule en un chignon très serré au sommet du crâne. Elle sourit poliment à Lila Mae lorsqu'elle lui déposa le plateau sur les genoux ; elle prit même le temps de retaper les oreillers avant de quitter la pièce. Tout ça sans dire un mot. Tandis qu'elle mangeait (lentement, comme le lui avait appris sa mère), Lila Mae s'était demandé pourquoi ce n'était pas le beau jeune homme qui était venu lui apporter son dîner.

Quelques heures plus tard, il frappe à la porte : elle reconnaît ses coups réguliers, légers et vifs. Tous les plans qu'elle a échafaudés dans la journée s'évanouissent. Elle se redresse dans son lit et lui dit d'entrer.

« Je suis juste monté voir si vous manquiez de rien. » Natchez a le pouce enfoncé dans la poche de son pantalon et les autres doigts étalés en éventail sur la hanche.

« Ça va très bien, merci », dit Lila Mae. Puis elle se ravise : « Vous êtes de service toute la nuit ? Enfin, je veux dire, vous dormez ici ? »

Il secoue la tête, amusé. « Non, je pars dans cinq minutes. Je voulais juste savoir si vous aviez besoin de quelque chose avant que je m'en aille. Madame Gravely dort. Quand je serai parti, vous serez toute seule.

– Je n'ai besoin de rien. Encore merci. »

Il est sur le point de partir mais Lila Mae le stoppe dans son élan. « Vous venez de Natchez ? C'est là que vous êtes né ?

– C'est ma maman qui était de Natchez. » Il s'adosse à la porte. « Elle ne voulait plus vivre là-bas mais elle avait envie que je m'appelle comme ça. Elle voulait entendre les gens dire "Natchez".

– Moi aussi, je suis du Sud, dit Lila Mae.
– D'où ça ?
– D'une ville sale.
– Vous êtes pas du genre causante, vous ?
– Ça m'arrive de parler. »

Natchez secoue à nouveau la tête avec un sourire. « OK, d'accord. Du coup, vous êtes un de ces professeurs qu'on invite pour quelques jours ? Vous êtes venue faire une conférence ?

– Non, je suis inspectrice d'ascenseurs. » Sur les deux derniers mots, la voix de Lila Mae monte automatiquement d'une octave, c'est son registre professionnel.

« Je savais pas qu'on avait le droit de faire ça comme métier, nous autres, s'étonne Natchez. Même dans le Nord.

– On n'en a pas le droit mais je le fais quand même.

– C'est bien comme boulot, les ascenseurs ? Vous êtes fonctionnaire municipale, c'est ça ?

– C'est pas mal », dit Lila Mae tout en regardant à la dérobée les mains de Natchez. Ses doigts sont larges. Arrogants, lui semble-t-il. « Ça monte et ça descend. Il suffit de comprendre pourquoi. » Maintenant, elle fixe ses yeux. « Qu'est-ce que vous faites quand vous ne travaillez pas ici ? Ce n'est pas votre vrai boulot, n'est-ce pas ?

– C'est un remplacement. Je prends un peu tout ce qui me tombe sous la main. C'est pas une ville facile, c'est sûr.

– C'est pas une ville facile », répète Lila Mae. Elle est arrivée au bout de ses ressources en matière de conversation.

Natchez ne s'en formalise pas. « À demain, alors. Mon oncle est encore malade.

– Qu'est-ce qu'il a ?

– Il dit qu'il sent plus sa jambe. » Le visage du jeune homme s'assombrit. « Qu'il a l'impression qu'elle a été coupée.

– C'est affreux.

– Ça lui arrive de temps à autre.

– Merci de vous être inquiété de mon sort.

– Dormez bien, mademoiselle. »

Les enfants mâchonnent des bonbons entre leurs dents poisseuses en attendant que leur salive se transforme en sucre. Avec la chaleur, tout colle. Ils ont la langue verte et rouge.

À l'Exposition industrielle des nations, les drapeaux de tous les pays civilisés pendent mollement dans les airs comme des chiffons de palefreniers. Le soleil darde ses rayons sur l'édifice monstrueux du Crystal Palace, la réplique de son homonyme londonien. L'édifice, fait d'acier, de bois et de verre, est bâti sur un réseau d'armatures en étoile renforcé par un croisillon d'armatures plus fines. Une babiole royale. Avant l'invention de la verticalité, on ne pouvait aspirer à mieux que cet assemblage de verre et d'acier – que l'on observait de loin, au moyen d'une longue-vue.

À l'ouest du Crystal Palace, les eaux fétides de la retenue de Croton ; et à l'est, Sixth Avenue et son enchevêtrement d'attelages. Le Crystal Palace s'écroulera cinq ans plus tard, en 1858, dévoré en quinze minutes par les flammes, avant de devenir Times Square. Mais pour l'instant il est bien là et piège la lumière avec ses milliers de fenêtres striées par un film de sueur en condensation. C'est une serre, et quels trésors y fleurissent ! Dans une première salle, des matières premières sont exposées dans des vitrines sur un tapis de velours : minéraux, minerais de différentes formes, charbon, cuivre, pierre, marbre, cristal, rien que des merveilles. Dans une galerie, une locomotive se tient accroupie sur son postérieur de fer au sommet d'un socle noir. L'engin est le pur produit de cette époque si dynamique, de cette ère si véhiculaire. Ici, toutes les cultures sont représentées. Hambourg présente quantité d'articles en corne, quelques jolis meubles, une vaste collection de cannes, des broderies ; la Turquie des soies précieuses, des matières premières, des produits de la terre, des tapis et des descentes de lit qui suscitent bien des commentaires. Un million de personnes se presseront sous la verrière durant le temps de l'Exposition. Le public flâne, médusé, devant les montres ravissantes envoyées par la Suisse – du grand art ! – ; format réduit (à peine deux centimètres et demi de circonférence), bien remontées (on entend distinctement leur tic-tac). Et admirablement serties dans des boîtiers décorés d'émaux. Il y a aussi des céréales, du chocolat, des armes, des mousquets et des pistolets français (les fameux duels), un Apache empaillé. Des fruits rouges en provenance des vignes d'Amazonie et des tranches de viande de lama séchée et fumée.

Au deuxième étage se trouvent les moissonneuses-batteuses, immobiles et élégantes, tels des animaux à l'échine souple se courbant pour laper quelques traces d'humidité. Les couteaux de chasse qui luisent au soleil semblent proclamer haut et fort que les Américains ne sortent jamais sans eux. (Un rapide coup d'œil alentour dément ces balivernes colportées par le Vieux Continent.) Un singe affublé d'une cape en zibeline et attaché à une laisse en cuir prédit l'avenir. Un cheval de trente centimètres de haut et un bocal contenant un nouveau-né à deux têtes sont exposés dans une vitrine, pour la plus grande joie des enfants. Au passage d'un mandarin chinois et de ses deux serviteurs, ces messieurs-dames font un pas de côté et agitent leur mouchoir en signe de profond respect. (Les journaux révéleront plus tard qu'il ne s'agissait en fait que d'un canular de la part d'un trafiquant d'opium.)

Le vacarme de l'orgue au deuxième étage, à côté duquel des dizaines d'instruments et de voix feraient pâle figure, si assourdissant en ce premier jour de l'Exposition, le 14 juillet 1853, se tait. La chaleur aura même eu raison de la musique, remarque un homme. Non, si l'orgue ne se fait plus entendre, c'est qu'un homme à la voix de stentor, le vice-président des États-Unis, va s'adresser à la foule. « Notre Exposition ne peut faillir à sa mission, qui est de réduire, sinon d'éradiquer, les préjugés et les ressentiments qui ont trop longtemps différé le bonheur des nations. Nous vivons actuellement une période de transition merveilleuse et atteindrons bientôt le but grandiose vers lequel tend toute notre histoire : unir les hommes entre eux. Grâce aux exploits réalisés par la technologie moderne, les distances qui séparent les pays tendent à disparaître. Nous sommes en mesure de traverser des contrées à une vitesse incroyable. Et les moyens de communication sont tellement rapides qu'une invention ou une découverte ne sont pas plus tôt réalisées qu'elles sont déjà perfectionnées, voire surpassées par une volonté concurrente. Nous avons aujourd'hui à notre disposition des produits en provenance des quatre coins du monde, il ne nous reste plus qu'à choisir le meilleur et le moins cher. C'est donc une bonne chose que de confier les moyens de production aux stimuli de la concurrence et du capital. Mesdames et messieurs, le but de l'Exposition de 1853 est de nous donner une idée et une image vivante du développement auquel l'humanité tout entière est parvenue, mais aussi de marquer un nouveau départ, à partir duquel les nations du monde entier déploieront leurs efforts futurs. » Le singe en cape de zibeline fouille, dans une poche.

Ce soir-là, le grand homme tente de mettre fin à ses jours mais il rate son coup. Un fait parmi tant d'autres dans le Grand Hall, mais bien moins reluisant que les joyaux présents. Elisha Graves Otis se tient sur une plateforme ascensionnelle. Personne n'a encore vu sa prestation et après tout ce qu'on a pu admirer dans la journée, l'intérêt que suscite cet humble monsieur parmi les visiteurs du Crystal Palace est limité. En dépit de ce qu'il leur réserve pour l'avenir. Elisha Graves Otis, qui a alors la quarantaine, a fière allure dans sa redingote à chevrons. Il caresse son gilet blanc de sa main droite. Si les gens s'arrêtent pour regarder sa performance, c'est vraisemblablement parce qu'ils sont épuisés – le prix à payer pour avoir regroupé en une seule journée inoubliable les aspirations exotiques de toute une vie ; et ce, dans une touffeur insupportable, qui commence tout juste à décliner avec le soir. Les monte-charges n'ont rien de bien palpitant, sauf pour les péquenauds ; les citadins, eux, savent ce que c'est.

La plate-forme s'élève de dix mètres au-dessus du sol, s'approchant du dôme noirci par la nuit. Arraché par

Mr Otis aux tapisseries persanes, aux scarabées égyptiens et aux poteries éthiopiennes, le public du Grand Hall vient regarder la plate-forme, l'homme et la crémaillère. Après tout, le futur les intéresse. « Observez attentivement », dit Mr Otis en brandissant une scie qui ressemble à un croissant doré à la lumière des lampes et avec laquelle il commence à couper la corde qui le retient suspendu en l'air. Attendu que la notoriété de son acte ne cesse de grandir dans les semaines et les mois qui suivent, le Crystal Palace ne sera plus jamais aussi silencieux qu'il l'est actuellement. La première fois est toujours la meilleure. Le silence est total. Dès que ses derniers brins lâchent, la corde s'en va virevolter dans les airs. La plate-forme tombe sur près de soixante centimètres, une éternité semble-t-il, avant que le ressort fixé sous son vieux plancher ne se détende et se prenne dans les dents de la crémaillère. Le public trouve les ressources pour pousser de nouveaux cris enthousiastes, même après tout ce qu'il a vu dans la journée. Un ascenseur de sécurité ! La verticalité n'est plus si loin à présent, non plus que les villes dignes de ce nom. C'est le début d'une nouvelle ère : la première ascension. Mr Elisha Otis retire son chapeau haut-de-forme avec un panache étudié. « Entièrement sûr, messieurs-dames, entièrement sûr. »

Le chauffeur ne parle pas, il conduit en tournant le volant avec la paume des mains. Avec la grâce minutieuse d'un peintre : il procède par petites touches prudentes, ni trop extravagantes ni trop mesquines. Il a une petite marque rouge sur la nuque, à l'endroit où le barbier l'a coupé. Tandis que la Buick noire franchit les obstacles qui jalonnent la ville pour rejoindre l'Institut pour le transport vertical, Lila Mae repense à ce que Mr Reed lui a dit. « Peut-être êtes-vous la personne idéale pour lui parler. À nous, elle ne veut rien dire. »

Lila Mae est noire, Marie Claire Rogers aussi.

Dans le dossier que Lila Mae a entre les mains, les feuilles de papier sont de taille, de qualité et d'épaisseur différentes. Sur certaines, les notes sont manuscrites ; sur d'autres, tapées à la machine. Le premier document de la pile est une candidature que Marie Claire Rogers a adressée à la Smart Cleaning Corporation pour être femme de ménage. Elle avait alors quarante-cinq ans, deux enfants, et était veuve. Sur son CV figurent tous les emplois qu'elle a occupés auparavant. Visiblement, Marie Claire Rogers avait beaucoup d'expérience : elle avait passé sa vie à balayer et nettoyer. Dans une lettre de référence, un de ses anciens employeurs souligne ses qualités et la décrit comme « obéissante », « calme » et « docile ». Un autre document, accroché à la demande d'emploi avec un trombone et frappé du logo de Smart Cleaning, fait état des six mois que Marie Claire Rogers a passés chez les McCaffrey, sans le moindre incident. D'après Mr et Mrs James McCaffrey, le travail de Mrs Rogers était « efficace et soigné ». Mais selon les archives de la société, les McCaffrey avaient déménagé vers des cieux plus cléments et Mrs Rogers avait été de nouveau affectée à un de leurs clients réguliers, l'Institut pour le transport vertical.

Lila Mae reconnaît la signature de James Fulton au bas d'une fiche d'évaluation qui date d'un an après la réaffectation de Mrs Rogers aux maisons de fonction de l'Institut. La même encre est utilisée dans les cases au-dessus, où Fulton a fait de petites croix dans la colonne « excellent ». À l'exception d'une seule dans la colonne « moyen », concernant la ponctualité. La date indique que Fulton venait tout juste de démissionner de son poste de président de la Guilde (ce qui avait provoqué des réactions plus ou moins virulentes parmi les inspecteurs d'ascenseurs) pour occuper le siège de doyen de l'Institut. L'étape ultime de sa carrière. Fulton avait eu tous les boulots en or, il ne restait plus que celui-là.

Le papier à lettres de l'Institut est plus élégant et solennel que l'ersatz de parchemin qui en tient lieu chez Smart Cleaning. Il s'en dégage une austérité subtile qui convient à un établissement d'enseignement supérieur. Le document que Lila Mae a entre les mains est adressé au conseil d'administration de l'Institut ; son contenu, qui témoigne d'une panique évidente, contraste étonnamment avec la sérénité qui émane de l'emblème figurant en haut de la page. La lettre préconise de procéder à une « action rapide » au regard du comportement « excentrique » de Fulton (« excentrique », adjectif employé par les Blancs pour qualifier toute personne recourant à des pratiques peu conventionnelles, note Lila Mae avec ironie), tel que décrit plus bas. Lila Mae connaît pratiquement toutes les anecdotes : les crises de colère et de larmes au beau milieu de la cérémonie d'inauguration du chantier de la nouvelle aile consacrée à l'ingénierie, etc. Mais la plupart des scandales dont elle lit en ce moment le compte rendu sont nouveaux pour elle. La communauté blanche protège les siens. Dans le cœur de Lila Mae, le comportement de Fulton ne remet pas en cause son statut de père spirituel. Elle n'attend pas des êtres humains qu'ils se conduisent différemment de ce qu'ils sont réellement. C'est-à-dire faibles.

Le document suivant ne contient pas non plus de réelle révélation. Fulton s'en est remis au conseil d'administration, rapporte la secrétaire anonyme (avec plus d'entrain que dans le document précédent) et a pris la décision de démissionner. « Il a accepté notre proposition l'autorisant à conserver son logement de fonction ainsi que la condition expresse qui l'accompagne, à savoir qu'il ait une garde-malade à demeure. » Ce document (qui s'agite au gré des mouvements de la Buick ; le chauffeur ne maîtrise pas tout visiblement) relate également les refus que Fulton oppose à toutes les propositions de garde-malade que lui fait l'Institut (il désigne des femmes ultra-qualifiées qui se présentent à sa porte sous le terme de « nounous »). La seule personne dont il veuille à ses côtés est sa femme de ménage, Marie Claire Rogers. Personne d'autre. La secrétaire est heureuse de pouvoir annoncer que Mrs Rogers a donné son accord et qu'elle viendra bientôt s'installer dans les quartiers réservés autrefois aux domestiques au rez-de-chaussée de la maison, la deuxième semaine du mois prochain. Félicitations, messieurs, pense Lila Mae.

Lila Mae et Sven, le chauffeur de la Maison des intuitionnistes, s'enfoncent au cœur de la banlieue. Depuis la dernière fois qu'elle est passée par là, le coin a été envahi par des solderies géantes et des restaurants familiaux, où s'amassent des Blancs. On respire mieux qu'en ville, il y a moins de choses à voir. Lila Mae revient au document suivant, un vieil article du magazine *Lift* qu'elle avait lu une première fois à sa parution. Les feuilles sont toutes molles et brillantes, aussi légères qu'une brise. Le procès est terminé. Le juge a rendu son verdict. Marie Claire Rogers est tenue de remettre tous les papiers de Fulton qu'elle a en sa possession à l'Institut pour le transport vertical. D'après le journaliste de *Lift* (dont le choix des adjectifs trahit le parti pris), lorsque Fulton avait compris qu'il allait mourir, il avait accepté de céder ses écrits contre l'assurance que Marie Claire Rogers puisse rester vivre auprès de lui aussi longtemps qu'elle le voudrait. Inutile de dire que les membres de l'Institut étaient certains d'obtenir les papiers, ayant déjà fait fabriquer les coffrets destinés à les accueillir. Il leur suffisait d'attendre la mort de Fulton et de faire preuve d'un peu de patience. Enfin, c'est ce qu'ils se disaient au début. Après le décès de Fulton, Mrs Rogers leur avait rendu les papiers en question. Mais pas en totalité. De toute évidence, il manquait les journaux qui couvraient les deux dernières années de sa vie. Ça ne se passerait pas comme ça, on ne se moquerait pas de l'université, de la postérité, de l'implacable machine de l'histoire. Mais Mrs Rogers ne voulait pas lâcher les carnets et invectivait ses propriétaires en des termes rarement entendus par des oreilles blanches sous des cieux nordistes, ne renonçant à son comportement intolérable que lorsque la cour de l'honorable James Madison (aucun rapport avec le président) lui en avait intimé l'ordre. L'article s'arrête là, mais Lila Mae ajoute une note concernant les pièces à conviction. Il était évident, au vu des dates, que certains carnets de Fulton manquaient, mais personne ne pouvait prouver qu'ils n'avaient pas été détruits (comme le soutenait Mrs Rogers) par Fulton lui-même dans un accès de désespoir matinal, voire volés. Mrs Rogers prétendait que le jour de l'enterrement de Fulton, la maison avait été mise à sac. Des rumeurs avaient pris racine dans des terreaux bien plus mauvais que celui-ci.

L'Institut n'est plus très loin. Lila Mae n'a pas besoin de lever les yeux pour le savoir. Les bruits de la ville ont fini par s'estomper, comme si Lila Mae et son chauffeur avaient découvert la vallée d'entre les vallées. Les grincements de dents de la ville ont disparu, ainsi que son rire – celui-là même que pousse un assassin devant sa victime fraîchement tuée. Le coin idéal pour un centre de remise en forme, un endroit où recouvrer la santé et rassembler ses forces pour affronter la société. Les derniers éléments du dossier sont les notes manuscrites d'un certain Martin Sullivan, un disciple intuitionniste dépêché à l'Institut. «*Le Sujet me claque la porte au nez. Le Sujet insulte ma mère. Le Sujet me surprend en train d'entrer par la fenêtre de la cuisine et me pique la main avec un thermomètre à viande. Le Sujet m'aperçoit derrière un arbre et commence à approcher, l'air menaçant. Je décide de quitter le périmètre.*» Martin Sullivan poursuit en faisant l'inventaire du contenu d'une poubelle qu'il a rapporté la semaine précédente comme pièce à conviction. «*En majorité des déchets d'origine alimentaire,* écrit Sullivan. *Et à peu près dix pour cent de papier. Deux essais de ce qui semble être une lettre personnelle adressée à quelqu'un du nom de "Tante Ida" et autres articles du même ordre. Parmi lesquels l'un d'entre eux semblait prometteur. Les mots croisés du* Kwicky's Weekly, *dont les deux tiers des grilles étaient plus ou moins remplies et avec plus ou moins de succès. Mais en dépit de mes efforts, je ne suis pas parvenu à trouver de messages secrets ou de sens caché.*» Voilà. C'est au tour de Lila Mae d'aller importuner la vieille dame.

Ça fait longtemps qu'elle n'est pas venue ici. Si longtemps que ça ne lui fait pas l'effet d'une routine mais plutôt d'une première impression. Lila Mae se revoit passant les imposantes grilles noires de l'Institut, les mains de son père posées sur le volant du pick-up, et se demande encore une fois si la nouvelle de l'accident est parvenue jusqu'à ses parents, si les bulletins d'information ont mentionné son nom. (Une autre pensée lui traverse l'esprit. En ce moment même, quelqu'un, quelque part, est en train de constituer un dossier sur elle identique à celui qu'elle a sur ses genoux, un tissu de mensonges.) Elle n'est pas comme ceux qui sont déjà venus interroger Marie Claire Rogers, la harceler. Lila Mae est venue pour se disculper. À tout prix.

Mr Reed lui avait dit : « Elle refuse de nous écouter. Peut-être êtes-vous la personne idéale pour lui parler. Vous êtes toutes les deux des femmes de couleur. »

Extrait du tome II d'*Ascenseurs théoriques* de James Fulton :

> Croire au silence. Ainsi que nous le faisions au temps où nous vivions dans des bulles. Doués de sensibilité, nous avions conscience de la chaleur. Chaleur donnée par le silence. L'utérus. Les fourmis s'y entendent pour communiquer par l'entremise de la chimie. Nourriture. Vol. Suivre. Substantifs et verbes uniquement, et jamais ensemble. Il ne peut y avoir de faute puisqu'il n'y a point de sentence hormis celle que la nature nous impose (la mort). Vous êtes sur un

quai de gare. La peur de manquer le train, la soumission au temps, et il ne reste que dix minutes avant le départ de votre compagnon. Vous avez encore tant de choses à lui dire et si peu de temps pour les exprimer. Tous ces mots simples, qu'on aurait pu prononcer sans le passage des années, finissent par s'agglutiner. Le contrôleur fait les cent pas sur le quai en se demandant pourquoi vous ne parlez pas. Vous êtes une anomalie sur son quai, dans son emploi du temps. Parlez, trouvez les mots, le départ du train est annoncé. Vous ne trouvez pas les mots, les mots se dérobent avant le départ du train. Un obstacle infranchissable vous sépare de votre compagnon. Il se fait tard, son siège l'attend. Il faut que les mots soient simples et sincères, mais ça ne fait pas tout. Le train va partir. Le train part et vous n'avez pas trouvé les mots.

N'oubliez jamais le train et cet obstacle entre vous et vos mots. Un ascenseur est un train. Le train idéal a pour terminus le paradis. L'ascenseur idéal attend que sa charge humaine ait trouvé les mots en fouillant dans la boue. Dans la boîte noire, cet imbroglio que constitue la communication humaine est réduit à la sécrétion de matières chimiques, transformées ensuite par les récepteurs de l'âme en vraie parole.

Pas de soda au caramel, pas de jus de pruneau et certainement pas de café. Pompey ne boit jamais de boisson plus foncée que sa peau, de peur de devenir encore plus noir qu'il ne l'est déjà. Comme si sa peau était une tache qui pouvait empirer, macérer et se saturer au point de devenir le noir de l'enfer. C'est Pompey qu'on a envoyé saboter la batterie d'ascenseurs du Fanny Briggs, Lila Mae en mettrait sa main au feu. Monter les deux seuls Noirs l'un contre l'autre avait dû satisfaire leur sens perverti de l'harmonie. Deux chiens dans une arène. Pompey avait dû sauter sur l'occasion, les joues barrées de bave blanche. N'avait-il pas dit quelque chose dans ce sens chez O'Connor, juste après l'accident, quand Lila Mae s'était tapie contre le mur comme une voleuse ? « Elle a fini par avoir ce qui lui pendait au nez depuis longtemps. » Quelque chose comme ça. Pompey, avec son costume beige étriqué et son chapeau melon sur le côté, à l'intérieur du local machinerie, l'air mesquin.

Lila Mae attend Marie Claire Rogers dans la voiture. En bas de la colline, les maisons de fonction de l'Institut s'inclinent sous le poids d'une rangée de chênes. Chose incongrue : l'université réunit derrière les mêmes façades Tudor des gens qui n'ont rien à voir, des théoriciens perdus dans leurs pensées et d'anciens inspecteurs mal dégrossis. Lila Mae aperçoit le gymnase dans lequel elle a vécu, le fenestron qui donne sur le campus. Elle fait un geste de la main, avant de pointer le dernier étage de Fulton Hall – la bibliothèque où le vieil homme est mort. Et devant la maison duquel elle attend en ce moment même, en compagnie d'un chauffeur qui ne parle pas. Sven respire bruyamment par la bouche, comme les chevaux.

Le coup sur la vitre la fait sursauter. « Si vous êtes décidée à rester là toute la journée, vous feriez aussi bien d'entrer », dit Marie Claire Rogers par la petite ouverture en haut de la vitre, à droite de Lila Mae. Puis elle ajoute : « Vous. Pas lui. »

Petite, elle ressemble à une hutte campée sur deux jambes courtaudes. Elle est plus jeune que Lila Mae ne se l'était imaginé. Ni aussi usée et éreintée qu'elle aurait dû l'être avec le métier qu'elle a exercé. Elle frappe par sa forte présence, apportant un peu de vie à cette journée morose – un taureau en robe d'été rouge vif avec une fraise blanche autour du cou. Une poignée de fleurs séchées est fichée sur son chapeau de paille. Sans attendre la réponse de Lila Mae, elle remonte l'allée pavée qui mène à la maison de Fulton – sa maison – à petits pas. Lila Mae demande au chauffeur de ne pas l'attendre, lui dit qu'elle rentrera à la Maison des intuitionnistes par ses propres moyens. Bien que peu portée sur la nostalgie, Lila Mae a quand même envie de faire le tour du campus après son entretien avec Mrs Rogers. De voir si quelqu'un occupe son ancienne chambre. Peut-être sont-ce les bouleversements de ces derniers jours qui la chamboulent.

Lila Mae pousse la porte d'entrée qui ouvre sur le vestibule. La silhouette rouge est sur sa gauche : «J'allais rentrer quand je vous ai vus tous les deux devant la maison.» Marie Claire Rogers retire une longue épingle de son chapeau qu'elle pose à côté d'elle sur le sofa. «J'suis restée plantée là une vingtaine de minutes mais vous aviez pas l'air de vouloir bouger. J'allais quand même pas vous attendre pour rentrer chez moi, manquerait plus que ça.

– Excusez-moi de vous déranger, répond Lila Mae. J'aimerais seulement vous poser quelques questions, si vous avez un peu de temps.»

Mrs Rogers secoue la tête avec lassitude. «Je voulais pas vous laisser entrer mais vous êtes comme les autres types tellement contents d'eux qu'ils sont venus traîner leurs guêtres par ici dans leurs beaux costumes. Des qui se forcent à être gentils parce que vous avez quelque chose qu'ils veulent, alors que dans le fond ils se croient supérieurs.» Marie Claire Rogers fixe son interlocutrice dans les yeux. «Mais je leur en ai tellement fait voir qu'ils ont dû s'imaginer dans leurs petites têtes qu'à vous je parlerais. Et c'est pour ça qu'ils vous ont envoyée.

– C'est à peu près ça, concède Lila Mae.

– Alors je vais vous dire ce que j'ai gardé pour moi, parce qu'on est du même club toutes les deux.» Mrs Rogers se passe les mains sur les genoux, comme si elle voulait se débarrasser de quelque chose. «Asseyez-vous donc, dit-elle en se levant, je vais faire du thé.»

La maison ne ressemble pas à l'idée que Lila Mae s'en était faite – il faut dire que Fulton est mort il y a six ans. À présent, c'est la maison de Mrs Rogers, comme défini par l'accord contractuel. Le dossier n'en faisait pas état mais des rumeurs avaient dû circuler sur une possible liaison entre Fulton et elle. Sinon, à quoi bon se mettre dans une telle mélasse pour une domestique. Mrs Rogers avait-elle commencé à transformer la maison du vivant de Fulton? Quinze chevaux de porcelaine dans des postures différentes sont alignés sur le manteau de la cheminée, certains galopant, d'autres paissant, l'air songeur. Lila Mae entend Mrs Rogers s'affairer à l'autre bout du vestibule. Faire chauffer de l'eau. Comment Fulton avait-il réagi en la voyant se réapproprier la maison? Était-il trop absent pour remarquer le monde alentour ou trop préoccupé par sa boîte noire pour se soucier de l'enveloppe des choses? Des apparences?

Mrs Rogers revient avec du thé et des langues de chat. Le thé a le goût et l'odeur du clou de girofle. Lila

Mae est assise sur un vieux fauteuil, ferme et intraitable. Mrs Rogers sirote son thé en l'observant par-dessus le bord de sa tasse : « Et si vous me disiez de quoi il s'agit, hein ?

– Je voulais seulement vous parler de monsieur Fulton.

– C'est ce que m'ont dit tous les types qui sont venus me voir. De quel côté vous êtes, vous ? Avec les vieux croûtons de l'Institut ou avec le Service municipal ? Ou y en aurait encore d'autres qui chercheraient à m'embêter ?

– Je m'appelle Lila Mae Watson. Je suis intuitionniste et je travaille au Service municipal des inspecteurs d'ascenseurs.

– Hmm. Posez donc vos questions. » Mrs Rogers plante ses dents minuscules dans un biscuit.

« Vous habitiez cette maison avec monsieur Fulton ? » Mrs Rogers ne lui facilitera peut-être pas la tâche mais elle obtiendra ce qu'elle est venue chercher, se dit Lila Mae. Juré.

« Il fallait bien. Il serait devenu fou s'il n'avait pas eu quelqu'un à ses côtés pour le protéger de lui-même. Au début, les gens de l'Institut avaient fait venir d'Europe ou de je ne sais où des vieilles dames très comme il faut. » Elle agite la main en direction de la fenêtre, comme si l'Europe se trouvait juste derrière les arbres. « Mais elles avaient pas plus tôt mis les pieds dans la maison que James les fichait dehors. Il disait qu'elles lui faisaient peur, ces bonnes femmes de Suède ou de Russie ou d'ailleurs. Et puis un jour, il a dit qu'il voulait rien que moi pour vivre ici avec lui.

– Et vous avez accepté.

– Tous mes gosses étaient mariés et partis ailleurs. » Elle

a un petit mouvement de tête en direction d'une photo posée sur la table basse à côté d'elle. Lila Mae ne l'avait pas remarquée. Des visages et des corps indistincts dans la pose traditionnelle des photos de famille. « Qu'est-ce que j'allais faire, poursuit Mrs Rogers, m'installer en ville avec tout le bazar qui règne là-bas aujourd'hui ? C'est vrai qu'il y a pas grand-chose à faire ici, mais au moins on a pas peur qu'un gosse vous file un coup de gourdin sur la tête pour vous piquer votre porte-monnaie.

– Donc vous étiez amis, vous et Mr Fulton.

– C'était mon patron et on est devenus amis. Il était gentil avec moi. Vous saviez qu'ils m'avaient demandé de l'espionner ? Ça, c'était quand James a commencé à écrire ses bouquins sur comment fallait cajoler les ascenseurs et tout le toutim...

– *Ascenseurs théoriques*, corrige Lila Mae.

– C'est ça. Quand il s'est mis à travailler là-dessus, les vieux croûtons là-haut sur la colline ont plus su quoi faire de lui. Si vous l'aviez vu, on aurait dit qu'il s'était fait mordre par un chien enragé, il était tout fou. Et puis un jour il a commencé à écrire ses bouquins. Je crois que c'est ça qui les a le plus minés, les vieux croûtons. Les bouquins. Ils savaient pas quoi en faire. Ils se pointaient ici à toute heure du jour et de la nuit. Je me demandais s'ils voulaient que James arrête ou juste qu'il garde ça pour lui. Un jour qu'il était parti faire une conférence quelque part, il y en a un qui est venu ici, un vieux Blanc tout desséché. Le voilà qui rentre dans ma cuisine et qui me sort comme ça "qu'ils aimeraient bien que je les tienne informés" des allées et venues de James et que je leur dise ce qu'il faisait dans sa chambre la nuit. Comme si j'allais jouer les espionnes dans ma propre maison, parce que ç'a été la mienne dès que j'y suis entrée. Je lui ai dit de foutre le camp de ma cuisine, et que si jamais il y remettait les pieds je le dirais à James. Et croyez-moi, il aurait piqué sa crise.» Mrs Rogers pose sa tasse sur la table basse et fixe Lila Mae. Elle change de registre. «Vous en mettez un temps ! dit-elle avec force. Quand est-ce que vous allez vous décider à me demander où j'ai caché le reste des affaires de Fulton ? Parce que c'est ce qu'ils veulent tous savoir. "Est-ce que nous pourrions vous parler ?", "Vous auriez une minute à nous accorder ?" Non, j'ai pas une minute à leur accorder, pas à eux.

– Nous voulons seulement être sûrs.» Lila Mae est en train de perdre le contrôle de la situation et de laisser la vieille chouette lui manger la laine sur le dos.

«Et puis comment ça se fait que vous soyez mêlée à ces gens-là ? s'exclame Mrs Rogers. Même si vous êtes habillée pareil qu'eux, il doit bien vous rester un peu de plomb dans la cervelle, non ?

– J'ai fait mes études ici», répond Lila Mae. Poursuivre la conversation sur Mrs Rogers, pas sur elle. Elle n'est pas là pour ça. «Il y a quelques années.

– Alors c'est juste de ça qu'il s'agit ? C'est tout ?

– Comme je vous l'ai dit, je suis intuitionniste. Je suis adepte des théories de Fulton et je me disais que si par hasard il existait quelque chose de plus sur le sujet, j'aimerais bien le voir.

– Vous avez fait vos études ici ? s'enquiert Mrs Rogers.

– Il y a quelques années.

– Je crois que je me souviens de vous, dit Mrs Rogers en hochant la tête d'un air las. Il y en a jamais eu beaucoup, des gens comme nous par ici, enfin je veux dire des qui étaient pas occupés à briquer les sols ou à ramasser les déchets. Oui, je me souviens de vous. Je m'en souviens parce que vous étiez la seule fille de couleur du coin à pas être domestique. Vous marchiez très vite, comme si vous alliez quelque part mais que le temps vous manquait pour y arriver. Vous étiez tout le temps à marcher toute seule, très pressée.

– Je m'en suis sortie.

– Je m'en doute. » Mrs Rogers a les yeux fixés sur elle. « Ça valait le coup au moins ? Après tout ce que vous vous êtes collé sur le dos ?

– J'ai eu mon insigne. » Lila Mae réalise non sans gêne qu'elle est train de passer la main sur le bord de son insigne doré dans le fond de sa poche. Elle attrape un biscuit sur le plateau.

« Ça répond pas à ma question », réplique Mrs Rogers, satisfaite de la mine embarrassée de Lila Mae. Une boule de papier froissé, voilà à quoi elle ressemble, pense Mrs Rogers en se renversant dans le sofa avec un sourire. « Pardonnez-moi, dit-elle lentement, je suis qu'une vieille femme qui tourne en rond un dimanche après-midi. Vous êtes venue jusqu'ici pour me demander quelque chose. Vous voulez savoir si j'ai encore des documents, ces fameux papiers de Fulton que les gens là-haut sur la colline et le monde entier cherchent désespérément.

– Pourquoi aviez-vous gardé ses papiers ? Vous aviez un accord, non ?

– C'est James qui voulait. » Elle a un sourire étrange, comme si elle écoutait, ravie, un air de musique au loin. « Il m'a demandé ça parce qu'il savait qu'il allait bientôt mourir, comme le savent ceux qui approchent de la fin. Il m'a dit que quand les gens de l'Institut viendraient pour prendre ses affaires, je devais leur donner tout ce qu'il y avait dans son bureau mais pas dans sa chambre. C'est ce qu'il m'a dit, et je peux vous assurer qu'il plaisantait pas. Il y a des choses qu'il gardait dans son bureau et d'autres qu'il gardait dans sa chambre, et c'était pas pareil. C'était la volonté de James, et j'étais bien décidée à le faire pour lui, et peu importe ce que diraient les vieux croûtons et leurs avocats.

– Mais vous avez fini par tout leur donner.

– Vous savez ce que je pense ? Je pense que Fulton voulait brûler ses papiers dans la cheminée. Seulement, il se doutait pas qu'il partirait si vite. Mais j'ai été convoquée devant le juge et on m'a fait jurer sur la Bible. Qu'est-ce que je pouvais faire d'autre, dites ? Qu'est-ce que je pouvais faire d'autre ? On m'a obligée à jurer sur la Bible. Je savais que James serait en colère contre moi mais qu'est-ce que je pouvais faire d'autre ? Malheureusement, je peux pas revenir en arrière, et James voulait que je garde la maison.

– Et vous leur avez tout donné ?

– Je leur ai tout donné et ils ont continué à pas me croire. Le jour où on a enterré James, il y a des voleurs qui sont entrés dans la maison. Tout était sens dessus dessous. J'ai dit aux vieux chnoques de l'Institut que la maison avait été cambriolée et qu'on avait dû voler des trucs mais ils ont continué à pas me croire. » Soudain, un mécanisme minuscule se déclenche dans le corps de la vieille dame. Comment, Lila Mae n'en sait rien. Mais elle comprend que sa visite touche à sa fin. « L'autre jour, je regarde par la fenêtre, rugit Mrs Rogers, et qu'est-ce que je vois ? Je vois un type en train de fouiller dans ma poubelle. Je connais le gars qui ramasse les poubelles, et je vous garantis que c'était pas lui. Et ensuite, je vois le type qui part en courant. Qu'est-ce que vous dites de ça ?

– Je sais pas.

– Est-ce que vous savez combien de gens sont venus me poser la même question ces derniers temps ? Des fois ils sont gros, et des fois ils sont grands, et des fois il y en a même qui sont respectueux. Ils me disent qu'ils sont avec Untel ou Untel. Et vous savez ce que je leur fais ? Je leur claque ma porte au nez. Mais comment qu'ils me regardent ! J'ai vu toutes sortes de Blancs dans ma vie, et je vais vous dire une chose, ils sont tous pareils. Tous sans exception. Ils font comme si j'étais pas là. Ils disent de ces choses, vraiment ! C'est abominable. Et à chaque fois comme si j'étais pas là. Tous pareils, sauf James. Je n'ai rien à leur dire, à aucun d'eux. Plus jamais. Pas après ce qu'ils m'ont fait, à moi et à ma famille, toute ma vie. »

Si Lila Mae ne sort pas d'ici tout de suite, les tasses vont voler et elle risque de recevoir un cheval en porcelaine sur la tête.

« Et maintenant, c'est vous qu'ils envoient, poursuit Mrs Rogers. Ils ont embauché une petite négresse pour faire le boulot. Non mais dans quel monde vit-on ? Ils s'imaginent vraiment que je vais tout vous déballer ? Comme si on se connaissait toutes les deux. Avec votre costume d'homme sur le dos. Laissez-moi vous poser une question. Pourquoi est-ce que vous êtes venue jusqu'ici un dimanche ?

– Parce que c'est important», répond Lila Mae, méfiante. Elle croit en sa mission.

«Pour qui ? Pour vous ou pour eux ?»

Lila Mae se tait. «Ce sera tout pour aujourd'hui», conclut la vieille dame. Lila Mae a parcouru la moitié de l'allée quand Mrs Rogers lui crie : «James était pas l'homme que vous croyez. Oubliez jamais ça, il était pas l'homme que vous croyez.»

Ben Urich ne sait pas depuis combien de temps il est là. La pièce n'a pas de fenêtre et on lui a retiré sa montre. Assez longtemps en tout cas pour avoir été surnommé le Hurleur, assez longtemps pour se voir affublé du sobriquet une bonne douzaine de fois. Ben Urich hurla une première fois quand le grand type sans yeux lui brisa un premier doigt. Il avait encore hurlé une fois ou deux, et ainsi de suite.

Le grand type avait des yeux si enfoncés que, lorsque le Hurleur les fixait, il avait l'impression de tomber dans un gouffre. Une fois arrivés à destination, les deux hommes traînèrent le corps tremblant de Ben Urich au bas d'un escalier en pierre, puis le trimballèrent le long de couloirs creusés dans une terre rebelle jusqu'à cette pièce. Ils l'enchaînèrent à une couchette qui empestait la pisse, le vomi et d'autres fluides encore que le corps humain ne manque jamais d'expulser à un moment ou à un autre. Du pus. Le matelas arborait toutes sortes de tatouages, taches sombres et informes signalant les différents endroits où l'on avait été en contact avec, un nuage marron dans la zone du genou droit, un autre dans celle de l'aine. Ben Urich hurla en voyant le matelas, hurla derechef quand ils l'enchaînèrent à la couchette et qu'il vit ses membres et ses parties génitales se coller aux sécrétions émises par les hôtes précédents. Malgré son état, il se rendit compte que la petite pièce était en sous-sol et que jamais les vraies gens n'entendraient ses hurlements. Car les deux hommes qui le retenaient prisonnier n'étaient pas des humains. C'étaient des monstres et ils allaient le tuer.

On ne peut pas dire que Ben Urich ignorait son crime. Il en avait parfaitement conscience, mais ça ne l'avait pas arrêté. Il l'avait commis pour diverses raisons, des raisons anciennes, de mauvaises raisons qui attendaient patiemment leur heure, leur justification. La loi qu'il avait enfreinte n'était pas celle de l'État mais celle d'un homme puissant à la tête d'une légion de brutes aux sourcils épais qui avaient signé un pacte avec le crime. Ben Urich s'arrêta de hurler plusieurs heures et se berça même de rêves de libération, où il se jouait de petites scènes de contrition et de pardon (« On voulait seulement vous donner un avertissement »), quand le petit aux doigts lestes entra dans la pièce et commença à le torturer. « J'élague juste le surplus », dit-il en coupant les doigts du Hurleur. Ledit Hurleur mérita pleinement son surnom à ce moment-là et durant les heures qui suivirent.

Le sang issu des (nombreuses) blessures aspergea le mur en parpaings, puis se solidifia jusqu'à se confondre avec le sang déjà sec de ses prédécesseurs. Si fascinants et vivaces fussent-ils, ce n'étaient pas les dessins formés par les gerbes de sang qui distinguaient Ben Urich des autres torturés mais l'inexplicable originalité de son hurlement.

D'abord constant et infaillible (il augmentait, diminuait puis redoublait d'intensité à intervalles si réguliers que le Hurleur faisait l'effet d'un virtuose, et ses hurlements d'un livret de l'enfer), celui-ci s'amenuisa ensuite au point que les hommes qui surveillaient son cachot dans le couloir croyaient enfin venu le moment où le Hurleur ne hurlerait plus. De fait, il avait cessé de hurler. Mais pas pour longtemps, et le type qui avait parié sur sa rechute tendit la main, d'un geste las, vers son camarade plus optimiste, qui s'acquitta consciencieusement de sa dette en se demandant pourquoi certaines personnes succombaient au choc et d'autres pas.

Ils avaient tous hurlé, tous ceux que le caractère changeant de Johnny Chut avait condamnés à cette pièce. Mais ce qui intriguait les hommes chargés de surveiller le Hurleur et ceux qui le torturaient, c'était l'empreinte, le calibre, l'infatigable clarté de son hurlement. Chose absolument nouvelle et inattendue de la part d'un homme en apparence aussi insignifiant que Ben Urich. Jamais, au cours des innombrables séances de torture pratiquées en cet humble lieu, ils n'avaient entendu la douleur chanter de cette façon. Et il s'en était passé de gratinées là-dedans au cours de toutes ces années. Dans le couloir, un gars connu sous le nom de Frankie les Belles Feuilles en hommage aux restes d'oreilles qu'il avait de chaque côté de la tête, dit qu'à entendre le Hurleur on pouvait croire qu'il avait perdu son boulot, sa femme et son chien, les trois à la fois, et visiblement c'était la pire des perspectives que Frankie les Belles Feuilles – un homme prosaïque – puisse envisager. Mais non. Ce hurlement, si tant est qu'on puisse l'entendre, était le son exact qu'une âme produirait si elle était dépecée, puis exposée à l'air libre, dans le monde affreusement pénible des mortels. « D'accord, t'as perdu cinq doigts… C'est vrai, ils repousseront pas, mais d'un autre côté t'en as encore cinq, pas vrai ? » Le petit homme avait amputé les doigts de Ben Urich de la moitié (les phalanges avaient été épinglées sur le tableau d'affichage au-dessous d'une coupure de presse annonçant que la justice n'était pas parvenue à inculper l'inébranlable Johnny Chut) mais il lui avait laissé l'autre moitié. Il y avait encore de l'espoir, les hommes qui passent par la petite pièce espèrent toujours que leurs aveux les sortiront du bourbier dans lequel ils se sont fourrés, et qu'importe la douleur qu'ils subissent, qu'importe l'étendue de leur défiguration. (L'espoir, on a pu l'observer, est l'instrument de torture le plus redoutable.) Quoi qu'il en soit, le Hurleur ne hurla pas comme s'il avait seulement perdu la vie mais l'éternité bienheureuse, l'au-delà silencieux où les morts reposent sur des lits de pâquerettes, le front libéré de tout souci. Les hommes de garde, qui ne sont pas des cœurs tendres, ressentirent un malaise nouveau. Certains envisagèrent secrètement une reconversion, fantasmant sur tel ou tel cousin qui venait d'ouvrir un restaurant ou une concession Ford. Ils n'avaient jamais entendu pareil hurlement de toute leur vie. Pur. Lumineux. Immaculé. Comme si le Hurleur était un prophète et que ses hurlements étaient la langue de sa prophétie, une langue que ceux qu'il était censé sauver ne pouvaient comprendre, devinant seulement l'importance de son message et se préparant à leur façon au jour du Jugement dernier. Encore heureux qu'il y ait les pauses et les changements de quart, se dit un gardien.

Johnny Chut ne descendait jamais au sous-sol. Il disait que ça le déprimait. Aussi, quand les gardes firent monter le Hurleur, qui, aussi incroyable que cela puisse paraître, avait encore suffisamment de voix pour que Johnny Chut lui sorte son couplet habituel – « Tu m'as fait du tort, tu vas le payer » –, Joe Markham la Couleuvre descendit au même moment avec la fille de couleur. Elle regarda le Hurleur et le Hurleur la regarda, et il fit ce qui lui venait naturellement. Il hurla.

La Buick bleu foncé est toujours garée le long du trottoir, en dépit des instructions que Lila Mae a données au chauffeur. Elle aurait voulu quitter son université à sa façon. La célèbre loyauté intuitionniste. En descendant l'allée qui mène à la maison de Fulton, Lila Mae aperçoit les mains du chauffeur reposant sur le volant comme des méduses échouées. Elle ne s'est pas plus tôt installée sur le confortable siège en cuir de la banquette arrière que le moteur se met en route à grand bruit. En s'asseyant, Lila Mae remonte son pantalon aux genoux. Pour éviter le frottement.

La vieille dame et sa maison qui sent le moisi, où les particules de poussière tourbillonnantes scintillent au soleil comme de minuscules créatures marines… Lila Mae n'appréhende pas de rendre compte de l'issue de sa mission à Mr Reed – c'est elle-même qu'elle a déçue. Tout comme elle, Mrs Rogers est douée d'une grande force de caractère. Après tout, peut-être dit-elle la vérité quand elle affirme que quelqu'un est entré dans la maison de Fulton et s'est emparé des derniers carnets ; alors cette même personne serait le mystérieux expéditeur des pages arrachées. Lila Mae est tellement distraite par la tournure des événements de cet après-midi que les grilles ouvragées de l'Institut pour le transport vertical sont loin derrière quand elle s'aperçoit que le chauffeur n'a plus sa petite cicatrice rouge à la nuque, que son cou est un bloc de béton rose. À l'arrière de la voiture, il n'y a pas de loquet pour déverrouiller la portière ni de poignée pour faire descendre la vitre. Ce n'est pas la voiture dans laquelle elle est venue, ce n'est pas son chauffeur non plus (bien que les deux hommes partagent le même goût pour le silence). Ils ne rentrent pas en ville, ils vont quelque part ailleurs.

—

Une navette entre terre et ciel. Aujourd'hui, Lila Mae trouve incroyable de ne pas l'avoir compris plus tôt : une boîte noire intuitionniste. Vers la fin de son séminaire de deuxième année sur les ascenseurs théoriques, le professeur McKean demanda à ses étudiants de décrire l'ascenseur qu'ils concevraient s'il n'y avait aucune contrainte. Certains avaient compris « contrainte » au sens d'exigence d'innovation et s'empressèrent de voler au secours de modèles anciens qu'ils affectionnaient, ajoutant seulement, disons, un sélecteur moderne à l'épave archaïque d'un Sprague-Pratt. D'autres apportèrent des améliorations (du moins c'est ce qu'ils pensaient) aux conceptions dominantes de l'époque, comme le rouquin de Chicago, dont le plan était largement inspiré des progrès technologiques que l'Autriche venait de réaliser. Lila Mae, dont la carrière débutait à peine, bricola un modèle dans l'air du temps à partir du meilleur de ce que les ascensoristes proposaient sur le marché (un opérateur de porte à cinématique bielle Arbo, une poulie anticorrosion United). Elle imaginait l'avenir sans brevets, sous le signe de la coopération. (Aujourd'hui, ce souvenir la fait sourire un peu jaune.) Un jeune homme aux yeux graves avait rendu une copie sur laquelle ne figurait qu'une gaine vide accompagnée de la mention : «bruit sinistre de goutte-à-goutte». Personne n'avait apprécié que ce Morton soit si bien noté pour pareille bêtise.

Lila Mae avait du mal à cerner le professeur McKean. Il avait fait la guerre. Il en était revenu le bras gauche sectionné au niveau du coude, qu'il exhibait en repliant sa manche de veste et en l'épinglant avec la petite médaille dorée qu'on lui avait remise en récompense de son courage sur le champ de bataille. Personne ne lui demandait de précisions, même si les rumeurs allaient bon train et qu'il n'abordait jamais le sujet lui-même. C'était un homme grand et maigre, avec des cheveux gris qu'il portait toujours très courts, à la mode militaire. Des cheveux gris chez un homme si jeune ! Lila Mae ne sait toujours pas quels étaient ses véritables sentiments à l'égard de l'intuitionnisme. C'était la première année où McKean enseignait la nouvelle science, mais il débitait sa litanie sur un ton si monocorde qu'il semblait rompu à l'exercice depuis des siècles. Pour le cœur qu'il y mettait, il aurait aussi bien pu énumérer le nombre de chemises qu'il donnait à laver à la blanchisserie chinoise. Pas la moindre passion. Mais en même temps, se dit Lila Mae, l'intuitionnisme n'est pas une affaire de passion. La foi véritable est une chose trop sérieuse pour qu'on se laisse distraire par la passion.

Le séminaire se déroulait dans une pièce en sous-sol juste en dessous de l'auditorium Edoux. Dans la pièce aux dimensions pourtant modestes, le sifflement violent des conduites de vapeur et le bruit de gong des radiateurs obligeaient tout le monde à élever la voix et à articuler distinctement pour se faire comprendre. Lila Mae, qui prenait rarement la parole, se souciait peu de l'acoustique. Elle pensait ne pas maîtriser suffisamment l'intuitionnisme pour pouvoir en parler ; et ce, même si son adhésion était entière. Comme si parler à tort et à travers constituait le summum de la vulgarité, la plus inconvenante des tares.

Les six autres étudiants ne partageaient pas les réserves de Lila Mae, et leurs murmures ignorants se mêlaient à la débauche de bruit de la vapeur brûlante. Trois d'entre eux étaient comme elle de fervents adeptes de la mythologie de Fulton, les deux autres des progressistes à l'esprit ouvert assez intéressés par le sujet pour y sacrifier une année de leur formation. Le dernier membre de l'équipage, un certain Frederick Gorse, se tenait à l'autre extrémité du navire avec une nausée qu'il devait autant à un vague dégoût qu'aux tangages discursifs de ses camarades. Gorse, spécimen mou et dodu (pour Lila Mae, il ressemblait à un vieux cochon qui ne craint plus l'abattoir parce qu'il sait sa viande trop avariée), était un empiriste convaincu qui ne s'était inscrit au séminaire que pour mieux comprendre cette racaille hérétique qui faisait tant de bruit dans le monde des ascenseurs, et donc mieux s'armer pour la combattre. Gorse visait la présidence de la Guilde, ça sautait aux yeux, et les « sottises ! » et « foutaises ! » qu'il éructait à tout bout de champ laissaient à penser que l'intuitionnisme compterait bientôt un farouche opposant. Dès la première fois que Lila Mae le vit, Gorse lui apparut comme son ennemi de toujours. Plus tard, elle se rendit compte que McKean le laissait parler pour mieux le contrôler. Minoritaire parmi les convertis, Gorse, en défendant la doctrine contre laquelle les autres étudiants s'étaient précisément ligués, faisait pour McKean un assistant si efficace que ce dernier aurait pu aisément convaincre le Service de lui consacrer une ligne budgétaire.

La boîte noire et les nouvelles villes de la seconde ascension auraient dû venir à l'esprit de Lila Mae beaucoup plus tôt parce que, à y repenser, les premiers écrits de Fulton sont des études techniques, quoique hermétiques. *Vers un système de transport vertical* demeure un texte de référence pour la pensée empiriste. Personne ne connaît suffisamment la vie de Fulton pour mettre en perspective son génie de concepteur. Tout ce qu'on sait, c'est qu'il s'est présenté à l'école d'ingénieurs de Pierpont à l'âge de dix-huit ans – un garçon timide, qui parlait lentement, mais qui n'allait pas tarder à étonner tout le monde. La boîte noire explique tout. Ses analyses étranges, sa capacité à trouver des solutions aussi efficaces qu'alambiquées ont fait de Fulton un as de la technique. Lila Mae réalise que ce sont ces mêmes aptitudes qui lui ont permis de déchirer le voile du monde présent pour accéder à celui de l'ascenseur. Car enfin, *Vers un système de transport vertical* n'est rien d'autre que la description d'un nouveau monde. Or, pour exister, un monde a besoin d'être habité, donc la boîte noire est le citoyen-ascenseur du monde de l'ascenseur.

Un jour, vers la fin du séminaire, alors que le printemps s'éveillait au-dessus de leur bunker souterrain, le professeur McKean posa à ses étudiants le dilemme du passager fantôme. (Selon toute vraisemblance, ils étaient encore en plein dans le tome I d'*Ascenseurs théoriques*.) McKean, son unique main crispée sur la surface inaltérable de la table de conférence, demanda qui dans l'assistance souhaitait livrer ses réflexions sur le texte qu'il leur avait demandé de lire la veille.

Morton, l'inventeur de l'ascenseur au bruit de goutte-à-goutte, se lança : « Le dilemme du passager fantôme pose la question de savoir ce qu'il advient lorsqu'un passager appelle un ascenseur, puis décide de s'en aller, soit parce qu'il a changé d'avis, soit parce qu'il a pris l'escalier, soit parce qu'il était trop impatient et qu'il est entré dans un ascenseur qui montait alors qu'il voulait descendre. Le dilemme pose la question de savoir ce qu'il advient de l'ascenseur qui a été appelé. »

Le professeur approuva. « C'est exact. Fulton pose la question et laisse la réponse en suspens, passant brutalement à la psychologie du bouton ferme-porte. À votre avis, quelle aurait été la réponse de Fulton à cette question ?

– C'est évident, répondit Gorse, l'ascenseur arrive, les portes s'ouvrent pour une durée égale au temps de chargement prédéfini, puis elles se referment. Voilà tout. »

Johnson, le nouveau venu à la carrure d'athlète qui s'asseyait toujours à côté de Lila Mae, fit une autre proposition de sa voix hésitante : « Je pense que la réponse de Fulton aurait été la suivante : l'ascenseur arrive mais les portes ne s'ouvrent pas. Or, si la nécessité de s'ouvrir ne s'impose pas aux portes, l'impératif vertical ne s'applique pas. »

La professeur McKean hocha la tête. « Quelqu'un a-t-il une autre théorie ? »

Bernard, qui se distinguait par ses remarques pleines de finesse, se manifesta à son tour : « Il ne faut pas oublier que l'impératif vertical s'applique à la volonté de l'ascenseur et non aux passagers. Je pense que ce à quoi Fulton fait allusion dans ce passage est "l'indice d'existence" qui se résume à la question suivante : où se trouve l'ascenseur lorsqu'il n'est pas en service ? Si, comme nous l'indique l'indice d'existence, l'ascenseur n'existe pas sans sa charge, qu'elle soit humaine ou non, alors je pense que dans ce cas précis les portes s'ouvrent et l'ascenseur existe, mais seulement le temps du chargement. Une fois les portes refermées, l'ascenseur retourne au non-être, à la "quiescence éternelle", jusqu'à ce qu'il soit à nouveau sollicité. » Bernard se renversa sur sa chaise en fer d'un air satisfait.

« Pas mal. Quelqu'un d'autre ? » s'enquit simplement McKean.

Lila Mae attendait qu'on lui donne une réponse. Mais personne ne le fit. Alors elle s'éclaircit la voix et prit timidement la parole : « Fulton essaie de fourvoyer le lecteur. Un ascenseur n'existe pas sans son chargement. Si personne ne monte dedans, l'ascenseur reste en sommeil. L'ascenseur et le passager sont interdépendants. »

McKean hocha la tête, puis interrogea son élève : « Et si nous installions une caméra dans le couloir pour voir ce qui se passe, que verrions-nous sur le film, Watson ? »

Lila Mae regarda son professeur. « En installant une caméra à cet endroit, nous créerions ce que Fulton appelle "une espérance de charge". Il se passerait la même chose que lorsqu'un passager décide au dernier moment de ne pas monter dans l'ascenseur. Ce n'est pas un passager fantôme. Sur le film, on verrait les portes s'ouvrir, l'ascenseur attendre et les portes se refermer.

– Très bien », commenta McKean, satisfait.

Gorse, qui s'agitait bruyamment sur son siège depuis quelques minutes, fut incapable de contenir plus longtemps son dédain : « Qu'on ne puisse pas voir l'ascenseur ne signifie pas forcément qu'il n'est pas là ! » cracha-t-il en abattant son poing énorme sur la table. Se cristallisait ainsi le fameux antagonisme idéologique.

Le professeur McKean vit rouge. Il repoussa sa chaise avec une telle force qu'elle vint heurter le mur dans un grand fracas. De sa main droite, il défit la médaille de guerre qui retenait sa manche de veste. Une fois libérée, celle-ci se mit à osciller dans un mouvement de balancier. « Gorse, mon bras est-il là ou pas ?

– Il... il n'est pas là, répondit Gorse, penaud.

– Qu'y a-t-il dans ma manche ?

– Rien.

– Voilà le cœur du problème, poursuivit le professeur McKean, en souriant cette fois-ci. C'est que mon bras n'est plus là mais qu'il arrive parfois qu'il le soit. » Il baissa les yeux vers sa manche vide et y donna une pichenette de sa main valide, et tout le monde regarda la manche se balancer.

Un jour, profitant d'un moment creux, Lila Mae demanda à Martin Gruber comment Johnny Chut avait hérité de son surnom. Martin Gruber est un vieux cabot, qui n'est plus qu'à quelques mois de la retraite et des juteux contrats de consultant. Il a survécu à des enquêtes pour corruption, aux intimidations de diverses administrations municipales et à l'expansion galopante de l'ascenseur électrique. Mais ce jour-là, la question de Lila Mae lui fit perdre son habituelle volubilité. Il jeta un coup d'œil autour d'eux pour s'assurer que personne ne les écoutait et il lui dit : « On parle pas de ça. Capisce ? » Chhh… comme dans « Chut ».

« Chut », murmuraient les bouches noires des entrepôts vides, ainsi que les fenêtres brisées si satisfaites de leur état qu'elles en avaient oublié l'idée de verre. Lila Mae ne connaissait pas la zone qu'ils venaient de traverser pour arriver jusque-là, jusqu'à cette pièce en sous-sol. Les maisons préfabriquées emmaillotées d'aluminium se raréfièrent, puis disparurent complètement de son champ de vision, de même que les feux rouges et les passants. Place aux entrepôts, vestiges d'une prospérité défunte. Tandis que la voiture longeait les bâtisses en rebondissant sur les rails de tramway, Lila Mae parvenait de temps à autre à apercevoir le ciel à travers les fenêtres brisées et les toits éventrés. Sublime décomposition. Elle était trop intriguée pour avoir peur. Dès qu'elle reconnut le chauffeur de la voiture, elle ne se donna même pas la peine de lui adresser la parole. C'était Joe Markham la Couleuvre, un des Finnegan Five.

Les Finnegan Five, c'était une vieille histoire. Lorsque le gouvernement mit fin au monopole de la maintenance détenu par les ascensoristes (« Nous installons vos ascenseurs, nous les entretenons moyennant finance »), des escrocs en tout genre se mirent à investir dans ce domaine prometteur. La mafia força la main des propriétaires d'immeubles pour qu'ils engagent ses sbires comme techniciens attitrés. Ceux-ci ne firent pas grand-chose pour remédier aux maux des ascenseurs, mais prirent la fâcheuse habitude de balancer dans les gaines des emballages de nourriture chinoise et de sandwichs, apparemment fascinés par le tourbillon des déchets qui dégringolaient dans l'obscurité avant de moisir sur les amortisseurs. La mafia avait un quasi-monopole. Chut régnait sur la partie ouest de la ville, qui s'étendait de la pointe de l'île jusqu'aux quais.

Il y avait quelques années de ça, un des hommes de Chut s'était fait prendre par les flics en train de mettre le feu à une académie de billard (rien à voir avec les ascenseurs, même si celui-ci a également l'affection du crime organisé). Les flics lui mirent la pression, et il accepta d'être témoin à charge. L'indic inquiet avait piégé les Finnegan Five en enregistrant sur bandes magnétiques des conversations où ils évoquaient des faits d'armes en rapport avec les «entrailles délicieusement aérées» d'un immeuble de luxe à peine sorti de terre. Lila Mae ne parvenait pas à se rappeler si les Finnegan Five avaient fait de la prison. Beaucoup plus important, ils ne balancèrent pas Johnny Chut. Et Joe Markham la Couleuvre fut récompensé de sa discrétion par un poste de chauffeur.

Elle repense à Mr Reed lui disant que Chancre et Johnny Chut jouent au golf ensemble.

En arrivant à destination, un entrepôt aussi délabré que le reste de cette zone industrielle, Joe Markham fit descendre Lila Mae au sous-sol, et dans l'escalier elle croisa un homme en sang porté par d'autres hommes. Il hurlait.

Selon l'horloge interne de Lila Mae (qui est très fiable

et, comme elle, très remontée), ça fait deux heures qu'elle est là. Dans la pièce où elle se trouve, il y a une table carrée en bois avec au centre une trace de brûlure aux bords irréguliers, et deux chaises qui se font face de part et d'autre. Elle s'assoit sur celle qui tourne le dos à la porte, conformément aux règles en vigueur dans toutes les salles d'interrogatoire du pays, que ce soit dans les planques crasseuses de la mafia ou les commissariats de police. Le sol est propre, comme pour rappeler à Lila Mae l'influence de la pègre sur les syndicats de personnel de nettoyage. La porte grise, avec ses rivets tout autour, en impose. Une porte de hangar pour un petit bout de femme comme elle.

Quand elle arriva dans la pièce, Joe Markham la Couleuvre procéda à la fouille habituelle. Il l'effleura de ses mains velues, mais avec correction, s'arrêtant une seconde sur l'os saillant de la hanche, avant de reprendre aussitôt son investigation le long des jambes du pantalon. Il ne se montra pas familier. Ses recherches furent vaines. Comme pour les deux hommes qui avaient fouillé son appartement ; et ce malgré leur zèle méthodique, si caractéristique de Johnny Chut.

Lila Mae a du temps. Peut-être commence-t-elle à s'inquiéter et à se dire qu'il faudrait qu'elle soit de retour au boulot demain. Compte tenu du fait qu'elle n'est pas passée au Puits après l'accident, si elle n'est pas là demain à neuf heures elle sera officiellement déclarée suspecte. Mr Reed a beau dire qu'elle sera déchargée de toute responsabilité, elle devra néanmoins se soumettre à l'enquête de l'Inspection générale. Être retenue ici cette nuit va encore aggraver son cas. Lila Mae se berce de l'illusion que ses geôliers ne veulent que la séquestrer. Dans toute cette affaire, il faut reconnaître après tout que c'est elle qui a renvoyé le chauffeur de Mr Reed – et comment Marie Claire Rogers aurait-elle pu savoir que la voiture de son ravisseur n'était pas celle qui l'avait amenée à l'Institut ? Personne ne sait.

Lila Mae aimerait que l'homme cesse de hurler.

—

Chuck, pauvre Chuck, il faut vraiment en vouloir pour venir travailler tout seul au bureau un dimanche soir à pareille heure. À part lui et son ambition dévorante, il n'y a pas âme qui vive dans le coin. À sa gauche une bouteille de soda, à sa droite une pile de carnets. Devant lui, les mots qu'il a sortis du fond de lui-même avec violence et qui lui collent à la peau comme des sangsues. Plus il travaille, plus les mots s'empilent. Pour le moment, ils n'ont de sens que pour lui. *Cette fois-ci, le temps me donnera raison.* Une phrase que la femme de Chuck, Marcy, entendra probablement s'échapper de la bouche endormie de son mari au beau milieu de la nuit. S'il est ici ce soir, c'est qu'il n'arrive pas à travailler à la maison. L'astiquage inlassable de Marcy (le chiffon qu'elle passe sur tous les meubles, les verres qu'elle inspecte à la lumière de la cuisine, tout cela en fredonnant une chansonnette insupportable) le distrait. Il faut qu'il avance sur sa monographie, voilà la raison de sa présence au Puits. *Comprendre les schémas d'utilisation des escalators dans les grands magasins équipés par ailleurs d'ascenseurs* – un énorme pavé que, de nature sensible, Chuck a parfois du mal à supporter.

Le samedi après-midi, Chuck est de guet. Depuis six mois, il passe tous ses samedis après-midi chez Freely à observer le flot humain qui s'engouffre par les portes vitrées, gronde et se disperse au rez-de chaussée : parfumerie, rayon homme, bijouterie. Dans la galerie des plaisirs luxueux (flacons de parfum profilés comme des avions à réaction, grille-pains roses et bleus aux formes arrondies), où tout est décidé d'en haut par des hommes tapis dans leurs bureaux du dernier étage, il reste un choix élémentaire à faire : ascenseur ou escalator ? Chuck est en violent désaccord avec le très estimé Cuvier, qui prétend que le choix dépend du hasard, du simple fait de la proximité. En rebondissant d'une babiole à une autre, piégés par tel éclat, séduits par tel autre, les clients optent pour le plus pratique, donc le transport vertical à portée de main. Ce qui ne convient pas à Chuck. Lui s'appuie sur des sources primaires : « Dix *cents* la montée ». Le jour où l'Otis Elevator Company avait dévoilé le premier escalator au monde à l'Exposition de Paris en 1900, on pouvait lire sur un panneau posé au pied de la grille dorée qui protégeait l'engin, DIX CENTIMES LA MONTÉE. Les gens étaient prêts à payer ! Le besoin de s'élever est biologique, il transcende la physique approximative de l'architecture des grands magasins. L'un choisit de prendre l'escalator, l'autre l'ascenseur, et ces choix en disent long sur ce que nous sommes, affirme Chuck. (Il laisse échapper sans s'en rendre compte un certain dépit. Il cherche à justifier sa spécialité.) Souhaitez-vous vous élever de façon à avoir une vue d'ensemble sur ce que vous laissez derrière et au-dessous de vous, être un esprit aux bras grands ouverts, être le roi du ciel, ou bien préférez-vous la boîte, le cercueil, dont la rapidité écourte votre voyage vers le paradis et le transforme en un piètre tour de magie ? Chaque fois que Chuck effleure le caoutchouc noir de la main courante d'un escalator (Quelle mystérieuse substance ! Quelle alchimie !), il sait qu'il a fait un choix. Le bon.

Il travaille tard au bureau, comme c'est le cas ce soir, tordant ses données dans tous les sens pour étayer sa thèse.

Sa vessie, toujours sa vessie. Chuck retire les mains du clavier de sa machine à écrire. Sa lampe de bureau transperce l'obscurité d'un cône de lumière plein de hardiesse. Chuck ne distingue pas l'immense plan de la ville qui recouvre tout un mur du Puits, piqueté de-ci de-là de punaises de couleur indiquant les endroits où le Service livre sa guerre sainte contre les systèmes de transport vertical défectueux, douteux ou récalcitrants. Il ne distingue pas le centre névralgique du bureau : la fontaine à eau, silencieuse et imperturbable. Chuck longe les armoires de classement noires bourrées de spécifications indéchiffrables telles que définies par la ville (la réglementation qui sert de base à la mission des inspecteurs) ; et, chemin faisant, il se cogne le pied à plusieurs reprises, agressé par des ennemis invisibles. Dans le couloir, la traversée est plus facile (paradoxalement, plus il approche des toilettes, plus sa vessie le fait souffrir, c'est toujours comme ça). Arrivé devant le bureau de l'inspecteur en chef Hardwick, il aperçoit à travers le verre opaque un halo de lumière blanche et entend quelqu'un grogner à l'intérieur. Hardwick n'est pas censé se trouver ici à cette heure-ci, mais les magasins de spiritueux étant fermés le dimanche, peut-être est-il venu récupérer une bouteille de whisky planquée dans son bureau. Grand moment de tension pour Chuck. Il faut qu'il fasse pipi, mais son amabilité naturelle, doublée d'un désir ardent de compagnie, lui commande d'aller saluer Hardwick. L'inspecteur n'est pas du genre causant : leur entrevue ne devrait pas s'éterniser. Chuck fait miroiter à sa vessie des promesses de fleurs et de boîte de bonbons, lui jure qu'il n'y aura plus jamais de soda, puis il frappe à la porte. Il entend un nouveau grognement, qu'il prend pour un assentiment, et entre.

Ce n'est pas Hardwick. C'est un homme gros et massif, dont le crâne chauve est barré çà et là de cheveux bruns et gras. Chuck aperçoit depuis le seuil les pellicules tombées sur ses épaules. L'homme n'a pas l'air de se formaliser de l'examen de Chuck. Il est en train de manger un énorme sandwich mixte de la taille d'une pastèque, qu'il porte à sa bouche avec ses grosses paluches. À côté de lui, une pile de dossiers qui de toute évidence l'ont bien occupé. « Vous devez être Charles Gould, dit-il en mastiquant une bouchée de salami. Dans votre dossier, on dit que vous aimez bien venir les dimanches.

– Qu'est-ce que vous faites dans le bureau de Hardwick ? » répond Chuck sans se démonter.

L'homme extirpe de sa veste un étui en cuir qu'il ouvre devant Chuck d'un air las. « Bart Arbergast, Inspection générale, je suis sur l'affaire du Fanny Briggs. »

Chuck n'a pas revu Lila Mae depuis leur rencontre dans les toilettes de chez O'Connor (quand faut y aller, faut y aller, insiste sa vessie), il se souvient des commentaires haineux de ses camarades : « C'était couru d'avance que cette pimbêche de mes fesses se retrouve dans la merde un jour ou l'autre». Pas de doute, ils vont faire élire Chancre. Chuck a essayé d'appeler Lila Mae hier, mais quand son appel a été transféré au poste collectif dans le couloir de son immeuble, personne n'a répondu, pas même un de ses étranges voisins. Pas d'accent des Caraïbes pour lui dire que Miss Watson ne répond pas. «Excusez-moi de vous avoir dérangé, alors, dit Chuck à l'homme de l'I.S., la main sur la poignée.

– Attendez, l'arrête Arbergast en aspirant un bout d'oignon avec la même avidité qu'un chat dévorant une souris. Vous êtes un ami de cette Watson, non ?

– Pas facile de se faire des amis dans le Service.

– Je comprends ce que vous voulez dire, dit Arbergast en acquiesçant de la tête. Gould… C'est juif comme nom ça, non ?

– En effet. Et alors ?

– Et vous êtes une bête en escalators à ce qu'il paraît ?

– Exact. C'est mon champ d'expertise. Je pense qu'il est important d'avoir une spécialité. Un domaine dans lequel on excelle. C'est comme ça que…

– Vous êtes exactement comme ces putains d'escalators… toujours en boucle, l'interrompt Arbergast en se plantant un ongle dans les gencives. Pour être honnête, j'en ai pas grand-chose à foutre de vous autres, les enfourcheurs de marches. Pourquoi est-ce que vous ne fondez pas votre propre guilde au lieu de nous faire perdre notre temps ? Ça complique les choses, quand je pense à toute cette paperasse qu'on se coltine à cause de vous…

– Si les instances supérieures se décidaient à reconnaître qu'en matière de transport rapide les escalators sont largement aussi importants que les ascenseurs, on ne serait plus confronté à ces casse-têtes permanents. »

Arbergast étudie la substance molle et marron que son ongle a rapportée, puis la mange. « Au moins, vous vous tenez à carreau, vous autres. Enfin, la plupart du temps. J'étais justement en train de jeter un coup d'œil à votre dossier. Semblerait que vous ayez eu un petit problème chez Freely il y a quelques mois. Que vous auriez harcelé la clientèle ?

– L'affaire a pris des proportions démesurées, le coupe Chuck. Je voulais simplement demander à une femme ce qui l'avait poussée à aller jusqu'aux ascenseurs alors qu'elle avait un escalator à portée de main, et elle a couru raconter au connard de vigile que je la harcelais. Mais tout ça n'avait aucun sens : il y avait une queue énorme devant les ascenseurs. De là où elle était, elle pouvait parfaitement la voir, et pourtant elle refusait de prendre l'escalator alors qu'il n'y avait pratiquement personne dessus. Elle…

– On s'en fout ! Vous autres, les gars des escalators, vous avez réponse à tout, pas vrai ? »

Chuck, exaspéré, rougit. « Je peux m'en aller ou c'est un interrogatoire officiel ?

– Vous êtes libre de partir quand vous voulez, le rassure Arbergast en s'essuyant la bouche sur sa manche. Mais si vous voulez filer un coup de main à votre copine, vous feriez mieux de m'aider à éclaircir les quelques points qui me turlupinent. » Il agite son sandwich en l'air. « Vous voulez pas vous asseoir ? »

À quelques mètres de là dans le couloir : la porcelaine soulageante des toilettes. Chuck pousse une chaise adossée mur et s'assoit. Ce qu'il ne ferait pas pour les amis !

Arbergast jette un coup d'œil à ses notes. « Vendredi dernier, un accident a lieu au Fanny Briggs. Une batterie de dix-huit ascenseurs, et de la technique de pointe ! La ville a injecté des millions dans le bâtiment, c'est le joujou du maire. Votre Lila Mae fait l'inspection, et d'après elle tout est en ordre. Vous me suivez ?

– Jusque-là, vous ne m'apprenez rien de nouveau.

– C'est avec ce genre de sorties que votre clique a fait sa réputation. Bref, pourquoi confier cette mission à Watson ? Son dossier est nickel. Impeccable, je dirais. Mais le Fanny Briggs, c'est le top du top. Plutôt le genre d'inspection que Chancre filerait à un de ses lèche-culs pour services rendus. Pourquoi elle ? Voilà la question que je me pose.

– Vous l'avez dit vous-même, elle fait du bon boulot, répond Chuck en croisant les jambes. Elle le mérite.

– Le mérite n'a rien à voir là-dedans, grogne Arbergast. Un des ascenseurs s'écrase pile au moment où le maire s'apprête à monter dedans. Et du coup on se retrouve avec un merdier de première classe. Si vous aviez envie que quelqu'un se ramasse la gueule, c'était le scénario idéal.

– Peut-être », reconnaît Chuck. Finalement, ce type de l'Inspection générale semble plus intéressant qu'il n'y paraît de prime abord. Il remarque sur les tempes de son interlocuteur deux petites cavités, traces laissées par le forceps lorsqu'on l'a extrait des entrailles de sa mère.

« Prenons l'ascenseur, poursuit Arbergast. Le fin du fin, comme je dis. Le labo a toujours pas rendu son rapport sur ce qu'il a déniché au fond de la gaine, mais je peux quand même vous dire un truc ou deux. Le câble a cassé net, et pourtant c'était le nouveau de chez Arbo, celui dans l'alliage qu'ils viennent de mettre au point. Avec ce machin-là vous pouvez tracter un cargo si vous voulez, mais pour je ne sais quelle raison, il a cassé. Quant à la cabine, elle était équipée du dernier système antiblocage. J'ai assisté aux ultimes essais de ces petits bijoux, je peux vous garantir qu'ils marchent au poil. Officiellement, la vitesse nominale est de deux mètres cinquante par seconde, mais ils tiennent le double. Le système s'est pas déclenché. Et c'est que le début. Après ça, l'ascenseur est tombé en chute libre, ce qui était pas arrivé depuis cinq ans, et encore, c'était en Ukraine, et faut voir de quand datent leurs normes là-bas ! Si ça se trouve, leurs cabines sont tractées par des mules. Ça fait bien longtemps qu'on a pas vu ça dans notre pays.

– Donc, si je vous suis bien, vous pensez qu'il s'agit d'un sabotage.

– Exactement. » Arbergast balance son dernier bout de sandwich dans sa bouche. « Quelqu'un est allé traficoter cet ascenseur. Et ce dont on est sûr c'est que cette Watson est la dernière personne à l'avoir vu.

– Il y a quelque chose qui cloche dans votre raisonnement, inspecteur », dit Chuck en appuyant distraitement sur sa vessie : il va falloir conclure. « Pourquoi Lila Mae, l'inspecteur Watson, donnerait-elle un vingt sur vingt à l'ascenseur si c'est pour aller le saboter après ?

– Qu'est-ce que j'en sais, moi ? Pour nous embrouiller. Pour se fabriquer un alibi.

– Ça ne tient pas debout. » C'est le cas de le dire. « Il va falloir trouver quelqu'un d'autre à qui coller ça sur le dos.

– Ce que vous comprenez pas, petit gars, c'est que je

peux coller ça sur le dos de qui je veux. » Arbergast croise les bras sur son ventre rassasié. « Vu mon statut, j'ai parfaitement le droit de le faire. Mai j'ai personne d'autre en magasin. Donc je vous prie de m'indiquer, monsieur l'enfourcheur de marches, où est votre copine.

– J'en sais rien.

– Elle aurait dû se présenter à la fin de sa tournée. D'après le pool automobile, elle a reconduit son véhicule en fin de journée, mais elle est pas montée pointer.

– Ça n'a rien d'exceptionnel. Moi aussi, ça m'arrive de le faire. Des fois on est trop fatigué, c'est tout. »

Arbergast hoche la tête. « En admettant, bien sûr, qu'elle ait pas entendu parler de l'accident à la radio. Mais alors pourquoi elle est pas venue le lendemain ? Elle était forcément au courant, c'était dans tous les journaux.

– Rien ne l'y obligeait. Elle ne reprend le boulot que demain, et si on s'en tient au règlement, elle a le droit d'attendre jusque-là pour se présenter.

– Si je comprends bien, elle s'en foutait complètement ? » Arbergast esquisse un sourire. « Il y va tout de même de sa carrière !

– Il faut que vous compreniez quelque chose au sujet de Lila Mae. Elle n'est pas comme nous.

– C'est une femme de couleur.

– Il ne s'agit pas de ça, inspecteur. C'est sa façon de voir les choses qui est différente. Ce n'est pas facile pour elle de travailler ici. Prenez les journaux par exemple, vous avez vu comment Chancre a balancé son nom à la presse. Si c'était un de ses gars qui avait inspecté le Fanny Briggs, jamais il n'aurait dit à ces chacals de qui il s'agissait.

– Il a sauté sur l'occasion parce qu'il est en campagne, le coupe Arbergast, avant de laisser échapper un rot qui, quoique contenu, est bien audible. C'est la loi de la politique, vous voyez ce que je veux dire. Je vais vous avouer un truc. Je me fous de Chancre. C'est un type sans scrupules. Un tyran. Et je me fous pas mal des intuitionnistes aussi et de leurs tours de passe-passe. Moi, ce qui m'intéresse, c'est de savoir ce qui s'est passé au Fanny Briggs vendredi dernier à environ 15 h 35. Je me fous de savoir si c'était au roi du Siam que le maire faisait visiter l'immeuble. Tout ce qui m'intéresse, c'est ce qui est arrivé à cet ascenseur. Quelqu'un l'a trafiqué. Point. Et la dernière personne à avoir été faire un tour là-haut, c'est Lila Mae Watson. Elle sait forcément quelque chose. Sûrement plus en tout cas que ce qu'elle a mis dans son rapport. En ce qui me concerne, j'ai pas spécialement envie de lui faire porter le chapeau, mais j'ai personne d'autre sous la main et je ferai avec ce que j'ai. Alors si j'étais vous, je dirais à ma copine de venir me voir demain matin dès qu'elle arrive. Sinon elle va se retrouver sacrément dans la merde. » Arbergast se lève, il tient le dernier numéro de *Lift* dans sa grosse patte. « Bon, maintenant je vais faire un tour aux chiottes. Vous m'avez assez retardé comme ça. »

Arbergast prend tout son temps dans les toilettes mais quand Chuck a enfin pu soulager sa vessie (pour l'instant), il appelle Lila Mae chez elle. Bien qu'il n'ait jamais vu l'immeuble, il imagine très bien le téléphone sonner longuement dans le couloir désert.

Lila Mae entend quelqu'un s'esclaffer de l'autre côté de la porte, un rire gras qu'elle a déjà entendu des milliers de fois au bureau. Elle entend la porte métallique racler le sol dans son dos, et Chancre dire aux hommes dans le couloir : « Un Chinois et une bonne sœur, elle est bien bonne celle-là ! » Puis il entre dans la pièce (la cellule, dirait-elle plutôt).

Chancre est en costume du dimanche, un complet blanc tel que ceux portés par les gentlemen du Sud. Il s'assoit en face de Lila Mae et passe un mouchoir à pois bleus sur sa nuque luisante. « Ça manque de fenêtres par ici, hein ? » dit-il en inspectant la pièce minable d'un air dégoûté. Ici, pas de maître d'hôtel, pas de filles en bas résilles au sourire éblouissant pour vous proposer des cigarettes.

Lila Mae ne répond pas.

« À ce qu'on m'a dit, vous seriez allée rendre une petite visite à la bonne de Fulton aujourd'hui. » Chancre jette un coup d'œil aux traînées moites sur son mouchoir. « C'est là que vous avez fait vos armes, hein ? Moi aussi, je retourne à Bridgehook dès que je peux. C'est ma trente-cinquième réunion d'anciens, et je suis président de l'amicale. Vous imaginez un peu ? »

Aucune réponse de l'autre côté de la table.

« Effectivement, vous êtes pas du genre causante. On m'a dit que vous aimiez pas trop ça, parler. Pas de problème. Ça doit pas être facile pour vous dans le Service. Ils sont rudes, parfois, les gars. Je suis bien placé pour le savoir, c'est moi qui les ai formés. » Il entrouvre ses lèvres humides pour sourire, laissant apercevoir un vague éclair de dents jaunes. « Mais vous êtes au-dessus de la mêlée. Oui, j'ai bien remarqué que vous faisiez du bon boulot.

Bobby vous donne toujours de bonnes notes. Vous êtes contente de travailler ici, miss Watson ?

– J'aime mon travail», répond Lila Mae d'une voix éteinte. Chancre a le visage gras et rose. Sur les publicités pour la United Elevator Company, les marques de petite vérole qui constellent ses joues et les veinules rouges sur son nez ont été gommées. En vrai, il est tout en chair, un gros morceau de barbaque crue. Il paraît même que les chiens le suivent, pleins d'espoir.

«Ça fait plaisir à entendre, dit vivement Chancre. Vous avez un avenir brillant devant vous. Je le sens. À condition de pas faire de faux pas. Et les faux pas, ça arrive facilement.

– C'est comme ça que vous comptez obtenir ma voix ? demande Lila Mae. En faisant un discours électoral rien que pour moi ?» Que deviendrait Chancre sans l'argent des ascensoristes, sans ses châteaubriants grillés à point, ses flasques de whisky ? Qu'adviendra-t-il de lui lorsque la boîte noire sortira des profondeurs de la terre pour proférer l'ultime malédiction de Fulton contre lui et tous ceux de son espèce ?

Chancre sourit en se renversant sur sa chaise, qui gémit sous son poids. Lila Mae serait ravie qu'elle se casse et qu'il se retrouve les quatre fers en l'air. «J'ai pas besoin de votre voix. Plus maintenant en tout cas. Lever va perdre. J'ai fait ce qu'il faut pour.

– Et que se passera-t-il demain, quand *Lift* sortira un scoop et que vos électeurs apprendront l'existence de la boîte noire ?»

Chancre sourit à nouveau. «Il y aura pas d'article sur Fulton dans le numéro de demain. Disons qu'ils ont changé leur ligne éditoriale.»

Lila Mae ne répond rien. Elle entend des hurlements dans la pièce d'à côté, une porte qui claque, puis les gars de Chut qui rient dans le couloir. La retenir ici, laisser enfler le scandale de l'accident ne fait que nuire encore davantage à Lever. Chancre a tout prévu, pense Lila Mae.

Il change de sujet. « De quoi vous avez parlé avec la bonne de Fulton ? » Ce qui sort de la bouche de Lila Mae va à l'encontre de sa timidité naturelle : du sarcasme. « On a parlé des nouveaux hélicoïdaux qui sortent le mois prochain chez United. » Pas de quoi fouetter un chat, en fait, mais l'insolence ne lui vient pas facilement.

« Je sais que vous avez pas le plan de la boîte noire sur vous, parce qu'on vous a fouillée. Il serait déjà chez Reed et Lever ?

– Finalement, à qui avez-vous demandé de trafiquer l'ascenseur du Fanny Briggs ? À Pompey ?

– Si vous l'aviez, réfléchit tout haut Chancre, Reed ne vous aurait pas envoyée à l'Institut.

– Une chute libre. Vous croyez pas que vous en faites un peu trop, non ? Personne ne croira à un accident. Même l'Inspection générale va comprendre. »

Chancre secoue la tête. « Je sais pas avec quoi Reed vous a bourré le crâne pour vous faire marcher dans sa combine, dit-il d'un ton amusé, mais je peux vous assurer que nous avons pas touché aux ascenseurs du Fanny Briggs. J'avais aucun intérêt à le faire. La présidence est à moi. Là, on fait que régler les détails. »

Lila Mae ne peut s'empêcher de sourire. « Ce n'est pas vous non plus qui avez demandé aux hommes de Chut d'aller fouiller mon appartement. » Ah, Chancre : il a gravi les échelons du Service en jouant des coudes, imbattable dans l'art de la négociation, le vieux cabot par excellence. À coups de grandes claques joviales dans le dos de ses camarades, de rires gras, de visites chez les putes avec le maire, qui n'était encore que procureur adjoint à l'époque et qui en voulait autant que lui. Chancre a battu son prédécesseur, Holt « le Boss », se souvient Lila Mae, après que le vieux salaud s'est retiré la veille des élections. Les informations collectées par Chuck sur la question forment un joli tableau : Holt en rendez-vous galant avec une magnifique danseuse. Un traquenard.

« Reed vous a vraiment tourné la tête, on dirait ? lâche Chancre en pliant son mouchoir en deux, puis encore en deux. Vous pensez que c'est un coup monté, c'est ça ? Alors pourquoi on aurait attendu ce foutu accident pour aller fouiller chez vous ? Si, selon votre théorie, on a saboté le Fanny Briggs, pourquoi on aurait attendu que quelqu'un vous mette au parfum de notre soi-disant intention de vous piéger ? Maintenant, admettons que, par un étrange concours de circonstances, vous ayez le plan. Qu'est-ce que vous en faites ? Vous le remettez gentiment à Reed et Lever comme une bonne petite fille que vous êtes. Donc, dans tous les cas de figure, on a aucune raison d'aller fourrer le nez dans vos affaires. » Le mouchoir est de retour dans sa poche, exactement comme il aime. « Vous êtes devenue une préoccupation après l'accident, et encore, pas avant que vous soyez rendue dans cette cabane de sorcier que vous vous obstinez à appeler un cercle, et que vos copains vous demandent d'aller parler à la bonne de Fulton. » Voilà qu'il glousse à présent. « Vous êtes complètement dingues, vous autres intuitionnistes. Peut-être qu'au lieu de "séparer l'ascenseur de l'ascensorialité" vous feriez mieux de séparer la paranoïa des faits. »

Lila Mae se renverse sur sa chaise, un poing ferme sous la table, à l'abri des regards de ce vieux Blanc arrogant. Pourquoi lui raconte-t-il toutes ces salades ? Un enlèvement minutieusement préparé, la traversée de la zone industrielle sinistrée, l'attente dans le cachot, tout ça pour attiser sa peur ? « Ce qui est sûr, c'est que vous avez tiré parti de l'accident avec votre conférence de presse, lui dit Lila Mae, qui ne l'a pas quitté des yeux durant tout son discours.

– On est en période électorale, oui ou non ? Tirer parti de l'actualité, c'est toujours ce qu'on fait dans ces cas-là. » Chancre interrompt ces considérations politiques pour plonger son regard dans celui de Lila Mae. Il change de tactique, comme s'il avait lu dans ses pensées. « Écoutez-moi, miss Watson, vos soi-disant amis vous ont mis dans un sale pétrin. Où est-ce que vous serez dans deux semaines ? Dans mon service, voilà où vous serez. Les gars vous en font voir de toutes les couleurs, je sais. Mais vous avez été épargnée. Vous auriez dû voir ce qu'ils ont fait à Pompey pour le dresser. Maintenant, il est à ma botte. Et pourtant je suis pas comme eux. Moi je suis à fond pour vous autres. On pourrait croire le contraire, mais c'est pas vrai. Moi, je suis pour la diversité, mais étape par étape. On peut pas tout faire en une nuit, sinon ce serait le bordel. » Il agite les doigts en l'air entre elle et lui. « Je veux faire de vous un exemple. Un exemple de ce que les gens de votre race sont capables d'accomplir. C'est ça qui vous fait avancer, pas vrai ? Vous avez quelque chose à prouver.

– En échange de quoi ? »

Chancre marque un temps pour savourer. « Faites votre boulot. Montrez-vous digne du Service. Et si Reed vous envoie chercher la petite boîte de Fulton et que vous la trouvez, eh bien vous me la rapportez. Au final, quel bénéfice en tireraient les intuitionnistes ? Peut-être qu'ils arriveraient à convaincre quelques hésitants, mais les empiristes ont toujours dominé la Guilde des inspecteurs d'ascenseurs, et il en sera toujours ainsi. Vous croyez leurs beaux discours, et vous vous imaginez que Lever et sa clique sont "les amis des gens de couleur" ou je ne sais quelle foutaise, mais ils sont comme les autres. Tout le monde cherche à tirer son épingle du jeu. Comme moi. Et comme vous. » Il crie : « Joe… Ouvre, s'il te plaît. On a fini. »

Chancre se tourne vers Lila Mae. « Rien à ajouter ?

– Je peux m'en aller ?

– On va même vous raccompagner. Il y a pas beaucoup d'autobus dans le coin. » Lila Mae entend la porte s'ouvrir derrière elle. Chancre se lève. « On s'est compris tous les deux, n'est-ce pas ?

– Et si je ne marche pas ? »

Chancre s'étire en soupirant. « Je croyais avoir été clair. Je fais toujours en sorte de bien me faire comprendre. Tout particulièrement en période électorale. Je veux que vous trouviez la boîte de Fulton et que vous me la rapportiez. Parce que je peux vous garantir que personne en a rien à foutre d'une négresse comme vous. Et parce que si vous faites pas ce que je vous dis, la prochaine fois que vous viendrez ici, c'est pas à moi que vous aurez affaire mais à un des gars de Chut, et ils arrivent toujours à leurs fins. »

―――

Lila Mae avait oublié cet épisode. Mais ça ne change rien au fait qu'il avait bien eu lieu.

C'était une nuit de la fin du mois d'août, une nuit où le grincement des fenêtres et l'agitation des arbres ravivaient le souvenir lointain de l'automne, contrastant avec les plaisirs estivaux en cascade, la chaleur accumulée dans les petites pièces, la moiteur sous les aisselles. Mais l'arrière-saison attendait, comme toujours, et finit par arriver. Et cette fin d'été était un léger rappel, un petit « coucou, ma chérie » qui annonçait sa venue. La visitation annuelle. Lila Mae avait six ans.

La dispute interminable entre le vent et la maison l'empêchait de dormir. Y participait également, quoique avec un rôle secondaire, voire de spectateur, le bruit des feuilles mortes dans le champ derrière la maison. C'est à Lila Mae qu'il s'adressait, il lui conseillait un verre d'eau pour sa gorge desséchée. Au rez-de-chaussée, tout était silencieux, et il était tard. Descendre contrevenait aux injonctions de sa mère, qui voulait qu'elle soit au lit dès la tombée de la nuit. Et qu'elle y reste. Eh bien voilà, la nuit était tombée depuis longtemps et elle était au lit, conformément aux ordres reçus. Mais elle avait soif. Ses parents étaient sûrement endormis. Elle n'avait rien entendu depuis qu'ils avaient refermé la porte pour la nuit, la faisant grincer une dernière fois. Pile à l'heure habituelle. Lila Mae avait envisagé ce larcin des dizaines de fois et y avait toujours renoncé : voler un verre d'eau. En effet, l'éventualité d'une fessée la dissuadait. Quelle insubordination que de vouloir aller chercher un verre d'eau quand on est censée être au lit. Mais pas ce soir. Voici venu l'automne, ce qui voulait dire qu'un nouvel été s'en était allé. Ou presque. Il y aurait encore une ou deux journées de chaleur, mais à l'ombre de l'automne. Un été de plus s'en était allé. Lila Mae pouvait compter sur ses doigts les étés qu'elle avait connus : elle avait donc grandi, du moins c'est ce que lui murmurait sa conscience. Elle était assez grande, en tout cas, et suffisamment assoiffée, pour se risquer, même en pleine nuit, à aller chercher un verre d'eau. Elle repoussa son édredon d'un grand geste intrépide. Le sort en était jeté. Elle aurait son verre d'eau.

La porte s'ouvrit sans un bruit. Lila Mae l'avait anticipé. Elle s'était aventurée jusque-là au cours de précédentes expéditions, avant de renoncer. Elle constata qu'aucune lumière ne filtrait sous la porte de ses parents au bout du couloir. Ils dormaient. Elle attendit un peu, parce qu'elle savait que ses parents étaient partout, comme l'air, et avaient une ouïe aussi fine que les chauves-souris. Lila Mae avait appris deux ou trois choses sur les chauves-souris, elle savait qu'elles se suspendaient la tête en bas pour dormir en s'accrochant avec leurs griffes en forme de pinces à linge, et qu'elles avaient des oreilles immenses pour compenser leur faible vue. Les ressorts du sommier de ses parents ne firent aucun gémissement comme c'était le cas lorsque son père sortait du lit pour aller vérifier, par exemple, si une petite fille n'était pas en train de franchir illégalement le pas de sa porte. Crac. Le parquet craqua. Lila Mae s'était laissé porter par un élan de courage mais le plancher avait craqué. Si fort que dans moins d'une seconde elle recevrait une raclée. Mais non. Toujours aucun son en provenance de la chambre de ses parents. Si elle marchait tout doucement en posant d'abord les orteils, il n'y aurait pas de craquement. Après quatre pas victorieux, Lila Mae, prise d'audace, augmenta la pression de ses pieds sur le parquet, mais au cinquième il craqua. Elle sentit la poussière s'insinuer entre ses doigts, en dépit des grands coups de balai que sa mère avait passés l'après-midi même. C'était une poussière invisible mais Lila Mae la sentait quand même. Les ressorts du lit restèrent silencieux. Arrivée en haut de l'escalier, elle se souvint que les marches grinçaient dès qu'on posait le pied dessus, mais que le bruit était plus faible si on restait près du mur, loin du milieu, de l'endroit où il y a le moins de soutien. Inutile de dire qu'enfin arrivée en bas Lila Mae avait très soif, ça lui avait pris un temps fou de vaincre le danger. Durant la descente, elle s'était rappelé un morceau de prière qu'elle s'était récité tout du long, sans chercher à retrouver le reste. C'était inutile. À l'église, elle faisait juste semblant, et si elle articulait correctement un mot sur cinq, c'était seulement pour éviter de prendre une claque. Aucun bruit ne lui parvenant du premier étage, elle en conclut qu'une demi-prière devait parfois suffire. À moins que rien n'y fasse, ni une prière entière, ni un petit bout. Lila Mae s'était demandé ce qui avait bien pu lui faire peur les autres fois où elle avait eu soif la nuit et n'avait pas osé descendre. Cette question la poursuivit tandis qu'elle foulait le tapis du salon, puis ouvrait tout doucement la porte de la cuisine. En se guidant avec les coins de la table, elle arriva jusqu'à l'évier, où elle se pencha pour prendre un verre d'eau, et c'est là que son père craqua violemment une allumette sur un pied de chaise et alluma la bougie. Lila Mae manqua faire pipi dans son pyjama. C'était donc vrai, ils étaient partout. Elle retira vivement son bras, prête à recevoir sa punition.

Marvin Watson était resté assis dans le noir avec un verre de whisky. Il avait passé la journée à travailler sur son pick-up et avait les bras couverts de cambouis jusqu'aux coudes. À moitié affalé sur la table, il parlait, semblait-il, mais sans émettre le moindre son. Le père lança à sa fille un regard vitreux. Il repoussa la chaise en bois sur laquelle il était assis et tapota son genou pour lui faire signe de monter. Après un court instant d'hésitation, Lila Mae se hissa sur ses genoux. Elle craignait que la graisse qui noircissait le pantalon de son père ne tache son pyjama et qu'elle se fasse gronder par sa mère, mais c'était lui qui le demandait, alors elle grimpa sur ses cuisses robustes. Il tourna la page du livre qui se trouvait devant lui sur la table. « Dis-moi, ma fille, on t'apprend bien à lire, non ? »

Lila Mae hocha la tête en jetant un coup d'œil aux pages ouvertes. Dessus, il y avait des dessins et des mots.

« Alors, dis-moi ce que ça raconte », lui ordonna son père en tournant une nouvelle page, qu'il macula d'une empreinte noire.

Lila Mae se pencha sur la page, qui semblait jaune à la lueur de la bougie. Au-dessus et en dessous des dessins, les petits blocs de texte se moquaient d'elle. Elle se dit qu'elle allait avoir des ennuis. Il y avait tout un tas de mots qu'elle n'avait jamais vus. Elle se mit aussitôt à la recherche des rares qu'elle connaissait et les trouva éparpillés un peu partout : « à », « le ». Lila Mae se concentra de toutes ses forces. Elle ne savait pas par où commencer, les mots qu'elle avait appris se trouvaient très éloignés les uns des autres au lieu d'être regroupés, comme d'habitude, ce qui lui aurait permis d'avoir un point de départ. Débuter à un endroit ou à un autre revenait au même. Alors elle se décida pour un dessin qui se trouvait en haut de la page, celui qui ressemblait au métier à tisser de sa mère, et elle se mit à rassembler les lettres minuscules une à une. Là où il y avait un espace blanc, c'était la fin du mot. Le vent continuait à taquiner les fenêtres, les feuilles ricanaient. Elle ânonna, « Tr…eu… eu-eu-il… »

Lila Mae entendit la voix de son père résonner dans sa poitrine contre son petit dos : « "Treuil de levage Union." » Il poursuivit sa lecture : « "Treuil de levage à roue double coaxiale, licence Arbo, conçu pour s'adapter aux plates-formes élévatrices de sécurité destinées aux entrepôts de stockage, aux hangars de conditionnement, aux quais de chargement, aux mines, etc. Plates-formes actionnées sur demande par le manutentionnaire, pouvant atteindre jusqu'à trente mètres par minute." Ça, ça veut dire que la plate-forme est solide et qu'elle va vite. » Il désigna un autre dessin évoquant deux petites barriques à eau tenues ensemble par un cadre en bois. Son père lut la légende : « "Technologie de levage à treuil pour monte-charge Universal. Voir illustration ci-dessous représentant la fixation de courroie grâce à laquelle l'engin est stoppé net dès que le mouvement du tambour se révèle dangereux, quelle qu'en soit la cause, comme dans le cas où la courroie est sectionnée pendant que le monte-charge est en service." Ça, ça veut dire que s'il y a quelque chose qui cloche, l'ascenseur reste quand même en l'air grâce à la fixation de courroie. Et comme ça, il se casse pas.» Marvin Watson continua à feuilleter le vieux catalogue de l'Arbo Elevator Company en lisant à sa fille les noms de toutes les machines : monte-charge Universal, treuil de levage Metropolitan, treuil de levage Relief, tambour de sécurité automatique, technologie de levage à vis – l'illustration du dernier engin ressemblait à une grosse chauve-souris en fer. Marvin Watson lut jusqu'au dernier mot qui figurait sur la page puis, quand il eut fini, il dit à Lila Mae : «Tu ferais bien d'écouter ce que te dit ta maîtresse. Tu ferais bien de l'écouter et d'apprendre ce qu'elle te dit d'apprendre.»

Marvin Watson fit descendre sa fille de ses genoux et siffla son whisky. «Tu peux me dire ce que tu fiches ici ?» Voilà qu'il parlait fort, pas comme quand il lui faisait la lecture en chuchotant.

«Je voulais juste un verre d'eau, répondit Lila Mae.

– Prends-le et dépêche-toi de retourner au lit.»

Elle traversait le salon avec son verre d'eau quand elle entendit son père souffler la bougie dans la cuisine. Comme si c'était lui l'automne.

———

Tout est sens dessus dessous. Commode vidée, collants qui pendent lamentablement hors du tiroir. Papiers éparpillés sur le tapis selon tous les angles possibles et imaginables. Plante dépotée, racines et terre en deuil. La poire en plastique, seule concession de Lila Mae aux bibelots, sur le sol : fichue. Certains livres sont totalement détruits : *Treuils et poulies* d'Ettinger n'est plus qu'un squelette brisé, tandis que *Le Contrepoids et ses effets* gît au milieu des toiles d'araignées sous le radiateur. Coussins retournés affichant une face plus propre. Stores de guingois mollement affalés dans leur cadre. Un chaos sans nom.

Lila Mae referme la porte de son appartement. Ça ne ressemble pas à du Chut, à moins qu'en guise d'avertissement il ait enfoncé le clou. Comme si la balade jusqu'à l'entrepôt n'avait pas suffi. (Markham avait eu le culot de porter la main à sa casquette quand il l'avait déposée devant chez elle.) Les deux hommes qui étaient venus l'autre soir avaient fait preuve d'un soin quasi religieux. Sans doute étaient-ils dans les lieux depuis longtemps quand elle était entrée, se dit Lila Mae. Ils n'avaient laissé aucune trace. Des visiteurs respectueux. Ce n'est pas le cas de ceux-là, qui n'ont même pas cherché à se dissimuler ; ils s'en fichaient. Ils étaient persuadés qu'elle avait la boîte noire, ou du moins qu'elle leur fournirait un indice, une note gribouillée sur un bloc de papier qui leur permettrait peut-être de la retrouver.

Lila Mae n'avait pas voulu rentrer à la Maison des intuitionnistes. Elle avait envie de retrouver son appartement et de s'asseoir sur le sofa, là même où elle avait laissé s'évaporer tant d'heures de sa vie. C'est là qu'elle se sentait le plus en paix, si tant est qu'on puisse se sentir en paix dans cette ville. Les paroles de Chancre lui reviennent, même ici, et la hantent. Il cherche à l'intimider, pense-t-elle, en se glissant dans sa peau mais il se trompe : ce n'est pas à Reed et Lever qu'elle a juré loyauté, mais à Fulton et ses théories. Et si maintenant elle est mêlée à tout ça, c'est parce qu'elle a été trompée. Ils ont souillé son nom. Chancre ne l'aura pas.

Dormira-t-elle ici ou à la Maison des intuitionnistes ce soir ? Y aura-t-il Natchez là-bas ? L'entendra-t-elle frapper délicatement à la porte de sa chambre ?

Elle n'a rien mangé depuis son petit-déjeuner et il est plus de minuit. Chez ses voisins d'en face, pratiquement toutes les lumières sont éteintes. Elle habite un quartier d'honnêtes travailleurs, où chaque fois qu'on jette ses déchets dans les poubelles collectives, on remet le couvercle, parce que c'est comme ça qu'on fait dans ce pays qui les a accueillis. Ici, rien n'est comme dans les îles chéries qu'ils ont quittées. Eux qui ont dû empaqueter toute leur existence dans quelques pauvres sacs fatigués comme pour les offrir en sacrifice à leur nouvelle patrie dont ils espéraient une vie meilleure. Ils se couchent tôt parce que ici il faut travailler dur pour s'en sortir. Enfin, c'est ce qu'on leur a dit.

La porte du frigo est entrouverte, le goulot d'une bouteille de lait pointe son nez. Un petit nuage blanc et sec a dégoutté sur le carrelage. Lila Mae ramasse par terre une boîte de viande en conserve, puis en extrait un peu de nourriture grisâtre qu'elle écrase sur du pain avec le dos d'une cuillère. Le pain et la viande ont la même consistance. Le tournis provoqué par la faim disparaît, évacué par une écluse intérieure. Elle réfléchit tout en mangeant. Vandaliser son appartement aujourd'hui après la première visite de vendredi a quelque chose de redondant. À moins qu'on ait envie de lui faire peur. De rendre les menaces plus palpables. Lila Mae contemple la pièce, les objets qu'ils ont touchés. Rien ne permet de dire à quel moment ils sont passés. Peut-être vendredi soir, après son départ, ou bien samedi, en tout cas avant qu'ils soient certains qu'elle n'était pas en possession de la boîte noire. Elle repense au mauvais sort jeté par Chancre : « Nous n'avons pas saboté l'ascenseur du Fanny Briggs, nous ne sommes pas allés chez vous. » Qui d'autre, alors ? Une fibre de tendon s'enfonce dans la gencive de Lila Mae. Que reste-t-il de l'animal une fois passé au hachoir ? Quelques fragments rebelles. On ne la fera pas bouger pour si peu. Comment pourrait-on la convaincre de ne plus faire confiance à Reed, elle qui ne lui a jamais fait confiance ?

Ils n'ont pas déplacé le tableau. Lila Mae le décroche et tape le code. Elle ouvre le coffre. Tout est là. Les Blancs qui la considèrent comme une menace se refusent cependant à l'imaginer dangereuse, maligne, fourbe, se dit-elle. Ils la voient comme une mule convoyant des informations d'un point à un autre, pas assez intelligente ni assez curieuse pour s'intéresser à leur contenu. Une brute. Noire.

Elle va dans sa chambre et remet le matelas sur le sommier à ressorts. Elle s'endort très vite, tout habillée. Un coin du drap s'est défait, le bord libéré lui scie doucement la nuque.

Lila Mae saisit le heurtoir – une tête de griffon – et frappe à la porte. Ce doit être un cadeau de Griffon Elevator Company, la firme britannique aujourd'hui disparue, se dit-elle. Quand on prend le parti des intuitionnistes, on finit toujours par le payer.

Peu après, la porte imposante de la Maison des

intuitionnistes s'ouvre et Natchez apparaît devant elle. La surprise puis le plaisir se lisent sur son visage. « Vous voilà de retour, Lila Mae.

– Je vous ai manqué ? » lui lance-t-elle brutalement, cédant à ses pulsions.

Natchez l'invite à entrer d'un geste de la main. « Hier, Mr Reed courait partout comme un poulet sans tête. » Natchez la dévisage : « Mais vous avez l'air en un seul morceau. »

Lila Mae aperçoit son reflet dans le grand miroir de l'autre côté de l'entrée. Oui, elle est en un seul morceau. Pour le moment.

« Vous permettez ? » demande Natchez à Lila Mae, qui lui tend son imperméable à contrecœur. Il faut bien qu'il fasse son boulot, ses employeurs l'ont constamment à l'œil. Elle le suit, sous les regards cruels des portraits accrochés au mur, dont elle reconnaît certains visages pour les avoir vus dans ses livres d'étudiante. Ici, les tableaux finissent d'enterrer leurs modèles sous une ultime couche de brun. Quel que soit le régime de faveur dont bénéficie Lila Mae, il est provisoire. Elle n'est pas la bienvenue ici. « Ils sont dans le salon », dit Natchez. Si sa condition le met mal à l'aise, il n'en montre rien.

En se dirigeant vers le salon, Lila Mae s'aperçoit que Natchez se tient un peu en retrait. Elle le voudrait à côté d'elle, à égalité. « Votre oncle est toujours malade ? demande-t-elle.

– Quand il a une crise, ça dure toujours un peu, mais il sera bientôt sur pied. »

La porte du salon est entrouverte. Lila Mae aperçoit une longue bibliothèque et entend une voix : « Me voici devant vous, mon cher compagnon, pour vous entretenir des vices du monde visible. » Elle se retourne pour dire au revoir à Natchez mais il est déjà parti. Elle donne un léger coup à la porte et entre dans la pièce, la démarche subitement assurée.

À son entrée, Mr Reed et Orville Lever se lèvent de leur fauteuil en cuir marron avec la politesse que l'on doit à une femme. Dans la cheminée qui sépare les deux hommes, des flammes orange crépitent et réchauffent leur sang-froid. Pourtant il fait bon dehors. Mr Reed pose son dossier à ses pieds. « Orry, je vous présente miss Watson. » Lila Mae a du mal à déchiffrer son expression – de marbre.

Lever lui tend la main. « Mr Reed m'a beaucoup parlé de vous, miss Watson, de tout ce que vous avez fait pour nous. » En dépit des cheveux gris et du relâchement de son cou, Lever fait encore très jeune. Ses poignets et son col de chemise sont trop grands, et son pantalon bâille tant ses jambes sont maigres. Elle n'arrive pas à se rappeler s'il avait l'air aussi mal en point la dernière fois qu'elle l'a vu, il faut dire aussi que c'était avant la campagne. Lila Mae se dit qu'elle aurait probablement encore plus mauvaise mine si elle devait parler toute la journée, elle qui déteste ça. Il porte un costume pied-de-poule de coupe anglaise, en total contraste avec l'allure de mauvais garçon de Chancre. Le match des élections se dispute entre l'université et l'académie de billard, les échecs et la boxe. Les intuitionnistes ont choisi le champion idéal.

« Orry, intervient Mr Reed. Pourquoi n'iriez-vous pas continuer de répéter à l'étage ? Votre temps y serait mieux employé qu'à vous soucier de cette affaire. »

Lever fait un signe de tête affirmatif et rassemble les feuilles de son discours. « Oui, oui, acquiesce-t-il d'un air endormi. Vous avez raison. Si vous avez besoin de moi, je suis là-haut. » Il se tourne vers l'inspectrice d'ascenseurs. C'est un de ces Blancs translucides dont on peut suivre le tracé des veines sous la peau. « Ce fut un plaisir, miss Watson. J'espère que nous nous reverrons bientôt. »

Dès que la porte se referme, Reed invite Lila Mae à venir prendre place dans le fauteuil que Lever vient de quitter et dans lequel elle s'enfonce littéralement. Elle est presque aspirée à l'intérieur. « Où étiez-vous passée, miss Watson ? Je me suis fait un sang d'encre quand j'ai appris que vous n'étiez pas rentrée avec Sven. » Le ton est neutre et ne trahit aucune émotion.

« J'avais envie de revenir par mes propres moyens », répond Lila Mae. Elle n'a aucun doute sur l'efficacité de son masque, du ton qu'elle réserve aux Blancs de l'espèce de Mr Reed. « Ça faisait longtemps que je n'avais pas remis les pieds à l'Institut.

– J'ai cru qu'il vous était arrivé quelque chose.

– J'ai bien peur que Mrs Rogers n'ait pas été d'un grand secours. »

Mr Reed acquiesce d'un geste rapide. « Sven m'a dit qu'elle vous avait laissée entrer. Vous êtes la première personne avec laquelle elle échange plus de deux mots depuis le jour où nous avons reçu le fameux paquet. Qu'est-ce qu'elle vous a raconté ?

– Elle affirme qu'elle n'est absolument pas au courant de l'existence d'un plan. Elle est catégorique là-dessus. Elle dit qu'elle n'a plus rien en sa possession.

– Et vous la croyez ?

– Difficile à dire. Je pense qu'elle ne fait confiance à personne. »

Mr Reed s'enfonce dans son fauteuil et croise les jambes, méditant les paroles de Lila Mae. « Le tampon. Le tampon sur le paquet venait du bureau de poste de l'Institut. J'étais persuadé… » Il semble perdu dans ses pensées. « Croyez-vous qu'elle attende qu'on lui offre de l'argent ? »

Lila Mae fait non de la tête. « Je ne crois pas qu'il s'agisse de ça. J'ai vu à son visage qu'elle ne me parlerait jamais plus. »

Mr Reed se lève et va vers un bureau, en silence. Il réfléchit un instant, puis quelque chose semble lui revenir à l'esprit et il ferme un tiroir à clef d'un air dégagé. Lila Mae ne le voit pas faire mais elle entend le bruit. Qu'est-ce que vous cachez là, monsieur Reed ? Il attrape un magazine dans une pile et le tend à Lila Mae. Elle regarde l'illustration idiote du Père Noël qui orne la couverture du *Lift* et se plonge dans le sommaire. Se doutant que Mr Reed l'observe, elle fait celle qui cherche l'article sur Fulton bien que, grâce à Chancre, elle sache très bien qu'il n'y est pas. Elle finit par lever les yeux. « Où est-il ?

– C'est exactement la question que je me suis posée ce matin quand j'ai ramassé le magazine sur le pas de la porte. J'ai appelé le rédacteur en chef, que je connais très bien. La standardiste m'a dit qu'il était malade. Puis j'ai demandé à parler au journaliste, Ben Urich, mais il paraît qu'il n'est pas venu travailler aujourd'hui.

– Vous pensez que Chancre pourrait être derrière tout ça ? »

Mr Reed la regarde. Soupçonne-t-il quelque chose ?

Ses yeux sont deux cavernes insondables. « Ça ferait sens. Notre concurrent a le bras long. » Mr Reed se renverse dans son fauteuil. « Je pensais que vous seriez rentrée ici après votre visite à l'Institut.

– J'ai décidé de passer la nuit chez moi.

– Nous nous étions mis d'accord sur le fait que ce n'était pas sage, miss Watson, vu les circonstances. » Il dessine de son doigt osseux un glyphe invisible sur le bras du fauteuil.

Nous nous étions mis d'accord. Il lui parle comme à une enfant. « J'avais envie de dormir dans mon lit. Avons-nous d'autres pistes ?

– J'ai ma petite idée sur l'identité de notre mystérieux expéditeur, mais je ne suis pas disposé à en parler. J'en suis toujours aux suppositions pour l'instant. De toute façon, je suppose que les préparatifs des Folies vont tenir nos adversaires occupés au moins jusqu'à mercredi. Vous comptez y aller ?

– Aux Folies ?

– Vous ne comptez pas monter sur scène, j'imagine ?

Les Folies funiculaires lui étaient sorties de la tête. « Je n'y suis jamais allée, avoue Lila Mae.

– Je les fuis comme la peste, ajoute Mr Reed. Quelle débauche de vulgarité ! Mais avec les élections la semaine prochaine, il faut que Lever y fasse un tour. Les derniers jours sont décisifs.

– Je comprends », acquiesce Lila Mae. Les Folies étant organisées par le Service, il serait imprudent de s'y rendre, d'autant que tous ses collègues sont convaincus de sa culpabilité. L'inquiétude se lit-elle sur son visage ?

« Je suppose que vous avez décidé de ne pas aller travailler aujourd'hui, dit Mr Reed.

– Manifestement.

– L'Inspection générale ne va pas apprécier. Vous faites une erreur.

– C'est mon affaire, le coupe Lila Mae. Une fois que nous aurons la boîte noire, cela n'aura plus aucune importance, n'est-ce pas ? » Elle lui refile le bébé.

« Bien sûr. Mais je me demande comment Chancre va présenter les choses à la presse, s'interroge Mr Reed.

– C'est mon affaire. Quel est l'ordre du jour ? »

Mr Reed se lève. « Si vous tenez vraiment à vous rendre utile, et si vous ne voulez pas suivre mon conseil, qui est d'aller parler aux gens de l'Inspection, le mieux est de rester discrète. J'en saurai plus d'ici quelques jours et nous en reparlerons à ce moment-là. »

Lila Mae approuve d'un signe de tête. À contrecœur. Elle ne sait pas si Mr Reed lui fait encore confiance ; et c'est réciproque. Possible qu'il soit allé chez elle hier soir pour vérifier si elle y était et qu'il ait vu le désordre. Possible qu'il veuille se débarrasser d'elle, maintenant qu'elle a rempli son rôle de médiatrice auprès de Mrs Rogers, – dont elle partage la couleur de peau.

« Votre chambre est toujours disponible à l'étage. Je pense que c'est notre meilleure option pour l'instant », conclut Mr Reed.

« Notre ». La garder au frais, loin de l'ennemi, loin de toute influence abusive, en ces temps décisifs. « Moi aussi », acquiesce Lila Mae.

Mr Reed retourne à ses papiers, son stylo à la main. Elle est congédiée. Lila Mae sort rapidement du salon. Toutes les pièces dans lesquelles elle est entrée récemment sont des cellules, songe-t-elle en montant l'escalier qui mène aux chambres des invités. Toutes ces pièces sont des cabines d'ascenseur sans boutons d'étage, des cabines commandées par un local machinerie démoniaque. Direction : tout en bas. Personne d'autre ne monte dedans et elle ne peut pas en descendre. Quand Lila Mae arrive en haut de l'escalier, elle sent quelqu'un lui taper sur l'épaule. C'est Natchez. « Est-ce que je peux venir vous voir ce soir ? J'ai quelque chose à vous dire. »

—

À en juger par le silence prolongé qui sépara « Est-ce que tu viendrais voir le dernier film du Royal » de « avec moi », Lila Mae comprit que l'invitation que lui faisait Grady Junior le mettait dans tous ses états, un silence que la chanson qui passait à la radio combla astucieusement avec son refrain. Lila Mae répondit oui. Durant toutes ces années, ils étaient allés voir des centaines de films ensemble, des bons et des mauvais. Les parents de Lila Mae aimaient bien Grady Junior, et les siens adoraient Lila Mae. Souvent, le jeune homme ne s'arrêtait chez les Watson que pour faire causette avec Marvin. Ils parlaient pêche, ou bien se demandaient pour la énième fois quand le comté se déciderait enfin à paver les rues des quartiers noirs. La plupart du temps, ils bavardaient sur la véranda, comme Marvin Watson avait coutume de le faire avec ses amis, au nombre desquels il comptait Grady Junior, qui venait de demander à Lila Mae de sortir avec lui. Après avoir dit oui, elle avait réglé son milk-shake au chocolat, comme c'était l'usage chaque fois qu'ils s'arrêtaient au drugstore. Et lui son milk-shake à la vanille, puis chacun s'en était allé de son côté pour le reste de l'après-midi.

Lila Mae avait compris que les choses avaient changé à la façon dont il avait souri lorsqu'elle avait ouvert la porte dans la fraîcheur de la nuit. Tous deux avaient grandi ensemble, ils avaient tout fait ensemble, s'écorcher les genoux, apprendre à marcher à quatre pattes en s'encourageant mutuellement, etc. Junior avait un drôle de petit sourire en croissant qu'elle ne lui avait jamais vu jusqu'ici, pas une seule fois depuis le temps qu'ils se connaissaient. Il n'avait pas fini de lui dire « Tu es prête ? » qu'elle était déjà installée dans le pick-up plein de rouille de son père. Il était né avec de l'embonpoint. Toute l'enfance de Junior, le combat qu'il mena pour atteindre un poids normal l'occupa constamment. Pour pouvoir s'installer sur le siège avant du pick-up, Lila Mae avait dû retirer la boîte à outils de Grady Senior qui se trouvait dessus, et tout le long du chemin défoncé qui menait au cinéma, un tournevis et un marteau s'entrechoquaient à la moindre bosse. Et Dieu sait s'il y en avait. La lune venait de faire son apparition au-dessus de la cime des arbres.

Lila Mae savait qu'il ne restait plus beaucoup de temps pour le cinéma, ni pour grand-chose d'autre d'ailleurs. Junior s'apprêtait à rejoindre la capitale pour étudier à l'université. Lila Mae ne l'avait pas beaucoup vu cet été-là. Il avait passé le plus clair de son temps à travailler à la carrière pour économiser de quoi s'acheter des livres et toutes les choses dont il aurait besoin quand il serait dans le Nord. Ça faisait un moment que les étés n'étaient plus pareils, se dit-elle alors. L'école était finie, mais rien n'était venu la remplacer. Le monde alentour avait rétréci, et les rues lui faisaient penser à ses cheveux sur le sol de la salle de bain le jour où sa mère les avait coupés. Elle avait le sentiment que le changement qu'elle percevait en elle était de même nature que celui qui s'était percevait en Junior. Ils faisaient toujours tout ensemble. Il n'avait pas beaucoup parlé sur la route du Royal.

En arrivant au cinéma, ils firent le tour du bâtiment pour prendre l'escalier qui conduisait à l'entrée réservée aux personnes de couleur. Ils montèrent au balcon réservé aux personnes de couleur, le paradis des nègres, et au moment où Lila Mae mettait la main à sa poche pour payer sa place, Junior la prit de court en payant pour eux deux. Lui qui avait toujours tenu une comptabilité rigoureuse du moindre sou que Lila Mae lui devait, n'hésitant pas à lui réclamer chaque fois qu'ils se voyaient les deux ou trois *cents* qu'elle lui avait empruntés pour s'acheter des bonbons ou un illustré. C'était un garçon curieux. Il voulait devenir dentiste, un choix pragmatique. Instituteur, médecin, pasteur, croque-mort : voilà ce à quoi un garçon de couleur peut aspirer dans un monde comme celui-ci. On peut toujours compter sur les gens de couleur pour avoir de mauvaises dents ou une âme à soigner. Et pour mourir, évidemment. Son père avait choisi la menuiserie et acceptait tous les boulots qui lui tombaient sous la main. Sa mère travaillait en ville comme bonne chez le juge. À frotter des escaliers en pierre. Grady Senior avait donné un nom à tous ses outils, mais c'était un secret. Dentiste ! Mais avant de devenir dentiste, Junior devait aller à l'université, ce qui ne posait pas de problème parce qu'il était gentil et travailleur, et que l'université noire avait besoin de garçons comme lui. L'avenir de la race.

C'était la troisième lune de l'été – suspendue au-dessus des arbres comme si la nuit avait été une ferme et elle le fermier. Un fermier qui aurait pris son temps pour traverser ses champs, parce qu'ils n'appartenaient qu'à lui et qu'il en connaissait tous les secrets.

Lila Mae avait vu le film sans l'avoir vu. C'est toujours ce que lui inspiraient les films. Le titre changeait, mais les acteurs étaient souvent les mêmes, et si ce n'était pas le cas, ils se ressemblaient tous. À un moment donné, Lila Mae s'aperçut que Junior et elle partageaient le même accoudoir. Elle était certaine de l'avoir choisi en premier au moment où les lumières avaient baissé, et n'avait pas remarqué à quel moment il y avait eu rapprochement. Lila Mae avait une conscience aiguë de la situation. Comment avait-il réussi à glisser son bras jusque-là ? Elle ne bougea pas. Mais bientôt elle sentit qu'il collait son bras contre le sien, une pression appuyée et chaude, qu'il relâchait puis renouvelait, comme s'il avait soudain retrouvé son audace. Sur l'écran, une femme blanche aux longs cheveux noirs fondait en larmes parce qu'elle comprenait que la société la tiendrait à jamais éloignée de son amour. Au bout d'un moment, Lila Mae retira son bras de l'accoudoir et le posa sur sa cuisse. Quelques minutes plus tard, Grady Junior laissait échapper un soupir.

Quant à Lila Mae, elle avait ses propres projets d'avenir et s'était déjà renseignée.

« Un sacré film, dit Junior en faisant démarrer le pick-up pour la ramener chez elle.

– Tu l'as dit », renchérit Lila Mae.

En arrivant aux confins de la ville, Junior embraya : « Un sacré film. Un peu court, peut-être.

– Il me semble qu'il était comme d'habitude.

– Non, non. J'ai regardé l'heure quand on est sortis, il n'a même pas duré une heure et demie. C'était court. » Les lampadaires avaient disparu et, les maisons étant de plus en plus rares, il n'y avait plus beaucoup de lumière.

« Tu as peut-être raison », concéda Lila Mae.

Junior s'éclaircit la voix et fixa la route devant lui. « Ce matin, quand j'ai vu ton père, je lui ai dit que je te déposerais chez toi vers onze heures, donc je te raccompagne, même s'il nous reste du temps. »

Junior avait quitté la nationale pour s'engager sur le sentier accidenté qui menait à la carrière de Miller's Hollow. Lila Mae était passée des milliers de fois devant l'entrée touffue du chemin devant laquelle, parfois, ses parents faisaient des blagues qu'elle ne comprenait pas. Mais elle non plus n'était pas en reste sur ce point. Elle savait que si Miller's Hollow n'avait pas existé, les quartiers noirs n'auraient jamais été aussi peuplés, et qu'un certain nombre de mariages se faisaient sous la contrainte quelques mois après que les fiancés avaient fait un tour à Miller's Hollow. On pouvait accéder à la carrière par un autre chemin, qui serpentait à travers un bois où les enfants adoraient jouer. Mais dès que ceux-ci apercevaient la lumière de la clairière à travers les arbres, ils s'arrêtaient net et revenaient sur leurs pas. Bien qu'il ne leur fût pas interdit d'aller y jouer, ils avaient compris que ce n'était pas un endroit pour eux. La clairière aurait sans doute été un lieu idéal pour faire les fous, et les cerfs-volants s'en seraient envolés d'un coup vers le ciel, aspirés par l'air qui montait de la carrière. Mais les enfants avaient compris, et ils avaient trouvé d'autres endroits où jouer.

Lorsque le pick-up déboucha hors du bois, Lila Mae se sentit trahie. Miller's Hollow ne ressemblait en rien à une cuvette, mais plutôt à un dégagement qui s'étendait jusqu'à la lisière sinistre de la carrière. Le frisson provoqué par une aventure aussi illicite se dissipa bien vite. La cuvette n'avait rien d'excitant, d'effrayant ni même d'ennuyeux. C'était simplement un endroit où les arbres ne poussaient pas et où l'herbe brune se desséchait en été.

« Un sacré film », répéta Junior. Il s'éclaircit à nouveau la gorge.

« Tu l'as dit. » Ce furent là les seuls mots qu'ils échangèrent pendant un bon moment. À mesure que les minutes s'écoulaient, le souffle du jeune homme semblait de plus en plus fort à Lila Mae, de même que les autres bruits dans la voiture. Le moteur, en refroidissant, ponctuait chaque seconde d'un nouveau claquement, les insectes stridulaient, et les oiseaux de nuit échangeaient des confidences. Au-delà de l'arc rouge du capot du pick-up brillait un halo blanc ; c'était la pierre blanche sur l'autre flanc de la carrière. On aurait dit la lune. Puis elle cligna des yeux, et Junior et elle avaient quitté la Terre, et maintenant ils étaient sur la Lune. Et c'était pour ça qu'elle avait si froid. Parce que la lune était froide. Et immobile.

Junior posa une main tremblante sur l'épaule de Lila Mae, et son tremblement cessa. Elle se dit que l'usage voulait sans doute qu'elle se tourne vers lui, ce qu'elle fit. Au début, Junior tâtonna. Il buta contre son nez puis contre sa joue, mais il finit par trouver sa bouche et posa ses lèvres dessus. Elles étaient sèches et dures. Il les laissa ainsi, et ils restèrent immobiles un long moment – Lila Mae et Junior, bouche contre bouche. Au bout de quelques minutes, il recula et fixa un point de l'autre côté du pare-brise, les mains posées fermement sur le volant. Lila Mae trouva une meilleure position pour ses pieds, de chaque côté de la boîte à outils.

« Il est sûrement onze heures, maintenant, dit Junior.

– Probable », répondit-elle.

En arrivant devant chez elle, ils levèrent les yeux vers la maison : le père de Lila Mae tira le rideau de la fenêtre de la véranda et leur fit signe.

« Excuse-moi. Je voulais pas te mettre en colère, dit Grady Junior.

– Faut que je rentre », répondit-elle. Lila Mae se maudit toute la nuit quand elle comprit qu'ils n'iraient plus jamais au cinéma ensemble. Elle n'était pas le moins du monde en colère, mais elle ne l'avait pas dit. Junior aurait dû mieux la connaître après tout ce temps. Elle n'était pas en colère, bien au contraire. Elle aurait voulu qu'il l'embrasse encore, mais elle n'avait rien dit.

—

Lila Mae a retiré sa veste et ouvert le premier bouton de son chemisier. Natchez n'a pas précisé d'heure. Il est presque minuit. Elle démonte mentalement un ascenseur qui n'aurait pas la même masse avant et après démontage. Qui retrouverait sa masse initiale une fois remonté. Il ne s'agit pas d'une des théories de Fulton, mais d'une extrapolation à laquelle elle est parvenue toute seule à partir du deuxième tome d'*Ascenseurs théoriques*. Bien qu'intuitionniste, Lila Mae n'aime pas tant que ça les prolongements des travaux de Fulton développés à l'étranger et dont débattent ses épigones dans les salons du rez-de-chaussée. Ils font ce qu'ils peuvent, et il arrive même parfois que certains comptes rendus de réunions ne soient pas complètement vains, mais elle préfère ses propres hypothèses. Elle les trouve plus en accord avec la philosophie de Fulton, tandis que, selon elle, le reste du mouvement intuitionniste s'égare avec ces apocryphes abscons. Une perte de masse imprévisible. Un mystère.

Natchez entre dans la chambre de Lila Mae, un morceau de gâteau au chocolat dans la main. « J'ai pensé que vous auriez peut-être envie de goûter au gâteau de Mrs Gravely. » Il est toujours en uniforme, un carcan blanc trapézoïdal qui lui emprisonne le buste. Il s'assoit sur le lit à côté d'elle. « Ce dessert a eu beaucoup de succès ce soir au dîner. On vous a pas vue.

– Je n'avais pas faim, dit Lila Mae, la fourchette à la main.

– Vous avez des soucis ?

– On peut dire ça comme ça.

– Ça vous ennuie que je sois monté ?

– Au contraire, ça me fait plaisir. » Le gâteau est à moitié fini.

Natchez jette un coup d'œil à la porte pour vérifier qu'elle est bien fermée. « Je sais pas ce que Mr Reed vous a raconté à propos de votre appartement, mais ça s'est pas passé comme il a dit », souffle-t-il.

Lila Mae pose l'assiette sur la table de nuit. « De quoi parlez-vous ? »

Natchez prend une grande inspiration et jette un autre coup d'œil à la porte. Toujours fermée, pense Lila Mae. « Hier, reprend-il. Quand Mr Reed a vu que vous étiez pas rentrée avec Sven, il a pété un câble. J'aurais jamais cru ce petit Blanc capable de se mettre dans un état pareil, mais voilà qu'il hurlait sur Mr Lever et sur Sven et leur balançait des tas de trucs à la figure. Il a dit que Sven aurait dû vous attendre. Et après ça, il a dit quc vous aviez sûrement passé un accord avec Chancre (il me semble que c'est le nom qu'il a dit), et aussi que vous l'aviez doublé. Moi, j'étais dans le couloir. Ensuite, il a appelé des types au téléphone pour leur demander de “la” retrouver et il a donné votre adresse. »

Le gâteau fait comme une boule dans l'estomac de Lila Mae. « Il a dit ça ?

– Je suppose qu'il parlait de la boîte noire, dit Natchez en se redressant. Quand il a dit “la”. »

Elle a faux sur toute la ligne. « Qu'est-ce que vous savez à propos de la boîte noire ? » demande-t-elle.

Natchez sourit. «Plein de choses. Fulton était mon oncle. »

Le garçon rêve de lieux différents, d'endroits où des trottoirs auraient remplacé la boue, où les murs de planches qui ne protègent pas du froid auraient disparu pour faire place à des constructions qui jailliraient de terre comme des dieux antiques. Là-bas, il est à l'abri de l'immensité terrifiante de la nuit, car les édifices sont si hauts qu'il n'y a plus de ciel ni d'étoiles, seulement l'obscurité. Il ne va jamais dehors, où il pourrait être vu, parce que les gens vivent dans des trous, empilés les uns sur les autres comme dans une ruche. Ils ne se parlent pas. Ils ne savent pas ce que font les uns et les autres ni d'où ils viennent.

Il existe un autre monde au-delà de celui-ci.

Le garçon comprend que l'amour qu'elle lui porte est profond et douloureux. Elle, c'est sa mère. Mais il ne lui ressemble pas, à part un petit quelque chose dans les yeux – un regard fuyant qui cherche à se soustraire aux autres. Quand ils sont en ville, elle l'oblige à marcher derrière elle, le serre contre son dos comme si elle voulait le protéger du regard des Blancs. Comme si elle redoutait qu'en le voyant, ils le lui retirent. Elle le fait moins maintenant qu'il est plus grand, mais lui a toujours pensé que c'était inutile. Les Blancs ne voient pas les gens de couleur, pas même en pleine lumière, pas même en pleine ville. S'il ne s'expose pas au soleil, sa peau reste aussi claire que celle des Blancs, c'est sans doute pour ça qu'elle a peur, mais il se met au soleil le plus souvent possible, ce qui lui donne une couleur noisette. Jamais une couleur aussi foncée que sa mère ou sa sœur. S'il ne s'expose pas, comme c'est le cas en hiver quand il n'y a pas beaucoup de lumière, la noirceur de sa peau se met en sommeil.

Le garçon sait que sa sœur l'aime, bien qu'ils n'aient pas le même père. D'ailleurs, quand elle est en colère contre lui, elle ne manque jamais de le lui rappeler, c'est censé lui faire de la peine. Mais ça ne lui fait rien parce que, comme il ne l'a jamais vu, son père pourrait aussi bien ne pas exister. Or s'il n'existe pas, il n'a aucune raison de s'attacher à lui. Il fait avec, comme quand il n'y a rien à manger à la maison. Il fait avec. En plus, son père à elle ne vient que très rarement, et quand c'est le cas, il n'en sort jamais rien de bon.

Le garçon a toujours été terrifié par les bois. Ceux qui entourent, assiègent la maison. Sauf qu'il est le seul à savoir que les arbres et les buissons épineux viennent pour l'enlever. C'est la lune qui le lui a dit. La lune saisit le mouvement des branches pour le déposer sur le mur de sa chambre, et il regarde bouger les ombres menaçantes. Bien avant qu'il ne soit en âge de parler, la lune l'avait prévenu que le temps qu'il passerait auprès de sa mère et de sa sœur était compté. Il faut qu'il s'en aille, ou il lui arrivera malheur. Il n'est pas d'ici, c'est pour ça que les bois le chassent. Les bois disent ce que personne ne dira jamais.

Sa sœur prétend que la nuit où leur mère était rentrée absolument défaite, elle avait compris qu'il serait bientôt là. Elle dit qu'aux silences de leur mère et à ses sanglots, elle avait compris que quelque chose de nouveau allait arriver chez eux, et le voilà. Leur mère n'était pas retournée travailler en ville, et les voisins s'étaient chargés de leur apporter à manger et de faire dormir sa sœur chez eux les nuits où leur mère hurlait ou pleurait et refusait de se lever. Puis il était venu au monde, et dès qu'elle l'avait vu, leur mère s'était sentie mieux. Elle était retournée travailler en ville, chez d'autres gens. C'était sa sœur qui le changeait quand il se salissait, et pourtant elle n'était pas beaucoup plus âgée que lui.

Il arrive que des bébés noirs aient la peau claire à la naissance, avant de foncer en grandissant, mais lui non. Ses cheveux, autrefois très bouclés, avaient raidi avec le temps. Sa sœur se moquait souvent de ses cheveux de Blanc, mais une fois leur mère l'entendit, alors elle poussa une gueulante et lui ordonna de ne plus jamais dire une chose pareille. Ce qu'elle fit. Quand ils étaient allés se coucher ce soir-là, sa sœur lui avait demandé pardon et elle avait également demandé pardon à Dieu. Le garçon lui pardonna, parce que, jusqu'à ce que sa mère se mette en colère, il ne lui était jamais venu à l'esprit qu'il avait été insulté. Mais sa sœur disait la vérité.

Dans les deux ou trois livres qu'il a volés, il n'y a que des machines. Il a inventé un sens aux mots qu'il ne comprend pas en s'aidant de ceux qu'il connaît déjà, et plus tard il découvrira que ses définitions sont exactes. Il comprend sans problème les machines. Elles disent toutes : monter.

Sa mère n'aime pas trop qu'il aille en ville tout seul, mais c'est là que vont toutes les routes, alors… Les gens de couleur le connaissent et ne le prennent pas pour ce qu'il n'est pas. Un jour, il est dans un magasin de la ville et il attend pour payer des bonbons. Dans la queue, devant lui, il y a un vieux monsieur noir qu'il ne connaît pas et qui tient deux oranges. Ça n'embête pas le garçon d'attendre son tour, mais une chose étrange se produit : le monsieur noir fait un pas de côté pour le laisser passer. Le garçon se dit que le vieil homme s'en va prendre un autre article dans les rayons du magasin, mais quand il a fini de payer, il s'aperçoit que le monsieur n'a toujours que ses deux oranges à la main et qu'il attend derrière lui. Le garçon met très longtemps à comprendre. Bien après avoir fini ses bonbons. Et ce qu'il comprend lui laisse un goût amer.

—

« Ça pourrait être lui », reconnaît Lila Mae. Sur la photo, deux femmes de couleur et un homme blanc posent debout sur la véranda d'une vieille maison en bois dans la lumière oblique du soleil. L'affaissement des marches usées fait comme un sourire. À bien y regarder, ce n'est pas encore un homme, puisqu'il a les mains fourrées dans ses poches comme un gamin. Il a des cheveux bruns et une coupe au bol, mais une frange irrégulière tombe sur ses yeux – il les tient de sa mère. Sur la photo d'après et sur la suivante, on ne les voit plus du tout. Un chapeau mou de couleur marron, qui deviendra par la suite sa marque de fabrique, les dissimule sous un voile d'ombre. Sur une autre, il est entouré d'hommes blancs avec lesquels il étrenne son premier costume, un peu trop large et un peu court au niveau des poignets ; il ne leur manque pas grand-chose. C'est une photo de classe datant de l'année de son diplôme à l'École d'ingénieurs de Pierpont : ils ont l'air arrogants, la bouche pleine du nouveau jargon qu'ils viennent d'apprendre. Sur la photo de famille (à force d'avoir été pliée et repliée, elle a de drôles de marques blanches), sa mère lui passe la main derrière la nuque ; sur la photo de classe, les jeunes étudiants se tiennent épaule contre épaule. Dans les deux cas, il est le bienvenu, ce n'est pas un intrus, il est accepté par les uns et les autres. Mais sur la photo de classe, Lila Mae n'arrive pas à voir ses yeux.

« C'est lui. » Lila Mae prend une autre photo dans la pile de Natchez, avec autorité. Sur celle-là, on voit le Puits avant que les murs soient entièrement recouverts d'affiches et de punaises diverses, avant le règne des accessoires de bureau. Fulton entouré de ses compagnons de lutte, les premiers champions du Service des inspecteurs d'ascenseurs, ceux qui, alors que la ville venait d'accéder à la verticalité, allaient la protéger contre une éventuelle chute, comme des babysitters avec un bébé. Ils portent tous la Sécur'. Quant à Fulton, impossible de dire : son chapeau lui cache les yeux. Du temps où il était président de la Guilde, les murs du bureau ne ressemblaient pas à ce qu'ils sont aujourd'hui, tapissés de photos de Chancre soi-disant prises sur le vif en compagnie de ses administrateurs municipaux, de ses enfants porcins et endimanchés. Sur la photo que regarde Lila Mae, les murs sont à nu. Il n'y a aucune trace de vie antérieure. Au lieu de fixer l'appareil, Fulton regarde d'un air soucieux le tas de rapports posés sur son immense bureau en chêne. Le bulletin des anciens de Pierpont annonçant son accession au poste de doyen de l'Institut pour le transport vertical a choisi la fameuse photo de lui que Lila Mae a vue si souvent dans ses livres d'étude, sur les jaquettes. Sur la suivante, Fulton fixe l'objectif, peut-être ce jour-là se sentait-il fier ou audacieux, ou tout simplement absent, rivalisant du puits de ses yeux noirs avec l'œil-puits de l'appareil. Sur cette photo-là, il provoque la machine en duel, il n'est plus question de se cacher. L'homme de qualité gagne en réalité. À mesure que Fulton prend de l'âge, son visage s'est relâché, évidemment, mais c'est le même homme que sur la première photo.

« Pourquoi ? » demande Lila Mae. « Je n'ai rien dit », ajoute-t-elle aussitôt.

Natchez remet les photos en tas sur ses genoux. « Fulton écrivait souvent à ma mère… » Il frappe du doigt la pile de souvenirs. « Chaque fois que son nom était dans le journal. Ou qu'il décrochait un nouveau boulot. Vous voyez, elle a tout gardé. J'ai trouvé les lettres dans une malle quand elle est morte, attachées avec ce ruban. »

Natchez a un petit rictus. Lila Mae jette un coup d'œil aux enveloppes – ces enveloppes beiges à la colle qu'utilise encore aujourd'hui le Service, bien que la colle soit défectueuse. Ce doit être le même fournisseur. « Quand ma mère recevait une lettre, poursuit Natchez, elle piquait une crise de colère qui durait plusieurs jours, et il fallait que je me tienne à carreau, sinon à la moindre bêtise elle me filait un coup de martinet, et pourtant c'était pas son genre. Un jour, elle m'a dit que son frère s'était enfui de chez eux quand il avait seize ans et qu'elle l'avait jamais revu. »

Lila Mae reprend la photo sur laquelle Fulton est entouré par la mère et la grand-mère de Natchez. « Tout ce temps… », murmure-t-elle. À tourner le dos à ces deux femmes. « Qui était son père ?

– Pas le même que ma mère, ça je le savais. Mais ce que je savais pas, c'est que le sien était blanc. Elle en parlait jamais. Mais le voici. » Natchez se tait un instant, puis il ajoute : « Ça pourrait être quelqu'un de Natchez. Un Blanc. Gran'ma Alice faisait le ménage chez des Blancs. »

Quelqu'un fait du bruit à l'étage en dessous. Natchez et Lila Mae se taisent. Ils attendent. Elle fixe la porte, évitant le regard de Natchez. Elle sent qu'il a les yeux posés sur elle, jusqu'à ce que le bruit s'évanouisse, se déplace ailleurs dans la maison.

« Ma mère est morte l'été dernier, reprend Natchez à voix basse. C'est là que j'ai appris qui était mon oncle. »

Lila Mae peut de nouveau regarder Natchez sans

ciller. «Et celui qui travaille ici ? Votre oncle à la jambe paralysée ? »

Natchez sourit. «Je lui ai donné de l'argent pour qu'il disparaisse quelques jours. C'était le seul moyen de pénétrer la Maison.

– Vous voulez la boîte noire, n'est-ce pas ? demande Lila Mae.

– Elle m'appartient. Je suis son neveu, c'est mon droit. Voilà tout. Je suis le seul membre de sa famille encore en vie. D'après ce que j'ai pu comprendre, Fulton était un type important pour les gens des ascenseurs. Le grand James Fulton. Avec tout ce foin qu'ils ont fait ces derniers jours, Mr Reed et les autres, et puis quand j'ai vu qu'ils vous envoyaient là-bas parler à cette femme, j'ai compris qu'ils voulaient sa machine. Mais elle m'appartient, c'est mon héritage.

– Alors c'est bien ça», conclut Lila Mae. C'est donc vrai, ce n'est plus une rumeur. La boîte noire existe vraiment. «Comment avez-vous su ?

– Fulton en parlait dans la dernière lettre qu'il a envoyée à ma mère. Je l'ai chez moi avec le reste de ses affaires. Il y dit des trucs bizarres, il passe son temps à changer de sujet, et puis, à un moment donné, il dit qu'il a inventé un ascenseur parfait qui va sidérer tout le monde. Comme il est décédé, et depuis un bon bout de temps, il y a forcément quelqu'un qui la garde quelque part, cette boîte. » Il fait un geste circulaire de la main. «J'avais envie de savoir à quoi ils ressemblaient, ces gens-là, alors je suis venu ici. Et le premier jour, sur qui je tombe ? Sur vous. »

La voix de Natchez faiblit. Qui d'autre sait que Fulton

était noir ? Mrs Rogers ? Fulton le lui a-t-il avoué ? Était-elle sa maîtresse, comme les prétendent certains ? C'est là le genre de médisances qu'on tient communément à propos de personnes de couleur. Quelle était l'attitude de Fulton quand ses collègues se comportaient comme les Blancs qu'ils étaient ? Parlait-il de « la question noire » avec eux, à savoir de l'obligation qu'auraient les Blancs d'aider la race primitive à accéder à la civilisation blanche, à se défaire de la très noire Afrique ? Ou bien se taisait-il, souriant poliment à leurs blagues sur les nègres ? En proposait-il quelques-unes de son cru ? « Attention, c'est ma famille ! » dit Natchez à Lila Mae qui froisse la photo dans sa main, ajoutant de nouvelles pliures à celles déjà existantes.

« Est-ce que je peux compter sur vous ? lui demande-t-il, assis tout près d'elle sur le lit.

– Pour quoi faire ?

– Faut toujours que les Blancs nous prennent tout. Je sais pas si les gens d'ici savent que Fulton était noir, mais si c'était le cas, je vous garantis qu'ils s'en vanteraient pas. Ils pourront jamais admettre une chose pareille, ceux d'en bas. Ils pourront jamais vénérer un nègre. Ça les ferait vomir sur leurs beaux tapis. Plutôt mourir. » Lila Mae regarde la pile de photos sur les genoux de Natchez. Fulton, un espion en terre blanche, comme elle. Mais ils ne sont pas pareils. Elle est noire, elle. « Quand je les entends causer de son invention, poursuit Natchez, ils arrêtent pas de dire que c'est l'avenir. L'avenir des villes. Mais c'est le nôtre d'avenir, pas le leur. Et nous, il faut qu'on récupère son invention, parce que c'est celle des gens de couleur, la nôtre. Et je vais leur montrer, moi, qu'on compte pas pour du beurre. Je vais leur montrer, à ceux d'en bas, et à tous ceux de leur espèce, qu'on est bien là. »

Après le départ de Natchez, Lila Mae ne parvient pas à dormir. Elle se souvient de ce qu'elle a ressenti quand il a serré sa main dans la sienne et qu'il lui a dit : « J'ai besoin de vous pour y arriver. »

J'ai besoin de vous.

MONTÉE

Première partie

Ceux qui aspirent au luxe optent souvent pour le rouge et or, couleurs qu'ils associent depuis toujours à la royauté. Car si celle-ci a disparu en tant que telle, ses symboles demeurent. Des tentures immenses suspendues à des rangées de pinces courent du sol au plafond, serrées à la taille par une embrasse dorée et ornée d'un gland de même couleur. Un motif or borde les nappes rouges, répété en miniature sur les serviettes de table coincées dans l'entrejambe des hommes. Sur l'épaisse moquette rouge, des créatures dorées, transfuges d'une mythologie impossible à identifier, se tortillent dans des flaques de lave. Rouge et or, damnation et cupidité. L'or pour les trompettes et les saxophones, le rouge pour les joues et le nez des musiciens qui soufflent avec ardeur dans leurs instruments. Au cas où quelqu'un s'égare, au cas où quelqu'un se demande quel est le spectacle qui se déroule dans la Salle de banquet n° 3 du Winthrop Hotel, un petit carton placé dans l'entrée indique FOLIES FUNICULAIRES. En lettres d'or sur fond rouge. Le malheureux voyageur qui s'aventure vers le bar de l'hôtel est prévenu.

Ils ont fière allure dans leur smoking blanc, Rick

Raymond et les Moon Rays, quand ils jouent sur leurs instruments achetés à crédit des chansonnettes au rythme endiablé et aux paroles déchirantes. Rick Raymond remarque que les inspecteurs d'ascenseurs ne dansent pas. Pourtant, aucun règlement ne l'interdit ; c'est juste qu'ils n'ont pas appris. Ils ne savent pas où placer les pieds, ce qui, à l'adolescence, leur a valu un certain nombre d'humiliations dont ils ont gardé des séquelles psychologiques. Bref, ils ne dansent pas, pour la plupart. C'est dommage, car en dépit de leur regrettable handicap, ils adorent la musique que jouent Rick Raymond et les Moon Rays. Une musique qui ne passe plus à la radio, ayant été refoulée vers des fréquences instables au profit de nouveaux rythmes. Une musique en voie de disparition. Mais Rick Raymond et les Moon Rays sont des pros. Ils ont survécu à des soirées bien pires que celle-ci. Le cauchemar du mariage Mortonswieg, pour ne citer qu'un exemple récent : les invités avaient le cul vissé sur leur chaise et étaient tellement occupés à faire signe aux serveurs pour avoir du rab que l'orchestre ne risquait pas d'être importuné. La musique d'accompagnement des numéros qui vont suivre est sans prétention, conformément à l'esprit des festivités. Une soirée décontractée pour un public de pochetrons. Rick Raymond est soulagé, car son groupe est reconnu pour son je-m'en-foutisme.

Il repousse le jabot de sa chemise de smoking bleue qui lui chatouille le menton. Sa chanson parle d'une fille aux yeux bleus qui s'appelle Mary Lou. Sa ressemblance incroyable avec un chanteur populaire, adulé des femmes, permet à l'orchestre d'obtenir plein de contrats. Rick Raymond ne se gêne pas pour emprunter audit chanteur ses mimiques les plus célèbres, et c'est ce qu'il fait d'ailleurs en ce moment même, câlinant son micro comme s'il s'agissait d'une jeune fille en extase, caressant ses cheveux blonds invisibles. « *Your eyes so blue* », fredonne-t-il.

Il en fait des tonnes, Rick, mais regardez-moi ces porcs ! Cette soirée manque terriblement de glamour. Les hommes ont le groin dans leur assiette ou leur cocktail de crevettes, lequel ressemble à une soupe d'os baignant dans du sang. Leurs smokings ont les mêmes revers larges, et un coup d'œil attentif aux étiquettes cousues sur les poches intérieures confirme qu'il s'agit du travail des Frères Ziff, 10 % DE RÉDUCTION SI VOUS AMENEZ UN AMI. Les cocktails de crevettes sont arrivés en renfort après des bataillons huileux de hot-dogs miniatures et de pâtés impériaux rabougris (les amuse-gueules étaient présentés sur des plateaux en argent, nageant dans des flaques d'huile brunâtre semblable à du liquide amniotique). Tout cela calme les estomacs que l'afflux soudain de whisky a plongés dans des abîmes d'acidité. D'abord quelques verres, puis les amuse-gueules, puis quelques verres, puis les Folies, puis quelques verres à nouveau, puis le dîner, puis encore quelques verres, et ainsi de suite pour célébrer cet événement éminemment sacré, ô combien grandiose que sont les 15e Folies funiculaires. La soirée la plus importante de l'année pour les magiciens du véhiculaire vertical.

Le morceau que chante à présent Rick Raymond évoque une certaine Peggy Sue. Les inspecteurs raclent les derniers résidus de sauce cocktail avec leurs doigts, qu'ils lèchent ensuite. Et maintenant, cigares ! Tôt ce matin, les inspecteurs, pleins d'énergie, sont entrés un à un dans le Puits avant d'affronter le fouillis de leurs bureaux (adresses de cabines scélérates, messages envoyés à toutes les patrouilles concernant des fuyards câblés, etc.) ; et là, parmi leurs papiers en désordre, ils ont découvert cinq cigares, cinq cigares chacun, offerts par le grand Chancre, à fumer ici, maintenant, dans ce salon. C'est Holt qui avait initié le rituel du cigare, du temps où il était président, mais personne ne s'en souvient. Chancre a surpassé la munificence de son prédécesseur en offrant cinq cigares, et non quatre. Des génies gris-bleu s'échappent de la gorge des inspecteurs pour s'en aller bavarder au plafond. Tenir conférence, livrer leurs remarques sur la dynamique de l'air propre à ces hauteurs, privées de toute forme de ventilation.

Les inspecteurs, assis autour des tables rondes, fument le cigare et échangent des informations erronées sur ceux de leurs camarades qui se produiront ce soir, et personne n'éprouve le besoin de souligner l'importance de cette soirée, quarante-deuxième anniversaire du Service des inspecteurs d'ascenseurs. Des types à la retraite font étalage de leurs sinécures dans le privé, et ceux qui battent toujours le pavé décrivent à leurs aînés l'atmosphère actuelle sur le terrain. Ils causent irrégularités, partagent quelques confidences louches, des histoires de corruption mais aussi d'exploits, tout en jetant des coups d'œil furtifs à la table de l'Inspection générale, placée stratégiquement au fond de la salle. Elle est à moitié vide. Les gars de l'I.G. n'ont été invités qu'en souvenir d'une solidarité ancienne, par politesse donc. Ils ne sont pas les bienvenus, et ils le savent. Ils viennent surtout pour se bâfrer et s'enivrer, ou encore pour les putes, qui sont postées au bar à l'autre bout du couloir. Ils ouvrent les vannes, leurs chaussures éculées posées sur les chaises libres, et profitent d'être à proximité de la cuisine pour faire une razzia sur chaque nouveau plateau de hors-d'œuvres. Tous sauf un, un spécimen rougeaud qui ne se déconcentre pas, ne boit pas, obnubilé qu'il est par son dossier même s'il a fini sa journée depuis longtemps.

«*Pretty Baby*, poursuit Rick Raymond, *you drive me crazy.*»

Les participants ont laissé leurs femmes à la maison, pour ceux qui en ont encore une. L'Inspection des ascenseurs peut être fatale à un mariage, à une famille. De temps à autre, et de plus en plus fréquemment à mesure que la soirée poursuit son cours titubant, l'un d'entre eux pose une main maladroite sur une des préposées aux cigarettes – globalement blondes et jeunes, et dotées par le Créateur de seins ou de jambes exceptionnels, mais jamais des deux à la fois. Piaillements et sourires accueillent les mains baladeuses. Chaque scène de ce type est saluée par un chœur de rires gras parmi les autres convives. Alors l'inspecteur téméraire se joint à cette rigolade et ignore la rebuffade de l'hôtesse d'un haussement d'épaules, alors qu'intérieurement il bout. Parce que ces brefs moments d'évasion tout de culs et de nichons, ce n'est pas de la blague. Derrière, il y a un vrai désir. Des scénarios, comme d'habitude, se déroulent. La corbeille de la fille, avec ses bonbons, ses pastilles de menthe, ses cigarettes, ainsi que les débris humiliants de la vie de l'homme, tout cela érige entre eux une barrière infranchissable. Pourra-t-il faire en sorte qu'elle lui pardonne son gros bide, son crâne dégarni, son élocution laborieuse? La jeune fille myope et indulgente abaisse sa corbeille. L'inspecteur chuchote.

Elle acquiesce en silence – tout se joue dans le regard : ses yeux grands ouverts, pleins d'indulgence, comprennent parfaitement son besoin. À la réception, à l'extérieur de la salle de banquet, le concierge fait un clin d'œil complice. Dans sa main, la clef de la chambre est rouge et or.

Lila Mae débarrasse les assiettes vides des tables de ses collègues de travail. Personne ne la reconnaît.

Le moment est venu. Rick Raymond tapote le micro et les hommes interrompent leurs conversations pour applaudir. Pas une bouche grasse n'est en reste pour pousser ce sifflement si propre aux foules. « Bienvenue aux Folies funiculaires, inspecteurs ! » dit Rick Raymond. Ses paroles se noient sous la clameur. « Du calme, messieurs, les réjouissances ne font que commencer. Est-ce que vous passez une bonne soirée ? » Nouvelle clameur accompagnée de quelques bris de verre. « Accrochez-vous bien, car le numéro d'ouverture risque de vous emmener très haut ! » Roulement de caisse claire enthousiaste pour souligner la plaisanterie. « Tout juste rentré d'une tournée triomphale en Australie, permettez-moi de vous présenter le Grand Luigi ! »

Des cris de gratitude et de stupéfaction montent du public, qui tourne la tête vers la table de Chancre, près de la scène, pour essayer de le repérer. C'est à lui qu'ils doivent tout ça, personne n'a de doute là-dessus. Le Grand Luigi commence son numéro, il interprète un air d'opéra quelconque ou autre chose, de toute façon les inspecteurs ne comprennent pas les paroles. Mais la présence de l'homme importe plus que la musique : c'est un signal que Chancre adresse à ses électeurs à une semaine du scrutin. Le célèbre ténor est une star internationale.

Il a chanté devant des chefs d'État, des diplomates, des dictateurs de petits pays aux énormes ressources minières, et aujourd'hui il se produit à la cérémonie annuelle du Service des inspecteurs d'ascenseurs. C'est le cadeau de Johnny Chut à Chancre. Le parrain ne peut pas être là ce soir, pas avec les suspicions croissantes que suscitent ses diverses activités auprès des fédéraux, mais il a la possibilité d'envoyer un émissaire de son royaume mafieux montrer son influence, et par voie de conséquence celle de Chancre. Plus d'un type dans la salle se demande comment la mafia tient le Grand Luigi (est-ce qu'il porte une robe ?), avant de faire marche arrière. Rien ne sert de s'intéresser aux affaires de Johnny Chut. Chancre remue les lèvres ostensiblement pour faire croire qu'il chante avec le ténor, alors qu'il suffit d'un coup d'œil pour se rendre compte qu'il n'a jamais entendu de sa vie l'air en question. Tout est dans les apparences. Le Grand Luigi lève la tête pour s'adresser à un lustre poussiéreux : on n'est pas dans un théâtre prestigieux. Il a fallu qu'il répète dans une réserve près de la cuisine à côté d'une pile de boîtes de petits pois. Les longs pans de son smoking blanc s'agitent derrière lui sans enthousiasme. La dernière note envolée, Chancre se lève pour initier une standing ovation parmi ses troupes. L'homme salue sèchement, puis il claque des talons et quitte les lieux aussi vite que ses jambes rachitiques le lui permettent.

Rick Raymond reprend aussitôt le micro : « On se sent tout petit, non. Quel talent, mes amis ! Le prochain numéro aura du mal à atteindre pareil sommet. Quelqu'un a dit sommet ? Parce que c'est bien à des sommets que les filles qui débarquent vont vous faire grimper. Je vous demande d'applaudir bien fort les Safety Girls de United Elevator. » Inutile de leur demander d'applaudir, ils sont déjà en train d'écraser leurs mains l'une contre l'autre avec une joie rapace, tout en poussant des grognements. C'est la cinquième fois que les Safety Girls se produisent ici, et chacune de leurs apparitions fait triompher des instincts les plus bas. On se demande bien ce qu'elles font entre les Folies et le salon annuel de l'ascenseur. Peut-être travaillent-elles leurs pas et leurs sourires enjôleurs. Cette attraction a, elle aussi, un sens caché : le soutien que Chancre apporte à la campagne publicitaire de United. Il aurait pu choisir Arbo ou American, mais il a préféré United, et ils lui en sont reconnaissants.

Rick Raymond et les Moon Rays apportent leur contribution à cette prestation en donnant une interprétation vigoureuse d'un morceau tiré d'une comédie musicale qui a fait un malheur au cinéma quelques années plus tôt. Quant aux Safety Girls, elles se donnent à fond dans leur tenue écarlate, aussi courte que moulante, ne ménageant ni leur corps svelte ni leurs voix de fausset. Les paroles ont été changées. Au lieu du bien connu «*All I want is Lady Luck*», les inspecteurs des ascenseurs sont régalés d'un «*All I want's to get you up*».

Quand je pense que ce sont mes cotisations qui paient ça, songe Lila Mae.

Natchez lui avait laissé un mot dans lequel il lui demandait de venir, alors elle était venue. Le mot disait : « À ce soir aux Folies funiculaires. J'ai une surprise pour vous. N. » Le mot est caché à l'intérieur de sa chaussure droite, un peu tassé par la transpiration.

Lila Mae trouva le mot ce matin sous sa porte après

avoir passé son mardi à ressasser des pensées inquiètes et inutiles. Sans travail ni maison, elle est restée presque toute la journée dans le salon du rez-de-chaussée, assise au creux du grand fauteuil en cuir. À relire Fulton, plongée dans les vieux grimoires. De temps à autre, Mrs Gravely venait lui proposer quelque chose à manger ; de temps à autre, Natchez lui faisait un petit signe ou un sourire du pas de la porte avant de retourner à ses corvées. Reed et Lever étaient sortis vaquer à leurs affaires, mais Natchez continuait à prendre des airs de conspirateur. Lila Mae trouvait ça touchant, enfantin, et la veille elle avait attendu sa visite avec impatience. En vain. Ce matin, elle trouva un mot sous sa porte.

Dans le salon de la Maison, la bibliothèque proposait l'intégralité du corpus intuitionniste, des pamphlets récents parus clandestinement en Roumanie aux rapports rédigés par des antennes situées dans des pays pas encore touchés par la grâce du transport vertical. Tout cela s'inspirait des livres que Lila Mae avait sur les genoux : tomes I et II d'*Ascenseurs théoriques*, mais à présent, ils n'avaient plus le même sens. Le noir de la peau de Fulton déteignait désormais sur ces premières éditions dédicacées par lui, colorait les paroles des disciples, les éclairait d'un nouveau jour. Seule Lila Mae pouvait voir ça, cette ombre. Elle avait une nouvelle grille de lecture qu'elle ne pouvait partager avec personne. Si les étudiants avaient su qu'il était noir, personne n'aurait fréquenté la bibliothèque. Fulton n'aurait jamais fait l'objet d'un tel culte, ses livres n'auraient jamais été publiés, ou bien sous un autre nom, celui d'un plagiaire blanc avec lequel il aurait été assez fou pour partager ses théories. En lisant la première phrase qui lui tomba sous les yeux, «*une pensée horizontale dans un monde vertical est la malédiction de la race*», Lila Mae se mit à le haïr. Elle avait été bernée. Ce qu'elle avait considéré comme une vérité absolue se réduisait à un amour filial. La vérité n'était donc plus absolue. Quand on est du même sang, on adhère quoi qu'il arrive, il ne peut en être autrement, alors comment se forger un avis personnel? Dans ce pays où le sang décide des destins, ce n'était pas, contrairement à ce qu'elle avait toujours cru, Lila Mae qui avait choisi l'intuitionnisme. C'était lui qui l'avait choisie.

Lila Mae dîna toute seule à l'extrémité d'une grande table en acajou en compagnie de chaises vides. Natchez lui servit un bouillon de couleur sombre, suivi d'une pièce d'agneau rosée accompagnée d'une pâte végétale jaune qu'elle n'était pas parvenue à identifier. Natchez ne s'adressait à elle que dans les strictes limites de ses attributions, préférant manifester sa complicité par des regards lourds de sous-entendus comme dans un jeu d'espions. Il n'était pas venu la nuit dernière. Il avait glissé un mot sous sa porte lui demandant de venir aux Folies funiculaires.

Lila Mae n'avait pas de plan, ce qui ne lui ressemblait pas. Elle resta à regarder l'auvent blanc et chic du Winthrop Hotel, à observer le ballet des chasseurs en manteau rouge, prompts à porter la main à la visière de leur casquette noire pour s'attirer les bonnes grâces des clients qui arrivaient ou repartaient. Elle ne pouvait pas se permettre de retourner au travail, pas après trois jours d'absence inexpliquée. Elle examina le bâtiment. Avec seulement quarante étages et une façade aussi austère, elle conclut que le Winthrop Hotel devait avoir environ une trentaine d'années, que les constructeurs avaient sans doute opté pour des ascenseurs Regal Arbo, très fiables, voire pour le dernier modèle avec habillage en chêne et mains courantes en laiton. Avec des liftiers, gage de confiance dans ce genre d'établissement. Lila Mae passa par l'entrée de service, située dans un passage au nord du bâtiment.

Un homme mince au visage un peu boudeur leva les yeux de son porte-bloc et lui lança : « Vous êtes en retard. » Puis il se précipita sur elle et lui attrapa le bras. Lila Mae le laissa faire et se laissa guider le long d'un couloir dont les murs étaient du même gris hostile que celui des prisons et des écoles de tout le pays. L'homme et Lila Mae tournèrent une première fois, puis une deuxième ; il marchait à toute allure, comme si le passage étroit qui restait entre les piles branlantes de linge et de vaisselle lui faisait peur. Ils s'arrêtèrent devant une porte noire tout écaillée qui laissait voir différentes couches de peinture variant en âge et en couleur. « Vous trouverez votre uniforme là-dedans », lui dit l'homme. Puis, après l'avoir regardée de la tête aux pieds, il ajouta : « On devrait avoir votre taille. » Lila Mae se précipita sur la poignée de la porte et il tourna les talons. « Je vais dire à l'agence que sept heures, c'est sept heures, et que s'ils se secouent pas un peu… » L'homme chercha la menace idéale en s'éloignant d'un pas rapide : « On sera obligés de faire appel à un autre prestataire. »

Effectivement, il y avait sa taille : un uniforme porté avant elle par son double pour changer des draps et récurer des toilettes, sans jamais regarder les clients dans les yeux. C'était la première fois depuis des mois que Lila Mae mettait une robe. En secouant les épaules pour l'ajuster, elle tendit la main vers sa cravate et trouva à la place un col en dentelle. Elle se sentait exposée au niveau des chevilles. Son costume était suspendu sur un portant avec les manteaux et les affaires du reste du personnel. Des vêtements abîmés qui trahissaient les innombrables lessives, les caresses rudes et patientes dont ils avaient fait l'objet dans des lavabos et des baignoires. La veste de Lila Mae s'aplatit une fois accrochée sur son cintre, et pourtant elle gardait l'empreinte de son corps, sans doute grâce à sa coupe. Lila Mae n'avait pas les chaussures adéquates mais ne s'en fit pas pour autant. Elle se dit qu'ils ne regarderaient pas ses chaussures, qu'ils ne la regarderaient pas du tout.

Le vrai test, ce fut quand Lila Mae poussa les portes battantes de la cuisine pour la première fois et entama ses allers-retours avec la salle de banquet. Le chef de rang l'avait chargée d'un plateau de pizzas miniatures après l'avoir accueillie à la sortie du vestiaire en lui hurlant : « Au boulot ! » Ce sont ses premières Folies funiculaires. Lila Mae comprend que cette soirée est destinée à tout le Service, sauf à elle. Elle a fait l'effort d'attacher ses cheveux en chignon sur la nuque, mais se dit après coup que c'est inutile. Ils ne la voient pas. Le personnel de couleur apporte la nourriture et débarrasse les tables, le personnel blanc ressert à boire. Aux serveurs blancs, les inspecteurs demandent ce qui se passe du côté du bar de l'hôtel. Aux serveurs de couleur, ils ne demandent rien, si ce n'est ce qu'il y a sur les plateaux, de la nourriture. Tout ce qu'ils voient, c'est une peau foncée dans un uniforme de soubrette. En tant qu'inspectrice, Lila Mae est en contact avec des gardiens d'immeuble et des syndics qui ne la voient pas tant qu'elle n'a pas montré son insigne. Au Puits, elle travaille côte à côte avec les types qui sont dans cette salle, tous les jours. Mais ici, ils ne la voient pas. Elle est l'extra de couleur.

Natchez avait parlé d'une surprise. Où est-elle ?

Lila Mae rapporte une nouvelle fourchette à Martin Gruber pour remplacer celle qu'il a balancée sur la tête de Sammy Ansen. (Elle fait un détour pour éviter la table de Pompey. Elle ne veut pas forcer la mascarade mais elle a des envies de strychnine. Pompey boit comme un trou. Il ne fait pas partie de ceux qui pelotent les cuisses blanches des préposées aux cigarettes. Il n'est pas fou.) Lila Mae a effacé toute trace du récent voyage que la nouvelle fourchette vient de faire dans les déchets graisseux du seau à ordures, tout en imaginant la multitude de bactéries qui vont se développer dans l'estomac de Gruber. Invisibles et insidieuses. Comme elle. Elle pose la fourchette à côté de l'assiette de Gruber, qui ne la voit même pas, ayant les yeux rivés sur le triangle aguicheur où se joignent les jambes d'une certaine Safety Girl.

« Il me semble qu'on aura tous besoin d'une bonne douche après ça, hein les gars ? » dit Rick Raymond. Le saxophone émet un couinement suggestif. « On ferait peut-être bien de rétrograder un peu, histoire de faire refroidir le moteur. Le numéro qui va suivre s'en chargera pour vous. Les Folies funiculaires sont fières d'accueillir sur cette scène le retour de Jambon-à-l'Os et de M. Gésier ! »

Les Moon Rays entament un genre de ragtime endiablé pour accompagner l'entrée des deux hommes côté cour. Les inspecteurs sont en plein délire. L'un des membres du duo, le plus mince, porte un tee-shirt blanc et un pantalon gris à bretelles, lesquelles sont attachées avec des pinces à linge. Le gros joue les dandys, mais son costume vert et violet est trop petit pour lui, laissant voir ses chevilles et ses poignets gras. Les deux hommes balancent les coudes à l'unisson d'avant en arrière et glissent sur la scène au rythme de la musique. Ils se sont noirci la figure au bouchon, excepté les contours de la bouche, où un cercle de fard blanc leur fait des lèvres ridicules. Lila Mae s'est figée, un verre vide à la main. Sous le maquillage parodique, elle reconnaît Big Billy Porter et Gordon Wade, respectivement dans les rôles du gros et du maigre.

Les inspecteurs ont cessé d'applaudir et de chahuter. Maintenant, ils se donnent de grandes claques sur les cuisses. Big Billy Porter (M. Gésier, apparemment) commence : « Dis-moi, mon vieux négwo, où c'est que t'as eu le joli chapeau que t'as su' la tête ?

– Je l'ai t'ouvé dans ce nouveau magasin sur Elm St'eet.

– Dis-moi, Jambon-à-l'Os, c'était che' ?

– J'en sais 'ien, m'sieur Gésier, y avait pas de vendeu' ! Hé dis donc, vous connaissez celle du gentleman ?

– Qui c'est ce gentleman ?

– C'est un gentleman qui 'evient chez lui un soir et qui voit un négwo couché en t'avers de la rue.

– Et dis donc, Jambon-à-l'Os, est-ce qu'il était saoul ?

– Il était saoul comme un cochon, comme vous le samedi soi' ! Mais le gentleman se met dans l'idée d'aider ce négwo, alo' il lui fait : "Vous habitez là ?" Et le poiv'ot lui fait : "Tout juste, Maît'e." Alo' le gentleman lui fait : "Voulez-vous que je vous aide à 'emonter chez vous ?" Et l'aut'e : "Tout juste, Maît'e." Et les voilà qui g'impent l'escalier de l'immeuble. A'ivés au deuxième, le gentleman fait : "Vous habitez à cet étage ?", et le négwo fait : "Tout juste, Maît'e." Alo' le gentleman 'éfléchit et se dit, faud'ait pas que la femme à ce négwo me voie sinon elle va me jeter du g'uau b'ûlant à la figu'e pa'ce que je lui 'amène son ma'i complètement bou'é. Alo' il ouv'e la p'emière po'te qu'il t'ouve sur le palier et pousse le négwo à l'inté'ieu', et puis il 'edescend. Et là, je vous le donne en mille, qu'est-ce qu'il voit quand il est en bas, le gentleman ?

– Je sais pas, Jambon-à-l'Os. Qu'est-ce qu'il voit donc ?

– Quand le gentleman a'ive dans la 'ue, y a un aut'e négwo complètement bou'é couché su' le sol. Alo' il lui fait : "Vous habitez là ?" "Tout juste, Maît'e." "Voulez-vous que je vous aide à 'emonter chez vous ?" "Tout juste, Maît'e." Alo' il l'aide à 'emonter et le pousse à l'inté'ieu' de la même po'te que l'aut'e négwo. Et il 'edescend. Et vous allez pas me croi'e mais y a encore un aut'e négwo dans la 'ue ! Alo' il s'app'oche, mais dès que le négwo le voit, il se met à c'ier à un policier : "Je vous en supplie, p'otégez-moi. Ce Blanc a'ête pas de me fai'e monter l'escalier pou' ensuite me jeter dans la gaine de l'ascenseu' !" »

Lila Mae sait pertinemment ce qu'elle va voir, mais elle tourne quand même la tête vers Pompey. Il rit de toutes ses dents, en tapant sur la table et en secouant la tête.

Big Billy Porter en M. Gésier s'adresse à son complice : « Mon vieux Jambon-à-l'Os, c'est ho'ible comme histoi'e. C'est 'agoûtant !

– 'agoûtant ? C'est pas plutôt dégoûtant que vous voulez di'e, m'sieur Gésier ?

– Des goûtants, t'as 'aison avec ton goûtant. Dis donc, Jambon-à-l'Os, qu'est-ce que tu di'ais si on 'acontait à ces messieurs l'histoi'e du vieux qui va chez le toubib ?

– Ça me pa'aît une t'ès bonne idée, m'sieur Gésier !

Moi, je fe'ai le vieux de quat'e-vingt-dix ans et vous, vous fe'ez le docteu'. "Bonjou' docteu' !

– Qu'est-ce qui t'amène, jeune homme ?

– Ça fait longtemps que je suis plus jeune, alo' épa'gnez-moi vot'e chanson. J'ai un g'os p'oblème.

– De quoi s'agit-il ?

– Voilà docteu', chaque fois que je 'ends visite à ma bonne amie, la p'emière fois… c'est bon, d'ôlement bon même… Ap'ès la deuxième, faut que je me 'epose au moins dix minutes… La t'oisième, j'y a'ive mais je mets tellement longtemps que je t'anspire comme un bœuf et que je suis tout 'emué… Et à la quat'ième, je peux ca'ément pas !… Des fois, je me dis comme ça que je vais c'ever sur place !

– Dis-moi, négwo, comment oses-tu pa'ler à ton âge de fai'e l'amou' t'ois, quat'e ou même deux fois de suite ?

– Qu'est-ce que je peux fai'e, docteu' ? J'ai pas le choix. Ce putain d'immeuble a pas d'ascenseu' et elle habite au quat'ième !"

– Jambon-à-l'Os, c'en est t'op pour moi ! On fe'ait mieux de 'ent'er avant que je vomisse mes t'ipes. Est-ce que tu veux que je 'aconte celle du type dans l'ascenseu' avant qu'on s'en aille ?

– Qui c'est ce type dans l'ascenseu', m'sieur Gésier ?

– C'est un type qu'est tout seul dans l'ascenseu', Jambon-à-l'Os. À un moment, la cabine s'a'ête et y a une t'ès belle femme avec de longs cheveux et des t'ès beaux yeux qui ent'e. Deux étages plus haut, la voilà qui appuie su' le bouton Stop et qui commence à enlever tous ses habits. Puis elle fait au type qui était dans la cabine : "FAIS-MOI ME SENTI' FEMME !" Alo' le type enlève tous ses habits et il les jette pa' ter'e su' ceux de la femme, et il lui fait : "OK, va donc fai'e la lessive !"

– M'sieur Gésier, je c'ois que j'ai entendu m'dame Gésier qui vous appelait.

– Alo' allons-y, Jambon-à-l'Os. C'est l'heu' du dîner et le poulet qu'elle a fait cui'e va pas nous attend'e ! »

Jambon-à-l'Os et M. Gésier ont droit à une standing ovation. Wade jette sa casquette dans l'assistance et deux inspecteurs se battent pour la récupérer. Le battant de la porte de la cuisine se referme dans le dos de Lila Mae. À l'intérieur, les femmes de couleur ne font pas de commentaire sur ce qu'elles ont vu. Elles entassent des assiettes sales sur un plateau en plastique à côté du lave-vaisselle en grignotant des crevettes laissées par les inspecteurs. Lila Mae ne dit rien non plus, se persuadant qu'elle ne peut pas comprendre le silence de ses collègues d'un soir, qu'elle ne les connaît pas, ne leur ayant pas adressé la parole de toute la soirée. Sans doute sont-elles trop épuisées. Elle tente de se rassurer en se disant que c'est parce qu'elle a déjà beaucoup à faire avec les Folies ; et puis, si elle se mettait à leur parler, elle risquerait d'être démasquée. Elle se trouve encore une bonne douzaine d'autres raisons. En realité, toutes, Lila Mae comprise, se taisent pour la même raison. À savoir que le monde est comme il est et qu'elles n'y pourront rien changer. À travers le hublot de la porte, Lila Mae voit Pompey essuyer les larmes de rire qui lui coulent sur les joues, tout en s'appuyant sur Bobby Fundle pour ne pas perdre l'équilibre. Voyez, il rit tellement qu'il a du mal à tenir sur ses jambes.

Lila Mae retourne dans la salle de banquet avec une carafe d'eau.

À la table de l'Inspection générale, Arbergast lève les yeux un quart de seconde. Quelque chose le chiffonne chez la femme qui vient de remplir son verre à eau. Il est sur le qui-vive.

Les inspecteurs ont eu leur compte. Il y a longtemps que Chuck s'est effondré la tête la première dans son assiette blanche. On desserre son nœud de cravate en tâtonnant. On ouvre son col de chemise qui lui étrangle le cou. Rick Raymond essaie de secouer l'auditoire épuisé : « Je sais que vous avez faim, les gars, mais il reste un dernier numéro avant de sortir les auges. Permettez-moi donc de vous présenter sans plus de cérémonie, messieurs les inspecteurs d'ascenseurs, l'homme sans qui cette soirée n'aurait pas lieu, monsieur Frank Chancre ! » La tête lourde, les inspecteurs se tournent vers la table de la star. Mais il n'est pas là. Il y a les lieutenants du président, ses protégés, leur présence indiquant aux autres qui est dans ses petits papiers, qui sont ses chouchous, mais pas Chancre. Toutes les lampes du plafond s'éteignent, à l'exception de celles qui éclairent le devant de la scène. Le batteur, comme toujours, fait monter la pression.

Lila Mae remplit des verres à eau.

Rick Raymond se ronge les ongles.

L'inspecteur des Services Arbergast quitte sa chaise. De chaque côté de la scène, des silhouettes d'homme s'affairent à tirer sur des cordes, qui lévitent au-dessus du sol. La lumière, qui accroche les petits filaments, suit un mouvement vers la droite. Chancre sort lentement de la pénombre par la gauche, debout sur une plate-forme en bois. Le costume qu'il porte rappelle à tous ceux qui sont dans la salle les gravures de l'Exposition industrielle des nations de 1853. C'est celui que portait Otis le jour où il avait fait la démonstration du premier ascenseur de sécurité. Chancre trône sur la réplique du célèbre engin, les mains sur les hanches, dans la même posture que sur les publicités pour la United Elevator Company. Les hommes qui font s'élever l'ascenseur centimètre par centimètre lâchent des grognements poussifs comme pour faire monter la sauce. Lila Mae n'en revient pas du culot de Chancre. Qu'il puisse seulement se comparer à Otis, souiller de sa monstrueuse corpulence la représentation que chacun s'est faite du grand jour. Elle aurait bien aimé voir la réaction de Mr Reed, mais après quelques poignées de main en début de soirée, l'infatigable candidat et lui avaient quitté les Folies. Elle aurait bien aimé voir leur tête.

L'ascenseur se trouve actuellement au centre de la scène. Tout en bois, il a une allure divine, malgré la falsification de Chancre. C'est de lui que tout est parti, de là que les métropoles sont nées, qu'elles sont entrées dans le tourbillon de la modernité. C'est lui qui a initié la première ascension. Dans la salle, l'assistance est parcourue d'un frémissement. Tout vient d'Otis et de cet ascenseur. C'est l'origine de la très sérieuse mission des inspecteurs, chargés de s'introduire dans les barres d'immeubles, les grands magasins, les tours d'habitation et de bureaux qui jalonnent les boulevards hostiles, à la lumière des néons. Même après des années passées sur le terrain, même après que leurs cœurs sont devenus progressivement insensibles à leur sale boulot, la vision de cette invention magnifique leur file à tous le frisson. « Messieurs, commence Chancre, nous vivons une époque de grand malheur. Les nations s'affrontent et une immense clameur s'élève dans tout le pays. » Arbergast s'est avancé sur sa chaise, comme pour rejoindre la silhouette intrigante. Il croit reconnaître cette femme, cette silhouette qui se tient immobile dans l'obscurité. « Des petits se couchent le ventre vide. Ce que nous considérions dans notre jeunesse comme acquis (des écoles sûres pour nos enfants, des quartiers sûrs, des rues sûres), tout cela est en train de disparaître très vite avec la décadence morale qui afflige nos villes. Mais une lumière subsiste, une lueur d'espoir parmi ces ténèbres, une chose qui reste sûre. Et c'est à vous, Messieurs, que nous la devons, à l'excellent travail que vous accomplissez. » Elle ne remarque pas qu'Arbergast se dirige vers elle. Comme tous ses collègues, Lila Mae est sidérée (consternée en réalité) par le discours de Chancre. Arbergast est presque sur elle, il tient sa proie. « Chers confrères inspecteurs des ascenseurs, cette soirée vous est dédiée. C'est un sale boulot, un travail ingrat que le vôtre, mais vous vous en acquittez bien au-delà de ce que votre devoir réclame. Messieurs, c'est grâce à vous que les habitants de cette ville... » – Chancre s'interrompt pour prendre dans sa veste une paire de ciseaux, puis l'ouvre sur la corde qui empêche sa plate-forme de céder à la gravité – « ... peuvent utiliser les moyens de transport verticaux de cette ville et s'exclamer : "Entièrement sûr, Messieurs, entièrement sûr." » Chancre s'arrête là, son ton indiquant au public extasié qu'il répétera la déclaration consacrée d'Otis une fois qu'il aura coupé la corde et que le ressort de sécurité l'aura sauvé. Arbergast empoigne l'épaule de la femme, elle se retourne, c'est Lila Mae Watson. Il entend un fracas épouvantable. Sur la scène, Chancre se tord de douleur, il tient son genou dans sa main et regarde, incrédule, l'angle invraisemblable que dessine sa jambe. Le ressort ne s'est pas inséré dans les crans qui se trouvent le long des guides internes, et le chef du Service des inspecteurs d'ascenseurs est tombé. Les inspecteurs ont quitté leurs sièges et se précipitent vers la scène. Leurs cris résonnent dans la pièce. Chancre hurle. Arbergast contemple sa main, qui agrippait il y a une minute encore le tissu noir des uniformes du personnel du Winthrop Hotel. Plus rien. Lila Mae est partie.

—

Quand les gens entrent dans le grand magasin Huntley, ils sont en manque, mais ils le sont beaucoup moins quand ils en sortent, les bras chargés et les mains sciées par les anses des sacs en plastique débordant de cadeaux : montres dernier cri avec cadran en radium phosphorescent pour lire l'heure même dans le noir ; larges ceintures élastiques dans les tons pastel en vogue à l'étranger et tout juste revenus à la mode, « un grand succès *actuellement*, profitez-en quand il en est encore temps » ; escarpins à talons cubains et sacs à main en alligator, qui, bien que lisses en apparence, se révèlent rugueux au toucher ; gaines aux pouvoirs hypnotiques ; carabines à air comprimé et casquettes à queue de renard. Épuisant, tout ce barda ! En cause : l'impératif contenu dans le « *actuellement* », toute cette charge invisible qui gît au fond des sacs aux côtés des tickets de caisse et des coupons de réduction – condition *sine qua non* du populuxe. Marvin Watson replie la grille métallique qui résiste toujours un peu, mais il sait comment la manier ; il rabat le bras de la porte et annonce : « Deuxième étage : confection pour dames, boutique des demoiselles, chaussures pour dames, linge de maison. » À côté de lui, les gens se pressent comme des bestiaux, tout le monde se bouscule, voisins, amis, nièce du maire, et tous piétinent les bambins avec leurs talons cubains pour aller explorer ce que leur offrent les étages suivants. Deux femmes, qui ne sont toujours pas rassasiées, attendent d'embarquer dans l'ascenseur de Marvin, les cheveux vaguement en bataille. Elles s'apprêtent à passer à l'étape suivante de leur journée de courses, car elles en ont fini avec le deuxième étage. Prenant une pose postcoïtale, elles s'éventent avec des dépliants publicitaires. Elles en veulent encore. Elles veulent savoir ce que proposent les étages supérieurs avant de rentrer chez elles et de retrouver leur mari et leurs enfants. Elles veulent monter encore plus haut, et c'est Marvin Watson, le liftier de la cabine n° 2 du grand magasin Huntley, qui les emmènera à l'étage supérieur ou inférieur, si elles le souhaitent, mais seulement après avoir fait grimper son joujou jusqu'au dernier étage. Il arrive qu'on pose des questions à Marvin : « Où pourrais-je trouver un jouet pour mon fils ? Il a six ans. » Ou bien : « Où sont les toilettes pour dames ? » Sans jamais le regarder bien sûr. Les clientes ont ici le rôle de passagères, alors elles jouent le jeu et regardent droit devant elles ou bien en haut, vers l'aiguille tremblante de l'indicateur d'étage, mais elles ne tournent jamais la tête à droite ou à gauche, vers l'homme de couleur qui manipule le levier de contrôle. Marvin Watson ne voit donc leurs visages qu'au moment où elles entrent dans la cabine. Ravies que leur ascenseur soit enfin arrivé, elles se ravisent soudain et se précipitent à l'intérieur de l'appareil, où elles opèrent une rapide volte-face de façon à être prêtes à sortir le moment venu. En général, Marvin les oriente correctement : il leur indique l'emplacement des toilettes pour femmes aux premier et quatrième étages, mais parfois il ment. Et les laisse trouver toutes seules leur chemin à travers ce labyrinthe. Cet enfer consumériste.

Ça fait vingt ans que Marvin travaille au grand magasin Huntley, à pousser le levier de contrôle le long des sept crans, à ouvrir et fermer les grilles à chaque étage. Il avait fait des études d'ingénieur à l'université noire, au sud de l'État, et fantasmait le Nord : les grandes villes dont il pressentait l'avènement – citadelles jaillissant des entrailles de la terre, semblables à des volcans ou des montagnes parties à l'assaut du ciel. L'étape suivante, Marvin la connaissait, il aurait une belle femme avec un enfant dans son ventre. En lisant des magazines, il apprit l'existence de ce nouveau domaine qu'était l'inspection des ascenseurs, et il y vit une chance formidable pour un bûcheur comme lui. Aussitôt qu'il fut arrivé, la secrétaire lui tendit un paquet. Il le lui rendit et en le déposant entre ses fines mains blanches, il l'informa qu'il venait pour un entretien. Qu'il n'était pas garçon de courses. Quand il se retrouva devant le bureau du professeur, celui-ci leva la tête juste le temps qu'il faut pour dire : « Nous n'acceptons pas les hommes de couleur », sans même regarder Marvin dans les yeux, puis il retourna à son travail.

Le vieux Huntley recrutait, ou du moins c'est ce qu'on disait dans le journal. Il avait besoin de gars de couleur pour faire tourner ses ascenseurs.

« Troisième étage, annonce Marvin au groupe d'enragés dans son dos, vêtements pour hommes, articles de sport, chaussures pour hommes. » Une vague de chapeaux multicolores déferle sur sa gauche. Eh, ce n'est pas une course. Parfois, il se demande ce qui se passerait s'il actionnait le levier pile au moment où les clientes se précipitent hors de sa cabine, mais il sait que la cabine n° 2 ne bougerait pas d'un pouce, ni dans un sens ni dans l'autre, pas avec les portes ouvertes. Ce n'est pas comme ça qu'elle fonctionne.

Marvin Watson voulait être en contact avec les ascenseurs, alors il avait pris le boulot chez Huntley. Le Nord qu'il rêvait s'évanouit, jusqu'à ce que le seul nord qui lui reste soit le bout de la route, avant qu'elle redescende derrière la colline.

Un homme monte au premier étage et annonce à la cantonade : « Service des inspecteurs d'ascenseurs. » Il brandit son insigne, sa nova dorée, sous le nez des femmes surexcitées qui voient leur emploi du temps brusquement chamboulé. « Tout le monde dehors. » C'est l'autorité qui parle. Dans la ville de Marvin, les hommes blancs s'habillent de manière très reconnaissable avec des habits achetés par leurs femmes dans ce magasin précisément : cravates françaises en soie, cannes sculptées à la main en provenance du lointain Congo, lavallières aux motifs étranges et nœuds papillons lie-de-vin, autant de marques de distinction. Mais cet homme, Marvin le voit bien, n'est pas d'ici. Regardez-moi ce chapeau mou qui lui barre le front, tandis que le bord rabattu lui cache les yeux, projetant une ombre exactement là où il faut. Regardez-moi le travail soigné du costume sévère à fines rayures, coupe européenne : l'habit de l'autorité. Regardez-moi ça ! Un inspecteur d'ascenseurs descendu de la capitale pour remettre de l'ordre dans leur petite ville de province, prendre les rênes, contrôler les points de rouille !

Marvin est seul avec le visiteur dans la cabine vide. À l'extérieur, les gens courent frénétiquement comme des fourmis – une armée grouillante de désir. Marvin porte le même uniforme depuis de trop nombreuses années, une tenue de larbin à boutons croisés, d'où s'échappent de-ci de-là quelques fils et que son énorme ventre tend à l'extrême. Elle est couverte de taches indélébiles. À la lumière avare de la cabine, les défauts ne se voient pas, et c'est fort de cette constatation que Huntley Junior a décidé que les uniformes faisaient encore l'affaire. Marvin se tourne vers lui : « Une vraie horloge, cette bécane. Ça fait plus de vingt ans que je travaille avec ce joujou et il ne m'a encore jamais lâché. Des fois, il patine un peu en passant le troisième étage – je pense qu'il y a un truc qui cloche au niveau du sélecteur. Et il arrive aussi que j'aie un peu de mal à le faire s'aligner avec le palier. J'arrête pas de leur dire qu'il faut faire régler l'indicateur d'étage mais ils sont trop radins pour faire venir quelqu'un.

– Toi aussi, dit l'inspecteur.

– Pardon ?

– Descends. Le jour où j'aurai besoin d'un nègre pour m'expliquer comment je dois faire mon boulot, je démissionne. Descends, je te dis. »

Marvin Watson quitte son ascenseur. L'inspecteur claque la porte derrière lui et Marvin l'entend batailler avec la grille intérieure. Parfois, elle résiste. Faut savoir la manier. L'inspecteur jure en continuant à se débattre avec la grille capricieuse. Marvin envisage de lui crier des instructions à travers la porte, mais après réflexion il y renonce. Bobby prend sa pause à peu près à cette heure-ci. Il doit de l'argent à Marvin, et ça fait trop longtemps qu'il l'évite. Marvin descend l'escalier de service en sifflotant l'air qui passe en ce moment dans le magasin.

C'est une journée radieuse, les chromes des pare-chocs brillent de mille feux, et devant Lila Mae, les ailerons des voitures fendent la lumière éblouissante. Trop de pluie, trop longtemps. Il était temps que la ville sorte de son bain de mercure. Derrière les portes des placards, les parapluies encore humides dégouttent sur les bottes en caoutchouc en train de sécher. L'air de la ville est doux aujourd'hui.

Lila Mae roule dans un véhicule municipal. Il y a quelques heures, avant que l'équipe de jour entame péniblement son service (les inspecteurs sont encore plus épuisés que d'habitude, en raison des excès de la veille et de la malheureuse tragédie), Lila Mae intercepta les jambes de Jimmy. Elles dépassaient de sous une voiture du Service. Elle donna un petit coup de pied dedans. Jimmy se cogna la tête contre le châssis puis apparut. Lila Mae lui expliqua qu'elle avait besoin d'un véhicule pour quelques jours et qu'il fallait qu'il la couvre, faisant progressivement disparaître le sourire qu'il ne manquait jamais de lui adresser. Pas facile comme négociation. Lila Mae n'avait jamais flirté avec Jimmy, ne voulant pas s'embarquer dans une situation dont elle avait fort peu d'expérience. Mais ce matin, elle flirta avec lui. Elle osa lui toucher la joue sans reculer devant ses dents branlantes (Jimmy n'a jamais vu un dentiste de sa vie) ni éviter son regard. Il lui remit les clefs d'un véhicule en lui disant qu'il s'arrangerait avec les feuilles de route du garage. Et Lila Mae lui promit qu'elle ferait attention. Il fallait toujours mentir avec lui.

Lila Mae n'a plus d'horaire. Elle ne travaille pas aujourd'hui. Elle roule sans but sur la plus célèbre avenue du monde, contente d'elle. En trois ans de service, elle n'a jamais pris un jour de vacances. Elle découvre à quel point la ville est différente en semaine, qu'il existe à l'intérieur même de celle-ci une ville secrète qui se moque des normes établies, celle des après-midi insouciants. Des employés municipaux en uniforme orange réparent la chaussée en colmatant le macadam endommagé. Aujourd'hui, les nids-de-poule n'ont pas le même rôle que d'habitude, ils sont tenus de ne pas abîmer la voiture empruntée par Lila Mae et de garder leur petit secret, au risque de provoquer de gros problèmes administratifs. Un secret plein de creux et de bosses, ce qui le rend plus secret encore. Lila Mae roule en regardant les devantures des magasins, ce que proposent les boutiquiers, mais elle ne lève jamais les yeux au-dessus du niveau de la rue. Aujourd'hui, elle ne travaille pas, elle n'a pas à se soucier de cette ville-là.

Elle se gare près d'une cabine téléphonique identique à toutes celles devant lesquelles elle est passée depuis ce matin. Pourquoi celle-ci ? Pas de raison particulière. Elle avait envie de s'arrêter, c'est tout. La cabine est vide, à l'exception d'un bout de papier qui traîne sur la tablette métallique sous l'appareil. Lila Mae le prend et lisse les plis. Dessus, il y a un dessin, un drôle de bonhomme avec une grosse tête ronde amputée des attributs du visage, si ce n'est un sourire. Lila Mae observe les gens à travers les vitres crasseuses. Ils marchent moins vite que les jours où elle va au boulot, mais ce n'est pas non plus leur démarche du week-end. Ils lui font penser à ces petits soldats de plomb et ces poupées de chiffon qui se réveillent dans les magasins de jouets après la fermeture. Lila Mae compte doucement jusqu'à dix et prend dix profondes inspirations. Il répond. Aujourd'hui, elle trouve charmant le tremblement ridicule de sa voix. « C'est Lila Mae », dit-elle.

Chuck chuchote. Elle l'imagine au Puits essayant de cacher le combiné. « Où tu étais fourrée ? se lamente-t-il. Ça tourne à la folie dans le coin.

– J'étais à droite à gauche.

– Tout le monde se demande où tu es passée. Est-ce que tu vas bien ?

– Ça va, Chuck.

– On se croirait dans un asile de dingues ici ! » Chuck se souvient et baisse à nouveau la voix. « Hier soir, aux Folies…

– Je sais, Chuck. J'ai entendu ça.

– Chancre est à l'hôpital. Il a la jambe cassée.

– Il survivra », dit Lila Mae. De l'autre côté de la vitre, les citadins avancent sur le trottoir, somnolents, comme en transe.

« Il ne s'agit pas de ça, la coupe Chuck. Tu ne comprends pas. On raconte que c'est Lever qui a saboté la plate-forme ascensionnelle et que les intuitionnistes se vengent de Chancre pour le coup du Fanny Briggs. Un accident pour un accident. Wade a même dit que c'était peut-être toi qui avais fait le coup.

– Chuck, il faut que tu fasses quelque chose pour moi. »

Lila Mae l'entend aspirer de l'air entre ses dents. Il ne dit rien pendant un moment puis il lâche : « Faut vraiment que tu reviennes au bureau. J'ai parlé au type de l'I.S. qui a le dossier du Fanny Briggs, il aimerait connaître ta version. Je suis sûr qu'il t'écoutera. Je pense que si tu allais lui parler…

– C'est pour ça que je t'appelle, Chuck. Qu'est-ce qu'il a dit à propos de l'accident ?

– Que c'était louche et qu'on t'avait sûrement tendu un piège pour te faire porter le chapeau. Mais il manque d'éléments. Écoute, tu n'as qu'à lui dire que tu étais malade. Ou bien que tu as eu peur de revenir à cause de ce que disent les journaux. Il t'écoutera.

– Chuck, je veux que tu te débrouilles pour approcher ce type. Il faut que je sache s'il a d'autres informations, et je veux aussi les conclusions du labo.

– Tu es où, Lila Mae ? C'est pas une sirène de pompier que j'entends là ?

– Chuck, je te rappelle dès que je peux pour savoir si tu as quelque chose pour moi. Fais attention à toi. »

Lila Mae referme la porte de la cabine, lentement, ensorcelée qu'elle est par les lois qui régissent la ville cet après-midi. Même le camion de pompiers, hors de vue à présent, avance au ralenti comme en proie à une léthargie spongieuse. Elle démarre et reprend sa route.

Le diablotin trouva Lila Mae une heure après l'accident de Chancre. Son costume récupéré au vestiaire, elle avait quitté le Winthrop Hotel comme elle était venue, par l'entrée de service. Après avoir couru sur des centaines et des centaines de mètres (offrant le spectacle d'une bonne venant assister au meurtre de son patron, à moins qu'elle l'ait elle-même commis), Lila Mae reprit son souffle en s'appuyant contre la vitrine d'une cafétéria automatisée. À l'intérieur, des parias noctambules se tenaient avachis devant des gobelets de café, des bulletins hippiques, des tranches de pain de seigle tartinées de rillettes de thon, voguant tous vers un avenir sans espoir. Dans ce lieu en décomposition, personne ne se regardait, de peur de mettre en péril leur isolement, la perfection de chaque solitude, le seul confort qui leur restait dans cette ville de béton. Lila Mae se changea dans les toilettes pour femmes, puis prit un café et un pain aux raisins desséché à la machine. Assise à une table libre, elle lut ce que promettait un écriteau posé sur un éventaire en métal : NOUS POUVONS CHANGER VOTRE VIE POUR SEULEMENT DIX CENTS PAR JOUR. C'est là que le diablotin fit son apparition. Lila Mae fut prise d'un fou rire. Elle rit en repensant au gros derrière de Chancre quand celui-ci se tordait de douleur sur la scène. Elle rit en repensant à la meute de ses collègues éméchés se précipitant au secours de leur chef, à la folie de la campagne intuitionniste, à la préciosité européenne de Mr Reed. Elle rit parce que Fulton était noir et que personne ne le savait, et qu'elle avait un allié. Mais à la pensée de Natchez, elle cessa de rire, affichant désormais un sourire tranquille. Elle sourit, à lui et à leur secret.

C'est une Mrs Gravely tout ensommeillée qui ouvrit la porte de la Maison à Lila Mae quand celle-ci vint récupérer ses affaires (Mrs Gravely avait le visage enduit de crème de nuit, rappelant à Lila Mae le maquillage de Jambon-à-l'Os et de M. Gésier). Dans la chambre, un nouveau mot de Natchez, plié en pyramide, l'attendait sur la commode. «J'espère que vous vous êtes bien amusée», avait-il écrit, en ajoutant un numéro de téléphone. Lila Mae rangea le petit mot dans une des poches de son portefeuille avec le premier qu'il lui avait écrit. Elle quitta la Maison des intuitionnistes sans demander son reste.

Son appartement était tel qu'elle l'avait laissé, dévasté. Lila Mae refit sa valise, mais cette fois-ci pour une plus longue durée, parce qu'elle ne savait pas quand elle rentrerait. Après ce qui s'était passé cette nuit, impossible de dire quand les gars de Chut viendraient mettre à exécution la menace de Chancre. Au moment de partir, elle se figea sur le pas de la porte. Elle avait l'impression d'oublier quelque chose. Mais non, elle n'avait pas de patte de lapin porte-bonheur ni de poupée de petite fille pour la protéger des monstres qui peuplaient le monde des adultes. Elle n'avait que des vêtements. Puis ça lui revint : c'étaient les tomes I et II d'*Ascenseurs théoriques*, qu'elle s'empressa de récupérer. Elle ferma la porte à clef. Il n'y avait que trois étages à descendre pour rejoindre la rue, et quand elle s'avança dans les premières lueurs de l'aube, elle avait recouvré ses esprits. Lila Mae essaya de se rappeler à quelle heure Jimmy avait l'habitude de pointer.

La lumière de l'après-midi se retire lentement du ciel et le vent qui s'engouffre par la fenêtre de la voiture murmure à nouveau la mélodie de l'automne. Pour la première fois de la journée, Lila Mae lève les yeux au-dessus du niveau de la rue. Elle se gare sous l'enseigne imposante d'un hôtel. Elle est à environ deux kilomètres au nord de son appartement, au plus profond des quartiers noirs (encore une autre ville à l'intérieur de la ville – toujours d'autres villes). Une fois à l'intérieur, elle dit au gérant posté derrière son comptoir : « Je voudrais une chambre. »

Pompey remonte l'avenue d'une démarche polypeuse, un journal coincé sous le bras. Il s'arrête dans une papeterie pour acheter ce qui semble être des chewing-gums enveloppés dans du papier d'aluminium, vérifie lentement sa monnaie et sort dans la rue. Il passe devant l'enseigne lumineuse, d'un blanc d'écume, du barbier Harry et le néon rouge et vert tremblotant du Café Belmont. Sur le trottoir, une foule de gens se déverse des immeubles de bureaux dans une agitation telle que Lila Mae et Natchez ont du mal à garder Pompey dans leur ligne de mire. « Vous êtes sûre que c'est lui qui a fait ça ? » lui demande-t-il.

Les yeux de Lila Mae font des va-et-vient incessants entre la chaussée et Pompey, comme un métronome. Elle répond lentement, pour ne pas se déconcentrer et faire des bêtises en conduisant : « Si ce n'est pas lui qui a fait le coup, il est suffisamment impliqué pour savoir qui c'est. Je ne vois vraiment pas qui ils auraient pu envoyer à la place. Je suis sûre que ça a dû les faire bien rire de nous dresser l'un contre l'autre, Pompey et moi. » Lila Mae pense aussi, mais ne le dit pas : regardez un peu ce qu'ils ont fait à votre oncle. Ils lui ont tellement chamboulé la tête qu'il a fini par renier qui il était.

« Et si jamais il tourne dans la rue d'après ? demande Natchez. C'est un sens unique.

– Dans ce cas-là, vous le suivrez à pied jusqu'à ce que

je puisse vous rejoindre dans une autre avenue. Il ne vous connaît pas, vous. »

Pompey ne tourne pas dans la rue d'après. Il continue à marcher vers le nord en mâchant un chewing-gum rose.

Lila Mae et Natchez ont conclu un accord. Ils s'aideront l'un l'autre. Natchez fera tout ce qui est en son pouvoir pour aider Lila Mae à trouver qui a saboté le Numéro 11, et Lila Mae mettra toutes ses connaissances en matière d'ascenseurs au service de Natchez pour qu'il puisse retrouver sa boîte noire. Lila Mae ne saura jamais quelles étaient les nouvelles pistes de Mr Reed, puisqu'il l'a écartée de l'opération. Aussi devront-ils se débrouiller avec le peu d'informations à leur disposition. « Il faut donc récupérer les carnets de Fulton » (actuellement entre les mains de Reed, de Chancre et du magazine *Lift*), proposa Natchez au téléphone au moment même où Lila Mae s'apprêtait à le dire. Resterait ensuite à les déchiffrer. Mais ils ont bon espoir que la familiarité de Lila Mae avec la pensée de Fulton leur permettra de comprendre ce qu'il a voulu dire et de découvrir qui a le plan. Pour ce qui est de laver l'honneur perdu de Lila Mae, ils sont en train de filer le principal suspect.

« Parlez-moi de votre ville, lance tout à coup Lila Mae, les yeux toujours fixés sur Pompey.

– Et si c'était vous qui me parliez de la vôtre ? lui dit Natchez. Dites-moi au moins pourquoi vous êtes montée dans le Nord ? »

Les mains minuscules de Lila Mae se crispent sur le volant et elle se demande encore une fois si la nouvelle du Fanny Briggs est déjà parvenue à ses parents, quelle est la probabilité que les journaux du Sud en aient parlé. Si les autres liftiers de Huntley colportent ce genre de ragots et que c'est comme ça que son père a appris la nouvelle. Quand elle pense que le téléphone sonne dans le vide dans le couloir de son immeuble et qu'elle n'est pas là pour lui expliquer. Lila Mae répond d'un ton morne : « Vous allez périr d'ennui. Ça n'a aucun intérêt.

– Pas du tout. »

Lila Mae inspire profondément et déboîte pour éviter une ambulance garée en double file. « Je suis venue dans cette ville parce que c'est là que sont les ascenseurs, les vrais. » Lila Mae désigne à Natchez les édifices sévères qui montent à l'assaut du ciel autour d'eux. « Dans Midtown, les immeubles ne sont pas très hauts parce qu'ils sont vieux, mais dans Downtown, certains comptent jusqu'à cent étages, et ils ont des ascenseurs qui grimpent jusque-là sans problème. » Elle se souvient fort à propos d'une question qu'elle voulait lui poser. Change de sujet. « Comment avez-vous eu l'idée de votre petite farce aux Folies ?

– Je crois que je voulais leur lancer un avertissement, dit Natchez. Un avant-goût de ce que j'allais leur faire. » Il se cale dans le creux entre le siège et la portière, les genoux tournés vers elle. « Je voulais me venger pour ce qu'ils ont fait à mon oncle, qu'ils ont rendu fou, et aussi pour ce qu'ils vous ont fait à vous. » Lila Mae a les yeux rivés sur la chaussée, mais sent qu'il la regarde. « Vous étiez pas obligée de quitter la Maison, vous savez, poursuit Natchez. Je pensais que vous auriez compris : je voulais qu'on croie que c'était vous qui aviez fait le coup aux Folies, pour que Mr Reed vous ait à nouveau à la bonne.

– Je n'ai aucune envie de lui plaire.

– C'est vrai qu'il est allé fouiller chez vous, mais c'est toujours votre patron. Faut faire avec. »

Elle secoue la tête. Pompey libère son pied d'une feuille de papier journal qui s'était enroulée autour. « Tout ce que je veux, dit Lila Mae, c'est être disculpée. Et que vous retrouviez ce qui vous appartient. Comment avez-vous fait pour la plate-forme ? Je veux dire, pour qu'elle tombe ? »

Natchez éclate de rire. « Plutôt simple comparé aux machines qu'il y a dans les immeubles aujourd'hui. Ça vous a plu ?

– Vous savez très bien que ça m'a plu, Natchez. »

Il frappe le tableau de bord du plat de la main, se fend d'un large sourire. « J'ai appris plein de trucs sur les ascenseurs ces derniers temps. Trop, d'ailleurs. Pour être honnête, je comprends pas comment vous arrivez à faire ce boulot.

– Les ascenseurs, on les aime petit à petit, répond-elle. C'est comme avec les gens. On ne sait jamais à l'avance qui on va aimer. » Arrête ça tout de suite, Lila Mae. « Et puis un jour, on les a en face de soi et on est sous le charme. » Ça ne lui ressemble pas du tout. « Plus on apprend à les connaître et plus on les aime.

– Comme nous deux, Lila Mae ? » La voyant tiquer, Natchez ajoute : « Oubliez ça. Continuez à rouler. Quand je vous ai vue la première fois, je vous ai prise pour une de ces petites princesses du Nord qui traitent les gens comme leurs bonniches et les jugent en fonction de la taille de leur porte-monnaie, enfin vous voyez, quoi. Mais vous, vous êtes pas…

– Regardez, dit Lila Mae qui revient à leur première préoccupation. Il s'arrête. »

Pompey frappe au carreau d'une porte marron de piètre apparence, en jetant des regards soupçonneux derrière lui. Lila Mae et Natchez se sont arrêtés de l'autre côté de l'avenue, du côté nord de la ville. Elle lit l'inscription dorée tracée au pochoir qui s'étale en demi-cercle sur le verre barbouillé de la porte marron : PAULEY'S SOCIAL CLUB. La porte s'ouvre et Pompey disparaît à l'intérieur.

« Ça doit être un bar, dit Natchez. Un ancien bar clandestin. Il est venu s'en jeter un derrière la cravate avant de rentrer chez lui.

– Il ne rentre pas chez lui. » Lila Mae jette un coup d'œil à la plaque de rue. Pompey a remonté onze pâtés de maisons depuis le bureau. Puis elle remarque le véhicule. « Vous voyez la voiture bleu foncé garée devant ? » Lila Mae la connaît bien et elle reconnaît le visage bovin du conducteur. « Le type qui est dedans s'appelle Joe Markham la Couleuvre. C'est un des hommes de Johnny Chut, le parrain de la mafia. » Pour l'instant, le conducteur regarde droit devant lui vers le sud, survolant les creux et les bosses de la rue animée pour plonger, par-delà les immeubles de Downtown, dans la rivière noire.

« Un repaire de la mafia ? Qu'est-ce qu'un nègre comme Pompey irait faire dans un endroit pareil ? s'étonne Natchez.

– On va bientôt le savoir. Vous avez pris l'appareil photo ?

– Je l'ai juste là. »

Lila Mae est soulagée que Natchez n'ait pas repris le fil de son propos. Non qu'elle y soit insensible, mais ça fait vraiment beaucoup pour elle : ils ont passé trop de temps dans cette petite voiture pour que ça ne paraisse pas trop rapide. Autrefois, elle avait signé un contrat avec la ville sur les mêmes bases que celui qui la lie à Natchez aujourd'hui. Un échange de services. Lila Mae gardait la ville verticale, et la ville la laissait tranquille. Et maintenant, voilà ce qui lui arrive. Vendredi dernier, elle laisse tomber la ville, elle commet une erreur, et voyez un peu ce que la ville lui inflige comme châtiment : Natchez. En venant le prendre en voiture tout à l'heure, Lila Mae avait cherché sur son visage les traces de l'intransigeance de Fulton, afin de le rattacher à son monde. Mais ni dans la douce courbe du nez de Natchez ni dans la symétrie parabolique de ses oreilles elle n'avait reconnu l'inventeur. Il ne ressemblait qu'à lui-même. Il ne faisait pas partie du monde des ascenseurs. Natchez, c'était le câble qui la reliait aux autres habitants de la ville. À travers une fissure dans l'auvent de l'immeuble devant lequel ils sont garés, elle aperçoit un petit dirigeable volant dans le ciel – limace primitive et dépassée. L'avenir appartient à l'avion, au kérosène et au moteur à réaction, il n'y a pas de place pour ce misérable mollusque.

Natchez la sort de sa rêverie. « Le voilà qui repart. »

Pompey sort du Pauley's Social Club en se dandinant. Lila Mae, Natchez et Joe Markham la Couleuvre le regardent s'éloigner vers le nord dans l'uniforme gris de la société « Entretien d'ascenseurs Growley ». Il porte une boîte à outils. Lila Mae démarre.

Pompey a des outils.

———

Aux carrefours bondés, entre les voitures et les camions, les couleurs glacées des néons de la ville se reflétaient dans le caniveau comme des arcs-en-ciel jetés au sol. Lila Mae suivait une piste semée de mégots en remontant de rue en rue, toujours plus loin. Elle était perdue. Primo, la piste n'était pas le fait d'un seul individu, et secundo, les mégots se révélaient moins fiables que les empreintes de pas. Ils étaient là, bannis sur le trottoir par une multitude de gens – de marques différentes, certains maculés de rouge à lèvres ou humectés de salive, d'autres à demi fumés, d'autres traînés ou écrasés par un talon ou d'autres encore consumés jusqu'au filtre. Il en surgissait toujours un nouveau quelques pas plus loin. Qui sait, la piste menait peut-être au métro. Lila Mae voulait rentrer chez elle mais ne retrouvait plus sa station. Ses désirs se réalisèrent puisque les restes de cigarettes menaient bien au métro. Ils allaient là où tout le monde allait. C'était sa première semaine de travail.

Lila Mae se rendit compte plus tard qu'il l'avait repérée facilement. Il l'avait vue farfouiller anxieusement dans ses poches de pantalon, la démarche hésitante et l'œil sur les numéros de rues. Une cible facile. À un carrefour, Lila Mae s'arrêta, stupéfaite. Elle était certaine d'être sortie du métro à cet endroit-là le matin même. Elle se mit en colère contre elle-même. Ce n'était pas le genre d'erreur qu'elle pouvait se permettre. Elle avait passé le dimanche précédent, assise sur son sofa à décoder le plan du métro, en essayant de faire coïncider son dessin simpliste avec les quelques endroits qu'elle connaissait déjà dans la ville. Et qu'importe qu'elle trouvât déplaisant le mécanisme dudit métro. Pour elle, ce n'était jamais qu'un pauvre tortillon horizontal qui faisait la navette entre un trou et un autre, et qui n'avait aucun intérêt d'un point de vue esthétique. Au milieu du carrefour, Lila Mae ferma les yeux. Elle visualisait les lignes enchevêtrées du plan qu'elle avait déplié sur ses genoux dans son appartement, mais fut incapable de se rappeler les noms des stations, les numéros de rues. Quand elle rouvrit les yeux, il était là. « Belle soirée, non ? » Il avait le pied posé sur le socle écaillé d'un lampadaire vert et époussetait sa demi-guêtre blanche. « Belle soirée », répéta-t-il.

Lila Mae l'inspecta : trente ans peut-être (plus vieux qu'elle), et du genre à vouloir jouer les voyous. Elle remarqua qu'il portait un de ces nouveaux costumes cintrés qu'on voyait de plus en plus en ville depuis qu'elle s'y était installée, avec une coupe européenne près du corps qui faisait les épaules carrées grâce à quelques couches de rembourrage. Combien de mois du salaire de fonctionnaire de Lila Mae fallait-il pour s'offrir pareille merveille ? La pointe de sa cravate en soie blanche rappelait, dans une symétrie parfaite, la flèche de son mouchoir qui jaillissait de sa poche de poitrine : les deux moitiés d'un même diamant. Elle lui avait trouvé un visage enfantin, ou du moins arrondi par une malice enfantine, et que couronnaient les boucles crantées de ses cheveux, dont il prenait visiblement grand soin. Voilà le genre d'hommes qu'il y a dans cette ville, se dit Lila Mae, en cachant sa stupeur. Restons sur nos gardes. « Je cherche le métro, dit-elle.

– Où voulez-vous aller ? lui demanda-t-il en retirant son pied du lampadaire.

– Je cherche la ligne qui remonte vers Uptown. » Le feu passa au vert dans un bruit sourd, et le flot des voitures qui venaient du sud de l'île déferla.

Si elle voulait, elle pouvait traverser maintenant et

mettre un terme à cette discussion avant qu'il ne se fasse des idées. Elle regarda à nouveau son visage. Les sourcils de l'homme étaient hérissés de poils raides qui partaient dans tous les sens, manière de se donner un petit air négligé en contraste avec le soin excessif apporté à tout le reste de sa personne. Joliment fait. « C'est pas loin du tout, dit-il. Je vous accompagne. Une aussi belle femme que vous ne devrait pas se promener toute seule dehors à une heure pareille. »

Lila Mae se souvenait avoir entendu la même phrase au mot près dans le film qu'elle avait vu deux jours plus tôt. Au moins, il aime le cinéma, avait-elle pensé. « Ce n'est pas la peine », répondit-elle, attendant que le feu repasse au rouge.

« Je me maudirais toute la nuit si je ne le faisais pas », dit-il. Quand le flot des voitures s'arrêta, il étendit le bras en travers de l'avenue comme pour signifier « après vous ». Elle traversa et le laissa marcher à côté d'elle sans rien dire. Ça devait être comme ça qu'on faisait la cour dans cette ville. L'homme continua à parler (même si Lila Mae ne lui répondait pas, trop occupée qu'elle était à guetter la prochaine bouche de métro), racontant qu'il sortait d'une réunion d'affaires et que ça s'était bien passé, mais dommage qu'elle ait fini si tard car il n'avait pas si souvent l'occasion de flâner quand il était en ville. Il adorait l'endroit et les gens. Il y avait de sacrés numéros dans le coin. Il ne connaissait personne ici, disait-il, en baissant la voix de façon un peu théâtrale pour singer les malheureux, ce qui fit sourire Lila Mae malgré elle, malgré son armure. Elle marchait vite, mue par la peur, se rendit-elle compte. Elle ne savait pas ce qu'il convenait de faire en pareille circonstance. Le vendredi précédent à la même heure, elle empaquetait ses quelques biens sous l'ampoule nue du placard à balais. Lila Mae et son nouveau compagnon traversèrent une autre rue. Il fit signe aux voitures de s'arrêter : « Stop ! » leur signifia-t-il, alors qu'elles étaient déjà immobilisées par le feu rouge. Il jouait au galant. Lila Mae sourit à ce geste-là aussi, mais intérieurement cette fois-ci : elle avait remis son masque. Il lui dit qu'il s'appelait Freeport Jackson et lui demanda son nom, se dépêchant d'ajouter qu'il comprendrait parfaitement si elle ne voulait pas le lui donner. C'était une ville dangereuse, on n'est jamais trop prudent. Lila Mae lui dit son nom en détachant chaque syllabe, conformément à la voix qu'elle avait adoptée dans le cadre de sa vie professionnelle, quand elle s'adresserait aux responsables d'immeubles, tout en leur montrant l'insigne doré de son service. « Mademoiselle, puis-je vous raccompagner jusqu'au métro ? » lui demanda-t-il. Elle lui répondit que c'était déjà le cas. Ils passèrent devant une pharmacie ouverte 24 h/24, ce qui stupéfia Lila Mae. C'était la première fois qu'elle voyait ça. Dans cette ville, les gens devaient avoir besoin de choses à toute heure du jour et de la nuit, se dit-elle. Il lui faudrait du temps pour se faire à l'endroit.

Voilà sa bouche de métro. « Vous êtes arrivée, lui dit Freeport. C'est votre station. Et c'est là que je m'arrête aussi, mon hôtel est juste là. »

Les lumières du Chesterfield se reflétaient sur les cheveux de Freeport couverts de brillantine, luisaient comme le dos d'une grenouille. Lila Mae et son compagnon se trouvaient juste à l'extérieur de la corniche de l'hôtel, avancée lumineuse qui marquait la frontière entre le territoire de l'établissement et la chaussée brute de la ville. « C'était votre chemin depuis le début », dit Lila Mae.

Freeport lui fit un clin d'œil et, avec le pistolet qu'il forma à l'aide de son index et de son majeur, lui tira dessus. « Ça vous dirait de prendre un verre ? Le bar mérite le détour, si vous ne l'avez jamais vu. » Un tapis rouge, qui tenait artistement à distance les trottoirs gris de la ville, gravissait l'escalier jusqu'à l'entrée en cuivre du Chesterfield, pleine de lumière. Lila Mae avait entendu parler de l'hôtel dans les journaux, comme tout le monde, parce que le président y avait séjourné lors de sa dernière visite. Il y avait même une suite à l'année, disait-on. Lila Mae ignorait que les gens de couleur avaient le droit de dormir là. Derrière elle : le sinistre boyau souterrain du métro, livré à la violence des citadins, dégradé, souillé. « C'est le moins que je puisse faire pour vous remercier de m'avoir raccompagné, dit Freeport.

– Je croyais que c'était vous qui me raccompagniez.

– Exact », répondit Freeport avec un sourire, sa main grande ouverte devant le tapis rouge. Évidemment qu'ils laissaient les gens de couleur dormir là. On était dans le Nord. Lila Mae leva les yeux vers le chasseur puis, faisant glisser son regard jusqu'à la porte en verre de l'hôtel, elle fit un pari avec elle-même, qu'elle abandonna immédiatement. Elle n'aurait jamais la réponse, donc inutile d'essayer de deviner la marque des ascenseurs. « Je prendrais bien un verre. Un seul », dit-elle en pénétrant dans le hall éclairé. Dédaignant la bouche de métro.

Freeport l'entraîna rapidement vers le bar, ne lui autorisant qu'un rapide coup d'œil au célèbre et magnifique hall du Chesterfield Hotel dont elle avait tant entendu parler. En ce vendredi soir, le Salon Érable, à l'ambiance tamisée, bruissait des chuchotements paisibles de couples habillés avec élégance. Du moins de l'avis de Lila Mae, qui comptait les manteaux de fourrure et les colliers de perles blottis autour des cous graciles des femmes pendant que Freeport commandait à boire. Le Service avait son code vestimentaire. Son nouveau costume lui plaisait beaucoup mais ne convenait pas à la situation. Ce n'était pas comme si elle avait des fourrures ou des bijoux chez elle, de toute façon, mais quand même.

« Qu'est-ce que vous faites de vos journées quand vous n'êtes pas en train de chercher le métro ? » lui demanda Freeport le plus sérieusement du monde. Le pianiste du bar gardait la tête baissée sur les touches.

« Je suis fonctionnaire. Je travaille au Service municipal des inspecteurs d'ascenseurs. » C'était la première fois qu'elle le disait, elle en avait plein la bouche.

« Les ascenseurs », dit-il, feignant d'être intéressé, mais avec conviction, par ce qui remplissait les journées de Lila Mae, tout en jaugeant les trésors cachés sous les revers sévères du costume de la jeune femme, le potentiel qu'il y avait là, le tout sans cesser de hocher la tête ou de se caresser le menton tandis que Lila Mae expliquait qu'elle n'arrivait toujours pas à se repérer dans le bureau après une semaine de travail mais que ça commençait à venir. Qu'il y avait une chose dont elle était sûre, c'est que les seules toilettes pour femmes se trouvaient trois étages plus bas que le Puits – c'était par ce terme, le Puits, que les inspecteurs désignaient leur « salle de jeux », pour une raison qu'elle n'avait pas encore complètement élucidée.

Qu'on lui avait donné sa première mission lundi et qu'elle avait passé toute la semaine en tandem avec un collègue, un type désagréable à tête de chouette qu'elle n'appréciait pas particulièrement et qui, de son côté, n'appréciait pas particulièrement de travailler avec une personne de couleur, sans parler de se retrouver seul avec elle à bord d'une voiture. Sans doute qu'il y avait des choses qui nécessitaient plus de temps que d'autres pour changer, même ici, dans le Nord. (Lila Mae s'abstint de lui dire que Gus Crawford, l'inspecteur chevronné en question, ne lui avait pas adressé la parole une seule fois durant leur tournée. Pas un seul mot, pas même pour lui demander d'aller lui chercher un café, pas même pour lui reprocher ses questions innocentes de néophyte, pas un mot. Il la désignait, avec une moue, comme « la novice » auprès des gardiens et des syndics d'immeubles stupéfaits qui, s'attendant comme de juste à devoir glisser la pièce à l'inspecteur, furent bien obligés de se renseigner sur l'identité de ce tiers inattendu. Les responsables d'immeubles laissèrent leur portefeuille dans leur poche, rongeant leur frein.) Mais la semaine prochaine, elle avait sa première inspection, son premier dossier. Freeport approuvait du chef. Il lui témoigna son soutien, disant combien ce devait être difficile de garder ses vêtements propres avec toute la saleté incroyable qui régnait dans les gaines d'ascenseurs. Lila Mae le rassura en lui disant qu'elle n'avait pas besoin d'y aller : il lui suffisait de l'intuitionner. Elle savait qu'il ne comprenait pas un traître mot de ce qu'elle disait mais poursuivit tout de même son propos, évoquant les noms d'Otis et de Fulton, ainsi que les deux courants philosophiques antagonistes : l'empirisme et l'intuitionnisme.

Freeport ne prit pas la peine de l'interrompre avec des questions. Il sirotait son verre en hochant la tête et la pressait de finir le sien tout en agitant la main pour qu'on vienne les resservir ; et ce, bien qu'elle n'eût pratiquement pas touché à son Violet Mary. Il y avait un autre couple de couleur dans le bar, mais ils devaient être africains. La femme portait une robe rouge extravagante, et l'homme un costume kaki bourré de poches. Ils se parlaient à peine et ne buvaient que de l'eau.

Les nouveaux habitants de la ville moderne, des bourgeois cosmopolites en goguette, buvaient des martinis, passaient la main sur leur étui à cigarettes en argent gravé à leurs initiales, appelaient le barman par son prénom. Si les promesses de la verticalité occupaient depuis longtemps les pensées de Lila Mae, tant dans leur expression actuelle que dans celle annoncée par Fulton dans ses versets sacrés, elle n'avait jamais songé aux citadins. Qui étaient donc les habitants de cette ville ? Freeport Jackson évalua ce qui lui restait de cocktail. Dans le bar, des couples chics bavardaient en sirotant des gin tonics qui rosissaient leurs joues pâles ; ils portaient des toasts et discutaient transactions financières. Quelques riches Blancs, un couple d'Africains, Freeport Jackson et sa conquête du soir. Impossible de construire un immeuble sur le modèle d'un verre à martini, c'est-à-dire évasé : il se casserait la figure, rêvassait Lila Mae, c'est idiot. On n'entendait pas les autres conversations, chaque couple était dans sa bulle. Ici, pas de groupes bruyants réunis pour célébrer un anniversaire ou écouter la retransmission radiophonique d'un championnat universitaire. (Lila Mae s'abstint de révéler à son compagnon que, si elle était toujours dehors à une heure aussi tardive, c'était parce qu'elle avait découvert – le bureau était si petit qu'on entendait tout – que le vendredi soir les inspecteurs se retrouvaient dans un bar du coin, O'Connor, pour se raconter des histoires grivoises sur les ascenseurs ou sur les immeubles dans lesquels ils habitaient, des plaisanteries sur les effets désastreux de la verticalité, et boire un verre à la santé des ascenseurs morts dans l'exercice de leurs fonctions. Elle s'abstint de dire à son compagnon que, désirant se joindre à ce rituel hebdomadaire de camaraderie, voilà qu'elle s'était retrouvée à la fin de la journée dans l'ascenseur du Service avec tous ses collègues en partance pour ledit débit de boissons, en supposant dans un moment de joie naïve due aux nouvelles circonstances – nouvel appartement, nouveau boulot, nouvelle vie – qu'elle était la bienvenue. Elle les suivit à trois mètres derrière eux. Ses collègues ne l'invitèrent pas à venir s'asseoir avec eux à une des tables crasseuses du bar et ne firent pas le moindre geste pour la prier de les accompagner. Lila Mae s'assit au comptoir en compagnie de civils pochetronnés et de nationalistes irlandais qui parlaient tout seuls. Elle but sa bière en écoutant les récits de batailles, gagnées et perdues, de la brigade des inspecteurs d'ascenseurs. Personne ne la regretta quand elle s'esquiva, abandonnant un verre de bière à moitié plein qu'un des poivrots s'empressa de lamper avec avidité, et qu'elle tenta de retrouver sa station de métro. Personne ne remarqua son départ si ce n'est le barman, qui garda son opinion pour lui.) Pas de groupes bruyants dans le bar du Chesterfield. Seulement des hommes et des femmes en pleine négociation, dans leurs tenues de soirée élégantes.

Mais qui était ce type, d'ailleurs ? Freeport commanda un autre verre, mais Lila Mae déclina. « Je vends des produits de beauté. Toutes les femmes ont envie d'être belles, pas vrai ? » Il passa la main dans ses cheveux ondulés d'un geste caressant. « Et il faut bien que quelqu'un les aide à accomplir leur rêve. Mais je vous apprends rien, vous aussi vous êtes dans la vente. Ça alors ! On vend tous les deux la même chose, du bonheur. J'essaierai jamais de vous vendre quoi que ce soit à vous, c'est clair que vous en avez pas besoin. Mais la plupart des femmes, si. Ça fait sept ans que je suis dans la vente. Sept ans déjà, mon Dieu, ça me sidère quand j'y pense. Dans tout le Nord-Est. Ça en fait de la route, mais je me la farcis sans problème. Ce soir, si je suis là en ville, c'est parce que j'avais rendez-vous avec un distributeur. Dans ma boîte, Miss Blanche Cosmetics, on a commencé petit, et moi j'y suis depuis le début. Ça marche tellement bien qu'on a décidé de s'agrandir et on va signer avec un gros distributeur. Ah ça, on en a usé des semelles, on a pas compté nos heures, et je vous dis pas à combien de portes on a frappé, mais un distributeur, c'est quelque chose ! C'est moi qui dois faire signer le gars. Évidemment, je peux pas vous donner le nom de la boîte avec laquelle on traite, les murs ont des oreilles, vous pigez ? Mais en tout cas, je peux vous dire qu'on est à *ça* » – il montra de combien de ses doigts manucurés – « à *ça* du contrat. Je le sens. Vous savez ce que c'est, vous êtes dans les ascenseurs et tout, vous sentez quand c'est dans la poche ou pas. Moi, je pense que c'est du tout cuit. Du tout cuit.

– Qu'est-ce que vous vendez exactement ? demanda Lila Mae.

– Principalement, des produits pour éclaircir la peau et pour défriser les cheveux. Notre clientèle est noire, vous comprenez, et les femmes qui achètent nos produits sont très soucieuses de leur apparence. C'est pour ça que je me suis arrangé dès le début pour m'occuper de cette ville. J'arrive le lundi après-midi avec une douzaine de cartons de marchandises dans mon coffre (faut s'arranger pour les choper quand les maris sont pas là), et le lundi soir j'ai tout vendu. Absolument tout ! J'ai même plus à démarcher, j'ai mes habituées. Elles en parlent à leurs copines, et du coup les copines veulent savoir où elles pourraient se fournir le truc. Le bouche-à-oreille, quoi. Vous verrez jamais les mecs qui vendent des encyclopédies et des aspirateurs aligner les chiffres que j'aligne, croyez-moi. »

Quand le serveur vint leur annoncer que le bar fermait, Freeport demanda à Lila Mae si elle voulait monter prendre un verre dans sa chambre et elle dit oui. Car il en avait été décidé ainsi depuis le début. Elle était inspectrice. C'était une enquête. Freeport sortit un billet de sa pince en or qu'il coinça sous le verre plein aux trois quarts de Lila Mae. Il parcourut la pièce du regard à la recherche d'un éventuel voleur. « On est jamais trop prudent avec les Blancs », dit-il en rigolant, puis, à l'adresse du serveur : « Et une très bonne soirée à vous, mon vieux. » Ils quittèrent le bar, lui titubant ; elle, non. Après les lumières tamisées du bar, le hall brillamment éclairé lui fit cligner des yeux. Freeport lui prit le coude. Lila Mae se tourna vers la rangée d'ascenseurs (avec des portes aussi larges, ce ne pouvait être que des United), mais Freeport lui glissa à l'oreille : « Vous avez vraiment cru que j'avais une chambre ici ? J'aurai jamais les moyens de m'en offrir une. Non, je dors en face.

– Bien sûr», dit Lila Mae. Quand ils redescendirent l'escalier, le chasseur leur souhaita bonne soirée et Freeport lui fit un signe de tête.

Il n'avait pas menti. Son hôtel se trouvait juste à la sortie du métro, de l'autre côté de la rue. Le veilleur de nuit du Belair ne leur débita aucune amabilité particulière; quoique, en y repensant, il n'est pas impossible que le zombie à la bouille ronde qui se tenait derrière la grille métallique de l'hôtel n'ait pas levé un sourcil à leur vue. Lila Mae et Freeport reçurent meilleur accueil des cinq locataires, en peignoirs beigeasses couverts de brûlures de cigarettes et de taches de sauce. Penchés sur la radio du hall, qui retransmettait un match de boxe, ils détournèrent leur attention pour regarder le couple disparaître dans l'escalier. Les lèvres humides, ils observèrent l'homme glisser sa main dans le bas du dos de la femme et la soustraire à leurs regards concupiscents pour la faire monter. Trois étages plus haut, sans qu'un mot ne fût échangé. Elle longea des murs sinistres qui se passaient de commentaire, des racks qui avaient dû abriter autrefois des extincteurs jusqu'à ce que des voyous les privent de leur fonction pour une raison inconnue. Elle huma l'air confiné. Freeport sifflotait. Pas d'ascenseur, pensa-t-elle. «Attendez une seconde, très chère, lui dit-il en bataillant avec la serrure de la porte de sa chambre qui refusait de céder. Elle est coincée. Bougez pas.»

Lila Mae était déjà entrée dans des chambres plus petites, y avait même vécu, et vivrait sans doute un jour ou l'autre dans des chambres aussi douteuses que celle-ci.

Après quelques minutes de répit, la rumeur de la ville, qui se frayait un passage à travers les lames d'un store vert sale, leur parvint à nouveau par la fenêtre ouverte : klaxons, sifflets, collisions. Le bruit méprisant de la ville. Lila Mae aperçut la salle de bains et son carrelage glaçant. Trois paires de chaussettes en bout de course séchaient sur la barre de douche. Freeport se précipita vers une table à côté du lit tout bosselé et sortit une bouteille d'un sac en papier kraft, puis fit une boule avec, qu'il jeta dans la poubelle en fer sous l'unique fenêtre. « Ça vous dit ? Un petit verre avant d'aller au lit ? » lui proposa-t-il en passant son mouchoir sur le bord d'un gobelet dont il vérifia la propreté à la lumière.

Lila Mae lui dit qu'elle souhaitait se déshabiller dans la salle de bains. La porte ne voulait pas fermer. Elle était gauchie, ou bien peut-être avait-elle fait l'objet de trop nombreux ou de trop généreux coups de pinceau, si bien qu'elle laissait passer un ruban de lumière blanche tout autour, interstice par lequel filtrait le bruit que faisait Freeport en retirant ses vêtements à la hâte, de même que, plus tard, les grincements du lit minuscule quand il monta dessus. Lila Mae suspendit son pantalon sur la barre de douche à côté des chaussettes de Freeport et posa sa veste, sa chemise et son soutien-gorge par-dessus. Le désinfectant qu'on avait passé sur le sol poissait sous ses pieds humides de transpiration. Elle vérifia l'aspect de son visage dans le reflet argenté du miroir et constata qu'elle avait bien son masque, cette texture rigide. Ce masque était sacré pour elle ; c'est ainsi qu'elle l'avait pensé. En accord avec ses convictions personnelles.

Freeport dit des choses dont Lila Mae ne tint pas compte,

les considérant hors sujet. Elle ignora son haleine, un nuage lourd et nauséabond qui mit du temps à se dissiper. Elle n'enregistra que les détails relatifs à l'enquête : ses gestes de la main, ses baisers, sa lente progression pour se jucher sur elle, avant de se laisser tomber maladroitement, comme s'il n'avait pas eu de bras pour se retenir. Tel un phoque. C'était la première enquête de Lila Mae. Elle constitua un dossier dans lequel elle consigna les éléments les plus significatifs. La langue dans laquelle était écrit le rapport empruntait beaucoup au style pesant qu'affectionne l'administration. Le rapport ne mentionnait que les détails, pas le reste, ce pour quoi la langue en question n'avait pas de mots. Lila Mae se rhabilla et quitta la chambre sans qu'il se réveille, comme prévu.

—

La semaine précédente à la même heure (le soir de l'accident), Lila Mae rentrait de son expédition chez O'Connor en métro, ballottée de-ci de-là. Elle avait les yeux rivés sur le gros titre d'un journal. L'affaire du Fanny Briggs s'étalait en première page de l'édition du soir. Le passager qui le lisait en face d'elle avait un visage dévoré par la couperose, laquelle lui faisait une peau aussi rêche que du papier journal. Il parcourait le canard, tournait les pages lentement pour lire le récit d'une autre catastrophe, d'une autre atrocité mithridatique, qui voltigeaient derrière la une mais le gros titre ne bougeait pas, restait à la même place, suspendu en l'air entre l'homme et elle. ACCIDENT.

Entre-temps, ce journal s'est sans doute transformé en couverture pour clochard ou bien danse au gré des courants d'air d'une bouche d'aération de Midtown. Mais maintenant, Lila Mae est décidée à récupérer le nom que l'auteur de l'article lui a usurpé, son nom.

Elle arrive une demi-heure en avance et se gare en face de la vitrine impeccable de chez Bickford. Dès que Lila Mae reconnaît la démarche caractéristique de Chuck (un déhanchement invraisemblable qui met à mal ses articulations), elle vérifie immédiatement s'il n'a pas été filé par quelques hommes silencieux. Puis elle attend encore dix minutes après qu'il s'est installé dans un box en vitrine (donc exposé) pour entrer à son tour dans le restaurant. Chuck n'a été suivi ni par Chancre, ni par l'Inspection générale, ni par qui que ce soit.

« Alors qu'est-ce que tu as pour moi, Chuck ? demande Lila Mae tout à trac, en se glissant sur la banquette.

– Alors qu'est-ce que tu as pour moi ? répète-t-il d'un ton plaintif. C'est tout ce que tu as à me dire ? On ne s'est pas vus depuis une semaine. »

Elle suppose que c'est le ton dont il use chez lui en cas de scène de ménage. Celui qu'il réserve à sa femme, Marcy, à la fois geignard et énervé. « Excuse-moi, Chuck. C'est compliqué en ce moment », dit Lila Mae en étalant sa serviette sur ses genoux. Le restaurant est passé récemment aux serviettes en tissu amidonné pour attirer le public des théâtres. L'emplacement du Bickford est étrange : à deux rues à l'est des entrepôts et à deux à l'ouest des grands théâtres. Ses débuts modestes de gargote sont en train de sombrer dans l'oubli. Rien de plus juteux en effet qu'une carte familiale, c'est l'idéal pour appâter ces gogos de touristes désœuvrés. Donc, désormais chez Bickford, plus de plat du jour unique au petit bonheur la chance, plus de menus écrits à la main pour annoncer le caprice du jour imaginé par le chef. Les assiettes ne sont pas fissurées, les fourchettes n'ont pas de dents en moins, et des globes de verre opaques dissimulent les ampoules constellées de chiures de mouches. Lila Mae ne reconnaît plus l'endroit.

« Au moins, tu as l'air en forme », dit Chuck. Les excuses marchent toujours avec lui. « Pour quelqu'un en cavale. »

En cavale. C'est donc ce qu'elle est, se dit Lila Mae. « Comment est l'ambiance au bureau ces jours-ci ? demande-t-elle.

– Assez mouvementé, pour ne rien te cacher. Hardwick ne nous laisse pas une minute de répit, ce qui n'arrange pas les choses. Et comme il est toujours à l'hôpital, les empiristes ont peur de perdre leur avantage aux élections. Ça leur a mis un gros coup au moral.

– J'ai vu ça dans les journaux », dit Lila Mae que la nouvelle avait beaucoup réjouie. À leur tour de défrayer la chronique.

« Une sacrée chute, reprend Chuck. Après l'histoire du Fanny Briggs, les empiristes tenaient le bon bout, ils avaient remis les intuitionnistes à leur place et tout, mais depuis l'accident de Chancre aux Folies la cote de Lever est remontée. Certains collègues pensent même que Reed et lui sont derrière tout ça. » Lila Mae se dit qu'il s'en faudrait de peu pour que Reed et Lever reprennent à leur compte la farce de Natchez. « Si on ajoute à ça les rumeurs sur Fulton, poursuit Chuck, on n'est plus sûrs de rien pour les élections. Tu as entendu parler de cette histoire à propos de Fulton ? »

Lila Mae n'arrive pas à se rappeler quel masque elle

est censée porter. « Tu veux dire les rumeurs sur la boîte noire ? » demande-t-elle innocemment. S'ils ont cru bon de révéler l'existence de la boîte noire à tout le monde, c'est donc qu'ils sont certains de mettre la main dessus rapidement. À moins qu'ils ne l'aient déjà. Si Lila Mae était restée à la Maison des intuitionnistes, elle le saurait. Elle se demande comment Reed et Lever voient sa disparition.

« C'est ça, confirme Chuck. Apparemment, *Lift* devait sortir un article sur la boîte noire cette semaine mais ça ne s'est pas fait. Tu te doutes bien que tout le monde se demande pourquoi, mais le plus important c'est qu'on est plusieurs au Puits à croire à nouveau en Lever, et je peux te dire qu'il y en a plein qui n'avaient pas d'opinion au départ et qui commencent à penser comme nous. Dis, tu crois que c'est vrai, cette histoire, Lila Mae ? Elle existe vraiment, cette boîte noire ?

– Possible.

– T'imagines, la boîte noire de Fulton ! Tu te rends compte de ce que ça signifie ? La seconde ascension est pour bientôt. Tu vois les immeubles qu'il y a là, dehors, tous ceux qui sont dans la rue, eh bien, tout ça va être démoli. Tout, s'enflamme Chuck, qui s'anime et cherche à entraîner Lila Mae du regard dans ses châteaux en Espagne. Dire qu'elle manque d'enthousiasme est un euphémisme. Chuck glisse un doigt dans sa tasse de café et en retire un long cheveu noir. « Certains collègues râlent parce qu'ils pensent que l'ascenseur parfait va nous mettre tous au chômage, mais de toute façon il restera toujours la maintenance. Ça vaut le coup de suivre les résultats. Tu vas voter ?

– Ça dépend de la tournure des événements. Est-ce que le labo a rendu ses conclusions ? »

Chuck fait non de la tête. « Toujours pas d'autopsie. Tu les connais… Ils sont tellement contents d'avoir du boulot qu'ils en profitent à fond pour faire mariner tout le monde. À ce qui paraît, ils rendraient leur rapport lundi matin. »

Lundi matin, c'est parfait, pense Lila Mae. Lundi, Pompey lui aura fourni toutes les informations dont elle a besoin, et ça plus les conclusions du labo ça devrait suffire à la disculper. On peut parfaitement envisager que le labo se fasse acheter (ce sont des fonctionnaires municipaux, après tout), mais la procédure veut qu'il soumette son rapport au maire ; or le maire sait pertinemment qu'il ne doit pas se mêler des élections des inspecteurs d'ascenseurs. Et ce, quelles que soient ses magouilles avec Chancre, par ailleurs. Pour les inspecteurs, les élections sont une affaire de famille et on ne plaisante pas avec ça. « Parle-moi de cet Arbergast. Comment avance son enquête ? demande Lila Mae.

– C'est là que ça se gâte, répond Chuck, les sourcils froncés. D'après ce que je sais, Arbergast n'a rien de concret. Comme tu as disparu, et qu'il n'y a pas un gars dans le Service qui veut l'ouvrir sur le sujet. Quand le rapport sera rendu public (nous, on sait déjà que c'était un sabotage), ça ne changera rien pour toi, tu resteras la suspecte numéro un. Ça fait une semaine que tu ne t'es pas manifestée, Lila Mae, couine Chuck. Dès qu'Arbergast aura le rapport, il demandera l'intervention des flics, parce que ça deviendra officiellement une affaire criminelle. Et pour eux, tu es coupable.

– Je l'étais déjà avant. Ce n'est qu'un prétexte pour m'enfoncer encore davantage.

– Reviens au bureau, Lila Mae. » Il la supplie presque.

« Recommence pas avec ça.

– Je peux t'aider. En parlant à Arbergast, par exemple. Il te sortira d'affaire. Tu fais partie de la famille. »

Durant une fraction de seconde, elle se demande si par hasard Chuck n'a pas été enrôlé par un parti ou un autre. Il y en a plus d'un qui pourrait être tenté d'essayer. Mais Lila Mae l'a appelé parce qu'elle a confiance en lui, et elle a besoin de cette confiance. Elle est prête à en assumer les conséquences. « Lundi, tout sera rentré dans l'ordre, dit-elle, sûre de son fait.

– Tu ne veux rien me dire, c'est ça ? »

Lila Mae a plus que jamais confiance en Chuck. Il suffit qu'elle le regarde là, maintenant, pour être persuadée que personne ne l'a manipulé. Elle aimerait bien partager avec lui ses secrets. Elle le fera la semaine prochaine, elle aura tout le temps pour ça… Non. Elle sait déjà qu'elle ne lui dira pas ce qu'elle sait sur Fulton. Et la décision qu'elle vient de prendre se reflète sur le visage de Chuck : à son aspect chiffonné, à son air inexpressif, pareil à un objet en arrière-plan sur une photo. Leur amitié, si tangible il y a quelques minutes à peine, semble perdue. Lila Mae l'abandonne derrière elle. Elle ne lui dira rien. « Dans quelques jours, tout sera fini, le rassure-t-elle. Je te dirai tout après.

– Et qu'est-ce que tu fais de la police ? » demande Chuck.

Lila Mae fait la moue. Soudain, quelque chose lui revient

à l'esprit. « Avant de partir, est-ce que tu peux me dire si tu sais quelque chose à propos du 366 Eighth Avenue ?

– 366… » Chuck presse sa joue avec la langue, une habitude que Lila Mae a toujours trouvée répugnante. « Cet immeuble me dit quelque chose, lâche-t-il au bout d'un moment. Je l'ai vu affiché au tableau ce matin. Je crois qu'il sera inspecté la semaine prochaine. C'est Marberley qui s'en charge.

– Personne du Service n'y a mis les pieds ? C'est un nouvel immeuble ?

– Pas du tout, répond Chuck. C'est un bilan. Marberley l'a inscrit il y a quelques semaines pour plusieurs infractions. »

Cinq minutes plus tard, Lila Mae est dans son véhicule, et une demi-heure après dans la chambre qu'elle a louée à la Friendly League Residence. C'est la plus petite qu'elle ait occupée à ce jour. Trois chambres comme celle-ci auraient pu tenir dans un seul des « salons de réception ambulants » que sont les Liverpool. Apparu au début du siècle, le Liverpool est un ascenseur fortement inspiré de la démesure victorienne dont la cabine, décorée de miroirs fumés et de coussins moelleux, pouvait accueillir cent passagers à la fois (la nouvelle chambre de Lila Mae pourrait être un ascenseur à l'intérieur d'un autre ascenseur, un ascenseur passager). Ce sont les sous-sols de la Friendly League Residence, entrepôts officieux des meubles dont la ville ne veut plus (meubles récupérés dans des décharges et des appartements ravagés par le feu), qui ont fourni le mobilier de la chambre de Lila Mae : un fauteuil au tissu lépreux, une table idéale pour un suicidaire désireux d'écrire un mot d'adieu. Il y a aussi, dissimulé par de fausses portes de placard marron, un lit escamotable, actuellement relevé, et qui, à vrai dire, ne se referme jamais complètement, en raison des batailles que les hôtes hagards de la chambre et les gonds du lit se sont livrées au cours des années.

Lila Mae n'a rencontré aucun des locataires, mais elle les imagine sans peine. Ici, au pied de cette inexorable falaise qu'est la Friendly League Residence, la marée urbaine fait échouer les citoyens les plus fragiles. Des vieux, habillés de gris, avec des barbes comme de l'herbe sèche, voûtés, traînant les pieds. Sans alibis. La nuit dernière, des râles s'échappaient des chambres pour hanter le couloir – un chœur mortuaire sous la pluie battante. Au début, il empêcha Lila Mae de dormir, puis il la poursuivit dans ses rêves, sous la forme d'un orage qui secouait la maison de son enfance. Elle était bloquée à l'intérieur à cause de la pluie. Ce matin, quand elle voit le soleil apparaître au-dessus des barres d'immeubles qui s'étendent jusqu'à la pointe nord de l'île, jusqu'à la rivière noire, le souvenir de la nuit a vite disparu. Pas beaucoup d'ascenseurs dans le coin. C'est cette partie de la ville que la verticalité montre du doigt, une région plate, oubliée, qui aurait pu rester à l'état de forêt ou champ. Aucune chance que Chancre et Lever la retrouvent ici. Les locataires invisibles de la Friendly League Residence s'en sont allés vers dix heures, de même que les bruits de pas. Lila Mae attend encore une heure puis, supposant la voie libre, elle s'aventure hors de sa chambre. Quand, en sortant, elle claque la porte de la Residence derrière elle, le gérant ne lève pas les yeux de son illustré. Il en a vu d'autres.

Lila Mae a passé l'après-midi en ville. À la Salle des

archives, qui se trouve dans Downtown, à l'autre extrémité de l'île, juste en face du Fanny Briggs. En arrivant sur Federal Plaza, elle traverse son ombre d'un pas leste et, sans même jeter un regard vers le Fanny Briggs, elle s'engouffre dans la porte tournante de la Salle des archives. Elle a présenté son insigne à l'employée de service, mais la vieille bique n'a pas pris la peine de vérifier son identité, trop occupée qu'elle était à tamponner sa paperasse du sceau de la ville. De l'autre côté du comptoir, Lila Mae observe l'objet métallique apposer, à l'envers, le sceau sacré sur cette multitude païenne. Si le Service avait diffusé un avis de recherche à son nom, il n'était pas encore parvenu jusqu'ici. Quand elle a fini de consulter les grands livres de la Salle des archives et qu'elle est partie rejoindre Chuck chez Bickford, la nuit a avalé l'ombre immense du Fanny Briggs.

De retour dans sa chambre à la Friendly League Residence, Lila Mae se plonge dans le tome II d'*Ascenseurs théoriques* : «*En ce siècle tourmenté, la race dort : des paupières sinistres qui ne s'ouvriront pas. En dessous, des rétines anxieuses bougent en tous sens. Elles sont agitées par des rêves. Elles comprennent que le rêve à haute teneur spirituelle qu'elles font parle du contrat de la sainte verticalité et espèrent se souvenir de ses termes au réveil. Mais la race n'a pas de mémoire, et c'est là notre malédiction.*» Autrefois, quand Lila Mae lisait «race» dans les livres de Fulton, elle comprenait race humaine. Dans les deux tomes d'*Ascenseurs théoriques*, il utilise systématiquement le «nous» de majesté. Aujourd'hui, Lila Mae se demande qui Fulton désigne par ce «nous».

Elle réapprend à lire.

Lorsque quelqu'un vient cogner comme un sourd à sa

porte, elle referme son livre (les pages se repoussent l'une l'autre tant elles jalousent l'attention que leur porte Lila Mae). Elle attend Natchez, qui doit lui raconter où il en est dans ses recherches concernant les journaux de Fulton (et peut-être aura-t-il d'autres choses à lui dire). Mais ce n'est pas lui qui frappe à la porte, ce n'est pas sa voix chaude non plus, mais une voix cassée : « Amy, Amy, ma chérie, excuse-moi » – le dernier mot n'en finissant plus, tel un crachat qui dégouline le long de la porte. « Pardon d'avoir fait ça. Ouvre, tu verras. C'est juste que des fois, quand je suis dans cet état-là… je suis tellement déprimé, tellement déprimé que j'ai l'impression que je m'en sortirai jamais », gémit l'homme. L'incident est clos. L'homme frappe encore une fois, puis Lila Mae l'entend s'éloigner dans le couloir à petits pas, ce qui laisse à penser qu'il a enfilé quelque chose de souple, un peignoir peut-être, qui traîne derrière lui sur le carrelage sale, comme une queue ou un balai.

Quand Natchez finit par gratter à la porte, Lila Mae ne prend pas la peine de vérifier par le judas si c'est bien lui ; elle retire immédiatement la chaîne et ouvre. Il contemple le couloir avec une moue de dégoût – et là, quand elle le voit la tête tournée, elle reconnaît le profil de Fulton : ils ont le même renflement du front, le même menton volontaire. Natchez est en costume bleu ciel, celui-là même que les hommes des quartiers noirs portent le dimanche et lors des veillées funèbres. Sans doute le seul qu'il possède, mis à part l'uniforme de domestique de la Maison. Il se tourne vers elle : « Sympa votre hôtel, Lila Mae.

– Ça fait du bien de vous voir », dit-elle.

Natchez tire nerveusement sur les revers de son costume. « J'ai pas apporté grand-chose. Je sais pas trop pourquoi j'ai pris ça. » Il hausse les épaules, les yeux levés vers le plafond jauni, puis fait surgir de derrière son dos un bouquet de fleurs, une éclaboussure de violettes. « Je les ai vues en passant. Je me suis dit que vous auriez peut-être besoin de quelque chose pour égayer votre chambre. On dirait que je me suis pas trompé. »

Non, Lila Mae n'arrive pas à se rappeler la dernière fois que quelqu'un… D'ailleurs, est-ce que quelqu'un a déjà… ? Pas le moindre souvenir. Elle tire le loquet derrière lui et vérifie si tout est en ordre dans sa chambre minuscule. Ça lui prend une seconde. « Merci, dit-elle. Posez-les sur le rebord de la fenêtre. Je n'ai pas de vase pour les mettre dedans. »

Natchez pose son chapeau noir et poussiéreux à côté des violettes, soigneusement emballées. Il tire la chaise qui se trouve à côté de la table en faisant lentement crisser les pieds sur le sol, puis s'assoit. « Vous auriez pu trouver mieux, Lila Mae. Même ma piaule est mieux que celle-là, et pourtant j'avais pas le fric pour me payer une chambre correcte. Pardon… Je n'avais pas l'argent pour me payer une chambre correcte.

– Vous n'avez pas besoin de faire de manières avec moi, Natchez », dit Lila Mae. La chambre ne dispose que d'une seule chaise, sur laquelle il est assis. Lila Mae se démène comme elle peut pour abaisser le lit escamotable. « On vient du même coin, tous les deux », ajoute-t-elle en s'asseyant sur le matelas tout bosselé.

Natchez paraît intimidé, il se frotte nerveusement les mains sur les cuisses. « Vous avez trouvé quelque chose aujourd'hui ? Je veux dire quand vous êtes allée en ville », demande-t-il.

Peut-être est-il réellement intimidé, se dit Lila Mae. Ne s'imaginant pas du tout comme quelqu'un d'intimidant (c'est dire si elle se connaît mal), elle s'explique la timidité de Natchez par le fait qu'il vient d'arriver en ville. « Je crois savoir pourquoi Pompey est allé dans cet immeuble hier soir », répond-elle. Au 366 Eighth Avenue, où ils suivirent Pompey après qu'il fut sorti du Pauley's Social Club. « Le bâtiment appartient à Ponticello Food, ils ont une usine de tomates en conserve de l'autre côté de la rivière. Je suis pratiquement sûre que Chut s'en sert de couverture. De toute façon, j'ai assez d'éléments pour confronter Pompey. Avec les photos qu'on a prises, j'arriverai sûrement à lui faire avouer qu'il a saboté l'ascenseur du Fanny Briggs, conclut Lila Mae.

– Je vous accompagne. À quelle heure vous comptez y aller ?

– Je n'ai pas besoin de vous. Pardon, ce n'est pas ce que j'ai voulu dire. C'est juste que je peux le faire moi-même. Je travaille avec lui. Je le connais comme ma poche. Je saurai me débrouiller.

– À quelle heure ? Je vous accompagne, insiste Natchez, les mains croisées sur la poitrine.

– Vous avez des choses à faire vous aussi », lui dit Lila Mae. Ses intentions sont sûrement bonnes mais elle n'est plus une enfant. « Comment ça s'est passé aujourd'hui à la Maison ? Vous avez réussi ?

– C'est incroyable. Ils ont rien vu venir. J'ai attendu que Mrs Gravely soit partie faire ses courses pour le dîner. Reed et Lever étaient pas là de la journée. Ça m'a pris cinq minutes de trouver les pages de Fulton. Pour des gens qui se croient malins, ils auraient pu au moins fermer leur tiroir à clef. C'était pile là où vous aviez dit que ça serait. » Il sort de sa veste le petit appareil photo noir qu'il agite en l'air. « Dès que j'ai reconnu son écriture, j'ai pris les photos. »

Lila Mae se penche en avant, tout excitée. « Je peux les voir ? »

Natchez range l'appareil dans sa poche. « Je les ai pas encore portées à développer. J'attendais d'avoir celles que je dois prendre à votre service et dans ce magazine spécialisé dans les ascenseurs.

– Peut-être devriez-vous faire développer ce que vous avez déjà et prendre une autre pellicule pour Chancre et pour *Lift*, conseille Lila Mae. Comme ça, s'il arrive quelque chose, vous n'aurez pas tout perdu. »

Natchez se rembrunit. Le néon rouge de la boutique d'alcools qui clignote sur le trottoir d'en face se reflète sur son visage. « Vous avez raison. Je porterai celle-là demain à la boutique. »

Est-ce que ça avait l'air d'une remontrance ? se demande Lila Mae. Elle voulait seulement se montrer pragmatique. « Juste au cas où, ajoute-t-elle d'une voix plus douce, c'est tout.

– Vous avez raison. Je ferai comme ça.

– Vous êtes sûr que les autres pages sont dans le Service ? Ils peuvent très bien les avoir emportées ailleurs.

– Je les retrouverai, qu'elles soient là ou ailleurs, répond Natchez. Vous, vous vous occupez de ce que vous avez à faire, et moi, je fais pareil de mon côté.

– Vous savez quoi ? Quand j'aurai parlé à Pompey, j'irai chez *Lift* essayer de savoir où se trouvent les pages qu'on leur a envoyées. Comme ça, on gagnera du temps. »

Il a l'air contrarié, pense Lila Mae. Est-ce que j'avais l'air aussi contrariée et méfiante quand il insistait pour venir voir Pompey avec moi ? « Je m'en occupe, mademoiselle. C'est ce qu'on avait décidé, non ? Vous avez assez à faire de votre côté. Quand j'aurai fait développer la pellicule, vous m'aiderez à comprendre ce que mon oncle a voulu dire. D'accord ? »

Si seulement elle ne lui avait pas suggéré ce qu'il devait faire. Elle a été mal comprise. « Natchez… Ça vous dirait d'aller chercher quelque chose à manger ? »

Natchez fronce les sourcils. « Ce serait avec plaisir mais il faut que je rentre. J'ai une grosse journée demain. » Il se lève et remet la chaise à sa place. « Vous, vous êtes une fille moderne de la ville, mais moi, je préfère aller à mon rythme. Vous comprenez ? C'est comme ça qu'on m'a appris, c'est tout. Pourquoi est-ce qu'on irait pas dîner ensemble demain pour de vrai quand on aura fini ce qu'on a à faire. Faisons les choses comme il faut, sans ascenseurs, sans boîte noire et sans oncle. Rien que nous deux. On pourrait aller dîner et ensuite peut-être que vous pourriez m'emmener dans un de ces clubs que vous fréquentez. » Natchez sourit. « La paye que monsieur Reed m'a filée est en train de me fondre entre les doigts.

– Avec plaisir », répond Lila Mae.

Natchez l'embrasse rapidement sur la joue, dans l'embrasure de la porte. « Bonne nuit. Et fermez bien votre porte à clef si vous bougez pas de ce taudis. »

La fille moderne de la ville tire le loquet après son départ.

« Je sais ce que tu as fait, dit Lila Mae à Pompey. Je sais ce que tu as trafiqué avec l'ascenseur du Fanny Briggs. »

Elle est là depuis ce matin, à labourer avec ses chaussures les rainures en caoutchouc du tapis de sol de la voiture. Elle était étonnée de voir que Pompey vivait à seulement deux rues de chez elle ; il faut dire que depuis qu'ils se connaissent, leurs échanges ont rarement dépassé les trois mots d'une note de service (jamais les *Tu as fini avec l'agrafeuse ?* ou *On a le nouveau planning ?* n'ont été demandés, de part et d'autre, avec autant d'aigreur). À seulement deux rues de l'appartement de Lila Mae, on se croirait dans un autre quartier. Ici, la vie, l'ambiance chaleureuse de ce paisible samedi après-midi lui rappellent son enfance, les innombrables plaisirs sucrés des quartiers noirs du Sud. Dans sa rue, elle est une anonyme. Les immigrants des Caraïbes partagent un code secret dont elle est exclue. Mais dans la rue de Pompey, les Noirs sont américains. Tandis que l'après-midi poursuit son cours, Lila Mae constate, assise dans la voiture, que chacun salue son voisin en levant son chapeau d'un geste extravagant, que les sourires sont monnaie courante, que personne n'est considéré comme un étranger. Un gamin qui s'est éloigné de quelques pas des jupes de sa mère manque de tomber et de se blesser les genoux, mais heureusement monsieur Untel le rattrape, lui qui habite plus haut dans la même rue, qui ne quitte jamais le secteur, toujours prêt à tendre aux enfants une main secourable, un morceau de sucre d'orge, une maxime mystérieuse. La mère remercie et promet d'apporter une tarte. (Toute l'horreur se cache derrière les murs des maisons, à l'abri de l'extérieur. Les voisins entendent tout ce qui se passe, mais n'interviennent jamais. Ils emmagasinent les injures et les coups, en prévision de pénuries de commérages).

Les petites saynètes qui se jouent dans la rue divertissent Lila Mae tandis qu'elle surveille l'entrée de l'immeuble de Pompey : il y a l'homme au chapeau rouge appuyé contre le lampadaire du coin de la rue et son jeu de mains rapide ; il y a le temps qu'il faut en moyenne à chaque client pour faire ses courses à l'épicerie (sept minutes). Pompey ne sort pas. Elle sait qu'il est chez lui, parce qu'il a répondu au téléphone. (Elle lui a fait entendre sa respiration.) Elle passe des heures le corps ramassé, s'imaginant monter d'un bond l'escalier de pierre grise pour appuyer sur la sonnette de l'appartement 3A.

Une partie de base-ball surgit de nulle part avec la soudaineté d'une averse d'été. Lila Mae a à peine le temps de quitter des yeux l'escalier de Pompey pour regarder sa montre à gousset qu'ils sont là : dix gosses en train de hurler, un manche à balai, une balle de toile crasseuse. Apparemment, sa voiture est la troisième base. Elle s'en aperçoit quand un des garçons frappe le coffre pour marquer. Surprise, elle se retourne et voit sa bobine d'écervelé s'encadrer dans la vitre arrière, « 'scusez, m'dame ! » crie-t-il. « Ta mère est tellement noire que… », « Tu lances comme une fille… », « Na-na-nère, il m'a pas touché… », « Je suis arrivé à la base avant… »

La partie de base-ball disparaît aussi vite qu'elle est apparue, les garçons étant soudain passés à une autre distraction, plus urgente. Lila Mae sent que le moment tant attendu est arrivé quand la porte du 327 s'ouvre. Pompey retient le battant pour laisser passer une petite femme ronde en robe bleu vif et deux petits garçons qui se chamaillent bruyamment. La famille Pompey. Lila Mae se doutait qu'il était marié (Pompey touche une bonne paye de fonctionnaire municipal mais ce n'est pas le genre à mener une vie dissolue, pas le genre adultère ou alcoolique) mais elle avait fait l'impasse sur les enfants. Au vu de leur kinésie peu développée, les garçons doivent avoir cinq ou six ans. Mrs Pompey fait partie de ces mères qui ont la fâcheuse habitude d'habiller toute leur progéniture avec les mêmes vêtements à une taille d'écart. Peut-être est-ce la raison pour laquelle les garçons sont en train de se taper dessus, l'un se jetant sur le petit corps de l'autre aussitôt que celui-ci baisse sa garde. Pompey fait les gros yeux et empoigne ses deux fils par l'épaule. D'un même mouvement, les garçons penchent la tête dans sa direction – réflexe commun dans ce type de situation, et initié il y a quelques millions d'années par le pouce opposable d'un patriarche hominidé au front bas. Une fois que leur père relâche la pression et leur ordonne de se tenir tranquilles, ils cessent de lutter. Ils descendent calmement sur le trottoir, tandis que Pompey dit au revoir à sa femme d'un baiser sur la bouche. Sur ça aussi, Lila Mae avait fait l'impasse : la part tendre de Pompey, sa victime du jour. Elle ne peut s'empêcher d'être touchée par le tableau mais se reprend aussitôt. Elle a des choses à régler avec le bonhomme.

Tandis que sa famille disparaît au coin de la rue, Pompey s'assoit sur le perron et sort un cigare de sa poche de chemise. Lila Mae lui laisse tirer deux bouffées avant de jaillir du véhicule municipal et de monter d'un bond l'escalier. Pompey n'a pas le temps de la voir arriver. Il est encore occupé par ses petites pensées mesquines qu'elle est déjà penchée sur lui. « Je sais ce que tu as fait, lui dit-elle.

– Watson ? Qu'est-ce que tu fais là ? » Pompey s'étrangle avec la fumée de son cigare, surpris autant par la présence de Lila Mae devant chez lui que par le fait qu'elle soit en robe. (Une robe blanche avec des roses énormes que sa mère lui a cousue il y a des années. La robe est coupée près du corps mais elle ne laisse rien deviner de ses formes. Ça fait longtemps qu'elle ne l'a pas mise. Elle n'en a jamais eu l'occasion. Jusque-là, elle n'avait jamais rencontré un homme comme Natchez – avec qui elle a rendez-vous tout à l'heure, quand ils auront fini ce qu'ils ont à faire tous les deux. Si elle pressait son nez contre la robe, elle pourrait sentir l'odeur de transpiration de sa mère imprégnée dans les fibres de coton.)

« Je sais ce que tu as trafiqué avec l'ascenseur du Fanny Briggs. Je sais que c'est Chancre qui t'a demandé de le faire, lui lance-t-elle, catégorique.

– Je comprends rien à ce que tu racontes, ma petite. » Le visage de Pompey est tout crispé. « Maintenant, tu ferais mieux de quitter mon perron avant que j'appelle l'Inspection générale pour leur signaler que l'ennemie publique numéro un a fini par sortir de son trou. » Pompey parcourt rapidement la rue pour vérifier que personne n'a rien remarqué.

Il doit être en train de calculer s'il a le temps de se ruer à l'intérieur de son immeuble, se dit Lila Mae. Eh non. « Maintenant t'es gentil, tu vas m'écouter, lui dit Lila Mae en se penchant un peu plus. C'est toi qui as des choses à te reprocher, pas moi. Sache que je t'ai vu entrer dans le club qui appartient à Chut, et que je t'ai également vu entrer au 366 Eighth Avenue dans ton joli petit uniforme de réparateur. Je sais aussi que tu as fait le ménage après le passage des gars de Chut pour qu'ils passent l'inspection sans problème et que, du coup, les fédéraux ne s'intéressent pas trop à leurs affaires. » Pompey recule devant ce tir de barrage, tandis que Lila Mae se penche encore davantage, malgré la fumée âcre du cigare qui lui brûle les narines. « Je sais que le 366 appartient à Chut. Et que le travail ni fait ni à faire de ses gars sur les ascenseurs fournirait un excellent prétexte au FBI pour opérer une descente si jamais Chut ne tenait pas compte des avertissements du Service. » Elle laisse tomber sur les genoux de Pompey les photos qui le montrent en train de quitter le Pauley's Social Club, d'entrer et de sortir du 366 en réparateur de chez « Growley ». « Tu es le larbin de Chancre. Maintenant, si tu me dis pas ce qui s'est passé au Fanny Briggs, c'est moi qui appellerai l'Inspection générale. Et les fédéraux, menace-t-elle.

– J'ai rien à voir avec le Fanny Briggs, dit Pompey en secouant la tête furieusement comme pour se débarrasser d'une réalité dérangeante. J'ai rien à voir avec ça.

– Tu sais quoi ? J'en ai vraiment ma claque de tous ces mensonges. J'ai fini de blaguer avec vous autres.

– "Vous autres" ? Et c'est qui au juste, "vous autres" ?

– N'essaie pas de jouer au plus fin avec moi, Pompey. Je sais à quoi m'en tenir avec toi.

– J'ai pas touché au Numéro 11. Je sais pas ce qui s'est passé. Si tu veux appeler l'Inspection générale ou la police, te gêne surtout pas. Parce que moi j'ai pas touché au Fanny Briggs. »

Lila Mae fait un mouvement en arrière. Ce type est

incroyable. « Tu couvrirais ces gens-là ? Tu ferais de la taule pour eux ? Après tout ce qu'ils t'ont fait ? »

Pompey tire sur ses bretelles comme pour rompre ses chaînes, elles reviennent en place avec un claquement. Puis il lève son cigare à hauteur de ses yeux et fixe le bout incandescent. « Ça, c'est un cigare de Chancre, dit-il. Un cigare donné par Chancre. Ils sont dégueulasses, mais comme c'est une marque espagnole, personne dit rien. Tout le monde les trouve infects, mais tout le monde les fume quand même parce que c'est lui qui les a donnés. » Pompey lève la tête. Lila Mae voit que ses yeux sont striés de rouge. « C'est vrai que je travaille pour lui, mais on en est tous là. Il y a trois mois de ça, Chancre me fait monter dans son bureau pour une raison que j'ignore. J'ai jamais parlé à ce type, et pourtant je suis dans le Service depuis bien plus longtemps que la plupart de ces connards de Blancs. Arrivé là-haut, Chancre me demande si j'ai besoin d'argent et je lui réponds oui, bien sûr. Après tout, c'est le patron, et je me dis qu'il va peut-être se décider à me filer l'augmentation que je réclame depuis des années. Ensuite, il me demande si j'ai entendu parler de son amitié avec Johnny Chut. "Amitié", qu'il me fait, avec ses gros pieds posés sur le bureau, comme si j'étais pas au courant. Comme si j'étais qu'un crétin de nègre. Alors je lui dis que oui, qu'il y a des rumeurs qui circulent dans le bureau et que les gars en parlent. Après, il me redemande encore une fois si j'ai besoin d'argent et il commence à m'expliquer comment je pourrais en gagner un peu si j'acceptais de passer après les réparateurs de Chut qui connaissent rien à leur boulot (il y en a pas un qui a vu un local machinerie avant de devenir réparateur). Bref, fallait vérifier ce qu'ils faisaient parce que Chut devait se faire tout petit à cause de l'enquête du FBI et qu'il pouvait pas se permettre de glisser une enveloppe à quelqu'un du Service en ce moment. Tout ce que j'avais à faire, c'était de m'occuper des immeubles qu'on me signalait et de les rendre nickel pour le jour où le Service ferait son suivi. Si les gars de Chut avaient merdé, ce qui était souvent le cas, j'arrangeais le coup parce que je savais où le Service allait fourrer son nez. J'avais besoin d'argent, alors j'ai accepté le boulot. Ça fait trois mois que ça dure. Chancre m'a dit qu'il y en avait encore pour trois autres petits mois avant que les choses se tassent. Alors j'ai dit oui.

– Mais c'est un délit, aboie Lila Mae. Tu as prêté serment.

– Épargne-moi les serments, crache-t-il. J'ai deux petits. Un de cinq ans et l'autre de sept. J'ai grandi dans ce quartier et je peux te dire qu'il a changé. Je suppose que tu m'as espionné toute la journée. Tu as vu les gamins qui jouaient au base-ball ? Dans dix ans, la moitié seront en taule ou clamsés, et les autres travailleront comme des bêtes et gagneront juste de quoi avoir un toit au-dessus de leur tête. Dans dix ans, plus aucun gamin jouera au base-ball dans la rue, ce sera trop dangereux. Quand tu te balades dans le coin, tu sens cette herbe que les jeunes fument. Dehors, aux yeux de tous. À croire qu'ils ont même pas honte. Tu vois celui avec le chapeau rouge au coin de la rue ? C'est lui qui leur vend cette saleté. Dans quelques années, ce sera plus de l'herbe qu'il leur vendra, mais un autre poison. Moi, je ne veux pas que mes enfants voient ça. Mais j'ai besoin d'argent pour les sortir d'ici.

– Et pourquoi je te croirais ? Depuis que je suis dans le Service, tu te conduis aussi mal que les autres avec moi. Tu es même pire. Tu ris aux blagues qu'ils racontent sur moi, et c'est même toi qui ris le plus fort. Maintenant, si ce n'est pas toi qui es derrière l'affaire du Fanny Briggs, alors dis-moi qui c'est ? Qui Chancre a-t-il envoyé ?

– J'en sais rien ! » Pompey a un geste pour se lever mais y renonce et lance un regard noir à Lila Mae. « Non, mais tu t'entends, là, à me dire ce que je dois faire ? Comme si t'étais une reine ou je sais pas quoi. J'ai deux gosses, moi.

– Ça va, j'ai compris, l'interrompt Lila Mae. T'as deux gamins. Et tu trimes comme un esclave pour des Blancs.

– J'ai fait ce que j'ai fait parce que j'avais pas le choix, dit Pompey. On bosse dans une boîte de Blancs et les règles, ce sont eux qui les font. Toi, t'arrives là en te pavanant comme si c'était toi qui faisais tourner la boutique, mais c'est pas comme ça que ça marche. Tu te trompes. C'est toi qui leur appartiens. Aujourd'hui, c'est à Chancre, mais ça pourrait aussi bien être à Lever. J'ai été le premier à entrer dans le Service. Le premier Noir de toute l'histoire à devenir inspecteur d'ascenseurs. De toute l'histoire ! Et jamais, de toute ta vie, tu connaîtras l'enfer que j'ai vécu. Tu crois que ça a été dur pour toi ? T'as pas la moindre idée de ce que c'est. Et c'est parce que je suis passé en premier que t'es là aujourd'hui. Je voulais être inspecteur d'ascenseurs et rien d'autre. Et j'ai réussi. J'ai été le premier homme de couleur à obtenir un insigne du Service. Et ce que je voulais, eux, ils en ont fait de la merde, et ils me l'ont fait bouffer. Si ç'a été facile pour toi, espèce de petite morveuse, c'est grâce à moi. Grâce à ce que j'ai fait pour toi.

» Et tu rappliques ici pour me cracher à la gueule, poursuit Pompey. Je sais pas ce que tu cherches, *inspecteur Watson*, mais, mauvaise nouvelle, j'ai rien. Aucune info. Va falloir que t'ailles voir ailleurs. » Pompey laisse errer son regard dans la rue. « Je me souviens de l'époque où le quartier était mélangé. Il y avait une épicerie tenue par un Polonais au coin, mais elle a fermé. » Il revient à Lila Mae et fait tomber la cendre légère de son cigare avant de tirer une longue bouffée. « Tu peux aller me dénoncer si tu veux. T'as qu'à appeler les flics ou l'Inspection générale, qui tu veux. Moi, je vais rester sur ce perron jusqu'à ce que j'aie fini mon petit cigare. Et lundi, je retournerai au boulot comme d'habitude pour voir ce qui se passe. Que ça te plaise ou non. »

Quand elle déboîte brutalement pour quitter la rue, Lila Mae remarque que Pompey est resté dans la même position, les yeux fixés sur l'immeuble d'en face, les mains posées à plat sur les genoux. Un vieux monsieur filiforme qui remonte péniblement la rue en s'aidant d'une canne s'arrête pour lui faire signe. Pompey lui répond en agitant la main. Les photos gisent à ses pieds. Des flocons de cendres du cigare de Chancre emportés par le vent tourbillonnent dans le ciel avant de disparaître.

SAINT ROLAND LE CHARPENTIER (Tarente 1179 – environs de Naples 1235). La correspondance de saint Roland le Charpentier et les croquis de ses fabuleuses inventions, qui constituent une des principales sources d'information sur sa vie, ont été pour la plupart détruits dans un incendie en 1873. Ces documents nous éclairent sur sa personnalité et montrent combien il œuvra avec humilité et modestie. Après avoir été ordonné prêtre à Bologne, il tenta à plusieurs reprises, mais sans succès, de devenir missionnaire auprès des Sarrasins. Son souhait fut en partie exaucé en 1219, quand il accompagna en Égypte Gautier de Brienne et ses croisés. Il plaida sa cause en personne auprès du sultan Malek El-Kamel mais, ayant échoué tant avec les musulmans qu'avec les croisés, il s'en alla visiter la Terre sainte, avant de rentrer en Italie.

En 1225, tandis qu'il priait dans l'église de San Febronia, la Vierge lui apparut et lui dit : «Élève le peuple de Dieu jusqu'au Royaume des Cieux.» Saint Roland le Charpentier prit les paroles de Marie à la lettre, bientôt persuadé que les églises devaient comporter deux niveaux, le premier réservé aux sacrifices et aux aumônes et le second à la prière. L'année qui suivit, il fonda l'ordre de la Marche graduelle mais rencontra de grandes difficultés à convertir les populations. En quête de pécheurs, il s'introduisit dans les prisons, bordels et galères, poursuivant sa mission d'évangélisation jusque dans les hameaux, les campagnes reculées et les ruelles des villes. Il ne réussit à convertir personne, à l'exception d'une pénitente hors du commun, une Espagnole qui, après avoir tué son père au cours d'une séance de jeu ayant dégénéré, s'était travestie en homme pour s'engager dans l'armée du roi de France. On raconte que saint Roland le Charpentier sauva une famille de poulets prisonnière d'une grange en feu. Une de ses citations, fort peu reprise depuis l'époque, est : «Levons la première jambe et Il nous portera le reste du chemin.» En 1235, il s'attira les foudres du gouverneur de la région en raison d'un prosélytisme excessif et fut condamné par décret à la bastonnade jusqu'à ce que mort s'ensuive. Ses blessures se refermant après chaque coup, il finit par être immolé sur un bûcher. À son enterrement, tous les pauvres de Naples entouraient son cercueil dans lequel reposait son cœur, retrouvé parmi les cendres ; sauf qu'en fait ils avaient confondu la procession funéraire de saint Roland le Charpentier avec celle d'un autre saint homme, mort la même nuit. L'emblème de saint Roland le Charpentier représente trois marches. Il est le saint patron des inspecteurs d'ascenseurs.

——

Quelle modestie, pense Lila Mae. Personne ne souhaite réclamer la paternité d'un acte de sabotage aussi réussi. Elle croit Pompey, et sa version colle avec celle de Chancre. (La jeune femme est à près de deux kilomètres de sa destination. Elle roule doucement, sans se presser, prêtant un œil distrait aux mouvements rageurs de la circulation.) Si ce n'est pas Chancre ni Pompey, alors qui ? Et si personne n'a rien fait, c'est qu'elle a commis une erreur. Or Lila Mae ne se trompe jamais. Après réflexion, elle se dit que Chancre n'avait aucune raison de lui mentir. S'il a été assez culotté pour la faire enlever et afficher ses accointances avec Johnny Chut, il aurait tout aussi bien pu reconnaître avoir bidouillé le Numéro 11. (Numéro 11, la victime oubliée du drame. Dire qu'une cabine aussi prometteuse nous a quittés dans la fleur de l'âge. Qui pleure le Numéro 11 ? Lila Mae est tellement obnubilée par les conséquences de l'accident sur sa propre vie que pas une fois elle ne songe à l'assemblée d'ascenseurs endeuillée qui pleure la perte d'un être cher, dans un dernier au revoir.) Pompey ! Elle était pourtant sûre que c'était lui qui avait fait le coup. Lila Mae range son interrogatoire raté dans un coin de sa tête et songe à son rendez-vous du soir. Elle remarque sur sa robe un long cheveu noir, pareil à un serpent, et le jette par la fenêtre de la voiture.

Pompey est un petit homme assis sur un perron crasseux dans une ville interminable. Lila Mae classe cette observation en vue d'un usage futur. Elle a un rendez-vous galant, mais elle a quelque chose à faire avant. La fille moderne de la ville a choisi un restaurant dont Chuck lui a parlé, un bar tropical (ou supposé tel) où des plantes hawaïennes dégoulinent du haut de structures en bambou, à la lumière de lampes multicolores. Il se transforme en boîte après minuit. Lila Mae espère que l'endroit correspondra à l'idée que Natchez se fait de ses sorties, même si elle a piqué l'idée à Chuck, lui qui est devenu spécialiste des raids nocturnes en ville. Lila Mae surprend le reflet de ses yeux dans le rectangle sinistre du rétroviseur : minuscules et froids, comme d'antiques météorites émergeant de la poussière. Elle aurait pu se montrer plus gentille avec Natchez hier soir. Après toutes les postures qu'elle a adoptées, l'amabilité ne pourrait-elle pas en être une également, un costume qu'elle pourrait endosser en cas de besoin ? Natchez vient juste de débarquer, se dit Lila Mae, qui se rappelle alors ses premiers pas hésitants sur le sol de béton de la ville, le regard levé vers les genoux écorchés des géants de pierre qui l'entouraient de toute leur hauteur. (Ceux-là mêmes qui en ce moment précipitent le coucher du soleil. La nuit de la ville précède la vraie nuit à cause de ces sinistres monolithes gagnés sur la nature.) Il faut qu'elle donne à Natchez ce qui lui a manqué à elle en arrivant en ville, de la gentillesse, une main tendue – mais avant cela, encore doit-elle se glisser chez *Lift* pour récupérer les pages du Journal de Fulton envoyées à Ben Urich. Le feu passe au rouge. Lila Mae s'arrête au carrefour et réfléchit. Elle fera tout son possible pour aider Natchez à retrouver ce qui lui revient de droit.

Sur sa droite, il y a un immeuble condamné. Des affichettes rouges annoncent sa démolition prochaine, et un périmètre délimité par des planches de mauvais contreplaqué tient les citoyens à distance. En attendant que le feu passe au vert, elle s'interroge sur l'origine de cet être de pierre qui n'est plus aujourd'hui qu'une cosse vide. Son enveloppe s'est noircie au fur et à mesure des années, sous l'effet de la bile automobile. Difficile d'imaginer ce qui se cache derrière : un entrepôt, un immeuble de bureaux, un atelier clandestin ? Obsolète et condamné, le bâtiment sera bientôt remplacé par un de ces nouveaux bijoux tout de verre et d'acier. Chuck a raison, songe Lila Mae. Elle n'avait pas mesuré tout ce qu'impliquait la seconde ascension. Une fois la boîte noire découverte, il faudra détruire la ville, car sa structure n'est pas adaptée au nouvel appareil. Il faudra la raser et évacuer les gravats vers des quartiers moins courus. Et tout recommencer de zéro. À quoi ça ressemblera ? Lila Mae imagine une ville brillant de mille feux avec des bras et des yeux innombrables, une ville autotransformable construite avec des plastiques qui n'existent pas encore, une ville qui pourra flotter, voler, tomber, qui n'aura plus d'armatures en acier mais une colonne vertébrale liquide, voire rien du tout. Les architectes-astronomes dessineront une héliopolis capable de relever la progression des planètes dans le ciel. La main du démolisseur est sur le détonateur. Couverte de brûlures de cigarette. La ville a été évacuée. Il se demande : la cigarette, avant ou après ? Après l'explosion, le ciel sera rempli de poussière. Il se décide : maintenant.

Le jour où Lila Mae et Natchez auront trouvé la boîte noire.

On klaxonne derrière elle. Il est temps de quitter l'immeuble moribond et de laisser l'animal mourir en paix pour s'occuper de choses plus concrètes. Quel ascenseur remportera les faveurs de *Lift*, supposé gardien de la profession ? se demande-t-elle. Un vieux Grumman avec sa cabine en filigrane de métal, ses moulures vieillottes qui ont marqué à jamais l'histoire, ou bien est-ce que ce sera un Executive Arbo, avec son intérieur stérilisé, pur et spartiate, mais un moteur à réaction extrêmement puissant ? Lila Mae penche pour la deuxième option et vérifiera si elle a juste une fois qu'elle sera passée devant Billy, le veilleur de nuit de *Lift*, qui est en train de potasser la dernière session de son cours par correspondance, et plus précisément sa dissertation de cinq pages sur la cour amoureuse à l'époque victorienne.

Lila Mae se gare et regarde sa montre. Il est sept heures et demie, samedi soir. Les citadins songent à leurs rites expiatoires du week-end. *Lift* vient de sortir et c'est un mensuel, Lila Mae espère donc qu'il n'y aura personne dans les bureaux. La plupart des fenêtres sont noires.

Alors qu'elle lève les yeux, la façade de l'immeuble lui fait penser à une planche en bois orientée tribord qui enjamberait une mer truffée de requins. Lila Mae pousse la porte.

Le veilleur de nuit est assis derrière un bureau gris en demi-cercle. De la sueur perle sur son large front et, au-dessus de son visage buriné, rend ses cheveux châtains humides. Il est furieusement concentré. Il semble être à bout de ses ressources physiques et intellectuelles. Son gros ventre tire sur les boutons de son uniforme bleu marine. Il est plongé dans un livre à deux sous dont la couverture représente un jeune ramoneur en train de fouiller dans ses poches à la recherche de pièces de monnaie. « Lila Mae Watson. Je viens inspecter vos ascenseurs », annonce Lila Mae.

Billy pose son bouquin et lui demande : « C'est quoi, de la paraffine ?

– Une matière cireuse utilisée principalement dans la fabrication des bougies. Vous voulez voir mon insigne ?

– C'est pas un peu tard ? répond Billy, toujours aux prises avec son problème de paraffine.

– Équipe de nuit. Qu'il pleuve ou qu'il vente, dès qu'un ascenseur est dans le besoin, on est là. » Elle lui brandit son insigne sous le nez. « Ça vous va comme ça ?

– Pour ne rien vous cacher, j'ai besoin de lunettes pour lire. »

Il se replonge dans sa lecture, le visage crispé par la concentration, et lui fait signe de passer. Lila Mae trouve le nom de *Lift* inscrit en lettres blanches sur le tableau des occupants à côté de l'ascenseur. Huitième étage. Elle essaie d'imaginer la tête de Natchez quand elle lui annoncera qu'elle a récupéré les pages. S'il a insisté pour l'accompagner chez Pompey et pour qu'elle reste en dehors de tout ça, c'est parce qu'il cherchait à la protéger. Lila Mae est impatiente de voir la tête qu'il va faire quand elle lui glissera la pellicule au restaurant, de l'autre côté de la table, pile en dessous d'un dieu hawaïen miniature illuminé par la flamme d'une bougie. L'ascenseur arrive. Naturellement, c'est un Executive Arbo, impeccable, lumineux.

Lila Mae note que l'ascenseur semble fonctionner au niveau de performance optimal.

Au huitième étage, la porte étincelante de l'Executive s'ouvre sur le logo de *Lift*, inscrit sur une porte en verre et comme suspendu en l'air. La réception est éclairée par trois plafonniers placés juste au-dessus d'un vaste et robuste bureau, qu'occupe sans doute dans la journée une hôtesse qui passe son temps à se limer les ongles avec un outil inoxydable (la fine poudre d'ongle s'éparpillant dans l'air, aspirée par les grilles de ventilation). Lila Mae ouvre la porte en verre. Tout est silencieux.

Elle se faufile jusqu'à la cloison en stuc blanc qui sépare la réception de la salle de rédaction, qui se trouve juste derrière. À l'abri du mur, elle se penche pour regarder. Il n'y a personne. C'est comme voler un verre d'eau. Environ vingt bureaux se suivent en enfilade le long d'un mur (exposé au nord, remarque-t-elle), autant d'îlots peuplés d'une faune de papier, mais aucune bestiole menaçante en vue. Toutes les machines à écrire dorment. Leurs jacassements se sont tus, motus et bouche cousue. Dans le dernier tiers de la salle, une petite lampe de bureau avec une cloche en verre émeraude dessine les contours d'un bureau encombré et d'un fauteuil inoccupé. Cette lampe a-t-elle été laissée allumée par erreur ou bien y a-t-il quelqu'un dans la pièce ? Tout bourdonne : l'immeuble, les murs, le sol. Dans l'obscurité, Lila Mae aperçoit deux yeux qui la fixent depuis le mur ouest de la salle de rédaction. Elle bat précipitamment en retraite derrière le rempart de l'hôtesse et pose machinalement le regard sur une boule de papier rouge jetée dans une corbeille. Ça pourrait être une carte de la Saint-Valentin mais ce n'est pas l'époque. Tout est silencieux de l'autre côté de la cloison. Lila Mae suit de la main gauche le tracé d'une fissure dans le stuc, une cicatrice invisible qu'elle sent sous ses doigts, une blessure ancienne qui doit avoir une histoire, à n'en point douter, mais personne n'est là pour la lui raconter et elle ne parlera pas d'elle-même. À quelques mètres de là, juste derrière les portes en verre, la gaine patiente – potentialité d'ascenseur qui attend la sommation de Lila Mae. Mais, poussée par le silence qui règne de l'autre côté du mur et la honte qu'elle éprouve à l'idée de raconter à Natchez son échec avec Pompey, elle se décide à jeter un autre coup d'œil dans la salle de rédaction. Elle s'est habituée à l'obscurité et s'aperçoit que ce qu'elle a pris pour des yeux n'est qu'un trophée. Un Otis pour être précis, le prix qui récompense l'excellence verticale : deux boutons d'appel en or pris dans du quartz, séparés l'un de l'autre par l'espace réglementaire. Le trophée, couché sur le flanc, repose en haut d'un placard noir sur un socle à l'apparence fatiguée. Gage d'une importance dérisoire mais qui a dû susciter bien des convoitises, il a été obtenu pour un article révélant une affaire de corruption ou décrivant les dangers de treuils de traction défectueux dans un royaume lointain. Non, il n'y a rien dans la salle de rédaction qui ne concerne pas cette foutue profession. Lila Mae est seule avec une lampe de bureau livrée à elle-même, dont la consommation électrique sera bientôt enregistrée puis éliminée du prochain budget du magazine *Lift*, « chroniqueur officiel de l'industrie des ascenseurs depuis trente ans ».

Lila Mae déambule entre les bureaux, à travers l'ours du magazine, matérialisé ici par une série de plaques noires. Certains noms lui sont familiers parce qu'elle les a vus au bas des colonnes qu'ils signaient. Les journalistes de *Lift* sont les chantres de la mission qu'elle mène. C'est dans cette pièce et sur ces machines à écrire qu'ils peaufinent leurs récits. C'est ici qu'ils racontent les sombres aventures d'inspecteurs plongés dans l'obscurité des gaines d'ascenseur. Lila Mae cherche la plaque de Ben Urich. Elle se souvient du nom. Mr Reed l'avait désigné comme l'auteur de l'article passé à la trappe. Elle n'a jamais aimé ses articles, qui se polarisent de manière excessive sur les aspects les plus moches de son métier, sur les magouilles et trahisons dont Lila Mae a toujours voulu se tenir à l'écart depuis qu'elle est dans le Service. (Et voilà qu'elle se retrouve chez *Lift* comme une voleuse et qu'elle occupe le premier rôle dans le drame.) Si les pages des carnets de Fulton ne se trouvent pas dans le bureau de Ben Urich, elle poursuivra ses recherches dans celui des rédacteurs en chef, en remontant dans l'ours du magazine jusqu'aux points minuscules qui se trouvent au sommet. Jusqu'à ceux qui savent.

Nous y voilà. Le bureau de Ben Urich est propre et rangé, ce en quoi il se distingue des autres, où règne l'anarchie. Lila Mae glisse la main dans son sac (encore un objet qu'elle laisse d'habitude moisir au fond de son armoire) à la recherche de son appareil photo miniature. Elle le tient précieusement au creux de la main, comme s'il s'agissait d'une jolie grenouille noire trouvée à l'instant même dans une crique. Elle a acheté l'appareil ce matin avec les soixante dollars qu'elle a retrouvés dans la poche de poitrine de son costume du vendredi. Le bakchich que le gardien du 125 Walker lui a donné par mégarde lui était complètement sorti de la tête (il s'en était passé depuis), mais elle est ravie d'avoir pu en faire bon usage. Lila Mae a la main sur le premier tiroir du bureau de Ben Urich quand elle l'entend dire : « Vous devez être Lila Mae Watson. » Inutile de préciser que cette intervention perturbe ses projets.

Big Billy Porter rit et lève sa chope à l'aventure de son camarade. « Et si tu trouves ça énorme, mon vieux Ned, attends un peu que je te raconte la première fois que j'ai vu ces saloperies. C'était mon premier mois de boulot. Je te parle de ça, c'était avant le Code, le Service n'avait pas encore le pool automobile. Fallait qu'on prenne le bus ou le métro. On partait le matin avec une poignée de petite monnaie et les trois fiches sur lesquelles il y avait nos clients du jour. On devait se débrouiller tout seuls, et je vous raconte pas le bordel, mes amis. Ça n'arrêtait pas. Donc, comme je vous disais, c'était mon premier mois et j'avais écopé de la vieille usine Jenkins Textile dans le Sud. Je me doutais bien qu'ils auraient un vieil Otis (c'est vous dire l'âge de la baraque), mais je pouvais pas deviner que la bécane serait aussi vieille. Jenkins, Jenkins Junior, ou que sais-je, m'attendait sur le quai de chargement. On aurait dit que ça faisait des mois qu'il poireautait là, comme si j'avais rien de mieux à faire que d'aller vérifier son vieux machin, sans blague ? Vous voyez le genre de type, quoi. Alors il me fait : "On a un petit problème avec le monte-charge", timide comme une jeune fille. Comme si j'étais pas au parfum. Bref, il me fait rentrer et on monte au local machinerie, et là, les gars, je vous jure que vous avez jamais vu un truc pareil. D'abord, il y avait pas de fenêtre dans la cambuse, et puis j'aurais mis ma tête à couper que personne n'y avait foutu les pieds depuis des siècles. Il y avait des crottes de souris partout et des toiles d'araignée qui pendaient du plafond. Et je vous raconte pas la poussière ! J'ai cru que j'allais étouffer. Bref, je m'aperçois que les câbles sortent d'un gros bidule en bois qui ressemble à une espèce de caisse. Mais pas de moteur. Alors je demande au gamin ce que c'est que ce truc. Et alors là, il me raconte, avec son nez dans son mouchoir tellement il y a de poussière, que comme son paternel supportait pas le boucan, il avait fait mettre un caisson dessus pour que ça fasse moins de bruit. Et je me dis en moi-même, ça fait pas trois ans que United s'est fait tout un paquet d'oseille avec pile le truc en question et voilà que le vieux proprio d'une fabrique de chiffons l'a inventé bien avant eux. Il y en a qui déposent les brevets alors que le truc existe déjà, planqué quelque part dans un coin paumé de la ville. Évidemment, je lui dis rien, mais j'en pense pas moins. Alors je lui fais comme ça que je suis désolé pour les oreilles sensibles de son pater mais que moi faut que je jette un coup d'œil à l'intérieur de la boîte. Alors Junior me tend une barre en fer qu'il a ramassée dans la poussière et je commence à attaquer la caisse en bois. Je force comme un dingue pour trouver un point d'appui, et brusquement ça cède. Et voilà qu'un geyser se met à jaillir du trou, des milliers et des milliers de ces saloperies de petites bêtes noires. Et je sais très bien ce que vous êtes en train de vous dire, les gars – cause toujours, Billy, de quoi tu te plains au juste, t'es pas le premier à te taper une attaque de cafards. Mais moi je vous garantis que vous avez jamais vu un truc pareil. Quand je vous dis des milliers, c'est des milliers et des milliers. Ils me remontaient jusqu'aux mains avec la barre et il y en avait tellement par terre qu'on aurait dit de la flotte dans une fontaine. J'ai fait un bond en arrière, et quand j'ai regardé mon fute, il y en avait plein partout, je les sentais qui grouillaient sous mes fringues et sur ma peau. L'autre était en train de hurler, il avait trébuché contre une caisse en voulant reculer et était tombé à la renverse, et il était tout couvert de cafards. C'était un hurlement à vous glacer le sang. Pour être tout à fait honnête, moi aussi je hurlais. Ça devait faire des années et des années que les bestioles se reproduisaient dans leur boîte en bouffant les vieux câbles de l'Otis. Qu'elles se tapaient la cloche. À l'époque, on savait pas encore qu'elles adoraient becqueter de l'ascenseur. Bien sûr, il y avait des bruits qui couraient, mais on était encore très loin des études que le Service a faites par la suite sur le sujet. J'ai failli chier dans mon froc. Je suis sorti du local en quatrième vitesse en claquant la porte derrière moi et je me suis tiré vite fait bien fait. Des heures plus tard, j'avais encore des cafards qui me sortaient des poches. Je sais pas ce qui est arrivé à Junior. Si ça se trouve, ces saloperies de petites bêtes noires l'ont bouffé. »

Lila Mae tire sur les perles métalliques qui pendent autour de l'abat-jour et découvre Ben Urich assis sur un coin du bureau, le cul en presse-papier. La manche droite de son costume bleu ciel en crêpe de coton est roulée n'importe comment jusqu'au coude, laissant voir un avant-bras d'une curieuse blancheur ainsi que de minuscules bouts de doigts roses. Il porte un plâtre. Visiblement épuisé, il a la peau du visage flasque, les joues parsemées de poils blancs broussailleux. « Vous savez parfaitement qui je suis, lui dit Lila Mae.

– Je me doutais bien que vous vous pointeriez le jour où j'aurais récupéré les autres pages du Journal de Fulton. Comme vous n'êtes plus à votre boulot, il fallait bien que vous soyez occupée à quelque chose. Il paraît que vous êtes une petite maligne. Je ne m'étais pas trompé, j'étais sûr que vous viendriez. J'aurais fait exactement la même chose dans votre situation. »

Malgré sa blessure, Ben Urich s'essaie à une pose de célibataire blasé. L'index de la main gauche glissé dans le revers de son pantalon, relax, roule ma poule. « Vous avez l'air toute secouée. Pour être honnête, moi aussi je l'ai été ces derniers temps. En fait, depuis que j'ai fini mon article sur la boîte noire.

– Qui n'est jamais sorti », ajoute Lila Mae. Elle range l'appareil photo dans son sac et tire la fermeture éclair.

« On a convaincu mon rédacteur en chef de ne pas le passer. » Ben Urich lève la batte blanche qui remplace sa main droite. « Et, en ce qui me concerne, j'ai très vite été convaincu que c'était une excellente décision. Ou du moins on a fait ce qu'il fallait pour m'en convaincre.

– Johnny Chut, devine Lila Mae.

– Quelle partie du Journal de Fulton avez-vous déjà lue ?

– Aucune. Je m'apprêtais à y jeter un coup d'œil pour la première fois.

– C'est bien ce que je me disais. Je me doutais que vous finiriez par me rendre une petite visite. Vous ou quelqu'un d'autre. Vous trouverez ce que vous cherchez dans le tiroir du bas. Sous le calendrier des pin-up de l'an dernier. »

Le tiroir s'ouvre avec une secousse, résonnant bruyamment dans la salle de rédaction. Lila Mae soulève les deux premières feuilles d'un calendrier représentant des starlettes connues dans des poses lascives, et trouve les pages arrachées aux carnets de Fulton en dessous, à moitié dans l'ombre. « Sortez-les », lui dit Ben Urich en la voyant hésiter. Lila Mae reconnaît l'écriture minuscule et agressive pour l'avoir scrutée à la loupe sous le regard attentif du bibliothécaire de l'Institut, dans la salle de lecture. Elle s'était même, dans la griserie des premiers jours de sa conversion, entraînée des heures durant à l'imiter. Lila Mae reconnaît l'encre, aussi. Pendant tout un semestre, elle avait recopié ses notes de cours en contrefaisant l'écriture de Fulton, persuadée que ça la rapprochait davantage de lui. Comme si le moyen par lequel on communique une idée dans le monde physique permettait de comprendre celle-ci, au moins en partie. Elle avait dompté la main de Fulton, soumis les pleins et les déliés de son écriture mal formée. Et la voilà de nouveau sous ses yeux, sur un des carnets préférés de Fulton. Elle avait trouvé le fabricant, un jour. L'usine, qui se trouvait de l'autre côté de la rivière, produisait toujours la gamme Fontaine. La dentelure sur la tranche des feuilles complète le tableau. Les pages ont bien été arrachées aux carnets de Fulton.

C'est à lui, se dit Lila Mae. Incroyable. Elle se revoit à la bibliothèque de l'Institut, ou dans son placard à balais au-dessus du gymnase. Lila Mae déchiffre les gribouillis de la première page qu'elle a entre les mains. Elle suit les mouvements chaotiques des lignes jusqu'à la moitié de la page, jusqu'à des dessins qui ne lui disent rien. «*À ce stade, d'autres essais seraient superflus. Il fonctionne. Il ne reste plus qu'à en équiper les villes.*» Il fonctionne.

«C'est ce que vous cherchiez? lui demande Ben Urich d'une voix traînante.

– Exactement.» Lila Mae a les yeux rivés sur les papiers. «Qui vous les a envoyés?

– Si je le savais, répond Ben Urich, on ne serait pas là tous les deux à discuter. Et si vous le saviez, vous ne seriez pas venue jusqu'ici.» Il masse son plâtre sale de sa main valide. «J'en conclus qu'il faut que je vous raye de ma liste.»

Lila Mae l'entend à peine. Elle tient enfin les pages entre ses mains. Elle pourrait apprendre le texte par cœur et le retranscrire plus tard. Le comparer à ceux que Natchez aura photographiés et voir où ça mène. Ce soir, au dîner, elle le lui donnerait. Ce serait son cadeau. Elle a toujours la tête baissée. «*Il a requis des principes – une façon de penser – que je croyais avoir abandonnés.* » Lila Mae se répète la phrase afin de l'imprimer à jamais dans sa mémoire. Pour donner le change, elle demande à Ben Urich : « Comment saviez-vous que j'allais venir ?

– Je dirais que c'était écrit. Comme pour mes doigts. Je suppose que vous êtes à la Maison des intuitionnistes et que vous aidez Reed et Lever à empêcher Chancre et ses maîtres de trouver la boîte avant eux. » La voix de Ben Urich faiblit. « Ce qui signifie que les intuitionnistes ne l'ont toujours pas.

– J'ai quitté la Maison », dit Lila Mae. « *Je ne m'en suis éloigné que pour mieux y retourner et découvrir qu'il était tel que je l'avais laissé. Il fonctionne.* »

« La cuisine ne vous plaisait pas ? demande Ben Urich.

– Non, la conversation.

– Alors vous faites équipe avec quelqu'un d'autre. Un moment, j'ai cru que c'était Arbo qui vous envoyait pour me rappeler que j'étais toujours sous surveillance. »

Il a bien dit « les maîtres de Chancre » ! Après avoir perdu beaucoup trop de temps à des peccadilles, Lila Mae finit par relever la tête. « Arbo ? Qu'est-ce qu'ils ont à voir avec ça ? »

Les sourcils de Ben Urich font un bond. « Et moi qui vous croyais futée. L'infaillible Mademoiselle Cent-pour-cent. » Le taux le plus élevé du Service, ajoute Lila Mae pour elle-même, bien que personne ne prenne jamais la peine de le souligner. « Enfin, jusqu'au Fanny Briggs. Qui a vraiment besoin de la boîte noire à votre avis ? »

Lila Mae fixe Ben Urich, laissant pendre dangereusement les feuilles au bout de ses doigts.

« Je constate que votre étonnement est sincère. » Ben

Urich fouille dans sa poche et en sort une pièce toute brillante. « Arbo et United… voilà les vrais maîtres du jeu. Vous avez l'air bouleversée. Vous ne voulez pas vous asseoir ? » Lila Mae se laisse tomber sur le fauteuil de Ben Urich, là même où celui-ci fait éclater les scandales au grand jour. Par les fenêtres situées au nord de la salle, elle voit que les bureaux d'en face sont tous plongés dans le noir. Il n'y a personne.

« Ça c'est une surprise, s'exclame Ben Urich. Finalement, la clef, c'est vous. » Fidèle à son habitude, il jette la pièce en l'air, mais il n'est pas encore très habile de la main gauche. En voulant la rattraper, il manque son geste, et elle s'en va rouler dans un coin sombre.

« Qu'est-ce que vous essayez de me dire à la fin ? »

C'est au dos de Ben Urich qu'elle s'adresse. Il est à genoux par terre en train d'essayer de retrouver sa pièce. « Qui, sinon United et Arbo, les deux plus gros ascensoristes du monde, aurait le plus besoin de la boîte noire ? » demande-t-il à un mouton poussiéreux. « Arbo m'a bousillé la main pour que je foute mon papier au panier, nom de nom !

– Arbo qui est en perte de vitesse, murmure Lila Mae.

– C'est rien de le dire. Leurs ventes à l'étranger ont chuté de quarante-cinq pour cent, et ici de trente. Baisse de régime qui date de l'échec de leur série Jupiter, qui a permis par ailleurs à United de revenir dans la course. Je l'ai ! lance Ben Urich en revenant vers le bureau. Mon Dieu, vous voulez un verre d'eau ou quelque chose ?

– Ça date du temps où United a engagé Chancre pour faire la promo de leur gamme », réfléchit tout haut Lila

Mae. Sa voix est faible et aussi lointaine que les rotors silencieux là-haut dans le local machinerie.

« Bien sûr, confirme Ben Urich. Quel que soit le pays, dès qu'un gros marché d'ascenseurs se présente, les personnes concernées se tournent d'abord vers cette ville pour trouver conseil. Parce que c'est la ville la plus célèbre au monde. La ville des gratte-ciel. Inutile de vous rappeler, je suppose, que tous les requins du bâtiment et de l'immobilier viennent d'abord ici. Dans cette ville. »

Lila Mae se souvient de Reed lors de son premier jour à la Maison des intuitionnistes, lui disant que Lever était sorti rendre visite aux braves gens de chez Arbo, raison pour laquelle le candidat se trouvait dans l'impossibilité de faire sa connaissance. « Arbo financerait la campagne des intuitionnistes », dit-elle donc tout haut. Celui qui règne sur l'ascenseur est le maître des villes nouvelles.

« J'espère pour eux, renchérit Ben Urich. Il semblerait que les intuitionnistes ne roulent pas sur l'or. Il ne doit pas rester grand-chose des cotisations versées par les membres, une fois déduits leurs frais de cocktails-conférences. Et si les intuitionnistes ont leur Maison, c'est parce que ce fou de Dipth-Watney s'est montré généreux avec ces tocards. Quand Holt était président de la Guilde, c'était Arbo qui avait la main sur le Service, et c'est avec l'argent de United que Chancre a gagné son siège. Est-ce que vous connaissez l'histoire de Holt et de sa danseuse ? C'était une Safety Girl de United. Ne me dites pas que vous avez cru qu'il s'agissait vraiment de philosophie ? De savoir qui était le meilleur entre l'intuitionnisme et l'empirisme ? Tout le monde s'en fout, de ça. La seule chose qui compte vraiment ce sont les fabricants d'ascenseurs, Arbo et United. Le monde entier rêve de verticalité, et ce sont ces deux-là qui lui permettront d'y accéder. À condition de payer le prix. »

Ben Urich a encore raté sa pièce, qui rebondit sur un meuble avant de disparaître, vers la gauche du bureau cette fois-ci. Le journaliste est de nouveau à quatre pattes. « À votre avis, qui a manigancé votre accident de la semaine dernière ? Moi, je vais vous le dire, c'est United. Même si c'est Chancre qui a fait le coup, c'est United qui était derrière tout ça. N'oubliez pas que les ascenseurs du Fanny Briggs sont des Arbo. Quant à la chute de Chancre aux Folies, c'était sûrement Arbo qui se vengeait.

– C'était pas Arbo.

– Alors qui c'était ? Le fantôme d'Elisha Graves Otis ? »

Ben Urich ne sait pas tout. « Vous dites que c'est Arbo qui vous a bousillé la main. Pourquoi Arbo empêcherait-il la parution de votre article ? Si l'entreprise soutient financièrement les intuitionnistes (et à l'évidence la boîte noire de Fulton est une invention intuitionniste), pourquoi refuserait-elle de faire éclater la vérité au grand jour ? Ça ne tient pas debout. Quand les électeurs de la Guilde apprendront l'existence de la boîte noire, ils voteront pour Lever, et Arbo aura gagné.

– Arbo aura gagné sur tous les tableaux, c'est ça ? demande Ben Urich.

– C'est ça. »

Ben Urich est toujours en train de chercher sa pièce. « Vous voulez pas me filer un coup de main ? » Lila Mae ignore sa question.

« Permettez-moi de vous poser une question, miss Watson. À votre avis, qui a le plan de la boîte noire ?

– J'en sais rien.

– Tant que les ascensoristes n'auront pas le plan, ils ne maîtriseront rien. Supposons que la boîte noire ne soit pas conçue selon des principes intuitionnistes. Supposons, à titre d'hypothèse, qu'elle soit empiriste. Ou bien qu'elle soit intuitionniste mais que Chancre, aidé des gros bras de Chut et de United, l'ait trouvée le premier et qu'il la garde sous clef. Ou qu'il la détruise. Qu'adviendrait-il d'Arbo à votre avis ?

» Je vais vous le dire, moi, poursuit Ben Urich, ils se retrouveraient la bite au vent, voilà. Vous me pardonnerez mes écarts de langage. Mon papier annonçait à toute la profession la découverte imminente de la boîte noire. Il y avait de quoi nourrir les espoirs des inspecteurs d'ascenseurs (tous des connards aigris, selon moi), mais mon article ne paraîtra pas. Je vous garantis que le mécontentement des inspecteurs se manifestera mardi prochain dans les urnes. La voilà », finit-il en se relevant. Puis, à l'attention de la pièce : « Tu essayais de te cacher, petite coquine ?

– Jusqu'à ce qu'ils aient le plan entre les mains, les ascensoristes doivent empêcher à tout prix la parution de votre article.

– Sinon, ils sont baisés. Chancre peut tourner la chose comme il veut, même depuis son lit d'hôpital. La rumeur a fini par filtrer. Je sais qu'il a prévu de donner une conférence de presse lundi. Vous allez voir qu'on n'a pas fini d'entendre des : “Encore un canular des intuitionnistes, cette boîte noire. Si mes concurrents l'ont, ils n'ont qu'à nous la montrer.” Montrez-nous la boîte noire ou fermez-la.

– Dites-nous où elle se trouve ! ajoute Lila Mae.

– Voilà, c'est ça.

– Et qu'est-ce qui s'est passé avec votre main ?

– Ils m'ont chopé pile devant le bureau. » Le souvenir arrache une grimace à Ben Urich. « Je me suis défendu comme un beau diable mais en moins de deux, je me suis retrouvé à l'arrière d'une bagnole. Ils m'ont cassé les doigts un par un. Ils étaient deux, deux crétins qui essayaient de se faire passer pour des mafiosi. Mais moi, je savais que c'était pas vrai et j'ai pigé grâce à leur chemise. C'étaient des gens de la profession. Ils avaient des costumes typiques de cadres et même la chemise en coton Oxford. Les gars de Chut ont un style bien à eux. Ils portent des costumes chers et vulgaires, comme leur patron, avec des chemises en tissu acrylique qu'ils achètent tous dans la même boutique, Finelli, sur Mulberry.

– Ils vous ont cassé les doigts », répète Lila Mae.

Les petits bouts de doigt roses s'agitent à l'extrémité du plâtre. « Ça s'est passé samedi dernier. Ils m'ont secoué bien fort pour me faire comprendre qu'il fallait que je laisse tomber mon article. Ils m'ont bousillé la main (la main avec laquelle j'écris, bon sang !), et ensuite ils m'ont déposé devant chez moi comme si j'étais une donzelle qu'ils ramenaient du bal de fin d'année. Un avertissement, quoi. Après, je me suis souvenu des chemises et j'ai commencé à faire ma petite enquête.

– Et vous avez découvert que les gars travaillent chez Arbo. » Bien sûr !

« J'ai là des photos que j'ai prises à la sauvette, il y a des années. À l'époque où Arbo vendait ses nouveaux freins de châssis à des compagnies étrangères, à des ploucs qui ne savaient même pas que les freins n'avaient pas l'agrément de l'État fédéral. » Ben Urich pose sa pièce sur le bureau et commence à farfouiller dans un autre tiroir. « Je les ai quelque part par là. Les voilà. » Il cherche dans le tas. « J'ai retrouvé les gars en question très vite. Les voilà en train de sortir de chez Arbo en compagnie d'autres brutes. Juste là. »

Lila Mae appréhende et hésite à regarder. C'est une photo en noir et blanc avec du grain, représentant une minuscule parcelle de ville. Cinq types baraqués entourent une voiture de couleur sombre. Lila Mae place la photo sous le faisceau de la lampe et s'aperçoit que ses mains tremblent. Elle leur ordonne de se calmer. « Jim et John, dit-elle.

– Vous les connaissez ?

– Je les ai trouvés chez moi vendredi dernier. En train de fouiller dans mes affaires.

– C'est logique, compte tenu de ce qui figure dans les pages de Fulton que l'expéditeur anonyme a envoyées à Arbo. » Ben Urich joue avec sa pièce de sa main valide, rassemblant son courage pour s'essayer encore une fois à son passe-temps favori. « Jim Corrigan et John Murphy. Sur le fichier du personnel Arbo, ils apparaissent sous la rubrique "Consultants", mais la police a plusieurs dossiers sur eux. Effractions, coups et blessures, espionnage industriel, et j'en passe. United utilise les gars de Chut, et Arbo ces gars-là. Jim a même fait l'objet d'une accusation de meurtre, mais les avocats d'Arbo l'ont tiré d'affaire. Vous vous souvenez de l'affaire LaBianco il y a quelques années ?

– Qui est-ce ? » Lila Mae tapote du doigt la photo. Ses mains ne tremblent plus.

« Ça, c'est Raymond Coombs. Un autre "consultant". Arbo l'utilise essentiellement pour des missions d'intimidation, parce que c'est un grand Noir très baraqué. Attendez une seconde, je crois que j'en ai une meilleure de lui. » Ben Urich cherche parmi les photos. C'est un portrait. Le regard, plein de douceur, se perd hors champ vers la gauche du cadre. « Vous le connaissez ? demande Ben Urich.

– Il m'a dit qu'il s'appelait Natchez.

– D'après ce que j'ai pu lire sur lui, c'est pas le genre de type que j'aimerais croiser dans une ruelle sombre. Pas tendre, l'ami. Je suppose qu'il n'avait pas le choix. Ça doit être comme ça quand on est noir et qu'on travaille dans une boîte de Blancs. C'est sans doute la même chose pour vous. » La pièce au creux de sa main le démange. « Mais je me demande pourquoi je vous raconte tout ça. J'ai l'impression de vous refiler des tuyaux percés vu tout ce que vous savez déjà. »

Lila Mae n'arrive plus à réfléchir. Elle interroge en silence la photo de Natchez.

« Parce que j'ai oublié de vous dire, mais votre nom apparaît dans un des carnets de Fulton. Vous êtes la clef, conclut Ben Urich.

– Je ne…

– Regardez dans le même tiroir. Vous verrez, votre nom est sur une des pages d'Arbo que j'ai photographiées. »

Sous le calendrier à pin-up, il y a d'autres photos que Lila Mae observe sous le faisceau de la lampe. La tête lui fait mal.

Ben Urich n'en peut plus : il lance sa pièce en l'air. « Permettez-moi de vous dire que ça n'a pas été une mince affaire d'obtenir ces pages. Votre nom est sur celle-ci dans la marge. » Ben Urich étend le bras et rattrape la pièce.

Lila Mae voit son nom écrit.

« Face », dit Ben Urich.

« Elle se nomme Lila Mae Watson. »

« Peut-être allez-vous pouvoir m'expliquer ce que ça veut dire, maintenant », lui dit Ben Urich.

« On peut se joindre à vous ou faut qu'on attende de recevoir une invitation ? » demande John Murphy. Jim et John sont juste derrière Lila Mae et Ben Urich, à un jet de pièce à peine. Jim les fixe d'un œil torve tandis que John, les mains sur les hanches, joue les vexés. « Parce qu'on a fait de la route pour arriver jusqu'ici, alors ce serait vraiment pas correct de nous refouler », ajoute John.

Lila Mae prend ses jambes à son cou. Jim se jette sur Ben Urich, qui se voit contraint d'abandonner brutalement sa pose nonchalante. Tombé en arrière sur son bureau, il balance un grand coup de pied dans le dossier de son fauteuil, qui s'en va valdinguer dans les jambes de John ; celui-ci, parti à la poursuite de Lila Mae, trébuche et se cogne le crâne contre un coin de bureau. Reste Ben Urich plaqué contre son bureau sous la force qu'exerce la poigne de Jim sur son cou. Ben Urich qui en prend pour son grade. Comme toujours.

La porte de l'ascenseur, que Lila Mae soustrait de son sommeil paisible, de son éther véhiculaire, s'ouvre. Elle frappe du plat de la main le bouton Rez-de-chaussée (un bouton noir moucheté de gris en plastique dur : bouton de niveau Arbo noir tacheté n° de série 1102), aperçoit

John surgir derrière la cloison en se frottant la tête, appuie sur le bouton Fermeture (action qui envoie un signal au sélecteur dans le local machinerie trente mètres plus haut grâce à l'aimable participation du cuivre dont sont faits les câbles de transmission qui se trouvent à l'intérieur de l'organisateur de trajets Arbo, n° de série 1102), et s'adosse à la paroi du fond de l'Executive Arbo. John ne court plus. Il voit la bordure en caoutchouc noir de la porte boucher progressivement l'entrée de la cabine. Il fait un signe de tête à Lila Mae et fonce vers l'escalier de secours.

—

Rattraper un ascenseur ne présente pas de réelle difficulté tant que la compétition se joue sur quelques étages. L'ascenseur se déplace dans la gaine à une vitesse qui a été approuvée à la fois par le Service des inspecteurs d'ascenseurs et l'Association américaine des fabricants d'ascenseurs après des heures d'âpres discussions au sommet. La cabine en elle-même ne suscite aucune crainte ; il faut donc rassurer les passagers, au moment où ils regardent la porte se refermer et où ils se dématérialisent dans le néant de la gaine. Quand ils quittent un monde pour un autre. Lorsque Lila Mae débouche dans le hall brillamment éclairé du rez-de-chaussée, son poursuivant n'est pas là. Rattraper un ascenseur ne présente pas de réelle difficulté, mais une blessure récente à la tête peut compliquer les choses, surtout quand on dévale un escalier où tous les paliers vous paraissent de guingois.

Lila Mae enjambe le corps de Billy, le veilleur de nuit, étendu raide sur le carrelage immaculé tel un marsouin bleu marine. Elle sort dans la rue. Entend derrière elle la porte de l'escalier de secours s'ouvrir avec fracas. Sa voiture est garée sur le trottoir d'en face. Elle aurait le temps de monter dedans (elle a les clefs dans la main, elle sent le poids et la fraîcheur du métal) si le véhicule n'était pas coincé par un gros camion, dont des hommes de couleur au dos voûté extraient des ballots de nappes propres pour les transporter jusqu'à l'entrée de service du restaurant chinois Ming. Instinctivement, Lila Mae se met à courir vers la droite et parcourt quelques mètres avant de se rendre compte que c'est sur la gauche que se trouvent les avenues animées, la foule des théâtres et les flics. Mais il est trop tard pour changer de direction. Elle évalue son avance sur John : mince. Lila Mae se précipite dans une entrée d'immeuble, sur sa droite, qui donne sur une volée de marches. Elle veut être hors de vue avant que John soit dans la rue. Dommage que l'endroit dans lequel elle pénètre se trouve si près de l'immeuble de *Lift* et qu'il constitue un refuge un peu trop évident. Elle ne voit pas les courbes élégantes du néon rouge qui annonce PALAIS DE LA DANSE À DIX CENTS au-dessus de sa tête. Elle est déjà en haut de l'escalier.

Elle entend de la musique.

Au sommet de l'escalier, elle pousse la porte battante tout esquintée qui, en s'ouvrant, laisse s'échapper les sons de la musique.

Elle marche lentement, comme quelqu'un qui, après avoir essuyé une pluie torrentielle, s'acclimate à la chaleur soudaine. Elle voit à peine les deux videurs, deux gorilles en blazer vert perchés sur des tabourets en métal de chaque côté de la porte. Les moustaches épaisses et noires sous leurs narines font comme une végétation intrépide sur leurs visages de pierre. Ils adressent à Lila Mae un signe de tête silencieux. Ils ont les coudes posés sur les genoux et fixent la ligne qui sépare les deux battants de la porte. Ils n'ont pas de raison de lui refuser l'entrée.

À l'autre bout de la pièce où elle pénètre, tel un point minuscule à l'horizon, les bras d'un chef d'orchestre planent au-dessus d'une scène en bois circulaire. Il tourne le dos aux danseurs ; libre à eux d'imaginer son visage d'après les quelques rares cheveux gris qui retombent en désordre sur le col de sa veste. Les pans de son smoking virevoltent. Il agite ses mains en tous sens, fend l'air humide avec sa baguette, tandis que les yeux des musiciens font des va-et-vient entre celle-ci et leur partition. Ils ne regardent pas les danseurs, leurs mouvements languissants qui dénaturent inévitablement leur travail. Ils savent que les danseurs ne sont que des êtres de chair, des êtres faibles, qui jamais ne se montreront dignes de ce qu'ils expriment avec leurs instruments. Ils savent que la perte est inhérente à l'homme.

Les hommes qui ne dansent pas sont assis le long du mur, sur une rangée de fauteuils rouges récupérés dans les décombres d'un théâtre en démolition. Un vide de deux ou trois sièges les sépare. Ils contemplent la scène en regrettant les malheureux incidents qui leur sont arrivés. Les femmes ont été mises en garde contre les agressions, contre le rentre-dedans grossier, mais c'est inutile. Les hommes qui fréquentent l'établissement, dans leurs costumes élimés, le cou étranglé par une cravate trop large et le maintien fatigué, sont des adeptes de la manière douce. Il n'échappe pas à la direction du Palais de la Danse à dix *cents* que les hommes ici présents, trempés comme des soupes, ont des idées derrière la tête et que, le moment venu, quand leurs pensées rancies se seront fixées sur le vaisseau de leur goût, ils approcheront les femmes. Celles-ci ont écumé les bacs des fripiers, choisi des imprimés à pois ou des motifs à fleurs compliqués. Des gros bras et des bras minces, des jambes gonflées et des cous maigres. Les hommes font leur choix dans les bacs des fripiers. La musique se faisant insistante, un homme jette son dévolu sur une femme et danse avec elle pour dix *cents*.

Lila Mae reste aux aguets. Visiblement, John n'a pas encore poignardé les videurs, qui ont les yeux fixés sur les vantaux de la porte battante et le dos tourné aux danseurs. Ils se réservent pour les bagarreurs survoltés et les drogués en plein délire qui n'ont rien à faire dans ce type d'établissement. Lila Mae imagine John amoché au bas des marches qui marquent la limite des échauffourées. À moins qu'il ne réussisse à tuer les gorilles ou à les neutraliser, ou qu'il n'arrive à détourner leur attention en agitant sous leur nez deux belles tranches de viande crue.

Il est le seul homme de couleur à faire tapisserie. Il regarde les couples danser, flotter. Son costume lustré brille aux coudes et aux genoux. C'est un vieux modèle. Il ne voit Lila Mae qu'au moment où elle prend sa main sèche dans la sienne et le tire vers elle. Il se tient tant bien que mal sur ses jambes hésitantes, tandis qu'elle l'entraîne sur la piste de danse.

Le premier morceau, qu'ils prennent en cours de route, les met rapidement en condition. Ils ne se connaissent pas encore. D'un geste précautionneux, il pose une main sur la taille de la jeune femme et referme l'autre sur la sienne.

Lila Mae est raide. Leurs pieds obéissent aux injonctions de la musique ; elle redoute qu'il tombe tant il est frêle. Ses cheveux poivre et sel sont plaqués en arrière, englués qu'ils sont par les applications régulières de brillantine – une cascade de crans immobiles. Lila Mae comprend qu'il aime se coiffer ainsi ; et ce, depuis toujours. Avec ses cheveux grisonnants, comme si la vieillesse n'était qu'une chute irrésistible le long d'une gaine d'ascenseur. Poussière et souris. L'homme sent l'eau de Cologne et le tabac et porte un costume strié de fines rayures pourpres et grises. Il est mince, telle une silhouette disparaissante. Un mouchoir d'un rouge éclatant s'échappe de sa poche de poitrine. Sans doute était-il de la même couleur que le costume mais, contrairement à celui-ci, lui ne s'est pas délavé – une lueur qui brille dans ses yeux, un souvenir de jours meilleurs aujourd'hui révolus.

Elle ne connaît pas ce morceau. Les autres danseurs si, ou ils en ont l'air, à voir la façon dont ils bougent les hanches et les jambes, mouvements qui lui ont toujours échappé. Semblable en cela à ses camarades du Service, elle n'aime pas danser. Il mène. Il l'enlace, le bras derrière son dos. Sa main, dans laquelle il tient celle de Lila Mae, est rêche ; c'est une main de travailleur que le labeur a rendue rugueuse. Elle se rappelle les corvées de son enfance, quand elle devait courir dehors avec son seau pour aller chercher de l'eau à la pompe. Ça fait bien longtemps qu'elle n'a pas travaillé de ses mains. Il lève les yeux vers elle. Sa carnation tire vers le rougeâtre, peut-être y a-t-il du sang indien là-dedans, peut-être est-il originaire des Caraïbes. Du moins si l'on remonte des générations en arrière. Les danseurs qui les entourent sont comme des ballons qui, d'une lenteur rayonnante, vont et viennent au gré des courants invisibles, à l'abri de la pluie. Ils volettent. Les femmes sont des pros, les hommes se laissent faire. Ils se disent que c'est leur dernière nuit sur terre et qu'ils la passent dans les bras d'une femme magnifique. Les femmes ne sont pas forcément belles, mais tout est possible. Elles comptent leurs pièces, en pensant aux factures qui les attendent sur le haut de leur frigo. Celles-ci sont honorées, dix *cents* par dix *cents*, à un rythme régulier.

Lila Mae n'a pas la figure peinturlurée comme les autres mais son cavalier n'a pas l'air de s'en formaliser. Il a des dents jaunes et abîmées. Il mène, elle se laisse guider – tout en jetant des coups d'œil aux videurs, qui n'ont pas bougé. Ils fixent la porte battante de la même façon que Lila Mae fixe le cuir chevelu de son cavalier : les yeux dans le vague. Il a des oreilles roses et brunes, comme les bébés, et dire qu'il est si vieux. Des poils s'échappent de ses oreilles.

Le premier morceau s'achève. L'homme lève le regard vers Lila Mae et farfouille dans ses poches à la recherche de quelques pièces : le prix de la danse. Elle lui fait signe que non. Un autre morceau commence et il l'invite à danser de ses mains grandes ouvertes : « Vous permettez ? » Il préfère ce rythme, plus lent. Son pas s'affirme et sa prise se resserre. La chanson qui passe lui fait penser à une autre : *Notre chanson*, cristallisée incidemment en mémoire brute. Une substance puissante, la mémoire brute ; elle irradie. (Lila Mae n'entend pas le tapage à l'entrée. Les videurs ont frappé un intrus qui n'a rien à faire dans ce type d'établissement.) Qui est-elle pour lui en ce moment : sa femme, sa fille, une ancienne conquête ? Toutes perdues à présent. Il ne reste d'elles que cette chanson. Derrière l'épaule de l'homme, les autres danseurs se rejouent pour la énième fois des drames intimes : une dispute pour un rien, une partie de jambes en l'air particulièrement torride. Qui sont-ils les uns pour les autres, ces femmes qui travaillent ici (des ampoules aux pieds en acompte sur un avenir meilleur) et ces hommes qui viennent là, les poches bourrées de petite monnaie (rien ne se perd tout se transforme) ? Le chef d'orchestre leur tourne le dos, ses bras en forme de lutins.

Qui est cet homme pour Lila Mae ? Un fantôme. Elle demande à son cavalier, qui n'est plus un cavalier mais un homme mort et qui ne répondra pas à Lila Mae sauf par les écrits qu'il a légués : « Pourquoi avez-vous fait ça ?

– Tu comprendras.

– Je ne comprendrai jamais.

– Tu sais déjà. »

Un autre morceau, au même rythme posé, débute. La salle apprécie. Sans s'en rendre compte, Lila Mae a pris la conduite de la danse et guide à présent leurs pas. L'homme a fermé les yeux et deux petites bosses brunes gonflent ses paupières serrées. Au cœur de l'orage, on est à l'abri ici. Dehors, au pied de l'escalier, dans la rue, la ville bat en retraite sous les attaques féroces de l'humidité et de la forte pression. Les cœurs lourds sont de sortie ce soir. Ce fut si soudain. Aux informations, on avait annoncé un peu de pluie, c'est tout. Pas ça. Les égouts débordent, les caniveaux dégorgent leurs détritus (factures médicales, relevés de comptes) qui montent jusqu'au niveau du trottoir, voire au-dessus. Les habitants de la ville baissent leurs stores en attendant que ça se termine. À l'heure qu'il est, le sol des entrées d'immeubles et les épiceries fines sont déjà inondés.

Ici, on est au sec, entre ces murs rouges virant au rose. Un nouveau morceau commence, avec un tempo lent. Lila Mae sent des gouttes tomber sur ses seins, mais ce n'est pas de la pluie : ce sont des larmes. Elle sent la poitrine de son cavalier frémir contre la sienne. « Laissez-vous aller », lui dit-elle. Elle peut compter les cheveux qu'il a sur le crâne et suivre le tracé de chaque veine sous sa peau. Elle mène. Le pied ferme sur le plancher fatigué. On est à l'abri ici. Loin du tourbillon de la ville. Elle leur fait suivre le périmètre d'un carré irrégulier, selon un mouvement cyclique, comme si la répétition allait les rendre plus réels et faire tomber la barrière qui les sépare de l'au-delà. Les autres couples tanguent. Ils tournent autour d'elle et de son cavalier, s'approchent et s'éloignent d'eux selon une orbite personnelle. Chaque danseur, précipité dans les bras de l'autre, est un refuge, une présence chaleureuse. La ville a disparu. Cette salle, c'est une bulle dans l'obscurité. Les lumières du dancing continuent à réchauffer les âmes et l'orchestre à jouer par la grâce d'on ne sait quelle mystérieuse dérogation. Autour de Lila Mae, les corps bougent avec délicatesse. Les clients du Palais de la Danse à dix *cents* profitent de ce moment de répit.

Deuxième partie

Extrait des carnets perdus de James Fulton :

Au niveau du quatre-vingt-dixième étage, il n'y a que de l'air pur. Mais j'anticipe. Tout commence par le premier niveau, avec la saleté et la bêtise. Comme si telle était notre vocation. Comme si telle était la signification du feu ou du langage. Ramper, en proie à l'ennuyeuse évidence de la biologie. Comme si notre destin n'était pas de voler. De nous élever. Tout commence par le premier niveau, le monde vu de la larve : la saleté. Les choses se dérouleront ainsi : il se déplacera à partir du premier niveau, de ce qui est sûr, de ce que vous avez toujours su, ce qui nécessite de tout repenser de zéro. De se laisser séduire par le regard aguicheur du possible. Avoir confiance dans une cabine fabriquée par des hommes de votre espèce est la pire des choses : une cabine faite par vos semblables, des êtres faibles et sujets à l'erreur. Les hommes ont mal pensé ce voyage, mal conçu l'équipement nécessaire. À partir du cinquième étage se pose la question inévitable des lois physiques, de l'infinie fragilité des câbles qui retiennent la cabine. De votre propre fragilité. L'ascenseur ne se plaint pas, il grimpe à l'intérieur d'une bulle de sécurité, quinzième, seizième, vingt-sixième étage, et toujours pas d'incident : pas de quoi être réconforté, l'accident pourrait survenir à n'importe quel moment, et plus on est haut, plus c'est dangereux. Qu'est-ce qui pourrait survivre à une chute pareille ? Il y a des dispositifs de sécurité, dira-t-on, mais il suffit d'un rien pour qu'ils se détraquent, et de fait ça arrive souvent. Un léger tournis au quarantième. C'est haut, déjà. Et pourtant, si d'aventure le voyage devait s'arrêter là, il aurait un goût d'inachevé. À cet étage, le cinquantième, où attendent les morts qui ne recevront aucun pardon, les morts qui ont été trompés et sont trop bas à présent pour envisager une réconciliation. Ceux que votre passage a brisés, par ses étranges ricochets : plus rien ne peut y remédier. Seul compte le voyage. Au soixante-quinzième étage, plus question de faire demi-tour. Plus besoin de dispositifs de sécurité car il n'y a pas d'alternative, on ne peut que monter. Après tout, ce n'est pas si dramatique de voir ce monde s'évanouir sous vos pieds, et puis il reste les câbles solides et l'excellente cabine, des alliés fiables. Même les « Si seulement on avait plus de temps » n'ont pas de poids ici car plus rien n'a de poids, on y a veillé, le moteur est capable de tenir n'importe quel différentiel de masse entre la cabine et le contrepoids, c'est son boulot, et quel vœu pèserait si lourd que l'appareil ne puisse le supporter ? À ce stade, on y prendrait presque plaisir. Les parois tombent, le plancher et le plafond aussi. Avec la verticalité, ils perdent leur caractère solide. Au quatre-vingt-dixième étage, il n'y a que de l'air pur, et ce qui vous distingue de votre moyen de transport se désagrège un peu plus à chaque degré de l'ascension. Tout n'est que lumière, et le poids et les soucis que vous avez laissés derrière vous ne sont plus ni poids ni soucis mais lumière. Même l'obscurité de la gaine a disparu car vous faites un avec celle-ci. Comment peut-on respirer quand on n'a plus de poumons ? La question n'est plus pertinente : les derniers vestiges de rationalité se sont évanouis plusieurs étages en dessous, avec la terre. Plus le temps pour une dernière pensée du genre « Quelle est la dernière pensée que j'ai eue hier soir en m'endormant, la toute dernière, quelle était-elle ? » Parce que, avant d'avoir pu formuler cette pensée, tout n'est que lumière, et vous vous êtes dissous dans l'ascenseur parfait.

La trame urbaine est calme en ce dimanche matin. Personne n'habite le quartier, car le courant électrique y est trop fort. Certains s'y sont risqués. Au réveil, ils ont trouvé leurs cheveux éparpillés sur l'oreiller, et leurs ongles et leurs dents flottant dans leur chair. Sans parler du fait qu'ils ont aussi dû renoncer à formuler des phrases complètes. (Lila Mae resserre son nœud de cravate, arrange son col.) Voilà pourquoi personne n'habite plus le quartier des affaires, si près du bourdonnement des temples municipaux. Les rues de Federal Plaza sont désertes ; les nuages ont capturé toute la lumière, grisé chaque rayon de soleil. Lila Mae s'est garée hier soir devant la pâtisserie Mama's Bakery avec l'intention de rester là jusqu'au matin. Elle a enjambé le siège avant de la voiture et s'est glissée sur la banquette arrière pour y dormir, en vain. Dès les premières lueurs de l'aube, elle a retiré sa robe et s'est caparaçonnée dans son costume du lundi (ce n'est pas le bon, évidemment, mais son planning a été plutôt chamboulé ces derniers temps). Il n'est pas aussi impeccable qu'elle le voudrait ; seulement, n'étant pas allée à la blanchisserie chinoise depuis un moment, elle a épuisé ses réserves de costumes propres. D'après ce qu'elle peut voir dans les petits miroirs de la voiture, il fera parfaitement l'affaire pour ce qu'elle a en tête. Lila Mae mouille son doigt puis le frotte contre un petit bout de peau sèche qu'elle a sous l'œil droit. Enfin, elle se passe la main dans les cheveux pour les démêler.

C'est ici que tout a commencé il y a une semaine. Dans les entrailles de cet immeuble.

Elle cogne dix minutes à la porte (elle les a comptées), avant que le veilleur de nuit endormi surgisse de l'obscurité du hall devant la porte vitrée. Ses boucles châtaines pointent dans tous les sens sauf sur le côté droit, où elles sont complètement aplaties ; c'est aussi de ce même côté du visage qu'il a, gravées dans la peau, d'étranges petites rides. Lila Mae exhibe son insigne de l'autre côté de la vitre. Le gardien en profite pour se gratter la fesse droite avant de détacher le gros trousseau de clefs accroché à sa ceinture.

« Je croyais que vous en aviez fini avec le Numéro 11, dit-il.

– On n'en a jamais fini », lui répond Lila Mae, qui est déjà à la moitié du hall. Ses pas résonnent bruyamment sur le faux marbre, comme des sabots. Un taureau qui charge.

Elle entend un cliquetis de clefs dans le lointain, signe que le veilleur referme la porte. Une voix lui parvient dans le brouillard : « Vous voulez que je vous accompagne au sous-sol ? ». Lila Mae ne se retourne pas. À peine a-t-elle envoyé ses mauvaises ondes au gardien qu'elle l'a déjà éjecté de sa conscience. Lila Mae se trouve au beau milieu de la Batterie d'ascenseurs B. C'est la première fois depuis son entrée au Service qu'elle s'absente aussi longtemps entre deux inspections. Elle qui n'a jamais pris de vacances, ça fait neuf jours pleins qu'elle a quitté le 125 Walker. Elle pose les mains sur la porte de l'ascenseur 11 du Fanny Briggs. Sous la couche de peinture verte, elle sent le métal. Noir et frais. À température ambiante. Elle entend dans le lointain le veilleur de nuit lui poser une question mais elle ne comprend pas ce qu'il dit. Il est trop loin.

Rien.

Lila Mae se décide d'abord pour le Numéro 10, le plus proche voisin du cher disparu. Elle appuie sur le bouton d'appel et entend, pense-t-elle, le sélecteur engourdi se réveiller, encore empêtré dans ses rêves. Un clic. Puis elle change d'avis et opte pour le Numéro 14, face au 11 dans la Batterie B. Le 14 est lui aussi flanqué de deux ascenseurs et partage sûrement l'anxiété des enfants coincés entre un grand et un petit frère. Une cloche retentit, joyeuse et mutine. Cette cloche-là ne cédera pas au cynisme et à l'amertume, et elle pourrait retentir des centaines de milliers de fois sans que jamais son enthousiasme ne faiblisse. Elle est ainsi faite. Le Numéro 14 souhaite la bienvenue à la passagère qui embarque.

Un an après leur sortie sur le marché à grand renfort de publicité, Arbo avait dû rapatrier tous les modèles Metropolitan pour régler un problème d'ordre esthétique qui se révéla beaucoup plus important que prévu. Apparemment, le produit d'entretien utilisé par le personnel de ménage municipal ne convenait pas du tout aux panneaux intérieurs en faux bois des cabines. Ceux-ci, après une centaine d'applications de Scrubbo, avaient commencé à se couvrir de plaques marron vert, que beaucoup prirent pour des taches de moisissure. Une maladie. Bref, le détergent et le revêtement des cabines n'avaient pas fait bon ménage. On aurait pu conseiller aux propriétaires des nouveaux Metropolitan de luxe d'utiliser un nettoyant moins agressif et moins allergisant pour la peau sensible des ascenseurs, mais il n'en fut rien. Grâce à un rabais généreux obtenu à la force du poignet, la ville se réapprovisionna en Scrubbo en faisant des stocks à vie. Ce que signifie « stocks à vie » dans le cas d'une ville n'est pas très clair. Disons, pour faire simple, que tous les sous-sols des immeubles officiels, tous les placards à balais des bâtiments municipaux étaient emplis de caisses de Scrubbo, qui affichaient fièrement le sourire irrésistible de sa mascotte violette, pour laquelle « rien n'est jamais trop sale ». Les autorités municipales refusèrent de modifier leur position sur l'affaire Scrubbo. La facture était payée. Il fut convenu que la faute revenait à Arbo pour ne pas avoir testé correctement ses appareils (il n'existe aucune preuve, et il n'en a jamais existé, d'une possible transmission à l'homme de l'affreuse maladie de peau des cabines), et des poursuites judiciaires à l'encontre de l'entreprise avaient été envisagées. Même à l'abri des vitres blindées des derniers étages de leur tour, les dirigeants d'Arbo comprirent d'où soufflait le vent ; ils firent remplacer gracieusement tous les panneaux. Aujourd'hui encore, le Metropolitan Arbo demeure la bête noire des employés municipaux, un fait que confirment tous les ans les sondages effectués sous la direction solennelle de la United Elevator Company

Ceux-là, ce sont les nouveaux Metropolitan, remarque Lila Mae. Le revêtement intérieur ne porte pas les rayures que les réparateurs peu scrupuleux d'Arbo ne manquaient jamais de faire lorsqu'ils remplaçaient les panneaux abîmés. Elle s'était déjà fait la réflexion lors de sa première visite au Fanny Briggs. Lila Mae s'efforce de ne pas regarder le Numéro 14. Elle n'est là que pour se remémorer son inspection du Numéro 11, lui qui repose actuellement à la morgue, sous forme de bouts de ferraille ridicules disposés sur des plateaux en métal, à quelques rues de là. Elle ne veut pas que sa reconstitution soit parasitée. Les vibrations du moteur du Numéro 14 s'insinuent dans ses chaussures et résonnent avec force dans les muscles de ses jambes. Elle les élimine. Plus de vibrations. Lila Mae ferme les yeux. Elle plonge dans l'obscurité et appuie sur le globe en verre d'un bouton de niveau.

Le contrepoids du Numéro 14, timide et circonspect, amorce sa descente dans la gaine.

Ce n'est pas la bonne obscurité. Là, c'est celle d'aujourd'hui, à cette heure-ci, dans cet ascenseur-ci. Or ce qu'il faut à Lila Mae, c'est l'obscurité de sa première visite au Fanny Briggs. Elle ne peut pas toucher les parois de cet ascenseur-ci comme elle l'a fait avec le Numéro 11, au risque de biaiser sa reconstitution. Elle se revoit tendre la main vers la solidité sans faille des parois de l'ascenseur défunt, épouser de sa paume le revêtement intérieur épouser la courbe de sa main. Elle y est. Elle y est presque, à cette obscurité. C'est comme un rideau qui descend lentement devant l'obscurité actuelle. Ça y est. Cette nouvelle obscurité, c'est celle du Numéro 11. Lila Mae étudie l'ascension du Numéro 11 qui monte avec assurance et sérénité. Au signal donné, les génies apparaissent en se traînant depuis les coulisses. Le génie de la vélocité, le génie de la traction brutale qu'est le treuil de levage, le génie en forme de cône rouge qu'est le sélecteur quand il détaille la progression de la cabine dans la gaine, le génie jaune en forme de polygone à neuf côtés que sont les coulisseaux quand ils grimpent sans frotter le long des guides en T. Tous œuvrent avec énergie et sérieux pour décrire à la jeune femme, dans sa langue à elle, une verticalité harmonieuse. Ils font des zigzags, dessinent des cercles, sautent d'un pied sur l'autre, s'agitent devant elle, leur unique spectatrice, la seule à avoir jamais pénétré dans ce théâtre. Ils tournoient devant elle et rejouent au mot près le rôle qu'ils ont joué à la représentation de jeudi dernier. Les génies n'oublient jamais leur texte. L'ascension de Lila Mae se fait sans encombre ; le Numéro 11 tourne comme une horloge. Parfait. Les génies saluent sans attendre ses applaudissements solitaires.

Lila Mae ouvre les yeux. Les portes s'ouvrent sur l'atmosphère confinée du quarante-deuxième étage. Elle appuie sur le bouton Rez-de-chaussée.

Rien.

Alors si rien et Chancre disent la vérité (à présent, Lila Mae est disposée à les croire, au point où elle en est), c'est que l'accident du Fanny Briggs était bien un accident, plus précisément une « catastrophe ». Rien, voilà ce que les restes du Numéro 11 livreront aux types du labo en gants de latex. Pas de marque de coupure révélatrice sur quelques centimètres innocents de câble coaxial, pas de fils métalliques détortillés pour accuser le système antiblocage renommé pour sa fiabilité. Rien du tout. (Dans quelques jours, quand tout sera terminé, Lila Mae se rappellera qu'elle doit appeler Chuck pour qu'il lui donne les conclusions officielles du labo, qui ne feront que confirmer ce qu'elle sait déjà. Elle les trouvera dépassées.) Les catastrophes ne sont pas censées survenir durant la phase de défaillance précoce, en général elles se pointent à l'adolescence, au cours de la phase de défaillance hasardeuse, et sont le fruit d'une pathologie maligne. Quelque chose a lâché dans l'ascenseur, sans raison, entraînant dans sa débâcle tout le reste. Une catastrophe. C'est-à-dire des éléments qui émergent de l'obscurité, des confins de l'espace, et entrent en collision ; des comètes qui heurtent enfin notre monde fragile après d'innombrables ellipses infructueuses. Émissaires de l'inconnaissable. (Le gardien du Fanny Briggs la regarde sortir du Numéro 14 d'une démarche incertaine, traverser le hall à l'aveuglette, et secouer la porte de l'immeuble fermée à clef.) En matière d'intuitionnisme, Lila Mae ne se trompe jamais. Les idées s'imposent à elle. La seule chose que l'empirisme et sa discipline partagent est une même incapacité à expliquer les catastrophes. Les génies étaient-ils au courant ? Ont-ils essayé de l'avertir d'une grimace ? Peut-être qu'ils ne pouvaient pas s'exprimer plus clairement et que leurs déhanchements bizarres et leurs pirouettes étaient censés la mettre en garde ? Quels que soient les signaux que les génies ont ou non adressés à Lila Mae, celle-ci, plongée dans l'obscurité, ne les a pas décodés. Elle imagine l'imminence de la catastrophe propager des ondes depuis le futur et sa violence proche agiter les génies. Hors sujet. Elle n'a rien vu de tout ça. (Elle ne semble pas non plus voir le vigile qui continue à l'observer tandis qu'elle essaie de tirer la porte, bien que celle-ci soit fermée à clef.) Chancre et Pompey disent la vérité, personne n'a saboté le Numéro 11. Elle en est sûre. À quelle fréquence une catastrophe de ce type se produit-elle dans le monde ? Ici, ça doit faire dans les… (Lila Mae fait un effort de mémoire)… trente-cinq ans que ça n'était pas arrivé. La catastrophe avait eu lieu dans l'Ouest. Les dix passagers (en train de plaisanter, de parcourir distraitement le certificat d'inspection de l'ascenseur, de soupeser le poids de leur trousseau de clefs dans la poche de leur pantalon, ou encore de s'efforcer de ne pas siffler) ont eu le temps de crier, bien sûr, mais c'est tout. Les enquêteurs (et quelle bande de pauvres diables ils devaient être à l'époque, vu que la profession en était à ses tout premiers balbutiements) n'ont jamais trouvé la cause de l'accident. Une chute libre. C'est ce qui arrive lorsque trop d'événements impondérables se produisent et que les dispositifs de sécurité, bien qu'en grand nombre, sont défaillants. Beaucoup se creusent la cervelle pour essayer de résoudre ce mystère des villes nouvelles. La dernière chute libre enregistrée à ce jour, qui a eu lieu en Ukraine, était due à une installation défectueuse des freins progressifs de châssis. Bilan : cinq morts. Lila Mae n'arrive pas à se rappeler la marque de l'ascenseur (le nom de l'ascensoriste le plus en vogue dans la région à cette époque). Impossible de se le rappeler. (Le vigile finit par lui ouvrir. Elle ne le voit toujours pas. Il la regarde descendre, chancelante, le large escalier de pierre, manquant tomber à chaque marche.) Personne dans la branche de Lila Mae ne souhaiterait de catastrophe à son pire ennemi. Ils sont du genre superstitieux ; jaloux, certes, quand un autre réussit, mais souhaiter une catastrophe à un collègue pour se venger serait comme s'en souhaiter une à soi – mettons dans l'ascenseur, à maudire les probabilités jusqu'au choc final. Mais il ne s'agit plus de probabilités, puisque ça va au-delà des mathématiques. Il s'agit de destin.

Les enquêteurs auront beau remonter, grâce au numéro de série de l'ascenseur, jusqu'au fabricant, interroger les mains tremblantes d'un mécanicien arthritique, ils ne trouveront pas de cause à l'accident. C'était une catastrophe.

Pauvre Numéro 11, se dit Lila Mae, qui a une brève pensée pour la malheureuse victime (pas plus), avant de replacer l'événement dans un contexte plus personnel : le drame du Fanny Briggs était une catastrophe, mais aussi un message personnel à son intention. Cet accident était le sien.

L'ascenseur s'est fait passer pour un autre. Le Numéro 11 s'est fait passer pour un centenaire. Feignant d'être en bonne santé au point que le contrôle qualité de l'Arbo Elevator Company n'a pas percé à jour sa duplicité, que les entreprises du bâtiment, aveuglées par une routine sans encombre, n'ont rien anticipé du destin tragique qui l'attendait. Que Lila Mae Watson, du Service des inspecteurs d'ascenseurs, qui ne se trompe jamais, n'a rien vu venir. L'ascenseur, lui, le savait-il ? Si on se réfère à l'anthropomorphisme de Fulton : l'appareil se connaissait-il lui-même ? Possédait-il le spectre des émotions inhérentes aux ascenseurs ? Oui, à l'évidence. Mais avait-il une conscience de lui-même suffisamment élaborée ? Bien sûr, ce fou d'Erlich, le Français, défendait cette idée, mais il n'avait jamais été convié à la moindre conférence, et seule sa famille possède des exemplaires jaunis de ses monographies. L'ascenseur a-t-il décidé de passer l'arme à gauche ? De mentir et de se trahir ? Même Fulton s'est tenu éloigné de l'horreur de la catastrophe. Lui qui explicitait l'incroyable n'a jamais osé percer l'inconnaissable. Par crainte, se dit Lila Mae.

Elle n'a aucune idée de là où elle va, de là où elle se dirige, et pourtant ce voyage n'a qu'une seule destination. Lila Mae est sortie du tunnel, ce qui devrait vraiment la mettre sur la voie, mais elle est toujours ailleurs. Trop distraite par la dernière inspection, qu'elle se repasse dans sa tête.

La boîte noire de Fulton est-elle immunisée contre la comète des catastrophes ? Tout est brouillé à présent, les machinations se superposant aux machinations. Une fraction de seconde, Lila Mae doute que Fulton ait été noir. Natchez aurait pu mentir aussi à ce sujet. Un truc qu'il aurait manigancé avec ses patrons pour l'embobiner. Elle imagine la scène suspendue au-dessus de la route à quelques encablures devant elle : Reed et Natchez en train de siroter un pur malt hors d'âge dans le salon du rez-de-chaussée de la Maison des intuitionnistes tout en resserrant les mailles de leur filet. Natchez sait ouvrir les fenêtres du cœur d'une fille de couleur (il en a séduit plus d'une), de même que Reed sait ouvrir les verrous d'un esprit intuitionniste – les faiblesses de Lila Mae sont aussi les siennes. Voilà ce qui avait dû se passer : Natchez n'avait jamais fait développer la pellicule des pages du Journal de Fulton envoyées aux intuitionnistes pour la bonne raison que les photos n'avaient jamais été prises. Il connaissait leur contenu depuis le début. Et il avait voulu l'empêcher de se rendre dans les bureaux de *Lift* de peur qu'elle ne découvre ce qu'ils tramaient. «J'ai pas arrêté de lire des trucs sur les ascenseurs depuis que je sais qui était mon oncle», disait-il. Ça devait faire un bail qu'il savait tout ce qu'il voulait savoir à ce sujet.

Aucune circulation ce dimanche matin, ce qui est une chance étant donné que Lila Mae ne fait absolument pas attention à la route. Ça lui arrive souvent d'être dans la lune. Mais elle ne loupera pas l'embranchement.

S'ils s'étaient retrouvés pour dîner, Natchez lui aurait sûrement raconté avec force détails, la fourchette suspendue au-dessus d'un steak cuit à point dans une main, un cocktail décoré d'une ombrelle dans l'autre, comment il s'était introduit dans le bureau de Chancre, comment il s'en était tiré de justesse, la rapidité avec laquelle il avait découvert les notes de Fulton. Aucun doute que ses collègues de chez Arbo ont obtenu copie des documents adressés aux empiristes et à United dès qu'ils se sont rendu compte qu'ils n'étaient pas les seuls destinataires des mystérieux envois. Aucun doute qu'ils ont saccagé son appartement quand ils ont cru qu'elle collaborait avec Chancre ; qu'ils lui ont mis Natchez dans les pattes : si elle ne faisait plus confiance aux intuitionnistes, peut-être ferait-elle confiance à un membre de sa tribu, et goberait-elle son baratin sur la nécessité de réparer les injustices commises à l'encontre de leur race.

Non, Natchez n'a pas menti : Fulton était noir. Cette révélation apparaît soudain à Lila Mae. C'est du moins ce que celle-ci a décelé dans les textes du grand homme avec sa nouvelle grille de lecture. Ces derniers jours, Lila Mae a appris à lire à la manière des esclaves, un mot interdit à la fois.

En ce dimanche matin, elle se dirige vers son université, l'Institut pour le transport vertical, pour savoir pourquoi son nom apparaît dans le Journal de Fulton. Pour interroger la seule personne qu'elle peut encore interroger, celle qui pourra lui expliquer pourquoi Arbo avait besoin de gagner sa confiance. Pourquoi un homme qu'elle n'a pas connu l'a désignée par-delà la mort.

La probabilité d'une catastrophe est de un sur un million de millions ; et il ne faut pas s'arrêter sur la rareté de l'événement et considérer celui-ci abstraction faite de tout autre événement. D'un point de vue historique, les catastrophes sont de bons ou de mauvais présages, en fonction de l'époque et du lieu, qui réclament des réformes, l'établissement de normes universelles en matière de maintenance des ascenseurs ; qui informent l'homme moderne, être besogneux, qu'il existe une autre puissance au-delà du rationnel. Que le diable court toujours la Terre, et que l'architecture ne peut remplacer la prière, ni les genoux râpés, ni les trocs désespérés avec les dieux.

Lila Mae n'entend pas le coup de klaxon, ainsi que son avertissement. Elle se retrouve sur la file de droite en manquant effleurer l'habillage en faux bois d'un break. Les gamins sur le siège arrière crient à s'en déchirer les poumons, et le père s'agrippe au volant, mais malgré l'affolement de ces quelques secondes, l'accident est évité. Les deux voitures ne sont pas entrées en collision. Lila Mae ralentit pour se ranger sur le bas-côté de la route, faisant crépiter les gravillons sur le châssis de son véhicule. Elle pose la tête sur le caoutchouc vert du volant.

Arbo et Natchez ne sont que des questions sans réponse. Leur intrusion dans la vie de Lila Mae, qui peut se schématiser en termes de cause et d'effet, suit les courbes logiques de la convoitise ; aussi, pour expliciter celles-ci, suffit-il d'avoir les informations adéquates. Et du temps, pour passer et repasser les faits au tamis jusqu'à ce qu'il ne reste plus que ce qui est vraiment arrivé. Reste le problème de Fulton et de l'intuitionnisme. Lila Mae réfléchit. Ce que l'homme qui se fait passer pour un Blanc ne s'explique pas : telle personne qui connaît sa peau secrète et qu'il rencontre inopinément dans une rue ordinaire. Ce que l'intuitionnisme ne s'explique pas : telle catastrophe qui arrive inopinément à un ascenseur lors d'une ascension ordinaire et qui révélera l'engin pour ce qu'il est réellement. L'homme de couleur qui se fait passer pour un Blanc et l'ascenseur innocent doivent s'en remettre à la chance, à la commodité des rues désertes et des inconnus ; redouter la rencontre hasardeuse avec celui qui sait qui ils sont. Celui qui connaît leurs faiblesses.

Lila Mae ne met pas en doute l'authenticité des documents que Natchez lui a montrés, même si son lien de parenté avec Fulton était un mensonge. (Elle roule à nouveau. Elle ne s'était pas arrêtée sur le bas-côté de la route pour réfléchir à l'accident qui aurait pu avoir lieu aujourd'hui, mais pour méditer sur celui qui s'est déroulé il y a dix jours.) Fulton était noir. Dans ses écrits, il exprime sa haine de la corruption des institutions et son désir de faire advenir un monde nouveau, avec de nouvelles lois. Fulton était le parfait menteur que l'on avait fait de lui, énonçant, bouche fermée, un mythe suprême que le monde reçut comme une vérité. (Elle roule à nouveau en sachant où elle va.) Fulton dans la peur permanente d'une ombre, celle de la catastrophe qui le révélerait pour ce qu'il était vraiment. L'ombre qui l'enveloppait et fonçait sa peau.

Tu y es presque, Lila Mae.

Les grilles noires de l'Institut pour le transport vertical sont ouvertes. Le dimanche, les étudiants désertent le campus pour aller à la messe dans les églises des environs. Celles-ci accueillent tous les croyants, quels que soient leurs origines, les circonstances ou les choix qui les ont menés là. Lila Mae fait le tour du campus par l'est, sans oublier de jeter coup d'œil à Fulton Hall, au bâtiment Ingénierie, ainsi qu'à son ancien chez-soi, le gymnase, toujours aussi calme le dimanche matin. Les arbres se penchent respectueusement au bord de la route tandis qu'elle commence à descendre la colline, au pied de laquelle se trouvent les maisons de fonction. Elle se gare et ferme sa portière. Mrs Rogers met moins d'une minute à lui ouvrir la porte. « Il plaisantait, n'est-ce pas, avec l'intuitionnisme ? demande Lila Mae à la vieille dame. C'était juste une grosse blague, tout ça ? »

Parfois, quand le vent rabattait la pluie sous le toit de la véranda, lorsqu'il était particulièrement énervé, la pluie venait tremper le bord du vieux sofa marron. C'est pour cette raison qu'il dégageait toujours cette odeur si aigre, un mélange d'humidité et de moisi. On ne s'était jamais décidé à le hisser sur la plate-forme du pick-up pour aller le balancer sur le tas en putréfaction de la décharge municipale. C'était un vieux sofa que la famille Watson gardait précieusement sur sa véranda, respectant la stricte parité qu'il observait entre ses qualités et ses défauts. Il avait des pouvoirs magiques. Par exemple, la peinture du sol de la véranda ne s'écaillait jamais à l'endroit où il était installé. Autre exemple, une bassine de la taille exacte du derrière de Marvin Watson s'était creusée sur un des côtés et, aussi incroyable que ça puisse paraître, s'élargissait avec le temps à mesure que s'élargissait le derrière de Marvin. Ce jour-là, celui-ci était assis dans sa bassine et se donnait des petites tapes sur la cuisse avec une enveloppe. Quand Lila Mae fit craquer les premières marches de la véranda, mettant fin à l'attente de Marvin, il dit à sa fille : « Ta mère est allée faire des courses. Elle m'a donné ça en partant. »

Lila Mae aurait préféré intercepter la lettre dans la boîte pour avoir le temps de la lire avant d'en parler ou non à ses parents. Ses horaires chez Mrs Applebaum avaient rendu la chose impossible. Elle ne savait jamais à l'avance à quelle heure elle finissait. Elle avait envisagé de soudoyer Mr Granger, le facteur qui faisait la tournée des quartiers noirs, mais l'entreprise lui avait paru trop compliquée. Lila Mae reconnut l'emblème rouge de l'Institut pour le transport vertical, qu'elle avait vu pour la première fois à la bibliothèque municipale quelques mois plus tôt, et elle remarqua aussi les déchirures en dents de requin que sa mère avait faites en ouvrant l'enveloppe avec un couteau de cuisine émoussé. Marvin tendit la lettre à sa fille en lui disant : « Tu m'avais pas dit que tu avais postulé. » Le papier de l'enveloppe était d'excellente qualité. Épais et élégant comme ça se fait dans le Nord. Pas de fabriques de papier ordinaire, là-bas, ça non. Lila Mae prit la lettre, il y avait assez de lumière pour lire sans avoir mal à la tête. Son père ne la quittait pas des yeux. Il avait sa tenue décontractée, un pantalon en grosse toile et une chemise épaisse qu'il enfilait dès qu'il quittait son travail. Dès qu'il était libéré de l'uniforme de chez Huntley. Sa tenue décontractée variait tous les deux ou trois ans. Elle était remplacée par des vêtements identiques, mais dans un coloris différent. L'uniforme de chez Huntley, lui, ne changeait pas. Lila Mae l'avait vu une fois. Le jour où son père l'avait sorti en cachette du magasin pour le montrer à sa fille et à sa femme. Les gens de couleur n'étaient pas autorisés à entrer chez Huntley, du moins comme clients. Lila Mae lut la lettre et la remit dans son enveloppe.

« Qu'est-ce que tu vas dire à Mrs Applebaum ? demanda son père.

– Je l'avais prévenue que je risquais de la quitter pour entrer à l'université. Elle le sait depuis le début.

– Et à nous, tu as rien dit », lui fit remarquer son père, puis il ajouta : « Il va pas manquer de candidats pour reprendre ta place chez Mrs Applebaum. »

Lila Mae avait pris sa décision quand elle l'avait vu assis sur le sofa de la véranda. Quand elle avait compris qu'il savait. « Ça me rend malade de vous laisser ici tout seuls, Maman et toi », dit-elle.

Son père se renversa dans le sofa, dont les ressorts protestèrent vigoureusement. « Te bile pas pour nous, la rassura-t-il. Occupe-toi de toi. Tu sais, Lila Mae, dans le Nord, c'est à peu près comme ici. Les Blancs sont tous les mêmes. Tu trouveras peut-être ça différent mais crois-moi, c'est du pareil au même. »

C'est ici que Fulton a vécu, dans cette maison qu'il a rassemblé ses visions véhiculaires et médité les clés de sa mythologie. Mrs Rogers abandonne Lila Mae dans le salon dévasté. Une méchante entaille dans le tissu du fauteuil sur lequel elle est assise fait comme un sourire. Le manteau de la cheminée a été balayé (Lila Mae imagine les hommes qui ont saccagé son appartement passer la manche de leur manteau sur la cheminée), et la collection de chevaux en porcelaine de Mrs Rogers jetée à terre, brisée en mille morceaux. En quête des carnets de Fulton, et éventuellement d'argent, les hommes ont fouillé l'intérieur du divan et des fauteuils, cassé les deux lampes vertes, brisé le cadre du portrait de Fulton sur leurs genoux. Lila Mae constate le désastre en se frottant les mains sur les cuisses. Une odeur de cigare flotte dans l'air. La jeune femme s'aperçoit qu'on a écrasé un cigare sur une photo de Mrs Rogers avec ses enfants – prise ailleurs, à une époque plus heureuse. Les hommes n'ont rien trouvé mais s'obstinent, dévastant sur leur passage, telle une tornade, toutes les maisons dans lesquelles la boîte noire serait susceptible de se trouver. À présent, Lila Mae trouve la violence de ces hommes pitoyable : ce sont des bébés en manque d'attention et de câlins. Ils n'en auront pas.

Mrs Rogers revient de la cuisine avec du thé et des gâteaux secs. Lila Mae essaie de déchiffrer les rides de son visage, les plis qui entourent ses yeux et sa bouche, vestiges d'expressions anciennes. Un visage humain n'a que deux ou trois véritables expressions à son registre, qui restent gravées à vie. Lila Mae sait qu'elle n'a qu'une seule expression et se demande à quoi elle ressemblera dans quarante ans. Un rocher érodé, une paroi de canyon aride ? Mrs Rogers pousse un soupir. « Ils y sont pas allés de main morte. Non mais regardez-moi ce foutoir. Ils ont cassé tous mes chevaux. Ils ont cassé leurs pattes, dit Mrs Roger, en retirant délicatement le papier qui entoure un morceau de sucre. J'étais allée voir ma sœur en ville et voilà ce que j'ai trouvé en rentrant.

– C'était hier soir ? demande Lila Mae. À quelle heure êtes-vous rentrée ?

– Vers onze heures. »

Alors ils sont venus juste après que Lila Mae a abandonné Ben Urich dans son bureau. Au moment où ils ont compris qu'elle savait. Depuis qu'elle est en âge de marcher, elle a toujours été une fervente solipsiste, et voilà que les événements récents l'obligent à revoir en profondeur sa manière de penser.

Mrs Rogers lui montre un seau dans un coin. Une serpillière grise serpente mollement sur le rebord. « Il y en a un qui s'est soulagé sur le sol. Vous sentez quelque chose ? demande-t-elle à Lila Mae, l'air inquiet.

– Je ne sens rien du tout, ment Lila Mae. Vous avez appelé la police ? Les vigiles ?

– Pour quoi faire ? Si ça se trouve, c'est eux qui ont fait ça. »

Lila Mae se penche en avant. « C'est la première fois que ça arrive, n'est-ce pas ? Quand vous avez raconté aux gens de l'Institut que la maison avait été cambriolée après la mort de Fulton et qu'on avait volé ses carnets, c'étaient des bobards, n'est-ce pas ?

– Pas impossible que j'aie menti. » Mrs Rogers hausse les épaules et se lève. Elle n'a pas touché à son thé ni aux biscuits. Lila Mae se rend compte que tout ça n'est qu'un rituel. «En haut, j'ai presque fini de ranger, mais en bas, j'ai pas encore commencé. Vous voulez pas me donner un coup de main ?» lui demande Mrs Rogers. Une vieille femme dans une vieille maison : elle veut préserver les règles établies, l'ordre en vigueur, même si on a pissé dessus. Marie Claire Rogers se penche au pied de la cheminée et ramasse un des chevaux tombés. L'animal repose sur sa panse dans la main rêche de Mrs Rogers, sans pattes. Elle se baisse pour les retrouver.

Lila Mae attrape le balai posé contre le dossier de son fauteuil. Elle définit un périmètre d'action, puis commence à faire des tas avec la bourre de sofa et les bouts de papier déchiquetés. «Pour répondre à votre question, dit la vieille dame, oui, c'était une blague, au début. Mais à la fin, plus du tout. C'était devenu vrai.» Mrs Rogers découvre une patte du pur-sang sous le porte-journaux et va l'observer à la fenêtre. «Il faut que vous compreniez une chose à propos de James, poursuit-elle en agitant la patte dans le soleil. Dans le fond, c'était quelqu'un de simple. Il avait pas le moindre bon sens dans le crâne à part son bon sens à lui. C'est pour ça qu'il était ce qu'il était.»

Après tout ce qu'elle a enduré, Lila Mae s'estime capable de supporter les digressions de Mrs Rogers. Rien ne presse. «Mais il n'était pas ce qu'il était. Il s'est fait passer pour un Blanc, et il était noir, dit Lila Mae.

– Mais qu'est-ce qui vous arrive ? demande Mrs Rogers, épuisée, en accordant un rapide coup d'œil à sa visiteuse. Vous êtes plus la même fille que celle qui est venue sonner à ma porte la semaine dernière, on dirait ? Le poitrail gonflé comme un paon. Il s'en est passé des choses depuis, je me trompe ? » Mrs Rogers pose le cheval sur le manteau de la cheminée, où il roule sur le côté en exhibant son ventre blanc et son numéro de série. « Moi non plus je savais pas, reprend-elle. J'ai appris la vérité quand sa sœur est venue le voir. Et dire que j'ai vécu avec le bonhomme sous le même toit. Je voyais bien qu'il était pas pareil que les autres Blancs pour qui j'avais travaillé, mais j'aurais jamais deviné… Sa sœur s'est pointée un soir, je sais plus moi, il y a quinze ans ? Vingt peut-être ? Qu'importe, c'était juste avant qu'il écrive son deuxième livre sur l'intuitionnisme. »

Lila Mae n'a aucune peine à replacer l'événement dans la chronologie. Une interruption de huit mois sépare la publication du premier tome d'*Ascenseurs théoriques* du moment où Fulton a commencé à écrire le deuxième. La sœur de Fulton est donc venue ici il y a vingt ans. De quoi avait-elle l'air ? Que dit-on à un frère qu'on n'a pas revu depuis des années ? Quand elle pense qu'elle a du mal à parler à quelqu'un qu'elle a vu la semaine d'avant.

« Elle se pointe à ma porte, poursuit Mrs Rogers, et elle me fait comme ça qu'il faut qu'elle parle à James. Une gentille petite femme, simple comme tout, le genre qui fait ses habits elle-même. Je l'ai bien regardée, après tout je la connaissais pas, et je lui ai dit que j'allais voir si monsieur Fulton recevait des visites. Vous auriez dû voir la tête de James quand il est descendu. Sa pipe lui est tombée du bec (il y a toujours la marque sur le tapis). Il est devenu nerveux et il m'a demandé d'aller faire des courses. Tout à coup, il lui fallait du poisson pour son dîner ! Alors je suis partie, et quand je suis rentrée, sa sœur n'était plus là et James lisait le journal dans son bureau comme si de rien n'était. Il m'a demandé à quelle heure on dînait, et c'est tout. Plus tard, il m'a dit que c'était sa sœur, mais bien après. »

Était-elle venue lui apporter des photos ? Lui apprendre une mauvaise nouvelle : la mort de leur mère ? Lui demander de l'argent pour les funérailles ? Que dit-on à un frère qu'on n'a pas revu depuis tant d'années ? Lila Mae les imagine en train de parler dans la pièce où elle se trouve actuellement. Le mobilier est le même, la lumière du jour pauvre et froide. Fulton pétrit nerveusement les accoudoirs du fauteuil sur lequel Lila Mae est assise. Le moment qu'il redoutait depuis qu'il a quitté sa ville est arrivé. Le moment qui le révélera pour ce qu'il est réellement, la catastrophe. Sa sœur ne l'a pas trahi. Elle ne l'a pas laissé s'écraser, et Fulton a été sauvé.

« C'est juste après ça qu'il a commencé à faire le mariole », continue Mrs Rogers. Elle a ramassé quatre chevaux et onze pattes. Ils reposent à présent sur le manteau de la cheminée comme sur un champ de bataille. Les cavaliers sont morts ou moribonds. « Au début, il faisait des petites choses que personne pouvait remarquer, mais au bout d'un moment, ça a commencé à se voir.

– Comme le jour où il a plongé la tête du doyen dans le bol de punch à la cérémonie d'inauguration ?

– Ça, c'était plus tard, mais vous chauffez, dit Mrs Rogers. James était plutôt en forme, parce que son premier bouquin intuitionniste avait bien marché. Au final, il avait sa revanche, mais je peux vous dire qu'il en avait bavé pour y arriver. Le jour où il a montré son livre à ses collègues, ils l'ont foutu dehors, comme je vous le dis. Personne ne le prenait au sérieux. Ils avaient rien voulu savoir, tous ces vieux croûtons. Alors James avait payé de sa poche pour le faire publier, et c'est comme ça que tout a commencé. Ils y ont cru. »

Mrs Rogers n'arrive pas à savoir quelle patte va sur quel cheval. « Je me souviens du jour où le premier article est paru dans un de leurs magazines d'ascenseurs, dit-elle en reposant une patte à côté d'un petit poney blanc fracturé en plein galop. James s'était assis dans ce fauteuil pour lire l'article. Moi, j'étais dans ma cuisine en train de préparer le repas. Il n'y a pas eu de bruit pendant un bon bout de temps, et puis tout d'un coup je l'ai entendu rire. Vous savez, James était un homme très sérieux. Il avait de l'humour, mais c'était un humour bien à lui. Nous avons vécu sous le même toit pendant des années et des années et je crois pas qu'on ait jamais ri ensemble une seule fois. Ce jour-là, je l'ai entendu rire depuis ma cuisine. Je l'avais jamais entendu rigoler comme ça. On aurait dit qu'il venait d'entendre la meilleure blague de sa vie. Je me suis précipitée dans le salon pour lui demander ce qu'il y avait de si drôle, et quand je suis arrivée dans la pièce, James m'a regardée et il m'a fait : “Ils y croient.” »

Mrs Rogers parle sans doute de l'article enflammé de Robert Manley dans la *Continental Elevator Review* qui, si la mémoire de Lila Mae est bonne, avait consacré Fulton comme « le plus grand visionnaire de la profession après Otis » et l'avait décrit comme « le dernier rempart contre la mort annoncée de la modernité ». C'était le premier article à qualifier l'approche de Fulton d'« intuitionniste » : post-rationnelle, innée, humaine. Pas étonnant qu'il ait ri. Sa blague avait marché. Grâce à cet article, sa mythologie prit son envol, telle une gargouille grimaçante, et conquit les villes les unes après les autres, soufflant l'hérésie, déféquant sur les monuments de l'ordre ancien. Pas étonnant qu'il ait ri.

Mrs Rogers tire Lila Mae de sa rêverie. «J'ai jamais vu James aussi heureux et aussi longtemps. Ça a duré toute une semaine. Et puis, une nuit où je dormais pas, j'étais dans le salon à faire des mots croisés quand j'ai vu James apparaître en peignoir, alors que je le croyais endormi. Il avait l'air tout bizarre et embêté. Il s'est approché et il m'a dit : "C'était une blague. Et ils n'ont pas compris."

«Il pensait que quelqu'un finirait par comprendre mais personne a compris, continue Mrs Rogers en hochant la tête. Leurs règles et leurs règlements, tous ces trucs qu'il fallait vérifier pour voir si les ascenseurs marchaient comme il faut, James s'était mis à détester tout ça. Un jour, il m'a dit (ce sont ses propres mots) : "Ils sont esclaves de ce qu'ils voient mais derrière ce qu'ils voient, il y a une vérité qui leur échappe et dont leur vie dépend."

– Ils s'arrêtent à l'enveloppe des choses», conclut Lila Mae. Les collègues de Fulton ne s'aperçurent pas de son mensonge. Et elle, elle avait compris le canular grâce à Pompey. Les dernières notes du fracas de l'accident résonnent en elle comme une musique de fond. Lila Mae s'était accrochée à la conviction que Pompey avait saboté le Numéro 11 afin de satisfaire son sens de l'ordre. Si Chancre avait voulu la piéger, n'importe quel crétin du Service aurait été heureux de faire ça pour lui. Mais elle avait jeté son dévolu sur Pompey. Sur l'Oncle Tom, le nègre souriant, le nègre de service responsable de la place avilissante qu'elle occupait dans ce monde. Pompey qui avait donné à ses collègues le mode d'emploi de l'homme de couleur. Qui leur avait montré comment « ces gens-là » se comportaient, ce à quoi ils s'abaissaient pour faire plaisir aux Blancs, pour servir leur maître et avoir leur part du gâteau, si petite soit-elle. Lila Mae haïssait sa condition dans le bureau, cet univers où elle subissait la loi de ses collègues, et en voulait à Pompey, cette ombre jumelle embarrassante. Au bureau, Pompey était aussi invisible pour Lila Mae qu'il l'était pour ses collègues.

Il y a tant de haine en Lila Mae. Et en Fulton – envers lui-même et sa race. La réalité des Blancs repose sur l'apparence, comme l'empirisme. Les tenants de cette philosophie évaluent les ascenseurs d'après leur apparence : une usure d'attache d'étrier ou des fractures dues à des tensions dans l'enveloppe du moteur. La peau de Fulton ! Imaginez un peu : Fulton, le Grand Réformateur, le chef incontesté du Service des inspecteurs d'ascenseurs renonçant à son siège de président au moment où les ascensoristes essayaient d'acheter ses faveurs, de se servir de lui pour leurs campagnes publicitaires. Beaucoup d'anonymes avaient déjà été achetés. Des propriétaires d'immeubles avaient graissé la patte de certains inspecteurs pour qu'ils ferment les yeux sur les défaillances de leurs ascenseurs. Leur empirisme sacré n'avait plus aucun sens dès lors qu'il pouvait être acheté. Dès lors que les gens étaient incapables de s'apercevoir qu'un homme était noir sous prétexte qu'il prétendait ne pas l'être. Ils avaient vu la peau de Fulton, et nul doute pour eux qu'il était blanc. Se cacher derrière les murs de pierre de l'Institut n'y avait rien changé, il n'était toujours pas noir. *Il existe un autre monde au-delà de celui-ci*. Fulton avait essayé d'avertir ses collègues mais ils ne l'avaient pas écouté. Ne croyez pas ce que voient vos yeux !

« James se foutait ouvertement de leur manière de voir les choses, et les autres s'en sont même pas aperçus, reprend Mrs Rogers. La blague le faisait plus rire du tout. Quand il s'est rendu compte que ses collègues avaient rien compris, la blague était finie. Sa sœur est venue le voir juste après. James m'a avoué plus tard qu'elle avait vu sa photo dans le journal. Comme je vous le disais, c'est après la visite de sa sœur que James est devenu bizarre et qu'il s'est mis à écrire son deuxième bouquin. Il s'est enfermé dans son bureau et il a plus voulu sortir de là. J'ai fini par être obligée de lui laisser son dîner devant sa porte. Ça a duré des mois et des mois. Et puis un jour, James est descendu et il m'a annoncé qu'il avait terminé. »

Lila Mae avait compris la blague de Fulton grâce à la haine qu'il se vouait à lui-même. Elle savait ce qu'il avait dû ressentir car elle aussi se haïssait. Elle haïssait quelque chose en elle dont elle avait tenu Pompey pour responsable. À présent, Lila Mae voit Fulton tel qu'il était. Impossible qu'il ait cru à la transcendance. Le fait d'être noir le retenait rivé au sol, comme les citadins avant qu'Otis n'invente l'ascenseur de sécurité. Fulton n'avait pas d'avenir, ni comme homme de couleur puisque les Blancs l'empêcheraient de s'élever, ni comme Blanc puisque c'était un mensonge. Fulton avait craché son venin dans son livre en sachant pertinemment que le nouveau monde qu'il décrivait n'existait pas. Il n'y aurait pas de rédemption, car les hommes qui dirigeaient le monde actuel n'en voulaient pas. Ils veulent s'approcher au plus près de l'enfer.

Lila Mae observe la vieille femme occupée à reconstituer

sa collection, essayant de faire coïncider des fragments de chevaux mutilés. Les chevaux ne tiennent pas debout. Il serait charitable de les achever, mais Mrs Rogers n'en fera rien. Elle y tient. Peut-être un jour seront-ils à nouveau d'aplomb. Mrs Rogers et Fulton vivant sous le même toit, lui employeur et elle employée. À elle, les tâches réservées aux Noirs ; à lui, celles des Blancs. Des semblables, sans qu'elle s'en doute. Du coup, non, admet Lila Mae, Fulton ne croit pas à l'ascenseur parfait. Il invente une doctrine fondée sur la transcendance qui est aussi mensongère que l'est sa propre vie. Mais soudain il se passe quelque chose. Un événement qui lui donne la foi, qui le fait passer des généralités originales mais brouillonnes du tome I à une méthodologie concrète de l'intuitionnisme. Et maintenant, Fulton veut cet ascenseur parfait qui l'élèvera loin de ce monde et conçoit une méthode rigoureuse à partir d'une parodie de théorie. Que lui a dit sa sœur ? Que souhaitait-elle après leur rencontre ? Une famille ? Se réfugier dans le monde qu'il avait inventé pour se moquer de ses esclavagistes ? Une plaisanterie n'a de sens que si on peut la partager avec quelqu'un. L'intuitionnisme est une affaire de communication, se dit Lila Mae. C'est aussi simple que ça. Communication avec ce qui n'est pas soi. Quand, des années plus tard, Fulton donna une conférence devant ses disciples, le vrai sujet de son exposé avait échappé à son auditoire. *Le monde de l'ascenseur ressemblera au paradis, mais pas à celui que vous avez imaginé.*

Lila Mae entend claquer une portière. Elle aperçoit par la fenêtre Mr Heywood, le vieux professeur d'ingénierie, fermer sa voiture à clef. De retour de l'église où il est allé prier pour l'après – l'au-delà. C'est un besoin élémentaire. Lila Mae a toujours pensé qu'elle était athée. Petite, elle s'agenouillait à l'église à côté de ses parents et récitait les mots consacrés sans y croire, mais une fois installée dans le Nord, elle avait cessé d'y aller. Lila Mae a toujours pensé qu'elle était athée sans se rendre compte qu'elle avait une religion à elle. Inventer une religion est à la portée de tout un chacun. Il suffit pour cela du besoin des autres.

Toutes deux n'ont pas fait beaucoup de progrès dans le rangement du bazar laissé (ça ne fait aucun doute) par le régiment de casseurs d'Arbo. Lila Mae, pour sa part, vient de passer les dix dernières minutes à faire des tas qu'elle détruit aussitôt qu'elle les balaie vers l'extérieur, et ainsi de suite. Mrs Rogers est toujours obnubilée par son pauvre haras en miettes. « Pourquoi a-t-il écrit mon nom dans son carnet ? » demande Lila Mae.

La vieille dame se laisse tomber sur le sofa. Trop fatiguée. Elle touche le flanc de la théière avec une grimace. Il est froid. « James savait qu'il allait mourir. Il passait ses jours et ses nuits à essayer de finir son dernier livre. La nuit, il s'installait dans la bibliothèque qui porte son nom parce qu'il trouvait que c'était un endroit calme pour travailler. » Mrs Rogers regarde ses mains posées sur ses genoux, la paume en l'air, comme des crabes retournés. « Un jour, James m'a dit qu'il avait vu une lumière allumée de l'autre côté de l'allée. Et une autre fois, il m'a demandé si je connaissais le nom de l'étudiante de couleur qui était sur le campus. Je lui ai dit que non. Voilà, c'est tout ce que je sais. » Elle regarde Lila Mae dans les yeux. « Vous devriez les prendre avec vous. Je veux plus les garder. C'est trop pour moi. »

Mrs Rogers se lève et part dans la cuisine. Lila Mae ne voit pas ce qu'elle fait, mais elle l'entend. Un grincement qu'elle met à peine quelques secondes à identifier : c'est le bruit que fait une vieille poulie. Il doit y avoir un monte-plats dans la cuisine. Un ascenseur manuel qui, tout primitif qu'il est, contient déjà tous les principes de la verticalité. Lila Mae entend des pierres crisser.

Quand la vieille dame revient dans le salon, elle a les bras chargés d'un tas de carnets. Ce sont les Fontaine que Fulton adorait, enveloppés n'importe comment dans un morceau de cuir taché. Les manuscrits sacrés, bien sûr. Qu'a fait Marie Claire Rogers dans sa cuisine ? Lila Mae l'imagine sans peine : elle a retiré quelques briques dans le mur du fond de la gaine du monte-charge et, de ce trou sombre, a sorti les carnets. Qui attendaient là. Les deux femmes de couleur sont debout face à face, une génération et soixante centimètres de différence, tandis que des spirales de poussière s'enroulent dans les puits de lumière que le soleil de l'après-midi forme entre elles. Lila Mae prend les carnets. Ils pèsent leur poids. « Pourquoi avez-vous envoyé les pages ? demande-t-elle.

– James m'avait laissé des instructions. Il m'avait dit que le jour où je les enverrais, quelqu'un viendrait. »

Le premier endroit que Lila Mae visita fut le bon. Après tout ce temps passé seule au milieu des Blancs de l'Institut, elle avait envie de vivre dans un quartier noir. Elle avait son diplôme en poche, elle était libre. Elle cherchait un logement dans cette ville qui était à présent son lieu de travail. Dans quelques jours, elle serait la première femme de couleur du Service des inspecteurs d'ascenseurs. Lila Mae aurait voulu faire partager sa fierté à tous les gens de la rue : à la vieille bourgeoise qui s'éventait sur son perron avec un journal, au policier posté au carrefour avec son regard implacable et ses boutons qui brillaient au soleil. Elle aurait voulu leur dire qu'elle avait réussi, qu'elle était la première femme de sa race à avoir obtenu l'insigne. Elle avait envie de les secouer par les épaules. Mais ils s'en foutaient, bien sûr. Personne dans cette rue ne savait ce qui faisait grimper leur ville, et personne ne connaissait Lila Mae en ce premier jour d'été.

C'était le quartier noir de l'île, mais rien à voir avec celui dans lequel Lila Mae avait grandi. Ce quartier-là apparut une nuit où des industriels firent émerger de la surface un tunnel et installer, pile à cet endroit, un panneau disant : BOUCHE DE MÉTRO. Des rangées et des rangées d'immeubles identiques barrant l'île d'une rivière à l'autre, tel était le quartier. C'est grâce au métro que les premiers locataires le découvrirent, ainsi que Lila Mae. En sortant de la fournaise souterraine, elle examina le carrefour où elle avait atterri. Toutes les rues se valaient. Elle en choisit une au hasard qui lui parut plus sympathique que les autres. Arrivée à la moitié, juste après avoir évité la gerbe d'écume d'une bouche à incendie grande ouverte, Lila Mae aperçut une pancarte : CHAMBRES À LOUER. On y avait ajouté avec des crochets un autre panneau : LIBRES.

Le promoteur immobilier qui s'était approprié cette parcelle de terrain avait fait construire des immeubles de six étages avec façades à l'italienne de couleur grise. Des appartements pensés pour accueillir chacun une famille entière ; plus tard, elles s'y entasseraient à deux ou trois. Un bon investissement. Un Blanc maigrichon au cheveu noir et humide, installé sur le perron de l'immeuble, écoutait la retransmission d'une course hippique sur un petit poste de radio. Il s'épongeait le front avec un chiffon en hurlant des bordées d'injures à l'adresse du commentateur. Lila Mae attendit patiemment que la transmission prenne fin, en espérant que l'issue n'aurait pas de conséquences fâcheuses sur les réponses qu'elle attendait de lui. L'homme portait un pantalon gris avec des bretelles rouges et un tee-shirt sale sans manches. Lila Mae lut l'inscription gravée sur le fronton de la porte d'entrée : THE BERTRAM ARMS. L'homme n'attendit pas la fin de la course et éteignit le poste avec une autre bordée d'injures. « Excusez-moi, monsieur, je cherche le responsable de l'immeuble », lui dit Lila Mae.

L'homme l'examina de la tête aux pieds. « Vous voulez une chambre ?

– Oui. Sur le panneau, il est écrit…

– Je sais ce qui est marqué. Venez, lui dit-il en ramassant sa radio, je vais vous montrer. »

La peinture de l'entrée était d'origine, un vert maladif recouvert d'une bonne couche de poussière que la graisse rejetée par les cuisinières des appartements avait comme figée dans la glace. L'odeur déplut à Lila Mae, mais elle se dit qu'elle s'y ferait. « C'est au cinquième. Les fenêtres donnent à l'est et de ce côté-là, on a beaucoup de lumière le matin. » Lila Mae le suivit dans l'escalier vermoulu. « Pas d'animaux. Il y a des locataires qui en ont, mais ils ont pas le droit. » La chaleur de la journée s'était accumulée sur les paliers. Des gens avaient entrouvert la porte de leur appartement pour faire des courants d'air, mais, comme elle montait sans s'arrêter, Lila Mae n'avait pas le temps de voir à l'intérieur. Les logements étaient silencieux. « Il y a un téléphone payant à chaque étage. En général, on a ses messages, mais faut être sympa avec ses voisins. »

Il ouvrit la porte de l'appartement numéro 27. « À vous de voir », lui dit-il, et il attendit dehors.

Ce n'était pas bien grand mais c'était propre, ou presque. Le contour des cadres qu'avait accrochés au mur le locataire précédent se devinait au vu des marques de poussière. Il y avait deux pièces, une grande et une plus petite, dans laquelle on pourrait peut-être caser un petit lit. Les appartements avaient dû être morcelés. Lila Mae ne possédait pas grand-chose. Elle se débrouillerait pour faire rentrer un lit là-dedans. C'était plus grand que sa chambre à l'Institut, où elle avait vécu trois ans.

L'air était irrespirable avec les fenêtres fermées. Lila Mae s'empressa d'aller les ouvrir. On voyait assez loin vers l'est, jusqu'à ce que deux grands immeubles bouchent la vue sur la rivière. Tant qu'à faire, elle aurait préféré donner sur les géants du sud de l'île, mais pour ça, il faudrait encore attendre. Lila Mae cria au gérant sans se retourner : « Vous avez dit que c'était combien déjà ?

– Quinze dollars et quarante-cinq *cents* par semaine. Payables tous les lundis. Et une caution de trois dollars pour la clef. »

Lila Mae jeta un dernier coup d'œil autour d'elle, puis se dit que c'était une bonne affaire. Elle avait un salaire à présent. C'était une nouvelle vie qui s'annonçait. Elle avait adopté la ville.

Lila Mae est déjà venue ici. Sur l'esplanade en béton au milieu des créatures de pierre. Personne ne sait vraiment si l'idée de la ménagerie est d'Arbo ou du sculpteur. Les animaux (un bébé rhinocéros, un lion et une hyène, chacun étant dressé sur ses pattes arrière, la tête baissée et les yeux dénués d'iris) fixent un horizon bouché par les immeubles et boivent à une oasis asséchée par le béton. S'il s'agissait de symboliser la mission ou la personnalité d'Arbo, Lila Mae n'en sait rien. Les bêtes ne bougent pas. Les hommes et les femmes en tenue de travail qui traversent l'esplanade pour rejoindre le métro, un bar ou un endroit où déjeuner gardent leurs distances. Ils savent qu'ils sont des proies potentielles et redoutent dans le tréfonds de leur conscience que les prédateurs sortent de leur sommeil – un réveil improbable mais imminent.

Lila Mae est déjà venue ici. C'était au cours de son dernier semestre à l'Institut pour le transport vertical. Arbo avait convié les étudiants de dernière année à participer à un meeting de recrutement, qui se tint dans une grande salle aux murs en verre perchée très haut au-dessus de la rue. Tandis que Lila Mae et ses camarades sirotaient du café et grignotaient des pâtisseries, un grand type de chez Arbo, en costume sombre et coûteux, décrivait l'atmosphère édifiante de l'entreprise et les perspectives de promotion que celle-ci pouvait offrir aux diplômés de la plus prestigieuse école d'inspecteurs d'ascenseurs du pays. Lui aussi était sorti frais émoulu de cette dernière avec le désir ardent de voler au secours des villes. À l'époque, leur avouait-il, il s'était laissé leurrer par le romantisme de la vie dans les tranchées, par l'ivresse que procure la lutte contre les appareils criminels, par la croisade sacrée contre les défaillances. «Arbo vous offre plus», disait-il aux étudiants, les bras grands ouverts, montrant la vue qui s'étendait derrière lui, les plaines au-delà de la ville, ainsi que les nuages qui semblaient palpables. «Arbo crée le futur, les inspecteurs le servent», avait-il conclu. Les étudiants comparèrent leurs vêtements modestes et ceux de rigueur dans les Services municipaux jaune crasseux. Ces séances de recrutement organisées par les ascensoristes étaient un rituel. Lila Mae les considérait comme l'ultime épreuve, visant à mesurer leur dévouement au service public. Une tentation. Tout le temps qu'avait duré cette pratique, jamais un étudiant n'avait renoncé au charme des rues ni à l'impératif moral du travail bien fait. Les inspecteurs intégraient le monde de l'entreprise au compte-gouttes après avoir fait leurs preuves sur le terrain – dans l'ombre et parmi les rats. Ce n'est qu'après le test, après s'être rendu compte combien les employés municipaux étaient mal payés, qu'ils se décidaient à retourner chez Arbo, United et les autres, vaincus, le chapeau à la main, suppliant qu'on les libère et qu'on leur offre des costumes plus décents. Peu avant les épreuves du diplôme, les ascensoristes envoyaient leurs invitations, et les étudiants venaient écouter le diable, essayant tant bien que mal de résister.

L'immeuble est un des plus hauts de la ville, comme il sied à une entreprise dont la prospérité est synonyme de verticalité. Si importante soit-elle, ses locaux ne remplissent pourtant pas tout l'immeuble : Arbo rend la ville fonctionnelle, mais laisse aux autres le soin de la peupler.

Il en a toujours été ainsi. Lila Mae demande au vigile de l'entrée à quel étage est son bureau. Le vigile consulte un registre et l'oriente vers la Batterie d'ascenseurs C, les express. Arbo n'arrive pas à remplir tout l'immeuble mais s'est réservé les étages supérieurs. Ça leur permet de rester toujours en alerte : quelle que soit la hauteur, le ciel est là pour leur rappeler qu'il y a toujours plus haut.

L'ascenseur express, un des tout derniers modèles, est vide et dédaigne sans bruit les étages inférieurs. Il les ignore. Lila Mae voyage seule. Il est extrêmement rare qu'elle partage la cabine avec des civils ; et ce, bien qu'ils justifient sa profession. Ou plutôt son ex-profession. Ce lundi, elle n'a plus d'horaires.

Au quatre-vingtième étage, la réceptionniste lui demande en quoi elle peut lui être utile, d'une voix qui sonne joyeusement dans le vide. Lila Mae lui dit qu'elle souhaite rencontrer Raymond Coombs. Donne son nom, que l'hôtesse répète dans l'interphone massif et gris. Raymond Coombs tombe des nues. Ses paroles grésillantes troublent l'atmosphère égale du bureau. Il demande à l'hôtesse de laisser entrer la jeune femme.

Lila Mae sent la moquette se plisser sous ses pieds et mâcher ses chaussures. Dans le couloir, une vitrine expose une réplique miniature du premier appareil Arbo, l'Excelsior. Le dépliant publicitaire qui a été reproduit sur une affichette placée derrière la vitre promet « un mariage heureux entre luxe et technicité, permettant aux passagers de voyager confortablement jusqu'à destination par ce qui se fait de mieux aujourd'hui en matière de transport mécanique ». Les couloirs sont silencieux, tout le monde est dans son bureau ou ailleurs. Lila Mae reste figée devant cet engin d'un autre âge. Il paraît triste. Tout le monde se fiche du confort, de nos jours, et plus personne ne se préoccupe de dissimuler la fonction de l'appareil derrière des banquettes et des gravures représentant des griffons ou des nymphes. Sous l'affichette à valeur de serment se trouve un texte élogieux émanant de la direction du Charleston Hotel, le récipiendaire du prototype. «Les étages supérieurs de notre établissement sont dorénavant les plus prisés par notre clientèle, car elle y accède en moins d'une demi-minute sans fatigue ni tracas et jouit à l'arrivée de la pureté et de la fraîcheur d'une atmosphère entièrement affranchie du bruit, de la poussière et des odeurs.» Il y a quelques années, le boulet de démolition a eu raison du Charleston. Pas assez haut.

Dans le bureau de Raymond Coombs, il manque un mur, remplacé par une baie vitrée. Sans le store, remonté à fond, on pourrait croire que l'homme tourne le dos au vide. Il a roulé ses manches jusqu'aux coudes. La chemise qu'il porte, en coton blanc amidonné, est dénaturée par une paire de bretelles dorées – déguisement professionnel qui tranche avec celui du travailleur rebelle, beaucoup moins raffiné. Sa cravate rouge et verte est taillée dans un tissu brillant. «Joli bureau, dit Lila Mae en contemplant la rivière sale à quelques centaines de mètres en contrebas.

– J'ai fait ce qu'il faut pour», répond-il en refermant le dossier qui se trouve devant lui. Pour être honnête, il est plus surpris d'être interrompu dans son travail que de la voir là. Il retire ses lunettes à monture d'écaille et les glisse dans la poche de sa chemise.

Lila Mae remarque une photo accrochée au mur, un

portrait de ce célèbre pasteur qui fait tant de bruit dans le Sud. « Vous avez le droit de mettre sa photo ? s'étonne-t-elle.

– Mes employeurs me laissent une certaine latitude, répond Raymond Coombs en haussant les épaules. Tout ce qui les intéresse, c'est que je fasse mon boulot. Vous voulez vous asseoir ? »

Lila Mae reste debout. « Ça a commencé quand, tout ça ? Le vendredi de l'accident ou avant ? »

Raymond Coombs réfléchit. « Ça a commencé le jour où on a vu votre nom dans les carnets de Fulton. Personnellement, je n'en ai rien conclu. En bas, les décodeurs ont passé deux journées entières sur les colonnes de chiffres qu'on y a trouvées. Ça n'a mené à rien. Fulton s'était amusé à additionner des factures de blanchisserie. Il ne mettait que des conneries là-dedans. Du coup, je m'en foutais qu'il y ait votre nom. Mais la direction tenait absolument à ce qu'on suive toutes les pistes. »

L'interphone bourdonne. Raymond Coombs informe la jeune femme de l'entrée qu'il ne souhaite pas être dérangé.

Lila Mae désigne du menton la photo qui se trouve sur son bureau. « C'est votre femme ?

– On est mariés depuis douze ans. Elle est infirmière à l'hôpital Metropolitan.

– Vous avez des enfants ?

– Un fils. » Raymond Coombs retourne la photo de façon à ce qu'elle ne la voie plus. Sa voix n'est plus la même qu'à la Maison des intuitionnistes ou dans la chambre de Lila Mae à la Friendly League Residence – une octave plus haut. « On ne savait pas quelles informations vous aviez, poursuit-il. Et si vous en aviez. C'est pour ça que Jim et John ont été envoyés chez vous. Mais quand j'ai appris qu'il y avait eu un accident au Fanny Briggs, j'ai jugé plus prudent de dépêcher Reed pour vous intercepter. Je pensais que la découverte de l'existence de la boîte noire vous obligerait à vous dévoiler. Pour voir ce que vous saviez. L'accident a tout chamboulé. Vous en avez fait une affaire personnelle. Un vrai bonus pour nous. Eh oui, dit-il les doigts papillonnant autour de sa cravate club, je dois avouer que l'accident a considérablement facilité les choses. »

Son regard descend lentement le long du corps de Lila Mae et s'arrête sur la serviette en cuir qu'elle tient serrée contre son ventre. « Je continue ? » demande-t-il.

Lila Mae l'invite à poursuivre. Personne ne pouvait prévoir l'accident.

« Au début, on était persuadés que Chancre avait trafiqué le Numéro 11, dit Raymond Coombs avec une voix de jeune fille de bonne famille. Mais on a appris par nos informateurs qu'il était aussi estomaqué que nous par ce qui était arrivé au Fanny Briggs. Heureusement, vous, vous êtes restée fixée sur cette idée de sabotage, grâce à nos encouragements et au fameux Pompey. Au moins, là, vous étiez prévisible, dit-il en souriant. Laissez entrer un Noir dans la place et il s'intègre. Avec deux, c'est la guerre tribale à qui léchera le mieux le cul des Blancs. »

Lila Mae ne répond pas à la provocation. « Poursuivez, ordonne-t-elle.

– Dès qu'on a compris qu'on vous avait pigeonnée, on a pensé que vous pourriez nous être encore utile. Et pourtant, à l'époque, on ignorait ce que vous saviez des carnets. En tout cas, on était sûrs que vous n'aviez rien dit à personne, et ça, c'est grâce à votre dossier qu'on l'a su. Il paraît que vous ne faites confiance à personne. Donc j'ai suggéré à Reed de vous envoyer chez la bonne de Fulton. On n'arrivait à rien, nous, avec cette vieille bique. Mais quand je me suis aperçu que vous n'étiez pas rentrée après votre visite à l'Institut, j'ai été obligé de jouer la carte du charme. On était pris de court. »

Raymond Coombs ne s'exprime plus à la façon des Noirs du Sud, comme Natchez. Dans cette pièce où la lumière entre à flots, où l'air est recyclé, son visage semble différent, lui aussi. Lila Mae sent le contact rassurant du cuir de la serviette dans sa main. Elle suit le tracé de la fermeture éclair avec un doigt. « Comment avez-vous découvert la vérité sur Fulton ? demande-t-elle.

– Il y a quelques années, quand on s'est rendu compte que ses derniers travaux manquaient, on a procédé à l'enquête que personne n'avait eu besoin de faire jusque-là. Et on a découvert ses origines. Sa sœur venait de mourir. Et comme elle n'avait pas d'héritiers, on a racheté sa succession. Au sens large, évidemment.

– Les origines de Fulton ne dérangent personne ?

– Pas vraiment. Les gens de couleur sont persuadés qu'on a déjà eu deux présidents noirs. On en fait tout un foin, mais finalement ça ne change rien. Dans la profession, la base ne voudra jamais croire que Fulton était noir, et quant à ceux qui le savent déjà, tout ce qui les intéresse ce sont les inventions. La couleur de peau importe peu de ce point de vue. Du point de vue des affaires, j'entends. Les gens de couleur peuvent toujours mettre le nom de Fulton dans leurs bouquins d'histoire si ça leur chante, ça ne changera rien au fait qu'il y a de l'argent à se faire avec son invention.

– Vous méritez sûrement votre salaire », dit Lila Mae.

L'inscription sur la porte de son bureau annonce en lettres dorées : RAYMOND COOMBS – OPÉRATIONS SPÉCIALES.

«Je fais de mon mieux. Si j'étais aussi bon que ça, mon sabotage aux Folies aurait dû vous inciter à rester à la Maison des intuitionnistes. Là-bas, je pouvais vous garder en sécurité, on ne risquait pas de vous perdre de vue, et on vous tenait à distance de Chancre. J'avais tout bien arrangé mais vous, vous n'en faites qu'à votre tête, Lila Mae.» Il s'interrompt pour examiner la serviette qu'elle tient à la main. Peut-être craint-il qu'elle ait une arme cachée dedans. «Je peux vous poser une question ? lui demande-t-il en reculant son fauteuil loin du bureau. C'est pour parfaire mon personnage de Natchez ?

– Allez-y.

– Qu'est-ce qui vous a poussée à aller chez *Lift* ? Vous aviez peur que le péquenaud fasse tout capoter, ou vous vouliez faire un cadeau à votre nouveau soupirant ?

– Je voulais juste aider.

– Je tâcherai de m'en souvenir la prochaine fois.»

Il reste un ou deux points à éclaircir encore. L'inspectrice d'ascenseurs veut être sûre d'avoir bien compris, même si Lila Mae n'a plus besoin d'explications. C'est donc l'inspectrice d'ascenseurs qui s'adresse à l'employé de chez Arbo : «Qu'est-ce que vous comptez faire demain pour les élections ? Vous êtes dans une impasse, non ?»

Raymond Coombs observe Lila Mae en train de caresser le bord de sa serviette en cuir. Il jette un coup d'œil rapide à la porte qui se trouve derrière elle pour évaluer la distance qui l'en sépare. «Chancre donne une conférence de presse demain à l'hôpital, dit-il. Il parlera forcément des rumeurs autour de la boîte noire de Fulton, parce que tout le monde est au courant maintenant. Mais nous, on va s'en occuper, de cette boîte. Je vais m'en occuper.» Raymond Coombs se tient prêt à toute éventualité et fait l'inventaire de ce qui se trouve sur son bureau, en quête d'armes pour se défendre. «Et vous, de quoi allez-vous vous occuper ?

– Je vous ai apporté quelque chose, dit Lila Mae en jetant la serviette sur son bureau.

– Qu'est-ce que c'est ?

– Ce sont les carnets de Fulton. C'est ce que vous cherchiez, non ?

– Pourquoi faites-vous ça ?

– Je veux simplement vous aider.»

En rejoignant l'ascenseur, Lila Mae envisage un instant de briser le verre qui protège le petit Excelsior Arbo. De le prendre sous son bras et d'aller le poser dehors sur le parvis, au milieu de la ménagerie de pierre. De le libérer et de le lâcher dans la ville, pour laquelle il n'est plus fait. Cette jungle. Mais l'Excelsior ne survivrait pas. Lila Mae embrasse la vitre et poursuit son chemin.

Quel étage ?

Comment Fulton a-t-il pu imaginer une seconde que les hommes étaient prêts pour l'ascenseur parfait ? Ils ont déjà tant de mal à comprendre les villes dans lesquelles ils vivent actuellement, celles qu'Otis leur a données. Ils sont maladroits et manquent de tomber à tout moment. Fulton aimerait être là, dans les villes que les hommes bâtissent avec l'ascenseur parfait, mais ce n'est pas possible. Et cela, il l'a compris dès qu'il a commencé à croire. Autrefois, croire à l'ascenseur parfait lui faisait peur. Alors bien sûr, quand il fut gagné par la foi, il était trop tard. Tout ce qu'il pouvait faire, c'était de décrire l'ascenseur qu'il avait imaginé et de donner des indications pour le réaliser.

Fulton se souvient qu'il lui en a coûté trois dollars de faire ressemeler ses chaussures. Certains trouveront peut-être curieux qu'il soit celui qui leur fait don de l'ascenseur parfait, après ce qu'ils lui ont fait subir. Mais il n'avait pas le choix, n'est-ce pas, une fois qu'il avait commencé. Au début, Fulton n'avait pas pensé les choses ainsi, et puis lui vint une idée qui allait tout révolutionner. Disons qu'il en avait fait une fixette. Voilà, il a presque terminé, si son corps ne le lâche pas avant. Où en était-il déjà ? Ah oui, quelque chose à propos de la ténuité de l'air à cette altitude et de la façon d'appréhender le problème. Fulton remarque qu'il a écrit *trois dollars* dans la marge de son carnet. Il note toujours des choses dans la marge.

Maintenant que les journées sont plus chaudes, il a moins froid la nuit dans la bibliothèque à son nom. Il y a un moment déjà qu'il ne sort plus qu'en peignoir. Personne n'y trouve à redire, parce que c'est un grand homme et qu'on tolère ses excentricités.

Fulton est allé aussi loin qu'il pouvait aller dans la conception de l'ascenseur. C'est à quelqu'un d'autre qu'il revient d'exécuter le plan. Et si cet autre en était indigne ? Si l'on croyait le moment venu alors que pas du tout ?

Cette éventualité le terrifie. Et s'ils attendaient trop longtemps ? Tout compte fait, il ne voit pas bien ce qu'il pourrait y avoir de néfaste à ce qu'ils attendent trop longtemps. Mais en ce qui le concerne, il aimerait autant que celui ou celle qui prendra le relais ait le sens de l'à-propos. Qui que ce soit. Et si c'était un des étudiants qui hantent le campus à l'instant même, un de ces ânes qui roupillent bien au chaud dans leurs rêves d'ascenseurs ? Qui sait, ce sera peut-être un de ces petits cons.

Le monde est si corrompu. Et puis merde, il en a toujours été ainsi, vieux fou ! Laisse tomber. Remets-toi au boulot. Il reste encore tellement à faire. Si seulement il s'y était mis plus tôt. Mais comment aurait-il pu savoir ce qu'il avait à faire avant d'avoir commencé ?

Il est tard. Fulton écrit l'ascenseur.

Il voit bien que son écriture s'est considérablement dégradée depuis le premier jour. Plus il approche du but et plus elle se détériore, comme si l'ascenseur attirait les mots de l'autre côté, comme s'il les entraînait vers le futur. Il arrive encore à se relire.

Fulton se rappelle sa rencontre avec le doyen le soir même, dans la grande cour. Le vieux bouffon pérorait à propos du dîner qui l'attendait avec un autre rustaud de son espèce comme il y en a tant dans le coin. Il avait demandé au doyen s'il connaissait le nom de l'étudiante qui sortait du gymnase, la jeune fille de couleur qui marche toujours très vite en regardant ses pieds. Il lui avait dit qu'elle s'appelait Lila Mae Watson et qu'elle faisait honneur à sa race.

Fulton la voit par la fenêtre en ce moment même comme ce fut souvent le cas ces derniers temps. La jeune fille de couleur étudie dans la petite chambre qui se trouve en face de la bibliothèque, un placard à balais transformé en chambre, s'il se souvient bien. Le seul endroit où il y ait de la lumière de tout le bâtiment. Pareil pour lui. Il a l'impression qu'elle ne se nourrit pas correctement. De loin, elle lui semble si menue et si fragile. Si seulement elle avait un peu plus de bon sens. Mais il a autre chose à faire que de s'inquiéter pour elle. Il doit plancher sur l'ascenseur. Fulton lève son stylo et remarque qu'il a écrit : « Elle se nomme Lila Mae Watson » dans la marge de son carnet. C'est exact. C'est bien le nom de la seule autre personne debout à cette heure-ci. Elle ne sait pas ce qui l'attend, se dit-il, avant de la chasser de son esprit. Il note toujours des choses dans la marge.

Son travail l'appelle. Il a presque terminé. Il a laissé des instructions à Marie Claire et sait qu'elle les suivra. Quelqu'un va venir. Quelqu'un va s'occuper de cette chose qu'il est en train d'écrire.

Et s'il apportait une lanterne pour travailler ici la nuit ? Ça donnerait un côté très dramatique à la lumière et, pour le coup, ça ferait vraiment jaser.

L'ascenseur fonctionne, mais les hommes ne sont pas prêts. Et ils ne le seront pas tant qu'il sera en vie. Si seulement il pouvait se joindre à eux. Mais ce monde-là n'est pas pour lui, il appartient à celui-ci.

Septième, s'il vous plaît.

Lila Mae a une nouvelle chambre aux dimensions honorables. En tout cas, elle a assez de place pour mettre un bureau, et c'est tout ce qui compte. La chambre donne sur une usine.

Lila Mae écrit une phrase et la rature aussitôt. Parfois, elle est à deux doigts de saisir sa voix, et puis celle-ci s'envole, et il lui faut du temps pour la capturer à nouveau. Le plus dur dans tout ça, selon elle, c'est de restituer la voix de Fulton telle qu'elle résonne dans le tome III d'*Ascenseurs théoriques*, en sachant qu'elle n'a rien à voir avec le ton sec et académique du tome I ni avec les envolées mystiques et vaines du tome II. Lila Mae garde à jamais imprimé dans sa tête le style des deux premiers tomes. Le troisième, plus optimiste, est moins évident. Elle est contrainte à des recentrages. Par chance, elle est justement en train de combler les parties interstitielles que Fulton n'a pas eu le temps d'achever. Elle connaît son écriture. Le plus important est déjà là. Reste ce je-ne-sais-quoi pour que le tout se tienne. Sans que rien n'y paraisse.

Elle s'étire sur sa chaise. Sa nouvelle chambre lui plaît. Peut-être la retrouveront-ils, peut-être se lanceront-ils à sa recherche le jour où ils auront tout compris. Mais ce n'est pas pour demain. Elle a du temps devant elle pour trouver une autre chambre. Et puis il y a d'autres villes, certes pas aussi belles que celle-ci, mais il y en a d'autres. De toute façon, Lila Mae a compris que toutes les villes étaient condamnées. Condamnées par le travail qu'elle est en train d'accomplir, par ce qu'elle délivrera au monde le moment venu.

Les hommes ne sont pas encore prêts mais ils le seront un jour.

L'ascenseur décrit dans les pages des carnets que Marie Claire Rogers a envoyées à Arbo, Chancre et *Lift* n'est pas parfait, mais il n'est pas si mal. Quand elle a été en possession du tout, Lila Mae, ex-inspectrice d'ascenseurs, a fait parvenir à chacun les éléments qui lui manquaient. Quand ils auront déchiffré le code et les hiéroglyphes de Fulton (et c'est pas demain la veille, sans la clef que détient la jeune femme), l'ascenseur les tiendra occupés encore un moment. Il n'est pas parfait mais il n'est pas si mal. Elle aime tout particulièrement le dessin de la cabine, qui tient compte des nécessités techniques sans sacrifier le confort du passager. Exactement comme ça se faisait dans le temps. Lila Mae a découvert que le troisième tome des travaux de Fulton prend en compte les besoins de l'homme. L'ascenseur qu'elle a livré à Coombs, à Chancre et à Ben Urich risque de les occuper quelque temps. En tout cas, jusqu'au jour où ils découvriront qu'il n'est pas parfait. Si le moment est venu, alors Lila Mae leur fera don de l'ascenseur parfait. Sinon, eh bien elle leur enverra d'autres textes de Fulton pour leur faire savoir qu'il est en bonne voie, conformément aux instructions qu'il a laissées. Il faut dire aux citadins qu'il sera bientôt là, et les préparer à la seconde ascension.

Les fenêtres de la chambre de Lila Mae donnent sur une usine. Ça lui plaît. Ces jours-ci, quand elle voit des immeubles, elle a mal au cœur pour eux. Ils sont si loin de ce qui se prépare.

Lila Mae est la gardienne.

Dans sa chambre, il lui arrive parfois de repenser à

l'accident et à ses conséquences. Globalement, ce qui est arrivé serait arrivé de toute façon, mais ça la réconforte de savoir que l'ascenseur parfait est venu à sa rencontre pour lui annoncer qu'elle faisait partie de son monde. Qu'elle était une habitante de la ville à venir, et que les appareils délicats auxquels elle avait voué sa vie étaient faibles et finiraient tous par tomber un jour comme le Numéro 11. Tous sans exception dévaleront les gaines, telles de magnifiques étoiles défuntes.

Dans sa chambre, il lui arrive parfois de se demander qui décodera l'ascenseur en premier. Arbo ou United ? Peu importe. Comme les élections, leurs chamailleries mesquines ne font qu'accroître son importance. En un sens, il les prépare.

Lila Mae retourne à son travail. Ça aurait pu être quelqu'un d'autre, mais ce fut elle. Fulton a laissé des instructions et elle sait qu'elle peut les adapter en fonction des circonstances. Jamais il n'aurait pu prévoir la façon dont le monde allait évoluer.

Elle retourne à son travail. Elle procédera aux ajustements nécessaires. Et ça viendra, elle en est sûre. Elle ne se trompe jamais. C'est son intuition.

Remerciements

Aucun garçon ne devrait s'aventurer dans la vie sans un exemplaire de *American Standard Practice for the Inspection of Elevators*, à moins qu'il n'ait envie de courir au-devant des ennuis. Dans le désordre, je remercie : Gary Dauphin, Wesley Jones, Valerie Burgher, Dan Schrecker, Darren Aronofsky, Sue Johnson, Ari Handel, Hugh Garvey, Jed Weintrob, Bill Parsons, Jim Macintosh, Jeannette Draper. Merci aussi à Kevin Young pour ses encouragements et pour le titre. Merci à mon agente, Nicole Aragi, qui est formidable, et à Tina Pohlman, mon éditrice, *A Woman of Wealth and Taste*[1]. Et j'ajoute que je n'aurais jamais pu écrire ce livre sans le soutien et l'amour de ma famille et de Natasha Stovall, la meilleure compagne dont on puisse rêver.

---

1. Allusion à la chanson des Rolling Stones « Sympathy for the Devil ».

DU MÊME AUTEUR

Aux Éditions Albin Michel

HARLEM SHUFFLE, roman, 2023.

NICKEL BOYS, roman, 2020, prix Pulitzer.

UNDERGROUND RAILROAD, roman, 2017, prix Pulitzer.

Chez d'autres éditeurs

ZONE 1, roman, Gallimard, 2014.

SAG HARBOR, roman, Gallimard, 2014.

LE COLOSSE DE NEW YORK : UNE VILLE EN TREIZE PARTIES, Le Livre de Poche, 2023.

APEX, roman, Gallimard, 2008.

BALLADES POUR JOHN HENRY, roman, Gallimard, 2005 ; à paraître dans une nouvelle édition chez Albin Michel.

« Terres d'Amérique »

Collection dirigée par Francis Geffard
(Extrait du catalogue)

NANA KWAME ADJEI-BRENYAH
Friday Black, nouvelles

CHRIS ADRIAN

Un ange meilleur, nouvelles

SHERMAN ALEXIE

Indian Blues, roman
Indian Killer, roman
Phoenix, Arizona, nouvelles
La Vie aux trousses, nouvelles
Dix Petits Indiens, nouvelles
Red Blues, poèmes
Flight, roman
Danses de guerre, nouvelles

TOM BARBASH

Les Lumières de Central Park, nouvelles
Beautiful Boy, roman

TOM BISSELL

Dieu vit à Saint-Pétersbourg, nouvelles

AMANDA BOYDEN

En attendant Babylone, roman

JOSEPH BOYDEN

Le Chemin des âmes, roman
Là-haut vers le nord, nouvelles
Les Saisons de la solitude, roman
Dans le grand cercle du monde, roman

TAYLOR BROWN

Les Dieux de Howl Mountain, roman
Le Fleuve des rois, roman

KEVIN CANTY

Une vraie lune de miel, nouvelles
Toutes les choses de la vie, roman
De l'autre côté des montagnes, roman

DAN CHAON

Parmi les disparus, nouvelles
Le Livre de Jonas, roman
Cette vie ou une autre, roman
Surtout rester éveillé, nouvelles
Une douce lueur de malveillance, roman

MICHAEL CHRISTIE

Le Jardin du mendiant, nouvelles
Lorsque le dernier arbre, roman

TOM COOPER

Les Maraudeurs, roman

CHARLES D'AMBROSIO

Le Musée des poissons morts, nouvelles
Orphelins, récits

CRAIG DAVIDSON

Un goût de rouille et d'os, nouvelles
Cataract City, roman
Les Bonnes Âmes de Sarah Court, roman
Cascade, nouvelles

ANTHONY DOERR

Le Nom des coquillages, nouvelles
À propos de Grace, roman
Le Mur de mémoire, nouvelles
La Cité des nuages et des oiseaux, roman

LOUISE ERDRICH

L'Épouse Antilope, roman
Dernier rapport sur les miracles à Little No Horse, roman
La Chorale des maîtres bouchers, roman
Ce qui a dévoré nos cœurs, roman
Love medicine, roman
La Malédiction des colombes, roman
Le Jeu des ombres, roman
La Décapotable rouge, nouvelles
Dans le silence du vent, roman
Femme nue jouant Chopin, nouvelles
Le Pique-nique des orphelins, roman
Larose, roman
L'Enfant de la prochaine aurore, roman,
Celui qui veille, roman
La Sentence, roman

BEN FOUNTAIN

Brèves rencontres avec Che Guevara, nouvelles
Fin de mi-temps pour le soldat Billy Lynn, roman

TOM FRANKLIN

Le Retour de Silas Jones, roman
Braconniers, nouvelles

CHRISTIAN KIEFER

Les Animaux, roman
Fantômes, roman

THOMAS KING

Medicine River, roman
L'Herbe verte, l'eau vive, roman

SANA KRASIKOV

L'An prochain à Tbilissi, nouvelles
Les Patriotes, roman

RICHARD LANGE

Dead Boys, nouvelles
Ce monde cruel, roman
Angel Baby, roman
La Dernière Chance de Rowan Petty, roman

MATT LENNOX

Rédemption, roman

BRIAN LEUNG

Les Hommes perdus, roman
Seuls le ciel et la terre, roman

MAXIM LOSKUTOFF

Viens voir dans l'Ouest, nouvelles

ROBIN MACARTHUR

Le Cœur sauvage, nouvelles
Les Femmes de Heart Spring Mountain, roman

STEPHEN MARKLEY

Ohio, roman

LESLIE MARMON SILKO

Cérémonie, roman

DINAW MENGESTU

Les Belles Choses que porte le ciel, roman
Ce qu'on peut lire dans l'air, roman
Tous nos noms, roman

STEFAN MERRILL BLOCK

Le Noir entre les étoiles, roman

PHILIPP MEYER

Le Fils, roman
American Rust, roman

LEILA MOTTLEY

Arpenter la nuit, roman

MATTHEW NEILL NULL

Le Miel du lion, roman
Allegheny River, nouvelles

ERIC NGUYEN

La Solitude des tempêtes, roman

TOMMY ORANGE

Ici n'est plus ici, roman

KEVIN PATTERSON

Dans la lumière du Nord, roman

BENJAMIN PERCY

Sous la bannière étoilée, nouvelles
Le Canyon, roman

DONALD RAY POLLOCK

Le Diable, tout le temps, roman
Une mort qui en vaut la peine, roman

DAVID JAMES POISSANT

Le Paradis des animaux, nouvelles
Un bel esprit de famille, roman

ERIC PUCHNER

La Musique des autres, nouvelles
Famille modèle, roman
Dernière journée sur terre, nouvelles

SHANNON PUFAHL

Et nous nous enfuirons sur des chevaux ardents, roman

JON RAYMOND

Wendy & Lucy, nouvelles
La Vie idéale, roman

ELWOOD REID

Ce que savent les saumons, nouvelles
Midnight Sun, roman
La Seconde Vie de D.B. Cooper, roman

KAREN RUSSELL

Swamplandia, roman
Foyer Sainte-Lucie pour jeunes filles élevées par les loups, nouvelles
Des vampires dans la citronneraie, nouvelles
Le Lévrier de Madame Bovary et autres histoires, nouvelles

ANJALI SACHDEVA

Tous les noms qu'ils donnaient à Dieu, nouvelles

JON SEALY

Un seul parmi les vivants, roman

HUGH SHEEHY

Les Invisibles, nouvelles

WELLS TOWER

Tout piller, tout brûler, nouvelles

DAVID TREUER

Little, roman
Comme un frère, roman
Le Manuscrit du Dr Apelle, roman
Indian Roads, récit
Et la vie nous emportera, roman

BRADY UDALL

Lâchons les chiens, nouvelles
Le Destin miraculeux d'Edgar Mint, roman
Le Polygame solitaire, roman

GUY VANDERHAEGHE

La Dernière Traversée, roman
Comme des loups, roman
Comme des feux dans la plaine, roman

CLAIRE VAYE WATKINS

Les Sables de l'Amargosa, roman

ANTHONY VEASNA SO

Nous aurions pu être des princes, nouvelles

KATHERENA VERMETTE

Les Femmes du North End, roman

SHAWN VESTAL

Goodbye, Loretta, roman

VENDELA VIDA

Se souvenir des jours heureux, roman
Les Habits du plongeur abandonnés sur le rivage, roman

JOHN VIGNA

Loin de la violence des hommes, nouvelles

WILLY VLAUTIN

Motel Life, roman
Plein nord, roman
Ballade pour Leroy, roman
La Route sauvage, roman
Devenir quelqu'un, roman

JAMES WELCH

L'Hiver dans le sang, roman
La Mort de Jim Loney, roman
Comme des ombres sur la terre, roman
L'Avocat indien, roman
À la grâce de Marseille, roman
Il y a des légendes silencieuses, poèmes

ALLAN WINK

Courir au clair de lune avec un chien volé, nouvelles
August, roman

SCOTT WOLVEN

La Vie en flammes, nouvelles

JOHN WOODS

Lady Chevy, roman

Composition : IGS-CP
Impression : Imprimerie Floch, octobre 2023
Éditions Albin Michel
22, rue Huyghens, 75014 Paris
www.albin-michel.fr
ISBN : 978-2-226-46152-0
N° d'édition 24487/01 – N° d'impression : 103385
Dépôt légal : novembre 2023
Imprimé en France